Isaac Bashevis Singer:
Schoscha
Roman

Deutsch von Ellen Otten

Deutscher
Taschenbuch
Verlag

dtv

Von Isaac Bashevis Singer
sind im Deutschen Taschenbuch Verlag erschienen:
Feinde, die Geschichte einer Liebe (1216)
Das Landgut (1642)
Das Erbe (10132)
Eine Kindheit in Warschau (10187)
Verloren in Amerika (10395)
Die Familie Moschkat (10650)
Old Love (10851)
Der Büßer (11170)
Der Kabbalist vom East Broadway (11549)
Ein Tag des Glücks (11584)
Leidenschaften (11630)

Ungekürzte Ausgabe
Juni 1982
8. Auflage Oktober 1993
Deutscher Taschenbuch Verlag GmbH & Co. KG,
München

Titel der amerikanischen Originalausgabe: ›Shosha‹
(Farrar, Straus & Giroux, New York)

ISBN 3-446-12967-7
Umschlaggestaltung: Celestino Piatti unter Verwendung
der Lithographie ›Das kranke Mädchen‹ von Edvard Munch,
1896 (Munch-Museum, Oslo)
Gesamtherstellung: C. H. Beck'sche Buchdruckerei,
Nördlingen
Printed in Germany · ISBN 3-423-01788-0

Erster Teil

Ein Glossar jiddischer und hebräischer Namen und Begriffe befindet sich auf den Seiten 323 bis 329.

Erstes Kapitel

I

Ich bin mit drei toten Sprachen aufgewachsen – Hebräisch, Aramäisch und Jiddisch (manche halten letzteres nicht einmal für eine Sprache) – und in einer Kultur, die sich in Babylon entwickelt hatte: die Kultur des Talmud. Der Cheder, die jüdische Grundschule, in der ich zu lernen anfing, befand sich in einem Raum, in dem der Lehrer aß und schlief und seine Frau kochte. Dort lernte ich nicht etwa Rechnen, Geographie, Physik, Chemie oder Geschichte, sondern die Gesetze, die zum Beispiel auf ein am Feiertag gelegtes Ei anzuwenden sind und auf die Opferriten in einem Tempel, der vor zweitausend Jahren zerstört wurde. Obwohl meine Vorfahren sich vor etwa sechs- oder siebenhundert Jahren in Polen niedergelassen hatten, kannte ich nur ein paar Worte der polnischen Sprache. Wir lebten in Warschau in der Krochmalnastraße, die man ruhig ein Getto nennen konnte, wenn die Juden im russisch besetzten Polen auch wohnen durften, wo sie wollten. Ich war in jeder Hinsicht ein Anachronismus, aber ich war mir dessen nicht bewußt, ebensowenig wie ich wußte, daß meine Freundschaft mit Schoscha, der Tochter unserer Nachbarin Baschele und ihres Mannes Selig, etwas mit Liebe zu tun hatte. Liebesgeschichten gab es unter aufgeklärten jungen Männern, die, gegen die religiösen Gesetze verstoßend, sich rasierten und am Sabbat Zigaretten rauchten, und Mädchen, die kurzärmelige Blusen und ausgeschnittene Kleider trugen. Solche Narreteien berührten einen sechs- oder siebenjährigen Schuljungen aus chassidischem Hause nicht.

Dennoch, Schoscha zog mich an, und so oft ich konnte, ging ich über den dunklen Flur, der von unserer Wohnung zu Bascheles Wohnung führte. Schoscha war ungefähr in meinem Alter, aber während ich für ein Wunderkind gehalten wurde, weil ich einige Seiten der Gemara und mehrere Kapitel der Mischna auswendig konnte, sowohl jiddisch wie hebräisch schrieb und begonnen hatte, über Gott, Vorsehung, Zeit, Raum und die Unendlichkeit nachzudenken, hielt man Schoscha im Haus Nr. 10 für einen kleinen Dummkopf. Mit neun Jahren sprach sie wie eine Sechsjährige. In der Schule, in die ihre Eltern sie geschickt hatten, mußte sie zwei Jahre in einer Klasse bleiben. Schoscha hatte blonde Haare, die ihr auf die Schultern fielen, wenn sie die Zöpfe aufmachte. Ihre Augen waren blau, die Nase gerade, der Hals lang. Sie sah ihrer Mutter ähnlich, die in ihrer Jugend eine Schönheit gewesen war. Ihre Schwester Ippe, zwei Jahre jünger als Schoscha, war dunkel wie ihr Vater. Sie trug eine Schiene an ihrem linken Bein und hinkte. Täubele, die jüngste, war noch ein Baby, als ich anfing, Baschele zu besuchen. Sie war gerade erst entwöhnt und schlief in einer Wiege.

Eines Tages kam Schoscha weinend aus der Schule – der Lehrer hatte sie nach Hause geschickt, mit einem Brief, in dem stand, daß man für sie keinen Platz in der Schule habe. Sie brachte zwei Bücher mit – ein russisches und ein polnisches – sowie ein paar Hefte und eine Schachtel mit Federn und Bleistiften. Russisch hatte sie nicht gelernt, aber sie konnte langsam Polnisch lesen. Das polnische Lesebuch hatte viele Bilder: eine Hütte in einem Dorf, eine Kuh, einen Hahn, eine Katze, einen Hund, einen Hasen und eine Storchenmutter, die die eben ausgeschlüpften Jungen in ihrem Nest fütterte. Schoscha konnte einige der Gedichte aus dem Buch auswendig.

Ihr Vater, Selig, arbeitete in einem Ledergeschäft. Er ging früh am Morgen von zu Hause fort und kam spät am Abend zurück. Sein schwarzer Bart war immer kurz und rund, und die Chassidim in unserem Haus sagten, daß er ihn schneiden lasse – eine Verletzung der chassidischen Bräuche. Er trug einen kurzen Kaftan, einen steifen Kragen, eine Krawatte und Lederschuhe mit Gummizügen. Am Samstag ging er in eine Synagoge, die von Händlern und Arbeitern besucht wurde.

Baschele trug zwar eine Perücke, aber sie rasierte ihren Kopf nicht, wie meine Mutter, die Frau des Rabbiners Menachem Mendl Greidinger, es tat. Meine Mutter sagte oft zu mir, es sei nicht passend für den Sohn eines Rabbiners, für jemanden, der die Gemara ›lernte‹, sich mit einem Mädchen abzugeben, noch dazu aus einfachem Hause. Sie warnte mich davor, dort etwas zu essen, denn Baschele könnte mir Fleisch vorsetzen, das nicht streng koscher sei. Die Greidingers stammten von Generationen von Rabbinern ab, von Verfassern heiliger Bücher, während Bascheles Vater Kürschner gewesen war und Selig in der russischen Armee gedient hatte, bevor sie heirateten. Die Kinder in unserem Haus ahmten Schoschas Sprechweise nach. Schoscha machte dumme Fehler im Jiddischen; sie begann einen Satz und beendete ihn selten. Die Nachbarn rieten Baschele, mit Schoscha zum Arzt zu gehen, denn ihr Verstand schien sich nicht zu entwickeln, aber Baschele hatte weder Zeit noch Geld für Ärzte. Und was konnten die schon helfen? Baschele selbst war naiv wie ein Kind. Michael, der Schuhmacher, sagte von ihr, man könnte ihr einreden, sie sei schwanger mit einem Kätzchen oder daß eine Kuh über das Dach fliegen und Messingeier legen könne.

Wie anders war Bascheles Wohnung als die unsrige! Bei uns gab es kaum Möbel. Die Wände waren vom Boden bis zur Decke mit Büchern bedeckt. Mein Bruder Moische und ich hatten keine Spielsachen. Wir spielten mit Bänden aus der Bibliothek meines Vaters, mit einer zerbrochenen Feder, einer leeren Tintenflasche oder mit Papierfetzen. In unserem Wohnzimmer gab es kein Sofa, keine Polsterstühle, keine Kommode – nur den Heiligen Schrein mit den Tora-Rollen, einen langen Tisch und Bänke. Am Sabbat kamen die Leute dorthin, um zu beten. Mein Vater stand den ganzen Tag am Lesepult und las in den großen Büchern, die in Haufen vor ihm aufgeschlagen lagen. Er schrieb Kommentare, bemüht, die Widersprüche aufzulösen, die ein Kommentator in den Arbeiten eines anderen gefunden hatte. Er war klein, hatte einen roten Bart und blaue Augen, und er rauchte eine lange

Pfeife. Seit ich denken kann, hörte ich ihn den Satz wiederholen ›Es ist verboten‹. Was immer ich tun wollte, war eine Gesetzesübertretung. Ich durfte keinen Menschen zeichnen oder malen – das verstieß gegen das Zweite Gebot. Ich durfte nicht ein Wort gegen einen anderen Jungen sagen – das war üble Nachrede. Ich durfte niemanden auslachen – das war Hohn. Ich durfte keine Geschichte erfinden – das wäre eine Lüge gewesen.

Am Sabbat durften wir nichts von dem anrühren, womit wir uns sonst die Zeit vertrieben – keinen Kerzenhalter, keine Münze. Der Vater erinnerte uns immer wieder daran, daß diese Welt nur ein Durchgang sei, in dem man die Tora zu studieren hatte und gute Taten vollbringen mußte, damit, wenn man den Weg in den Palast, der die nächste Welt war, antrat, Belohnungen auf einen warten würden. Er pflegte zu sagen: »Wie lange lebt man schon? Ehe man sich umdreht, ist schon alles vorbei. Wenn der Mensch sündigt, verwandeln sich seine Sünden in Teufel, Dämonen und Kobolde. Und nach dem Tode jagen sie den Leichnam und schleifen ihn durch verlassene Wälder und Einöden, wohin weder Mensch noch Vieh den Fuß setzt.«

Meine Mutter war manchmal ärgerlich über den Vater, wenn er so zu uns redete, aber sie hielt selbst auf strenge Sitten. Sie war mager, hatte eingefallene Backen, ein spitzes Kinn und große graue Augen, die sowohl Härte wie Melancholie ausdrückten. Sie erwartete wenig von der Welt oder von den Menschen.

Noch ehe ich die Tür zu Bascheles Wohnung öffnete, roch es nach Gebratenem, nach Gedämpftem und nach Gebackenem. In ihrer Küche gab es ganze Reihen von Kupfer- und Messingtöpfen und Pfannen, bemalte und goldgeränderte Teller, einen Mörser mit Stößel, eine Kaffeemühle und allerlei Bilder und Nippes. Die Kinder hatten eine ganze Kiste mit Puppen, Bällen, Buntstiften und Farben. Die Betten hatten hübsche Überwürfe. Auf dem Sofa lagen gestickte Kissen.

Ippe und Täubele waren zu klein für mich, aber Schoscha

war gerade richtig. Keiner von uns beiden ging zum Spielen auf den Hof, der von groben Jungen mit Stöcken beherrscht wurde. Alle kleineren oder jüngeren Kinder wurden von ihnen eingeschüchtert. Ihre Sprache war gewöhnlich. Auf mich hatten sie es ganz besonders abgesehen, weil ich der Sohn des Rabbiners war und einen langen Kaftan und ein Samtkäppchen trug. Sie verspotteten mich, indem sie mich ›Fatzke‹, ›kleiner Rabbiner‹ und ›Muttersöhnchen‹ riefen. Wenn sie mich mit Schoscha reden hörten, machten sie sich über mich lustig und nannten mich ›Waschlappen‹. Ich wurde von ihnen wegen meiner roten Haare, meiner blauen Augen und meiner ungewöhnlich weißen Haut aufgezogen. Manchmal warfen sie einen Stein nach mir, ein Stück Holz oder einen Klumpen Dreck. Manchmal stellten sie mir ein Bein, so daß ich in den Rinnstein fiel. Oder sie hetzten den Hund des Wächters auf mich, weil sie wußten, daß ich Angst vor ihm hatte.

Aber bei Baschele wurde ich weder aufgezogen, noch war man grob zu mir. Kaum war ich eingetreten, bot mir Baschele schon einen Teller Grütze, ein Glas Borschtsch oder ein Plätzchen an. Schoscha nahm ihre Spielzeugschachtel mit den Puppen, dem Puppengeschirr und Töpfen, ihre Sammlung von Menschen- und Tierfiguren, von glänzenden Knöpfen und bunten Bändern heraus. Wir spielten ›Mühle‹ zusammen, das Knöchelspiel, Versteck und Mann und Frau. Ich tat so, als ob ich in die Synagoge ginge, und wenn ich zurückkam, hatte Schoscha das Essen für mich vorbereitet. Einmal spielte ich die Rolle eines Blinden, und Schoscha ließ mich ihre Stirn, ihre Backen und ihren Mund berühren. Sie küßte das Innere meiner Hand und sagte: »Sag's nicht der Mama.«

Ich wiederholte Schoscha Geschichten, die ich gelesen oder von Vater oder Mutter gehört hatte, und schmückte sie reichlich aus. Ich erzählte ihr von den dichten Wäldern Sibiriens, von mexikanischen Räubern und von Menschenfressern, die ihre eigenen Kinder aßen. Manchmal setzte sich Baschele zu uns und hörte meinem Geschwätz zu. Ich brüstete mich vor ihnen mit meiner Kenntnis der Kabbala und daß ich heilige

Ausdrücke kannte, mit denen man Wein aus der Mauer zapfen und lebende Tauben erschaffen konnte, die mich nach Madagaskar fliegen lassen würden. Ein einziger solcher Ausdruck, den ich kannte, habe zweiundsiebzig Buchstaben, und wenn man ihn ausspräche, würde sich der Himmel rot färben, der Mond herunterfallen und die Welt zerstört werden.

Schoschas Augen drückten Entsetzen aus. »Arele, sprich das Wort ja nie aus!«

»Nein, Schoschele, hab keine Angst. Ich werde es so machen, daß du ewig leben wirst.«

2

Ich konnte mit Schoscha nicht nur spielen, ich konnte ihr auch Dinge erzählen, über die ich mit niemandem zu sprechen wagte. Ich konnte ihr alle meine Phantasien und Tagträume beschreiben. Ich gestand ihr, daß ich dabei war, ein Buch zu schreiben. Oft erschien mir dieses Buch in meinen Träumen. Es war von mir und auch von einem alten Schriftgelehrten in Raschi-Schrift auf Pergament geschrieben. Ich bildete mir ein, daß ich es in einem früheren Leben geschrieben hatte. Mein Vater hatte mir verboten, in der Kabbala zu lesen. Er hatte mich belehrt, daß jeder, der sich damit einlasse, ehe er dreißig Jahre alt war, Gefahr laufe, ein Ketzer oder Geisteskranker zu werden. Aber ich glaubte ohnehin von mir, ein Ketzer und halb verrückt zu sein. Auf den Bücherbrettern standen bei uns Bände des Sohar, ›Der Baum des Lebens‹, ›Das Buch der Schöpfung‹, ›Der Garten der Granatäpfel‹ und andere kabbalistische Werke. Ich fand einen Kalender, der viele Angaben über Könige, Staatsmänner, Millionäre und Gelehrte enthielt. Meine Mutter las oft in dem ›Buch des Bundes‹, einem Sammelband voller wissenschaftlicher Informationen. Da konnte ich über Archimedes, Kopernikus und Newton lesen, wie auch über die Philosophen Aristoteles, Descartes und Leibniz. Der Verfasser, Reb Elijahu aus Wilna, führte lange Streitgespräche mit denen, die die Existenz Gottes verneinten, und so lernte ich deren Ansichten kennen. Obwohl mir dieses Buch verboten war, benutzte ich jede Gelegenheit, darin zu lesen. Einmal erwähnte mein Vater den Philosophen Spinoza – sein Name sei ausgelöscht! – und dessen Behauptung, daß Gott die Welt und die Welt Gott sei. Diese Worte stürzten meinen Verstand in Verwirrung. Wenn die Welt Gott ist, dann wären ich, der Knabe Aaron, mein Kaftan, mein Samtkäppchen, mein rotes Haar und meine Schuhe ein Teil der Gottheit. Und ebenso wären es Baschele, Schoscha – sogar meine Gedanken. An diesem Tag hielt ich Schoscha einen Vortrag über Spinozas Philosophie, als ob ich alle seine Werke gelesen hätte. Schoscha hörte zu, während sie ihre Sammlung von vergoldeten Knöpfen ausbreitete. Ich war ganz sicher, daß sie nicht ein Wort verstanden hatte, aber sie fragte: »Ist dann Leibele Bontz auch Gott?«

Leibele Bontz war bei uns im Hof als Strolch und Dieb bekannt. Wenn er mit den Jungen Karten spielte, betrog er. Er fand immer allerlei Tricks und Anlässe, um schwächere Jungen zu verdreschen. Er näherte sich zum Beispiel einem kleinen Jungen und sagte: »Jemand hat behauptet, daß mein Ellbogen stinkt. Tu mir den Gefallen und riech einmal dran.« Tat der kleine Junge das, knuffte Leibele Bontz ihn in die Nase. Der Gedanke, daß er ein Teil Gottes sein könnte, vernichtete meine Begeisterung für Spinozas Philosophie, und ich entwickelte auf der Stelle eine Theorie, daß es zwei Götter geben müsse – einen guten und einen bösen – und Leibele Bontz gehörte zu dem bösen. Schoscha nahm meine neue Version von Spinoza willig an.

In das Radzyminer Bethaus, wo mein Vater betete, kam täglich ein Mann, der Joschua der Heringshändler hieß. Er hatte auch einen Spitznamen – Joschua der Philosoph. Er war klein, schmächtig, und hatte einen Bart, der in allen Farben spielte: gelb, grau und braun. Er verkaufte eingelegte Heringe und geräucherte Heringe, und seine Frau und Töchter legten Gurken ein. Er betete spät und in großer Eile, nachdem alle anderen Beter schon gegangen waren. Eben erst hatte er den Gebetsschal und die Gebetsriemen angelegt, und einen Augenblick später schon – so erschien es mir wenigstens – nahm er sie wieder ab. Ich ging zu der Zeit nicht mehr in die Grundschule, weil mein Vater es sich nicht mehr leisten konnte; außerdem konnte ich jetzt schon eine Seite der Gemara alleine lesen. Ich ging oft in das Radzyminer Bethaus, um mich mit diesem Mann zu unterhalten. Er befaßte sich auch ein wenig mit Logik und erzählte mir von den Paradoxen des griechischen Philosophen Zeno. Er erzählte mir auch, daß, obwohl man annehme, das Atom sei der kleinste Teil der Materie, es, von einem mathematischen Standpunkt aus, unendlich teilbar sei. Er erklärte mir die Bedeutung der Worte Mikrokosmos und Makrokosmos.

Am folgenden Tag berichtete ich Schoscha über all dies. Ich sagte ihr, daß jedes Atom eine Welt für sich sei, mit Myriaden winziger menschlicher Wesen, Tieren und Vögeln. Dort gibt es Juden und Nichtjuden. Die Männer bauen Häuser, Türme, Städte und Brücken, ohne wahrzunehmen, wie unendlich klein sie sind. Sie sprechen viele Sprachen. »In einem Tropfen Wasser können Myriaden solcher Welten enthalten sein.«

»Ertrinken sie denn nicht?« fragte Schoscha.

Um die Dinge nicht zu kompliziert zu machen, sagte ich: »Sie können alle schwimmen.«

Es verging kein Tag, an dem ich nicht mit neuen Geschichten zu Schoscha gekommen wäre. Ich hatte einen Trank entdeckt, der, wenn man ihn zu sich nahm, stark wie Samson machte. Ich hatte ihn schon getrunken und war so stark geworden, daß ich die Türken aus dem Heiligen Land vertreiben und König der Juden werden könnte; ich hatte eine Kappe gefunden, die, wenn ich sie aufsetzte, mich unsichtbar machte. Ich war dabei, so weise wie König Salomo zu werden, der die Sprache der Vögel verstand. Ich erzählte Schoscha von der Königin von Saba, die zu König Salomo kam, um von ihm die Weisheit zu erlernen, und die ihre vielen Sklaven, wie auch Kamele und Esel, die Geschenke für den Herrscher Israels trugen, mitgebracht hatte. Ehe sie kam, hatte König Salomo befohlen, den Boden des Palastes durch Glas zu ersetzen. Als die Königin von Saba eintrat, hielt sie das Glas für Wasser und hob ihren Rock auf. König Salomo saß auf seinem goldenen Thron, und als er die Beine der Königin sah, sagte er: »Du bist berühmt für deine Schönheit, aber du hast Haare an den Beinen wie ein Mann.«

»War das wahr?«

»Ja, es war wahr.«

Schoscha hob ihren Rock, um ihre Beine anzusehen, und ich sagte: »Schoscha, du bist noch schöner als die Königin von Saba.« Ich versprach ihr, sie zur Frau zu nehmen, wenn ich gesalbt wäre und auf Salomos Thron säße. Sie würde die Königin sein und auf dem Kopf eine Krone mit Diamanten, Smaragden, Rubinen und Saphiren tragen. Die anderen Frauen und Nebenfrauen würden sich tief vor ihr verneigen und mit der Stirn den Boden berühren.

»Wie viele Frauen wirst du haben?« fragte Schoscha.

»Mit dir, tausend.«

»Warum so viele?«

»König Salomo hatte tausend Frauen. So steht es im Hohen Lied.«

»Ist das erlaubt?«

»Ein König darf alles.«

»Wenn du tausend Frauen hast, wirst du keine Zeit für mich haben.«

»Schoschele, für dich werde ich immer Zeit haben. Du wirst neben mir auf dem Thron sitzen und deine Füße werden auf einem Schemel aus Topas ruhen. Wenn der Messias erscheint, werden alle Juden sich auf einer Wolke versammeln und ins Heilige Land fliegen. Die Nichtjuden werden die Sklaven der Juden sein. Die Tochter eines Generals wird dir die Füße waschen.«

»Oh, das wird kitzeln.« Schoscha lachte und zeigte dabei ihre weißen Zähne.

Der Tag, an dem Selig und Baschele von Nr. 10 nach Nr. 7 der Krochmalnastraße zogen, war wie Tisch'a b'Aw für mich, der traurigste Tag des Jahres. Es geschah ganz plötzlich. An einem Tag hatte ich noch aus der Börse meiner Mutter einen Groschen gestohlen, um für Schoscha in Esthers Laden ein Stückchen Schokolade zu kaufen; am nächsten Tag öffneten die Umzugsleute die Tür zu Bascheles Wohnung und trugen Schränke, Sofa, Betten, das österliche Geschirr und das alltägliche Geschirr heraus. Ich hatte keine Möglichkeit, mich von der Familie zu verabschieden. Außerdem war ich inzwischen zu alt geworden, mit einem Mädchen befreundet zu sein. Ich lernte jetzt nicht nur die Gemara, sondern auch den Tosephot. Am Morgen des Umzugstages las ich mit meinem Vater Rabbi Chaninas ›Der Gehilfe des Hohepriesters‹. Von Zeit zu Zeit sah ich aus dem Fenster. Bascheles Sachen wurden auf einen Wagen geladen, der mit zwei Belgiern bespannt war. Baschele trug Täubele auf dem Arm. Schoscha und Ippele gingen hinter dem Wagen. Die Entfernung von Nr. 10 zu Nr. 7 betrug nur zwei Straßenecken, aber ich wußte, daß es das Ende war. Aus der Wohnung zu schleichen, schnell durch einen dunklen Flur zu gehen und an Schoschas Tür zu klopfen, war eine Sache, aber einen Besuch in einem fremden Haus zu machen, war etwas ganz anderes. Die Gemeindemitglieder, die meines Vaters Wochenlohn bestritten, paßten genau auf und waren immer bereit, bei seinen Kindern Anzeichen für Verstöße gegen die religiösen Vorschriften zu finden.

Es war der Sommer des Jahres 1914. Einen Monat später, am 28. Juni, erschoß ein serbischer Mörder den österreichischen Kronprinzen und seine Frau. Bald mobilisierte der Zar die Streitkräfte. Ich sah Männer an unserem Haus vorbeigehen mit runden, glänzenden Knöpfen am Rockaufschlag, die bedeuteten, daß sie eingezogen worden waren, um gegen die Deutschen, die Österreicher und die Italiener zu kämpfen. Polizisten betraten Elosars Kneipe in Nr. 17 und gossen seinen ganzen Wodka in den Rinnstein – in Kriegszeiten sollten die

Menschen nüchtern sein. Die Ladenbesitzer weigerten sich, für ihre Ware Papiergeld anzunehmen; sie verlangten Silbermünzen oder Goldstücke. Die Ladentüren blieben halb geschlossen, und nur Kunden mit solchen Münzen durften herein.

Zu Hause begann bald der Hunger. In der Zeit zwischen der Ermordung in Sarajewo und dem Ausbruch des Krieges hatten viele wohlhabende Hausfrauen ihre Vorratskammern mit Mehl, Reis, Bohnen und Grütze angefüllt, aber meine Mutter war damit beschäftigt gewesen, Erbauungsbücher zu lesen. Außerdem hatten wir kein Geld. Die Juden in unserer Straße hatten aufgehört, meinen Vater zu bezahlen. Er hatte keine Hochzeitszeremonien mehr abzuhalten, keine Ehescheidungen vorzunehmen oder Streitfälle zu schlichten. Vor den Bäckereien standen lange Schlangen nach einem Laib Brot an. Die Fleischpreise schnellten in die Höhe. In Janaschs Basar standen die Schächter mit gezücktem Messer und warteten darauf, daß eine Frau mit einem Huhn, einer Ente oder einer Gans käme. Die Preise für Geflügel stiegen von Tag zu Tag. Heringe gab es überhaupt nicht zu kaufen. Viele Hausfrauen fingen an, statt Butter Kokosfett zu benutzen. Es gab auch kaum Petroleum. Nach dem Laubhüttenfest begann es zu regnen, zu schneien und zu frieren, aber wir konnten uns keine Kohlen leisten, um den Ofen zu heizen. Aus der Zeitung erfuhren wir, daß die Deutschen und Österreicher in viele polnische Städte und Dörfer eingedrungen waren, auch in solche, in denen wir Verwandte hatten. Der Großonkel des Zaren, Nikolaj Nikolaevič, der Oberbefehlshaber, verfügte, daß alle Juden aus den Gegenden hinter der Front zu vertreiben seien, da man sie für deutsche Spione erklärte. In den jüdischen Quartieren Warschaus wimmelte es von Tausenden von Flüchtlingen. Sie schliefen in den Lehrhäusern, selbst in Synagogen. Es dauerte nicht lange, und wir hörten die schweren Geschütze. Die Deutschen griffen am Bzura-Fluß an, und die Russen antworteten mit einem Gegenangriff. In unserer Wohnung klirrten die Fensterscheiben Tag und Nacht.

3

Unsere Familie verließ Warschau im Sommer 1917. Meine Eltern zogen in ein von den Österreichern besetztes Dorf. Lebensmittel waren dort billiger. Meine Mutter hatte Verwandte in der Gegend. Die Stadt Warschau schien der Zerstörung nahe. Der Krieg hatte schon drei Jahre gedauert. Die Russen hatten Warschau evakuiert und bei ihrem Rückzug die Praga-Brücke gesprengt. Die Deutschen, die Polen beherrschten, hatten Verluste an der Westfront und ließen die Bevölkerung hungern. Wir hatten nie genug zu essen. Ehe wir Warschau verließen, war Moische krank geworden, und man hatte ihn in das Krankenhaus für ansteckende Krankheiten in der Pokornastraße gebracht. Meine Mutter und ich wurden zum Desinfizieren in die Szczesliwastraße in der Nähe des jüdischen Friedhofs gebracht. Dort wurden mir meine Schläfenlocken abrasiert, und man gab mir eine Suppe, die nach Schweinefleisch schmeckte. Für mich – dreizehn Jahre alt und Sohn eines Rabbiners – kam das einer geistigen Katastrophe gleich. Eine nichtjüdische Schwester befahl mir, mich nackt auszuziehen und badete mich. Als sie mich einseifte, kitzelten mich ihre Finger, und mir war gleichzeitig zum Lachen und zum Weinen. Mir war, als sei ich in die Hände der dämonischen Lilith gefallen, die von ihrem Gemahl Asmodäus geschickt worden war, Jeschiwaschüler zu verderben und sie in den Abgrund des Lasters zu ziehen. Als ich mich später im Spiegel erblickte, mein Abbild ohne Schläfenlocken und ohne die gewohnte Kleidung, stattdessen in einer Art Bademantel, den ich nie zuvor an einem jüdischen Jungen gesehen hatte, und mit Holzsandalen, da erkannte ich mich nicht. Ich war nicht mehr nach dem Bilde Gottes gemacht.

Ich sagte mir, daß das, was mir an diesem Tage widerfahren war, nicht nur eine Folge des Krieges und der deutschen Verordnungen war, vielmehr war es die Strafe für meine Sünden – für meine Zweifel am Glauben. Heimlich hatte ich bereits die Werke von Mendele Mocher Sforim, Scholem

Alejchem und Perez gelesen, sowie jiddische oder hebräische Übersetzungen von Tolstoi, Dostojewski, Strindberg und Knut Hamsun. Ich hatte, in der hebräischen Übersetzung von Dr. Schlomo Rubin, in Spinozas ›Ethik‹ geblättert und hatte eine populärwissenschaftliche Geschichte der Philosophie gelesen. Ich hatte mir beigebracht, Deutsch zu lesen – das dem Jiddischen so ähnlich ist – und hatte die Brüder Grimm, Heine, und was immer ich erwischen konnte, im Original gelesen. Ich hatte all dies vor meinen Eltern verheimlicht.

Gleichzeitig mit den deutschen Soldaten hatte die Aufklärung in der Krochmalna Einzug gehalten. Ich hatte von Darwin gehört und war nicht mehr sicher, daß die Wunder, die in dem Buch ›Die Gemeinschaft der Heiligen‹ beschrieben waren, sich wirklich ereignet hatten. Seitdem am Tisch'a b'Aw der Krieg ausgebrochen war, kam täglich die jiddische Zeitung in unser Haus, und dort las ich über Zionismus, Sozialismus und, nachdem die Russen Polen evakuiert hatten und es keine russische Zensur mehr gab, las ich auch eine Artikelserie über Rasputin.

Jetzt hatte die Revolution in Rußland gesiegt, und der Zar war abgesetzt worden. Die Zeitungen waren voll mit Berichten über die Kämpfe und Auseinandersetzungen zwischen den Sozialrevolutionären, den Menschewiki, Bolschewiki und Anarchisten – neue Namen und Begriffe waren aufgetaucht. Ich nahm all das mit einem Eifer auf, der nicht genug bekommen konnte. Von 1914 bis 1917 hatte ich Schoscha nicht besucht und hatte sie auch nie auf der Straße getroffen, weder sie noch Baschele oder die anderen Kinder. Ich war erwachsen geworden und hatte ein halbes Jahr in der Sochaczówer Jeschiwa studiert und ein zweites in Radzymin. Mein Vater war Rabbiner eines kleinen galizischen Dorfes geworden, und ich mußte anfangen, mein Leben selbst zu verdienen.

Aber ich hatte Schoscha nie vergessen. Ich träumte nachts von ihr. In meinen Träumen war sie sowohl tot als auch lebendig. Ich spielte mit ihr in einem Garten, der zugleich ein Friedhof war. Tote Mädchen gesellten sich zu uns, in Kleidern, die prächtige Leichentücher waren. Sie tanzten im Kreise und sangen Lieder. Sie drehten sich, liefen Rollschuh und schwebten manchmal in der Luft. Ich ging mit Schoscha in einem Wald mit riesigen Bäumen, die den Himmel berührten, spazieren. Die Vögel dort waren so groß wie Adler, so bunt wie Papageien. Sie sprachen Jiddisch. Aus dem Gebüsch, das den Garten umgab, traten Tiere mit menschlichen Gesichtern. Schoscha fühlte sich in diesem Garten zu Hause, und statt, daß ich ihr Dinge zeigte und erklärte, wie ich es bisher getan hatte, enthüllte sie mir Dinge, die ich bisher nicht gekannt hatte, und flüsterte mir Geheimnisse ins Ohr. Ihr Haar war jetzt so lang, daß es ihr bis zu den Hüften reichte, und ihre Haut leuchtete wie Perlmutter. Aus diesem Traum erwachte ich immer mit einem süßen Geschmack im Mund und dem Gefühl, daß Schoscha nicht mehr am Leben sei.

Während der Jahre, in denen ich durch die polnischen Dörfer zog und versuchte, mich durch Hebräischunterricht zu ernähren, dachte ich im Wachen selten an Schoscha. Ich hatte mich in ein Mädchen verliebt, dessen Eltern mir nicht erlaubten, in ihre Nähe zu kommen. Ich fing an, auf Hebräisch zu schreiben und ging später zu Jiddisch über, und die Redakteure wiesen alles ab, was ich ihnen einsandte. Es schien mir unmöglich zu sein, einen Stil zu finden, der mir ein eigenes literarisches Gepräge gab. Entmutigt gab ich die Literatur auf und konzentrierte mich auf Philosophie, ohne das zu finden, was ich darin suchte. Ich wußte, ich hätte nach Warschau zurückkehren sollen, aber wieder und wieder schleuderten mich die Mächte, die das Schicksal des Menschen bestimmen, in schmutzige Dörfer zurück. Oft dachte ich daran, Selbstmord zu begehen. Als es mir endlich gelungen war, in die Stadt zurückzukehren und als Korrektor und Übersetzer Arbeit zu finden, und ich in den Schriftsteller-Klub eingeladen wurde, erst als Gast, dann als Mitglied, fühlte ich mich wie jemand, der aus dem Koma erwacht ist.

Jahre waren vergangen, ich wußte nicht, wie. Schriftsteller meines Alters hatten bereits Ruhm und Unsterblichkeit errungen, ich aber war immer noch ein Anfänger. Mein Vater war gestorben. Seine Manuskripte, wie die meinen, waren verstreut und verloren, obwohl es ihm gelungen war, ein schmales Bändchen zu veröffentlichen.

In Warschau begann ich eine Liebschaft mit Dora Stolnitz, einem Mädchen, dessen Ziel es war, sich in Sowjetrußland niederzulassen, dem Land des Sozialismus. Später erfuhr ich, daß sie eine Funktionärin der Kommunistischen Partei war. Sie war mehrmals verhaftet worden und hatte Monate im Pawiak-Gefängnis und in anderen Gefängnissen verbracht. Ich war ein Antikommunist – war anti alle ›Ismen‹ – aber ich lebte in dauernder Furcht, verhaftet und ins Gefängnis gebracht zu werden aufgrund meiner Verbindung zu diesem Mädchen, das ich bald immer weniger mochte wegen seiner hohlen Schlagworte und bombastischen Klischees von der ›glücklichen Zukunft‹ und dem ›strahlenden Morgen‹.

Die Straßen des jüdischen Viertels, in dem ich jetzt herumwanderte, waren nicht weit von der Krochmalna, aber ich wagte mich nie in deren Nähe. Ich redete mir ein, daß es einfach keine Gelegenheit für mich gab, in diesen Stadtteil zu gehen, aber es mußte noch andere Gründe dafür geben. Ich hatte gehört, daß die halbe Bevölkerung der Straße an Typhusepidemien, der Grippe und dem Hunger gestorben war. Jungen, mit denen ich in die jüdische Grundschule gegangen war, hatten in der polnischen Armee gedient und waren 1920 im polnisch-bolschewistischen Krieg gefallen. Später war die Krochmalna eine Brutstätte des Kommunismus geworden. In dieser Gegend fanden immer kommunistische Demonstrationen statt. Junge Kommunisten hingen rote Fahnen über die Drähte der Straßenbahnen und des Telefons – sogar über die Fenster der Polizeistation. Auf dem Platz, dem Gebiet zwischen Nr. 9 und Nr. 13, und in der Spelunke, wo die Diebe, Zuhälter und Huren sich herumgetrieben hatten, wurden jetzt Pläne für die Diktatur des Genossen Stalin geschmiedet.

Die Polizei machte dauernd Razzien. Niemand würde sich mehr an mich oder meine Familie erinnern. Wenn ich daran dachte, hatte ich das seltsame Gefühl, meine damaligen Erlebnisse seien etwas gewesen, das von der Welt weit entfernt war. Ich war siebenundzwanzig Jahre alt, aber es schien mir, als sei ich schon ein alter Mann. Die Krochmalna war wie eine tiefe Schicht bei einer archäologischen Grabung, zu der ich nie vordringen würde. Gleichzeitig erinnerte ich mich an jedes Haus, jeden Hof, die Schule, das chassidische Lehrhaus, jeden Laden; an jedes Mädchen, jede Herumtreiberin oder Hausfrau – ihre Stimmen, Bewegungen, Sprechweisen und ihre Eigenheiten.

Ich glaubte, daß das Ziel der Literatur sei, die Zeit vor dem Vergehen zu bewahren, aber meine eigene Zeit hatte ich verschleudert. Die zwanziger Jahre waren vergangen und die dreißiger angebrochen. In Deutschland herrschte Hitler. In Rußland hatten die Säuberungen begonnen. In Polen hatte Pilsudski eine Militärdiktatur errichtet. Vor Jahren hatten die Vereinigten Staaten eine Einwanderungsquote festgelegt. Die Konsulate fast aller Nationen weigerten sich, Juden ein Visum auszustellen. Ich war in einem Lande gestrandet, das zwischen zwei mächtigen Feinden eingekeilt war, behaftet mit einer Sprache und Kultur, die niemand außerhalb eines kleinen Kreises von Jiddischisten und Radikalen anerkannte. Glücklicherweise fand ich Freunde unter den Mitgliedern des Schriftsteller-Klubs und seiner Umgebung. Der größte von allen war Dr. Morris Feitelsohn, der von vielen als Genie angesehen wurde.

Zweites Kapitel

I

Dr. Morris Feitelsohn war nicht sehr bekannt. Seine philosophischen Werke, einige auf deutsch und andere auf hebräisch und jiddisch geschrieben, waren weder ins Englische noch ins Französische übersetzt worden. Bis zum heutigen Tag habe ich seinen Namen in keinem Lexikon der Philosophie gefunden. Sein Buch ›Geistige Hormone‹ war in Deutschland und in der Schweiz schlecht besprochen worden. Dr. Feitelsohn war mein Freund, obwohl er etwa fünfundzwanzig Jahre älter war als ich. Er wäre sicher berühmt geworden, hätte er nicht seine Energien verzettelt. Seine Gelehrsamkeit war unwahrscheinlich groß. Eine Zeitlang hatte er an der Berner Universität Vorlesungen gehalten. Er hatte buchstäblich die hebräische Terminologie der modernen Philosophie erfunden. War Feitelsohn wirklich ein Dilettant, wie ihn ein Kritiker bezeichnete, so war sein Dilettantismus von höchster Qualität. Persönlich war er ein faszinierender Unterhalter und hatte außerordentlichen Erfolg bei Frauen.

Aber dieser gleiche Dr. Morris Feitelsohn mußte sich im Schriftsteller-Klub oft fünf Zloty von mir leihen. Er hatte auch kein Glück bei der jiddischen Presse Warschaus, wo man seine schon angenommenen Artikel wochenlang liegen ließ, während die Redakteure seinen Stil änderten und verfälschten. Immer wieder fanden sie Mängel in seinen Arbeiten. Es wurde viel über ihn geklatscht. Er war der Sohn eines Rabbiners, aber er war von zu Hause geflüchtet und ein Agnostiker geworden. Er hatte sich von drei Frauen scheiden lassen und hatte immer wieder neue Geliebte. Irgend jemand hatte mir erzählt, daß Feitelsohn eine seiner Freundinnen für fünfhundert Dollar an einen reichen Amerikaner verkauft hatte. Der Kolporteur dieser Geschichte nannte ihn einen Scharlatan. Aber wer Feitelsohn am meisten verleumdete, war Feitelsohn selbst. Er prahlte mit seinen Abenteuern. Ich habe einmal gesagt, wenn man Arthur Schopenhauer, Oscar Wilde und Salomo Maimon miteinander verschmelzen könnte, käme am Ende Feitelsohn heraus. Ich hätte noch den Rabbiner von Kock hinzufügen sollen, denn auf seine Art war Feitelsohn auch ein Mystiker und ein Chassid.

Morris Feitelsohn war von mittlerem Wuchs, breitschultrig, mit einem viereckigen Gesicht, dichten Augenbrauen, die über der breiten Nase zusammenstießen, und vollen Lippen, zwischen denen stets eine Zigarre hervorragte. Im Schriftsteller-Klub witzelte man, daß er auch mit der Zigarre im Munde schlafe. Seine Augen waren fast schwarz, aber manchmal sah ich einen grünlichen Schimmer darin. Sein dunkles Haar hatte schon angefangen, an den Schläfen dünn zu werden. So arm er war, er trug englische Anzüge und teure Krawatten. In der Unterhaltung fand er für niemanden ein gutes Wort. Weltberühmte Figuren machte er lächerlich. Obwohl er ein sehr strenger Kritiker war, hatte er in mir eine Begabung entdeckt, und als er mir das sagte, entstand in mir ein Gefühl der Freundschaft für ihn, das an Vergötterung grenzte. Das hinderte mich nicht daran, seine Fehler zu sehen. Manchmal wagte ich sogar, ihn zu tadeln, aber er antwortete nur: »Es wird Ihnen nichts helfen. Ich werde als Abenteurer sterben.«

Wie alle Schürzenjäger drängte es ihn, über seine Erfolge Bericht zu erstatten. Als ich einmal in sein möbliertes Zimmer kam, deutete er auf das Sofa und sagte: »Wenn Sie wüßten, wer noch gestern hier gelegen hat, würden Sie in Ohnmacht fallen.«

»Ich werde es bald wissen«, sagte ich.

»Wie?«

»Sie werden es mir erzählen.«

»Ach, Sie sind noch zynischer als ich.« Und dann erzählte er es mir.

Seltsamerweise konnte Morris Feitelsohn mit Begeisterung über die Weisheit sprechen, die in den Büchern ›Die Pflicht der Herzen‹ und ›Der Pfad der Gerechten‹ zu finden sei und auch in einigen chassidischen Büchern. Er hatte ein Buch über die Kabbala geschrieben. Er liebte den frommen Juden auf seine Weise und bewunderte dessen Glauben und die Kraft, der Versuchung zu widerstehen. Einmal sagte er zu mir: »Ich liebe die Juden, obgleich ich sie nicht ausstehen kann. Sie können nicht auf dem Wege der Entwicklung entstanden sein. Für mich sind sie der einzige Beweis für die Existenz Gottes.«

Eine von Feitelsohns Verehrerinnen war Celia Chentschiner. Celias Mann, Chaiml, war ein Nachkomme des berühmten Reb Schmuel Zbitkower, eines Millionärs, der während des Kosciuszko-Aufstandes ein Vermögen hergegeben hatte, die Juden von Praga vor den Kosaken des Zaren zu retten. Chaimls Vater, Reb Gabriel, besaß Häuser in Warschau und Lodz. Chaiml war sein einziger Sohn. In seiner Jugend hatte Chaiml den halben Tag mit einem Talmudlehrer im Lehrhaus in Sochaczów verbracht, und die andere Hälfte mit dem Lernen von Sprachen – bis 1915 Russisch, nachdem die Deutschen Warschau besetzt hatten, Deutsch, und nach 1919, nach der Befreiung Polens, Polnisch. Aber er konnte nur eine Sprache wirklich – Jiddisch. Er diskutierte gern mit Feitelsohn über Darwin, Marx und Einstein. Chaiml hatte sie alle auf Jiddisch gelesen.

Chaiml hatte sich niemals um seinen Lebensunterhalt kümmern müssen. Er war ein winziger Mann und zart. Ich dachte oft, es gäbe kein Fach und kein Geschäft, wofür Chaiml geeignet gewesen wäre. Nicht einmal Teetrinken fiel ihm leicht. Ihm fehlte die Geschicklichkeit, eine Scheibe Zitrone abzuschneiden, und Celia mußte es für ihn tun. Chaiml war nur fähig, seinen Vater und seine Frau mit einer kindlichen Liebe zu lieben. Seine Mutter war nicht mehr am Leben. Reb Gabriel hatte eine zweite Frau, deren Name ich vor Chaiml nicht erwähnen durfte. Einmal hatte ich ihn nach seiner Stiefmutter gefragt. Er wurde blaß, legte seine kleine Hand auf meinen Mund und rief aus: »Schweigen Sie! Schweigen Sie! Schweigen Sie! Meine Mutter lebt!«

Celia war auch klein, aber größer als Chaiml. Sie war von seiner Mutterseite her mit ihm verwandt. Als Waise war sie im Haus von Reb Gabriel aufgewachsen. Chaiml verliebte sich in sie, als er noch im Cheder war. Wenn Chaiml nicht essen wollte, fütterte Celia ihn. Als er Russisch, Deutsch und Polnisch lernte, lernte Celia mit ihm zusammen, und während er keine der Sprachen erlernte, tat sie es. Ihre Heirat fand statt, als seine Mutter auf dem Sterbebett lag.

Als ich das Paar kennenlernte, waren sie Ende dreißig. Chaiml sah noch immer wie ein Schüler aus, dem man einen Männeranzug, einen steifen Kragen und eine Krawatte angezogen hatte. Er sprach mit piepsender Stimme, hatte kindliche Bewegungen, lachte kreischend, und wenn nicht alles nach seinem Willen ging, begann er zu weinen. Er hatte dunkle Augen, eine kleine Nase und einen breiten Mund voll fauliger Zähne. Die schwarze Haarkrause um seinen kahlen Schädel hing in Büscheln herunter. Er hatte Angst vor Friseuren, und Celia schnitt ihm die Haare. Sie schnitt auch seine Nägel. Celia hielt sich selbst für eine Atheistin, aber Spuren ihrer chassidischen Erziehung waren ihr geblieben. Sie trug Kleider mit langen Ärmeln und hohen Kragen. Ihr langes dunkles Haar trug sie in einem unmodernen Knoten. Sie war blaß, hatte braune Augen, eine gerade Nase, schmale Lippen, und sie bewegte sich mit der Leichtigkeit eines Mädchens. Chaiml pflegte sie ›meine Kaiserin‹ zu nennen. Celia hatte Chaiml eine Tochter geboren, die im Alter von zwei Jahren gestorben war, und Feitelsohn hatte ihr einmal gesagt, daß der Tod des Kindes ein gewisses Maß an göttlicher Logik enthielt, denn Celia hatte ja bereits ein Kind – Chaiml. Für Celia und Chaiml repräsentierte Feitelsohn die große Welt und europäische Kultur. Feitelsohn hätte nicht Not leiden müssen. Sie boten ihm immer wieder an, zu ihnen in ihre große Wohnung in der Zlotastraße zu ziehen, aber Feitelsohn lehnte es ab.

Er sagte zu mir: »All meine Schwächen und Verirrungen entspringen meinem absoluten Freiheitsdrang. Diese angebliche Freiheit hat mich in einen Sklaven verwandelt.«

2

Weil Feitelsohn lobend von mir sprach, luden mich die Chentschiners oft zum Abendessen, Mittagessen oder zu einem Glas Tee ein. War Feitelsohn dabei, konnte niemand anderer zu Worte kommen. Wir waren alle damit zufrieden, zuzuhören. Er hatte die ganze Welt bereist. Er kannte praktisch jede jüdische Persönlichkeit von Bedeutung, ebenso viele nichtjüdische Gelehrte, Schriftsteller und Humanisten. Chaiml nannte ihn die wandelnde Enzyklopädie. Von Zeit zu Zeit hielt Feitelsohn im Warschauer Schriftsteller-Klub und in anderen Städten Vorträge, und auch auf kurzen Vortragsreisen im Ausland. Bei solchen Gelegenheiten hatten Chaiml, Celia und ich die Möglichkeit, uns miteinander zu unterhalten. Chaiml liebte die Oper und war an Kunst interessiert. Er besuchte Ausstellungen und kaufte Bilder. Seit Jahren waren Kubismus und Expressionismus die Mode, aber Chaiml bevorzugte friedliche Landschaften mit Wäldern, Wiesen, Bächen und hinter Bäumen halb versteckten Hütten, wo, wie er es ausdrückte, man sich vor Hitler verstecken konnte, der gerade drohte, in Polen einzufallen. Auch ich träumte von einem Haus in den Wäldern oder einer Insel, wo ich vor den Nazis sicher sein würde.

Celias Leidenschaft war die Literatur. Sie kaufte und las fast jedes neue Buch, das auf Polnisch oder Jiddisch erschien, wie auch Übersetzungen aus anderen Sprachen, und ihr Geschmack war kritisch. Ich dachte oft darüber nach, wie diese Frau, die keine richtige Bildung erhalten hatte, ein so scharfes Urteil über die schöne Literatur und auch über wissenschaftliche Werke haben konnte. Ich schenkte ihrer Meinung über meine Arbeiten große Aufmerksamkeit; ihre Ansicht war unweigerlich richtig, taktvoll und klug.

Einmal lud mich Celia an einem Abend in ihre Wohnung ein, als Chaiml bei einer Sitzung der Poale Zion war. Wir unterhielten uns lange, und sie verriet mir ein Geheimnis: sie hatte eine Affäre mit Morris Feitelsohn. An diesem Abend wurde mir klar, daß Celia das gleiche Bedürfnis des Beichtens verspürte, wie alle anderen. Sie sprach ganz offen darüber, daß, was die Liebe anging, Chaiml so ahnungslos war wie ein Kind. Er brauchte eine Mutter, keine Frau, während sie heißblütig war. Sie sagte: »Ich bin sehr für Zartheit, aber nicht im Bett.«

Diese Bemerkung, die von einer Frau gemacht wurde, die sich so konservativ anzog und sich auch so benahm, und die jedes ihrer Worte sorgfältig abwog, erstaunte mich mehr als die Tatsache, daß sie Chaiml betrog. Unsere Unterhaltung wurde immer vertraulicher. Was sie zum Ausdruck brachte, war, daß Literatur, Theater, Musik, ja selbst Berichte in der Zeitung sie sexuell erregten, aber zugleich konnte sie sich, ihrem Naturell entsprechend, nur jemandem hingeben, zu dem sie aufblickte. Es genügte, daß ein Mann irgendeine Dummheit äußerte oder Schwäche zeigte, und schon war sie abgestoßen.

Sie sagte: »Ich könnte mit Feitelsohn glücklich sein, aber er ist der größte Lügner, der mir je begegnet ist. Er hat mich so oft belogen, daß ich all meine Selbstachtung verloren habe, weil ich ihm ab und zu doch noch glaube. Er hat hypnotische Kräfte. Er könnte der Mesmer oder Svengali unserer Zeit sein. Wenn Sie glauben, ihn zu kennen, so täuschen Sie sich. Jedesmal, wenn ich mir sage, dieser Mann kann mich nicht mehr überraschen, bekomme ich einen neuen Schock. Wissen Sie, daß Morris so abergläubisch ist, daß man es schon absurd nennen muß? Er hat entsetzliche Angst vor schwarzen Katzen. Ist er gerade auf dem Wege zu einem Vortrag und begegnet jemandem, der ein leeres Gefäß trägt, kehrt er um. Er trägt alle möglichen Amulette bei sich. Wenn er niest, so zieht er an seinem Ohr. Es gibt Worte, die man in seiner Gegenwart nicht aussprechen darf. Haben Sie einmal versucht, mit ihm über den Tod zu sprechen? Er hat mehr Eigenheiten als der Granatapfel Kerne. Er hält alle Frauen für Hexen. Er geht zu Wahrsagerinnen und läßt sich für einen Zloty erzählen, daß er eine lange Reise machen und einer dunklen Frau begegnen wird. Und seine Widersprüche! Er bricht jedes einzelne Gesetz des Schulchan Aruch und predigt gleichzeitig Jüdischkeit. Er hat eine Frau, von der er nicht geschieden ist, und eine Tochter, die er seit Jahren nicht gesehen hat. Als seine Mutter starb, ist er nicht zu ihrer Beerdigung gegangen.«

Ich erinnere mich dieses Abends und der Dinge, die Celia mir anvertraute, denn dies war der Anfang unserer Intimität. Ich hatte den Verdacht, sie habe sich entschlossen, sich durch mich an Feitelsohn wegen seiner Affären mit anderen Frauen zu rächen. Es gab einen Augenblick, wo ich bereit war, sie zu umarmen und ihr die einschmeichelnden Worte ins Ohr zu flüstern, die einem bei solchen Gelegenheiten über die Lippen kommen. Aber ich war sicher, daß Feitelsohn hellseherische Kräfte hatte. Oft, wenn ich gerade etwas aussprechen wollte, nahm er mir das Wort aus dem Munde. Ich brachte die Unterhaltung mit Celia auf ein anderes Thema, und ihre Augen schienen zu fragen: »Sie haben Angst, nicht wahr? Ja, ich verstehe.« Etwas später läutete es an der Tür. Es war Chaiml. Die Versammlung war abgesagt worden, weil nicht genügend Personen erschienen waren. Es war Winter und Chaiml trug einen Pelzmantel, Pelzstiefel und einen Pelzhut, der einem rabbinischen Schtreimel ähnelte. Er sah so komisch aus, daß ich mein Lachen kaum unterdrücken konnte.

Celia sagte: »Chaiml, unser junger Freund hier ist so schüchtern, als hätte er erst gestern die Jeschiwa verlassen. Ich habe versucht, ihn zu verführen, aber er hat nicht mitgemacht.«

»Weshalb sollte man schüchtern sein?« sagte Chaiml. »Wir sind alle aus dem gleichen Protoplasma gemacht, wir haben alle die gleichen Triebe. Finden Sie Celia nicht anziehend?«

»Sowohl anziehend wie intelligent.«

»Wo gibt's dann Probleme? Sie dürfen ihr einen Kuß geben.«

»Kommen Sie her, Sie Schuljunge!« sagte Celia und gab mir einen kräftigen Kuß. Sie sagte: »Er schreibt wie ein Erwachsener, aber er ist noch ein Bub. Wirklich geheimnisvoll.«

Nach einem Weilchen fügte sie hinzu: »Ich habe einen Namen für ihn – Tsutsik. So werde ich ihn von jetzt an nennen.«

3

Dr. Morris Feitelsohn hatte von 1920 bis 1926 in Amerika gelebt, wo er bei einer jiddischen Zeitung angestellt gewesen war und an einem College in der Nachbarschaft Vorträge gehalten hatte. Ich habe nie genau herausgefunden, warum er das Goldene Land wieder verlassen hatte. Jedesmal, wenn ich ihn danach fragte, gab er mir eine andere Antwort. Er sagte, er habe das New Yorker Klima nicht vertragen, habe dort Heuschnupfen, Gürtelrose und andere allergische Krankheiten gehabt. Oder er sagte, er habe den amerikanischen Materialismus nicht ertragen können und die Anbetung des Dollars. Er spielte auch auf romantische Verstrickungen an. Ich hatte gehört, daß die Kollegen an der Zeitung sich gegen ihn verschworen und seine Entlassung herbeigeführt hatten. Außerdem hatte er auch Schwierigkeiten an dem College gehabt, an dem er Vorträge hielt. In unseren Unterhaltungen erwähnte er oft das Jiddische Theater in New York, das Café Royal, wo die jiddischen Intellektuellen der Stadt zusammentrafen, und die zionistischen Führer wie Stephen Wise, Louis Lipsky und Schemarjahu Levin.

Trotz der oft geäußerten Antipathie gegen Amerika und die Amerikaner, hatte Morris Feitelsohn seine Verbindungen dorthin nie gelöst. Er war ein Freund des Direktors des HIAS in Warschau und man kannte ihn beim Amerikanischen Konsulat. Von Zeit zu Zeit kamen Touristen nach Polen, die er entweder in New York gekannt oder die einer seiner amerikanischen Freunde an ihn empfohlen hatte, und Feitelsohn brachte sie in den Schriftsteller-Klub und spielte die Rolle eines Reiseführers. Er versicherte mir, er nähme niemals Geld von diesen Amerikanern, aber ich wußte, daß er mit ihnen in die besten Restaurants ging, in Theater, Museen und Konzerte, und oft schickten sie ihm Krawatten oder andere Geschenke. Er vertraute mir an, einer der höheren Beamten im Amerikanischen Konsulat lasse sich bestechen, um Visa für angebliche Rabbiner, Professoren und ebenso angebliche Verwandte außerhalb der Quote zu verschaffen. Der Weg für solche Bestechungen führte über das Pokerspiel, bei dem man den Beamten einen großen Betrag gewinnen ließ. Der Mittelsmann war der Korrespondent einer ausländischen Zeitung in Warschau, der auch seinen Anteil bekam. Die Tatsache, daß Feitelsohn trotz all diesen Kontakten bettelarm blieb und von einem armen Teufel wie mir ein paar Zloty leihen mußte, schien der Beweis dafür zu sein, daß er im Grunde anständig war.

Für mich war dieser Winter in den dreißiger Jahren einer der härtesten, den ich seit meinem Weggang aus dem Elternhaus erlebt hatte. Die literarische Zeitschrift, für die ich zwei Tage in der Woche als Korrektor arbeitete, war dabei einzugehen. Der Verleger, der meine Übersetzungen veröffentlichte, stand vor dem Bankrott. Ich hatte ein Zimmer bei einer Familie gemietet, die mich jetzt los sein wollte. Es war schon mehrfach vorgekommen, daß jemand mich anrief und ihm gesagt wurde, ich sei nicht zu Hause, obwohl ich in meinem Zimmer saß. Um ins Badezimmer zu gehen, mußte ich durch ihr Wohnzimmer, und nachts war die Tür oft abgeschlossen. Ich hatte schon seit Wochen geplant, umzuziehen, hatte aber kein Zimmer gefunden, das für mich erschwinglich gewesen wäre. Ich unterhielt noch Beziehungen zu Dora Stolnitz – ich wollte sie nicht heiraten, aber ich wollte sie auch nicht aufgeben.

Als ich Dora kennenlernte, hatte sie gesagt, sie halte die Ehe für ein Überbleibsel des religiösen Fanatismus. Wie konnte man einen Vertrag unterzeichnen auf lebenslängliche Liebe? Nur Kapitalisten und Klerikale seien noch darauf bedacht, eine so hypokritische Einrichtung am Leben zu erhalten. Obwohl ich nie ein Linker gewesen war, stimmte ich hierin mit ihr überein. Was immer ich gesehen und gelesen hatte, bezeugte die Tatsache, daß der moderne Mensch die Verpflichtungen der Familie gegenüber nicht ernst nahm. Doras Vater, ein Witwer, hatte in Warschau Konkurs gemacht und war mit einer verheirateten Frau nach Frankreich geflohen, um dem Gefängnis zu entgehen. Dora hatte eine Schwester, die mit einem Journalisten lebte, einem verheirateten Mann, der oft im Schriftsteller-Klub zu finden war. Durch ihn hatte ich Dora kennengelernt. Aber schon in den ersten paar Monaten unserer Beziehung fing sie an, auf unserer Heirat zu bestehen. Sie behauptete, sie wolle dies einer alten Tante zuliebe, einer Schwester ihrer verstorbenen Mutter, die eine fromme Frau sei.

An diesem Wintertag suchte ich von zehn Uhr morgens bis gegen Abend nach einem möblierten Zimmer. Die Zimmer, die mir gefielen, waren zu teuer. Andere waren zu klein oder stanken nach Insektenpulver und Wanzen. In Wirklichkeit konnte ich bei dem augenblicklichen Stand meiner beruflichen Angelegenheiten mir nicht einmal ein billiges Zimmer leisten. Gegen fünf Uhr machte ich mich auf den Weg in den Schriftsteller-Klub. Dort war es warm und die Mahlzeit konnte ich schuldig bleiben. Dorthin zu gehen, erfüllte mich jetzt mit Scham. Was für ein Schriftsteller war ich denn? Ich hatte kein einziges Buch veröffentlicht. Es war ein kalter, nasser Tag. Gegen Abend begann es zu schneien. Ich ging die Lesznostraße entlang, zitternd in meinem dünnen Mantel, und stellte mir vor, ich hätte ein Werk geschrieben, das die Welt auf das höchste erstaunen würde. Aber womit könnte man die Welt noch in Erstaunen versetzen? Mit keinem Verbrechen, keinem Elend, keiner sexuellen Perversion und keinem Wahnsinn. Zwanzig Millionen Menschen waren im Weltkrieg umgekommen, und schon schien die Welt sich für einen neuen Krieg zu rüsten. Worüber könnte ich schreiben, das man nicht schon wußte? In einem neuen Stil? Jedes Experiment mit Worten verwandelte sich schnell in eine Sammlung von Manieriertheiten.

Ich öffnete die Tür zum Klub und erblickte Morris Feitelsohn mit zwei amerikanischen Gästen. Der Mann war klein und untersetzt, mit einem breiten, frischen Gesicht, einem Haarschopf so weiß wie Schaum und einem vorstehenden Bauch. Er trug eine helle Jacke – in einem gelben Ton, den man in Polen nicht kannte. Die Frau war nicht größer, aber jung, schlank, und trug einen kurzen Pelzmantel, den ich für Zobel hielt. Auf ihrem roten Haar trug sie eine schwarze Samtkappe. Ich hatte keine Lust, die Amerikaner kennenzulernen, und versuchte, ihnen auszuweichen, aber Feitelsohn hatte mich schon gesehen und rief: »Tsutsik, wohin wollen Sie?«

Er hatte mich nie zuvor Tsutsik genannt – ganz offenbar hatte er mit Celia gesprochen. Ich blieb stehen. Meine Augen waren von der Kälte gerötet. Ich versuchte, meine Hände an den nassen Schößen des Mantels abzutrocknen.

Feitelsohn sagte: »Wohin wollen Sie? Ich möchte Sie meinen amerikanischen Freunden vorstellen. Das ist Mr. Sam Dreiman und das ist Betty Slonim, eine Schauspielerin. Dieser junge Mann ist Schriftsteller.«

Sam Dreimans Gesicht schien aus Lehm zusammengekleistert zu sein. Er hatte eine breite Nase, dicke Lippen, hohe Backenknochen und kleine, durchdringende Augen unter dichten, weißen Brauen. Seine Krawatte war gelb, rot und goldfarben und von einer Brillantnadel durchbohrt. Zwischen zwei Fingern hielt er eine Zigarre und sprach mit lauter, kratzender Stimme: »Tsutsik?« bellte er. »Was ist das für ein Name? Ein Spitzname, was?«

Betty Slonim hätte der Figur nach ein Schulmädchen sein können, aber unter ihrem Make-up ließ sich ein reifes Gesicht erkennen. Ihre Backen waren hohl, sie hatte ein schmales Kinn, und in dem halben Licht der Deckenlampen schienen ihre Augen gelblich zu sein. Sie erinnerte mich an Trapezkünstler im Zirkus. Ihre Stimme war die eines Knaben.

Sam Dreiman schrie mit mir, als sei ich taub. »Sie schreiben wohl für Zeitungen, was?«

»Ab und zu für Zeitschriften.«

»Was ist schon der Unterschied? In dieser Welt kann man alles gebrauchen. Auf dem Schiff habe ich einen Mann getroffen und ein paarmal Karten mit ihm gespielt. Wir gerieten ins Gespräch und ich fragte ihn: ›Was tun Sie?‹, und er erzählte mir, daß er auf dem Wege nach Afrika sei, um Löwen und andere wilde Tiere für amerikanische zoologische Gärten zu fangen. Er hatte eine Gruppe von Jägern bei sich, Käfige, Netze und der Teufel weiß, was noch. Diese Dame hier, Betty Slonim, ist eine große Schauspielerin, die nach Polen gekommen ist, um im jiddischen Theater aufzutreten. Wenn Sie ein Stück haben, können wir gleich ins Geschäft kommen –«

»Sam, red keinen Unsinn«, unterbrach ihn Betty Slonim.

»So ein junger Mann könnte gerade das Stück haben, nach dem du suchst. Aber ehe wir mit den Geschäften anfangen, wollen wir erst irgendwo etwas essen. Kommen Sie, junger Mann. Wie heißen Sie eigentlich?«

»Aaron Greidinger.«

»Aaron was? Das ist ein schwieriger Name. In Amerika haben wir keine Zeit für lange europäische Namen. Da ist Zeit Geld. Ein Russe kam mal zu uns ins Büro, und er hieß Sergei Ivanovič Metropolitanski. Schon vom Aussprechen eines solchen Namens konnte man Asthma bekommen. Wir nannten ihn Met, und so ist es geblieben. Er ist Installateur, ein Spezialist. Er legt ein Ohr an ein Rohr im Keller, und schon weiß er, was im obersten Stock vor sich geht. Ich habe heute noch kein Mittagessen gehabt und bin hungrig wie ein Wolf.«

»Man kann hier eine Kleinigkeit bekommen«, sagte Feitelsohn und zeigte auf das Büfett.

»Ich werde Ihnen etwas sagen. Ich habe kein Vertrauen zu einem Restaurant, wo Schriftsteller essen. Einmal war ich im Café Royal zum Abendessen, und sie servierten mir ein Stück Fleisch, das so zäh wie Leder war. Ich habe zwei Restaurants weiter unten in dieser Straße gesehen, und beide schienen mir ganz ordentlich zu sein. Kommen Sie, junger Mann, kommen Sie mit uns. Darf ich Sie auch Tsutsik nennen?«

»Ja, natürlich. Aber ich bin nicht hungrig. Ich habe erst vor kurzem gegessen«, log ich.

»Was haben Sie gegessen? Sie sehen nicht wie jemand aus, der zuviel gegessen hat. Wir werden auch einen Whisky trinken – vielleicht sogar Champagner.«

»Wirklich, ich bin nicht – «

»Seien Sie nicht so hartnäckig«, warf Feitelsohn ein. »Kommen Sie mit uns. Sie haben doch gesagt, daß Sie ein Stück geschrieben haben?« fuhr er in anderem Ton fort.

»Ich habe bis jetzt nur den ersten Akt, und der ist auch nur ein erster Entwurf.«

»Was ist es denn für ein Stück?« fragte Betty Slonim.

Ich wurde zwar nicht mehr rot, wenn mich eine Frau ansprach, aber jetzt schoß mir das Blut ins Gesicht. »Ach, es ist nicht für die Bühne.«

»Nicht für die Bühne?« rief Sam Dreiman. »Für was ist es denn dann – König Tut?«

»Es ist kein Publikumsstück.«

»Was ist denn das Thema?« fragte Feitelsohn.

»Die Jungfrau von Ludmir. Sie war ein Mädchen, das wie ein Mann leben wollte. Sie studierte die Tora, sie trug die rituellen Schaufäden, den Gebetsmantel und legte sogar die Gebetsriemen an. Sie wurde ein Rabbiner und unterhielt einen ›Hof‹ für die Chassidim. Sie bedeckte ihr Gesicht mit einem Schal und lehrte die Tora.«

»Wenn es gut geschrieben ist, dann ist es genau das, wonach ich suche«, sagte Betty Slonim. »Kann ich den ersten Akt zu lesen bekommen?«

»Aus dieser Begegnung wird sich etwas entwickeln«, sagte Feitelsohn wie zu sich selbst. »Kommt, wir werden essen, trinken und ›business‹ reden, wie es in Amerika heißt.«

»Ja, junger Mann, kommen Sie!« rief Sam Dreiman. »Behalten Sie einen klaren Kopf, und die gebratenen Hühner werden Ihnen in den Mund fliegen.«

4

Wir saßen im Restaurant Gertner, und Sam Dreiman sprach von seinen und Betty Slonims Plänen. Er hätte in dem Wallstreet-Krach eine Million Dollar verloren, wie er sagte, aber nur auf dem Papier. Früher oder später würden die Aktien wieder steigen. Die Wirtschaft im Lande Onkel Sams sei gesund. Eine ganze Anzahl der Aktien zahle noch Dividenden. Außerdem besitze er noch Häuser und sei Mitbesitzer einer Fabrik. Der Manager sei der Enkel seines Bruders, Bill, ein Rechtsanwalt. Er selber sei kein Jüngling mehr, warum solle er sich also Sorgen machen? Gott habe ihn in späten Jahren noch mit einer großen Liebe gesegnet – er zeigte auf Betty –, und alles, was er wolle, sei, sich zu vergnügen und ihr Vergnügen zu bereiten. Sie sei eine wunderbare Schauspielerin, aber die schlechten Schauspieler im Theater an der Second Avenue mißgönnten ihr das Talent. Man hätte sie nicht einmal als Mitglied der jüdischen Schauspielergewerkschaft aufgenommen, aber die seltenen Male, daß sie ihnen zum Trotz aufgetreten sei, hätte sie phantastische Kritiken bekommen, nicht nur in der jiddischen, sondern auch in der englischen Presse. Sie hätte am Broadway auftreten können, aber sie wolle lieber in jiddischen Stücken spielen. In dieser Sprache könne sie ihre ganze Begabung entfalten. Geld spiele keine Rolle. Er werde hier in Warschau ein Theater für sie mieten. Die Hauptsache sei, ein für sie passendes Stück zu finden. Betty brauche dramatische Rollen. Am liebsten spiele sie in Tragödien. Sie sei nicht geeignet für Lustspiele, und sie verachte ›Tanz, Gesang und Posse‹ des jiddischen Theaters in Amerika.

Er wandte sich zu mir. »Wenn Sie das richtige Zeug herbeischaffen können, junger Mann, werde ich Ihnen einen Vorschuß von fünfhundert Dollar geben. Ist das Stück ein Erfolg, dann bekommen Sie auch noch Tantiemen. Ist es ein Erfolg in Warschau, dann bringe ich es nach Amerika rüber. Der erste Akt ist fertig, haben Sie gesagt. Haben Sie schon den zweiten angefangen? Betty, rede du mit ihm. Du weißt besser, was du willst.«

Betty wollte gerade etwas sagen, als Feitelsohn ihr zuvorkam: »Aaron, Sie werden Millionär! Sie werden mein Wohltäter und Verleger werden. Und vergessen Sie nicht, daß ich der Vermittler war, der das alles zustande gebracht hat.«

»Wenn was draus wird, werden Sie Ihre Vermittlungsgebühr von mir bekommen!« brüllte Sam Dreiman. Jedesmal, wenn er sprach, spreizte er seine Hände, und ich sah einen dicken Brillantring an seinem Finger. Er trug auch ein goldenes Uhrenarmband und mit Edelsteinen besetzte Manschettenknöpfe.

Nachdem Betty ihren Pelzmantel ausgezogen hatte und in einem ärmellosen schwarzen Kleid dasaß, konnte ich sehen, wie dünn sie war. Sie hatte einen Adamsapfel wie ein Junge; ihre Arme waren Stöckchen. In Warschau redete man schon davon, wie gesund und modern es sei, schlank zu sein, aber diese Betty schien mir halbverhungert. Es war auch Mode in Warschau, daß die Frauen ihre Nägel lang wachsen ließen und sie rot lackierten, aber Bettys Fingernägel waren nicht gefärbt, und es war offensichtlich, daß sie sie abknabberte. Der Herrenschnitt war aus der Mode gekommen, aber Betty trug kurze Haare. Sie berührte das Essen kaum, und zwischen den einzelnen Bissen zog sie an einer Zigarette. An ihrem linken Handgelenk trug sie ein breites Brillantarmband und um ihren Hals ein Halsband mit kleineren Brillanten.

Sie beugte sich zu mir und sagte: »Wann lebte dieses Mädchen? In welchem Jahrhundert?«

»Im neunzehnten. Sie ist erst vor kurzem in Jerusalem gestorben. Sie ist vielleicht hundert Jahre alt geworden.«

»Ich habe nie von ihr gehört. War sie wirklich so fromm?«

»Ja, sehr fromm. Viele Chassidim glaubten, sie sei von dem Dibbuk eines alten Rabbiners besessen, der durch ihren Mund die Tora verkündete.«

»Was hat sie sonst noch getan? Hat das Stück viel Handlung?«

»Sehr wenig.«

»Ein Drama muß aber Handlung haben. Die Heldin kann nicht drei oder vier Akte lang nur die Tora von sich geben. Irgend etwas muß geschehen. War sie verheiratet?«

»Wenn ich mich recht erinnere, hat sie später geheiratet, aber ich glaube, sie hat sich scheiden lassen.«

»Warum haben Sie nicht irgendeine Liebschaft für sie erfunden? Wenn eine solche Frau sich verlieben würde, gäbe das einen tollen Konflikt.«

»Ja, das ist eine Idee, der man nachgehen könnte.«

»Lassen Sie sie sich in einen Nichtjuden, einen Christen verlieben.«

»Einen Christen? Das geht nicht.«

»Warum nicht? Liebe kennt keine Einschränkungen. Nehmen wir an, sie wird krank und geht zu einem christlichen Arzt. Es könnte sich sehr gut eine Liebe zwischen ihnen entwickeln.«

»Warum könnte sie sich nicht in einen Juden verlieben?« fragte Feitelsohn. »Ich bin sicher, daß die Chassidim, die um ihren Tisch saßen und ihre Überbleibsel aßen und ihrer Tora lauschten, alle ganz verrückt nach ihr waren.«

»Durchaus!« dröhnte Sam Dreiman. »Wenn ich einer dieser Chassidim wäre und nicht meine Betty hätte – sie möge mich überleben! – wäre ich auch verrückt nach ihr! Ich gebe zu, ich verstehe nichts von den höheren Dingen, aber ich liebe gebildete Frauen! Betty ist aufs Gymnasium gegangen. Sie hat Hunderte von Büchern gelesen. Sie ist im Stanislawskij-Theater aufgetreten. Erzähle ihnen, Betty, mit wem du alles gespielt hast. Damit sie wissen, wer du bist!«

Betty schüttelte den Kopf. »Da gibt es nichts zu erzählen. Ich bin in Rußland aufgetreten, habe auf Jiddisch und auch auf Russisch gespielt, aber es ist nun mal mein Pech, daß, noch ehe ich richtig zum Zuge komme, sich um mich herum ein ganzes Netz von Intrigen bildet. Mir liegt nichts an der Macht, ich bin nicht reich, ich habe nie versucht, irgend jemand den Mann oder den Liebhaber zu stehlen. Anfangs waren die Männer sehr aufmerksam zu mir, aber als ich sie mir vom Leibe hielt, wurden sie über Nacht meine Feinde. Und die Frauen hätten mich alle gern in einem Löffel Wasser ertränkt, wie man so schön sagt. So war es in Rußland, und so war es in Amerika, und hier wird es genauso sein – es sei denn, daß es nicht zu einer Verschwörung gegen mich kommt.«

»Wenn jemand wagt, ein Wort gegen meine Betty zu sagen, reiß' ich ihm die Augen aus!« brüllte Sam Dreiman. »Hier wird man dir die Füße küssen!«

»Ich will nicht, daß man mir die Füße küßt. Ich will nur, daß man mich in Ruhe läßt, so daß ich in aller Seelenruhe spielen kann.«

»Du wirst spielen, Betty, mein Liebling, und die ganze Welt wird wissen, wie großartig du bist. Man hat immer versucht, die Großen klein zu halten. Glaubst du, daß Sarah Bernhardts Weg mit Rosen bestreut war? Na, und wie war es bei den anderen? Die aus Italien – wie hieß sie nur? Und Isadora Duncan, glaubst du, die hatte keine Schwierigkeiten? Sogar die Pawlowa hatte welche. Wenn die Leute spüren, daß da ein Talent ist, werden sie zu Wölfen. Ich habe mal in der Zeitung über die Rachel gelesen – ich hab vergessen, wer es geschrieben hat – und wie die Antisemiten in Paris versucht haben, sie herauszudrängen –«

»Sam, ich möchte mit dem jungen Mann über das Stück sprechen.«

»Sprich, Liebling, das Stück gefällt mir schon, ehe ich es noch gelesen habe. Ich habe das Gefühl, daß es wie für dich gemacht ist. Ich möchte wetten, daß auch in dir, mein Liebling, ein Dibbuk sitzt.« Er wendete sich an mich. »Wenn sie mich manchmal anschreit, scheint es wirklich, als ob sie besessen ist –«

»Willst du jetzt aufhören oder nicht? Hör auf!«

»Ich hör schon auf. Ich will dem jungen Mann nur noch etwas sagen. Ich werde Ihnen ein paar hundert Dollar geben, so daß Sie arbeiten können und sich nicht sorgen müssen, wovon Sie die nächste Mahlzeit bezahlen werden. Aber in dem Stück muß etwas passieren. Lassen Sie das Mädchen sich in einen Arzt oder einen Chassid oder einen Hundefänger verlieben, was immer Sie wollen. Das wichtigste ist, daß das Publikum gespannt ist, was jetzt passieren wird. Ich bin kein Schriftsteller, aber ich würde sie vielleicht schwanger werden lassen und –«

»Sam, wenn du nicht aufhörst, dich wie ein Clown zu benehmen, gehe ich.«

»Schon gut. Du wirst von mir keinen Pieps mehr hören, bis wir nach Hause gehen.«

»Ich wollte etwas sagen, aber er hat mich so durcheinandergebracht, daß ich es vergessen habe«, beklagte sich Betty.

»Ach ja, es muß Handlung geben. Aber Sie sind der Schriftsteller, nicht ich.«

»Eigentlich bin ich gar kein Bühnenschriftsteller. Ich habe angefangen, diese Sache für mich selbst zu schreiben. Ich wollte die Tragödie einer intellektuellen Frau darstellen, besonders unter Juden, wo –«

»Ich halte mich nicht für eine Intellektuelle, aber das ist auch meine Tragödie. Warum, glauben Sie, hat man sich gegen mich verschworen? Weil ich für ihren Klatsch, ihre Intrigen und ihre Dummheit nicht genug Geduld aufbringen konnte. Von Kindheit an, war ich ein Außenseiter. Meine eigenen Schwestern haben mich nicht verstanden. Meine Mutter sah mich an, wie eine Henne, die auf einem Entenei gesessen und ein Geschöpf ausgebrütet hat, das vom Wasser angezogen wird. Mein Vater war ein Gelehrter – ein Chassid, ein Anhänger des Husiatiner Rabbis – und die Bolschewiki haben ihn erschossen. Warum? Er war reich gewesen, aber der Krieg hatte ihn ruiniert. Die Leute erfanden allerlei Geschichten und erhoben falsche Beschuldigungen gegen ihn. Meine ganze Familie ist in Rußland geblieben, aber ich konnte nicht unter den Mördern meines Vaters leben. Die Wahrheit ist, die ganze Welt ist voll von bösen Menschen.«

»Betty, hör auf, so zu reden. Wenn ich für jeden guten

Menschen eine Million hätte, würde Rockefeller meine Heizung bedienen.«

»Sie sind die erste pessimistische Frau, die ich in meinem ganzen Leben kennengelernt habe«, bemerkte Feitelsohn. »Pessimismus ist eigentlich ein männlicher Zug. Ich kann mir eine Frau mit männlichen Charakteristika und Begabungen vorstellen – sagen wir, einen weiblichen Mozart, oder sogar einen Edison. Aber ein weiblicher Schopenhauer liegt jenseits meiner Vorstellungskraft. Blinder Optimismus ist wesentlich für den Begriff Frau. Plötzlich so etwas aus dem Munde einer Frau zu hören!«

»Vielleicht bin ich keine Frau?«

»Darüber entscheide ich!« schrie Sam. »Du bist eine hundertprozentige Frau – nein, nicht hundert, sondern tausend Prozent! Ich habe viele Frauen in meinem Leben gekannt, aber so etwas wie sie –«

»Sam!«

»Schon gut, ich halte den Mund. Junger Mann, fangen Sie morgen früh mit dem Stück an, und machen Sie sich keine Sorgen um Geld. Betty, mein Liebling, hör auf, so viel zu rauchen. Du bist schon bei deiner dritten Schachtel heute.«

»Sam, kümmere dich um deine Angelegenheiten.«

5

Als Feitelsohn und ich uns von Sam Dreiman und Betty verabschiedeten, war es Mitternacht geworden. Während wir uns die Hand reichten, drückte Betty die meine einmal und dann noch einmal. Sie hob mir ihr Gesicht entgegen und ich verspürte einen Hauch von Alkohol und Tabak. Betty hatte wenig gegessen, aber sie hatte mehrere Glas Kognak getrunken. Sie und Sam wohnten im Hotel Bristol und nahmen ein Taxi dorthin. Feitelsohn bewohnte ein Zimmer in der Dlugastraße, aber er ging mit mir bis zur Nowolipkistraße, wo Dora

Stolnitz wohnte. Er wußte über meine Beziehungen Bescheid. Er ging selten vor zwei Uhr schlafen.

Er nahm meinen Arm und sagte: »Mein Junge, Betty hat ein Auge auf Sie geworfen – bestimmt! Wenn an Ihrem Stück auch nur das geringste dran ist, sind Sie ein gemachter Mann. Sam Dreiman ist schwerreich, und er ist ganz verrückt mit Betty. Nehmen Sie Ihr Manuskript und stopfen Sie an Liebe und Sex hinein, was nur reingeht.«

»Ich kann doch keinen seichten Kitsch daraus machen.«

»Seien Sie kein Esel. Theater ist doch Kitsch per definitionem. Es gibt kein wirklich tragendes literarisches Stück. Literatur besteht aus Worten, ebenso wie Musik aus Tönen besteht. Werden die Worte auf der Bühne gesprochen oder gar rezitiert, so sind sie bereits Ware aus zweiter Hand.«

»Das Publikum wird nicht kommen.«

»Es wird, es wird. Ein Kerl wie Sam Dreiman würde sich auch nichts daraus machen, die Kritiker zu bestechen. Vielleicht sogar das Publikum. Die Hauptsache ist, geizen Sie nicht mit dem Schmalz. Die heutigen Juden lieben drei Dinge – Sex, die Tora und Revolution, alles miteinander vermischt. Geben Sie ihnen das, und man wird sie himmelhoch loben. Haben Sie vielleicht einen Zloty übrig?«

»Zwei.«

»Gut, Sie benehmen sich schon wie ein Millionär. Was halten Sie von Betty?«

»Sie scheint an Verfolgungswahn zu leiden.«

»Wahrscheinlich ist sie auch eine lausige Schauspielerin. Übrigens hatte ich kürzlich ganz merkwürdige Vorstellungen. Wir sprachen heute von Dibbuks – ich bin von einem Dibbuk besessen. Er verlangt von mir, ein Institut des reinen Hedonismus zu gründen.«

»Ist nicht das Leben selbst so ein Institut?«

»Ja und nein. Gewiß, alle Menschen sind Hedonisten. Von der Wiege bis zur Bahre denkt der Mensch nur an sein Vergnügen. Und was wollen die Frommen? Vergnügen in der anderen Welt. Und was wollen die Asketen? Geistiges Vergnügen. Ich gehe noch weiter. Für mich umfaßt das Vergnügen das ganze Universum. Spinoza sagt, daß Gott zwei Attribute habe, die uns bekannt sind – das Denken und die Ausdehnung. Ich behaupte, daß Gott Vergnügen ist. Wenn Vergnügen ein Attribut ist, dann muß es aus unendlichen Modi bestehen. Das würde heißen, daß es noch Myriaden unbekannter Vergnügen zu entdecken gibt. Sollte Gott jedoch ein Attribut des Bösen haben, dann weh über uns! Vielleicht ist Er nicht ganz so allmächtig und braucht unsere Mithilfe. Mein Dibbuk sagt mir, daß, da wir alle Teile von Ihm sind und weil Menschen die größten Egotisten unter allen Lebewesen sind – Spinoza behauptet ja, die menschliche Eigenliebe sei Gottes Liebe für den Menschen –, die Jagd nach dem Vergnügen des Menschen einziges Ziel sei. Wenn ihm dies nicht gelingt, wird ihm auch alles andere nicht gelingen.«

»Weiß denn Ihr Dibbuk noch nicht, daß es dem Menschen nicht gelungen ist? Ist der Weltkrieg nicht genügend Beweis dafür?«

»Es mag ein Beweis für mich sein, aber nicht für meinen Dibbuk. Er läßt mich wissen, daß Gott an einer Art göttlichen Gedächtnisschwunds leidet, der dazu geführt hat, daß Er den Zweck Seiner Schöpfung vergessen hat. Mein Dibbuk vermutet, Gott habe in zu kurzer Ewigkeit versucht, zu viel zu tun. Er hat sowohl Maßstab wie Übersicht verloren und braucht sehr nötig Hilfe.«

»Sie scherzen, nicht wahr?«

»Natürlich scherze ich, aber auf eine gewisse Art meine ich es auch ernst. Ich sehe Ihn als einen sehr kranken Gott, der von Seinen Milchstraßen und Unmengen von Gesetzen, die Er geschaffen hat, so verwirrt ist, daß Er nicht mehr weiß, was Er am Anfang beabsichtigt hat. Manchmal sehe ich mein eigenes Geschreibsel an und finde, ich habe etwas angefangen und es stellt sich heraus, es war das Gegenteil von dem, was ich beabsichtigt hatte. Nachdem wir angeblich nach Seinem Bilde geschaffen worden sind, hätte Ihm dann nicht etwas Ähnliches zustoßen können?«

»Sie wollen also Sein Gedächtnis auffrischen. Ist dies das Thema Ihres nächsten Aufsatzes?«

»Es könnte es sein, aber die idiotischen Redakteure wollen nichts von mir drucken. Seit einiger Zeit schicken sie mir alles zurück. Sie machen sich nicht einmal die Mühe, es zu lesen. Übrigens muß ich auch Ihr Gedächtnis auffrischen. Sie haben mir zwei Zloty versprochen.«

»Sie haben recht. Hier sind sie. Entschuldigen Sie, bitte.«

»Danke. Lachen Sie mich nicht aus. Erstens hat mir dieser verrückte Sam zuviel zu trinken gegeben. Zweitens lasse ich nach Mitternacht meinem Verstand, oder was davon übriggeblieben ist, die Zügel schießen. Ich bin dann nicht verantwortlich für das, was ich schwatze oder denke. Da ich nicht schlafen kann, muß ich mit offenen Augen träumen. Vielleicht leidet auch Er, wie ich, an Schlaflosigkeit. In der Tat steht es ja im Guten Buch, daß Er nicht döst noch schläft, sondern über die Kinder Israels wacht. Was für ein Wächter! Gute Nacht!«

»Gute Nacht. Es war mir ein Vergnügen. Danke.«

»Versuchen Sie, dieses lausige Stück zu schreiben. Ich habe vor nichts mehr Respekt, aber das Geld bete ich an. Sollten wir je zur Abgötterei zurückkehren, dann wäre mein Tempel eine Bank. Sie sind da.«

An der Nowolipkistraße streckte mir Feitelsohn seine warme Hand entgegen und machte sich auf den Nachhauseweg. Ich läutete, und der Pförtner ließ mich hinein. Alle Fenster nach dem Hof zu waren dunkel, außer einem im dritten Stock. Die Nacht bei Dora zu verbringen war sowohl eine Gefahr (die Wohnung konnte durchsucht und illegale Literatur gefunden werden) wie eine Demütigung (wir hatten uns getrennt). Sie war dabei, sich nach Rußland hineinzuschmuggeln, um einen Propagandakurs mitzumachen. Obwohl sie es wütend bestritt, wurde fast jeder Kommunist, der die polnische Grenze überschritt, von den Sowjets festgenommen – man beschuldigte ihn der Spionage, Sabotage und des Trotzkismus. Ich hatte sie mehr als einmal gewarnt, daß eine solche Reise Selbstmord sei, aber sie hatte geantwortet: »Diejenigen, die verhaftet worden sind, haben es reichlich verdient. Alle Faschisten, Sozialfaschisten und alle anderen kapitalistischen Lakaien sollten liquidiert werden, je eher je besser.«

»War Herzke Goldschlag ein Faschist? War Berel Guttman ein Faschist? War dein Freund Irka ein Faschist?« fragte ich.

»Unschuldige Leute werden in der Sowjetunion nicht ins Gefängnis gesperrt! Das geschieht in Warschau, in Rom und in New York.«

Weder Tatsachen noch Argumente konnten sie überzeugen. Sie hatte andere hypnotisiert und stand selber unter dem Bann. Ich sah sie in meiner Phantasie die Grenze bei Nieświež überschreiten, auf den Boden fallen und die Erde des Landes des Sozialismus küssen, um sofort von den Rotgardisten ins Gefängnis geworfen zu werden. Dort würde sie unter Dutzenden ihresgleichen sitzen – hungrig und durstig neben einem Kübel – und sich fragen: ›Ist das möglich? Was für ein Verbrechen habe ich begangen? Ich, die ich meine besten Jahre dem sozialistischen Ideal geopfert habe.‹

Ich ging langsam. Ich hatte geschworen, nie wieder herzukommen, aber mich verlangte nach ihrem Körper. Ich wußte, daß wir uns für immer trennen würden. Vielleicht wurde auch sie von Zweifeln bedrängt. Ich blieb einen Augenblick auf der dunklen Treppe stehen und überließ mich einer kurzen Selbstbetrachtung. Was würde geschehen, wenn ich heute nacht zusammen mit ihr verhaftet würde? Welche Rechtfertigung konnte ich dann vorbringen? Wozu hatte ich mir das eingebrockt? Mich als Gesunder in ein Krankenbett zu legen, wie das Sprichwort sagt. Ja, und warum sollte ich versuchen, mein Stück umzuschreiben, um Betty Slonims Launen zu befriedigen? Und was hatte Feitelsohn eigentlich im Sinn? Merkwürdig, in den letzten Monaten hatte ich immer wieder im Schriftsteller-Klub gehört, daß irgend jemand eine Orgie veranstaltet hatte. Im Klub gab es einen Tisch, den die jungen Schriftsteller den ›Tisch der Impotenten‹ genannt hatten.

Jeden Abend, nach dem Theater und dem Kino, versammelten sich dort die älteren Schriftsteller – die Klassiker, Zeitungsredakteure und älteren Journalisten mit ihren Damen – und man diskutierte über Politik, jüdische Angelegenheiten, über die Erotik, die durch Freud in Mode gekommen war, und über die sexuelle Befreiung in Rußland, Deutschland und der ganzen westlichen Welt. Ein berühmter Schauspieler, Fritz Bander, war aus Deutschland nach Polen gekommen. Die nazistischen und konservativen Zeitungen hatten eine Weile einen Kampf gegen Bander geführt, weil er die deutsche Sprache verderbe (›mauscheln‹ nannten sie es), weil er beleidigende Äußerungen über Ludendorff gemacht habe und weil er eine junge Dame der deutschen Aristokratie verführt und zum Selbstmord getrieben habe. Bander, ein galizischer Jude, versetzten die Angriffe und die schlechten Kritiken, die er erhalten hatte, in eine solche Wut, daß er Berlin verlassen hatte und nach Warschau gekommen war. Er wollte Buße tun und zum jiddischen Theater zurückkehren. Er hatte seine christliche Freundin Gretel, die Frau eines deutschen Filmdirektors, mitgebracht. Ihr Mann hatte Bander zu einem Duell aufgefordert und ihn mit einem Revolver bedroht. Jetzt saß Bander mit seiner Freundin jeden Abend am Tisch der Impotenten und erzählte jiddische Witze im galizischen Tonfall. In Berlin war er wegen seiner sexuellen Heldentaten berühmt gewesen. Im Romanischen Café erzählte man sich seltsame Geschichten von seinen Abenteuern. Im Warschauer Schriftsteller-Klub amüsierte man sich darüber, daß Banders Prahlereien den Ehrgeiz des alten kranken Schriftstellers Roschbaum geweckt hatten, ein neuer Casanova zu werden.

Ehe ich an Doras Tür klopfte, stand ich still und lauschte. Vielleicht war gerade eine Zusammenkunft des Bezirkskomitees im Gange? Vielleicht hielt die Polizei eine Razzia ab? In dieser verdächtigen Wohnung war alles möglich. Aber nein, es war alles still. Ich klopfte dreimal – ein zwischen Dora und mir verabredetes Zeichen – und wartete. Bald hörte ich ihre Schritte. Ich habe nie verstanden, warum sie in ihrer Wohnung kein Telefon hatte, nahm aber an, damit die Polizei sie nicht abhören konnte.

Dora war klein, breit in den Hüften und hatte einen riesigen Busen. Sie hatte eine schiefe Nase. Das einzig Anziehende an ihr waren ihre großen zitternden Augen. Sie strahlten eine Mischung von Schläue und Feierlichkeit aus, die Feierlichkeit eines, der die Rettung der Menschheit auf sich genommen hat. Jetzt stand sie im Nachthemd an der Tür, mit einer Zigarette zwischen den Lippen. »Ich dachte, du hast Warschau verlassen«, sagte sie.

»Wohin hätte ich gehen sollen? Ohne mich zu verabschieden?«

»Dir würde ich alles zutrauen.«

6

Obwohl es einem Kommunisten verboten ist, einem Angehörigen der feindlichen Klasse Parteigeheimnisse zu verraten, berichtete mir Dora, daß alles für ihre Abreise vorbereitet sei. Es war nur noch eine Frage von Tagen. Sie hatte schon einen Teil ihrer Möbel an Nachbarn verkauft. Ein Parteifunktionär sollte die Wohnung übernehmen. Ich hatte ihr ein Bündel Manuskripte zur Aufbewahrung gegeben, und sie erinnerte mich daran, daß ich sie am Morgen, wenn ich ginge, mitnehmen müsse. Obwohl ich ein reichliches Abendessen zu mir genommen hatte, bestand Dora darauf, ich müsse mit ihr Brötchen mit eingelegtem Hering essen und Tee trinken.

»Du bist selbst an dieser Situation schuld«, sagte sie vorwurfsvoll. »Hätten wir wie ein normales Paar zusammengelebt, würde ich nicht fortgehen. Die Partei zwingt Mann und Frau nicht, sich zu trennen, besonders wenn ein Kind da ist. Wir hätten jetzt schon ein paar Kinder haben können.«

»Und wer würde sie ernähren? Genosse Stalin? Ich habe keine Arbeit. Ich bin zwei Monate Miete schuldig.«

»Unsere Kinder wären nicht verhungert. Na, für solch

dummes Gerede ist es jetzt zu spät. Du wirst deine Kinder mit einer anderen haben.«

»Ich will mit niemandem Kinder haben«, sagte ich.

»Typisch degenerierte Psychologie kapitalistischer Helfershelfer. Das ist der Zusammenbruch des Westens, das Ende der Zivilisation. Es bleibt nichts anderes übrig, als die Katastrophe zu beklagen. Wie auch immer, Mussolini und Hitler werden Ordnung schaffen. Mutter Rachel wird aus dem Grabe steigen und ihre Kinder zurück nach Zion führen. Mahatma Gandhi und seine Ziege werden über den britischen Imperialismus siegen.«

»Dora – genug!«

»Komm ins Bett. Es könnte das letzte Mal für uns sein.«

Die Sprungfedern in der Mitte des Bettes hatten nachgegeben und es war eine Kuhle entstanden. Selbst wenn wir gewollt hätten, hätte nicht jeder für sich liegen können. Wir rollten gegeneinander und spürten unser Verlangen. Ihr Körper war mollig, glatt und warm. Ihre riesigen Brüste erstaunten mich immer wieder, wenn wir zusammen waren – wie konnte sie so eine Last mit sich herumschleppen? Sie drückte ihre runden Knie gegen meine und beschwerte sich, daß ich ihr weh tue. Unsere Seelen (oder wie immer man das nennen wollte) hatten einander böse zugerichtet und waren nicht einig, aber unsere Körper waren sich zugetan geblieben. Ich hatte gelernt, mein Verlangen zu zähmen. Wir gaben uns dem Vorspiel hin, dem Liebesspiel und manchmal auch noch dem Nachspiel.

Dora legte eine Hand auf meine Hüfte. »Hast du schon meine Nachfolgerin auf Lager?«

»Hm, und was ist mit dir?«

»Dort werde ich so viel zu tun haben, daß es gar keine Zeit gibt, daran zu denken. Es wird ein sehr schwieriger Kurs sein. Und es ist nicht leicht, sich an neue Umstände zu gewöhnen. Liebe ist für mich kein Spiel. Ich muß vor allem den Menschen respektieren können, an ihn glauben, mich auf sein Denken und seinen Charakter verlassen können.«

»Ein Russe mit all diesen Qualitäten wird dort schon auf dich warten.«

»Du kannst gar nicht mitreden. Du warst immer bereit, mich für das erste beste Weibsbild einzutauschen.«

Wir küßten uns und wir stritten uns. Ich zählte alle ihre ehemaligen Liebhaber auf, während sie alle diejenigen aufführte, mit denen ich sie betrogen haben könnte. »Du kennst nicht einmal die Bedeutung des Wortes ›Treue‹!« sagte sie. Sie küßte und biß mich. Gesättigt schliefen wir ein, und ich erwachte mit erneutem Verlangen.

Dora säuselte in schmalzigem Singsang: »Nie werde ich dich vergessen, nie! Meine letzten Gedanken auf dem Sterbebett werden dir gelten, du verkommenes Subjekt!«

»Dora, ich mache mir Sorgen um dich.«

»Worum sorgst du dich, du lausiger Egoist?«

»Dein Genosse Stalin ist ein Wahnsinniger.«

»Du bist nicht wert, seinen Namen zu nennen. Nimm mich in deine Arme! Es ist besser, in einem freien Land zu sterben, als unter faschistischen Hunden zu leben.«

»Wirst du mir schreiben?«

»Du verdienst es nicht, aber mein erster Brief wird an dich sein.«

Ich döste wieder ein, und ich war in Warschau und in Moskau zugleich. Ich kam zu einem Platz voller Gräber. Ich klopfte an eine Tür und ein riesiger Russe öffnete. Er war splitternackt und unbeschnitten. Ich fragte nach Dora und er antwortete: »Sie vermodert in Sibirien.« Drinnen war eine wüste Party im Gange. Männer spielten Ziehharmonika, Gitarre und Balaleika; nackte Frauen tanzten. Ein gelber Hund kam aus der Menge heraus und ich erkannte Jolka, die den Soltys in Miedzeszyn gehört hatte. Aber Jolka war gestorben. Was machte sie in Moskau? Oh, diese belanglosen Träume, die überhaupt keine Bedeutung haben, sagte ich mir im Traum.

Ich öffnete meine Augen, und jenseits des Fensters schien eine trübe Dämmerung ihre ewige Wiederkunft zu bedenken.

Dora klapperte in der Küche mit Töpfen. Sie ließ Wasser aus dem Hahn laufen und trällerte ein Lied über Charlie Chaplin vor sich hin. Ich blieb still liegen, benommen von der Welt und ihren Ungereimtheiten. Sie erschien im Türrahmen. »Ich mache dir Frühstück.«

»Wie ist es draußen?«

»Es schneit.«

Ich wusch mich mit kaltem Wasser über der Spüle. Das Wasser war eisig.

Dora sagte: »Ich habe hier noch ein Paar deiner langen Unterhosen rumliegen gehabt. Ich habe sie gewaschen.«

»Gut, danke.«

»Zieh sie an. Und vergiß nicht, dein faschistisches Manuskript mitzunehmen.«

Sie brachte mir die Unterhosen und holte unter dem Bett ein verschnürtes Bündel Manuskripte hervor.

Während ich aß, predigte Dora: »Es ist nie zu spät, sich zur Wahrheit zu bekehren. Spuck doch auf all diesen Abschaum und komm mit mir. Hör auf, über all die Rabbis und Geister zu schreiben und erkenne, wie die wirkliche Welt aussieht. Hier ist alles korrupt. Dort drüben fängt das Leben erst an.«

»Korruption gibt es überall.«

»Ist das deine Vorstellung von der Welt? Dies hier könnte unser letztes gemeinsames Frühstück sein. Hast du vielleicht drei Zloty?«

Ich zählte drei Zloty ab und gab sie ihr. Mir blieben drei Zloty und Kleingeld. Die Zeitschrift und der Verleger schuldeten mir etwas Geld, aber es war unmöglich, auch nur einen Groschen aus ihnen herauszubekommen. Meine einzige Hoffnung war ein Vorschuß von Sam Dreiman. Ich verabschiedete mich von Dora und versprach, am Abend wiederzukommen. Ich nahm das Manuskriptbündel und ging in den kalten Hof hinaus. Es fiel trockener Schnee. Auf dem Deckel des Abfallkübels balancierte eine Katze. Sie richtete ihre stachelbeergrünen Augen auf mich und miaute. War sie hungrig? Verzeih mir, ich habe nichts für dich. Wende dich an den

Bösewicht, der dich geschaffen hat. Ich ging durch das Tor. In dem Gebäudc befand sich ein Krankenhaus, wo die Kranken hinkamen, um Gutscheine für den Arzt zu holen. Einige ältere, in Schals gehüllte Frauen traten durch das Tor. Ich bildete mir ein, daß sie nach Zahnschmerzen und Jod röchen. Alle sprachen gleichzeitig, jede über ihre eigene Krankheit. Die Wolken hingen tief. Ein eisiger Wind blies. Ich eilte auf die Straße und zu meinem möblierten Zimmer. Es war gerade groß genug für das Bett, den einzigen Stuhl, und es war fast so kalt wie draußen. Ich öffnete das Bündel mit den Manuskripten und zu meinem Erstaunen sah ich den Anfang des zweiten Aktes meines Stückes. Hatte die Vorsehung dies verfügt? Irgendwo waren Ursache und Zweck fest miteinander verbunden. Ich fing an zu lesen. Die Jungfrau von Ludmir beklagte die Tatsache, daß Gott den Männern alle Vorteile gewährt und den Frauen nur die Überbleibsel gelassen hatte: die Gesetze, die mit der Geburt verbunden sind, rituelle Waschungen in der Mikwe, und das Anzünden der Sabbatkerzen. Sie beschuldigte Moses, ein Frauenfeind gewesen zu sein, und schob die Schuld für alles Böse in der Welt auf die Tatsache, daß Gott ein Mann sei. Sollte ich in dieses Stück Liebe und Sex einbauen? Wen sollte sie lieben – einen Arzt, oder einen Kosaken? Sie könnte auch eine Lesbierin sein, aber das würde das Publikum nicht reizen. Noch waren die Warschauer Juden nicht reif für ein solches Thema. Plötzlich kam mir ein Gedanke: sie müßte sich in den Dibbuk verlieben, von dem sie besessen war. Der Dibbuk war ein Mann – ich könnte ihn einen Musiker, einen Zyniker, einen Lüstling oder einen Atheisten sein lassen. Sie würde sowohl mit seiner wie mit ihrer eigenen Stimme sprechen. Es wäre möglich, daß Betty Slonim das spielen könnte. Sie würde eine gespaltene Persönlichkeit darstellen. Sie könnte möglicherweise den Dibbuk in ihr heiraten, er würde sie mißhandeln, sie enttäuschen, und sie würde sich scheiden lassen.

Ich mußte Betty Slonim von meinem Einfall sofort berichten. Ich wußte, daß sie im Hotel Bristol wohnte, aber ich konnte mich nicht entschließen, ohne Anmeldung zu einer Dame ins Hotel zu gehen. Ich hatte nicht einmal den Mut, sie anzurufen. Ich beschloß, in den Schriftsteller-Klub zu gehen. Feitelsohn könnte dort sein, und ich könnte ihm meinen Plan unterbreiten. Obwohl ich müde war, war doch ein Funke von Interesse für Betty Slonim in mir lebendig geblieben. Ich hatte mich schon allerlei Phantastereien hingegeben, in denen wir beide gemeinsam unseren Ruhm genossen – sie als Schauspielerin und ich als Dramatiker. Aber Feitelsohn war nicht im Klub. Im ersten Raum spielten zwei arbeitslose Journalisten Schach, und ich blieb ein Weilchen stehen, um ihnen zuzusehen. Der eine, der gewann – Pinie Machtei, ein kleiner Mann, der nur ein Bein hatte –, lehnte sich über das Schachbrett, zupfte an seinem Ziegenbärtchen und summte ein russisches Lied:

»Glücklich oder unglücklich,
haben wir Wodka und Wein,
wollen wir nicht traurig sein.«

Zu mir sagte er: »Sie dürfen zusehen, aber nicht kiebitzen.«

Er hatte einen Springer so manövriert, daß sein Gegner, Sorach Leibkes, seine Königin für einen Turm hergeben mußte. Sonst wäre er in zwei Zügen schachmatt gewesen. Sorach Leibkes war Aushilfskorrektor in der jiddischen Presse, wenn die Korrektoren auf Urlaub waren. Er war klein und rund wie ein Faß. Er lehnte sich ebenfalls über das Brett und sagte: »Machtei, hör auf zu singen. Dein Turm ist nur ein Blödian. Vor dem habe ich soviel Angst wie vor dem Schnee vom letzten Jahr. Du bist ein Stümper, und ein Stümper wirst du bleiben bis ins zehnte Glied.«

»Und wohin wird die Königin gehen?« fragte Machtei.

»Sie wird gehen. Sie wird gehen. Zerbrich dir nicht deinen dummen Kopf darüber. Und wenn sie geht, wird sie deine Figuren zerstäuben.«

Ich ging in den Hauptraum. Dort saßen nur drei Schriftsteller. An einem kleinen Tisch saß Schloimele, ein Volksdichter, der seine Gedichte nur mit seinem Vornamen zeichnete. Er schrieb gerade ein Gedicht in ein Kontobuch, wie sie in Lebensmittelgeschäften verwendet werden. Man wußte, daß er in fast mikroskopisch kleinen Buchstaben schrieb, die nur er entziffern konnte. Beim Schreiben summte er eine monotone Melodie vor sich hin. An einem anderen Tisch saß Daniel Liptzin, genannt der ›Messias‹. Er hatte 1905 an der Revolution gegen den Zaren teilgenommen und war nach Sibirien verbannt worden. Dort wurde er fromm und fing an, mystische Geschichten zu schreiben. Nachum Selikowitz – groß, dünn, schwarz wie ein Zigeuner, mit einer Pfeife im Mund – ging auf und ab. Er gehörte zu einer Minderheit im Klub, die glaubte, daß Hitler nur bluffte und daß es nie zum Krieg kommen würde. Er hatte zwanzig Romane veröffentlicht und alle über das gleiche Thema: seine Liebe zu der Schauspielerin Fania Ephros, die ihn betrogen und einen Gewerkschaftsführer geheiratet hatte. Fania Ephros war schon seit zehn Jahren tot, aber er brütete noch immer über ihre vielen Treulosigkeiten. Selikowitz führte einen Dauerkrieg gegen die Warschauer Kritiker, die ihn alle heruntermachten. Einen hatte er geohrfeigt. Ich begrüßte ihn, aber er grüßte nicht zurück. Er war auf die jungen Schriftsteller böse und hielt sie für Eindringlinge.

Ich ging in den ersten Raum zurück. Sollte die Jungfrau vielleicht von zwei Dibbuks besessen sein? Einer könnte ein Flittchen sein, der andere ein Hurenbock. Ich hatte einmal eine Geschichte von einem Mädchen geschrieben, das von zwei Dibbuks besessen war, einer Hure und einem blinden Musiker. Kühnheit ergriff mich. Von einem Telefonautomaten aus erkundigte ich mich nach der Nummer des Hotel Bristol, und als das Hotel sich meldete, verlangte ich mit Miß Betty Slonim verbunden zu werden. Es läutete einmal, und ich hörte ihre Stimme: »Hallo?«

Einen Augenblick lang fand ich keine Worte. Dann sagte ich:

»Hier ist der junge Mann, der gestern abend die Ehre hatte, mit Ihnen in Gertners Restaurant zusammen zu sein.«

»Tsutsik?«

»Ja.«

»Ich habe gerade hier gesessen und an Sie gedacht. Was gibt es Neues mit dem Stück?«

»Ich habe eine Idee, über die ich mit Ihnen und Mr. Dreiman sprechen möchte.«

»Sam ist auf das Amerikanische Konsulat gegangen, aber kommen Sie herüber, und Sie und ich können darüber sprechen.«

»Störe ich Sie nicht?«

»Kommen Sie schnell her!« Sie gab mir ihre Zimmernummer. Ich bedankte mich und hängte auf. Ich bebte vor Entzücken über meinen eigenen Mut. Kräfte, die stärker waren als ich, trieben mich an. Ich hätte gern ein Taxi genommen, aber drei Zloty hätten vielleicht nicht ausgereicht. Plötzlich fiel mir ein, daß ich mich nicht rasiert hatte und ich fühlte meine Stoppeln an. Ich mußte mich von einem Friseur rasieren lassen. Ich konnte doch nicht unrasiert zu einer amerikanischen Dame gehen.

7

Ein livrierter Portier bewachte den Eingang zum Hotel Bristol, und beim Hineingehen hatte man fast das Gefühl, eine Polizeiwache oder ein Gericht zu betreten. Aber alles ging ganz glatt. Obwohl es einen Fahrstuhl gab, kletterte ich die Treppen zum vierten Stock hinauf. Die Stufen waren aus Marmor, die Mitte war von einem Läufer bedeckt. Betty öffnete sofort auf mein Klopfen. Ihr Zimmer hatte ein großes Fenster und war heller als irgendein Raum, den ich je gesehen hatte. Es hatte aufgehört zu schneien, und die Sonne schien herein. Mir war, als sei ich in ein anderes Klima versetzt worden. Ein Kachelofen mit vergoldetem Aufsatz gab angenehme Wärme ab.

Betty trug ein langes Hauskleid und Hausschuhe mit Pompons. Da ich selbst rotes Haar habe und während meiner Kindheit durch Spitznamen gequält worden war – roter Hund, roter Schwindler, Karotte –, konnte ich Rothaarige nicht leiden, aber Bettys Haar stieß mich nicht ab. In der Sonne schien es eine Mischung aus Feuer und Gold zu sein. Ich bemerkte erst jetzt, wie weiß ihre Haut war – so weiß wie meine. Sie hatte braune Augenbrauen.

Einen Augenblick, nachdem ich eingetreten war, läutete das Telefon, und sie sprach ein paar Minuten lang englisch. Wie prachtvoll und weltläufig diese Sprache klang! Betty war kleiner als ich, aber sie hatte eine wunderbare Haltung. Sie legte den Hörer auf und forderte mich auf, meinen Mantel auszuziehen und es mir bequem zu machen. Selbst ihr Jiddisch klang kultiviert. Sie nahm meinen Mantel und hängte ihn auf einen Bügel. Das war für mich etwas Neues – so viel Achtung vor einem alten Fetzen, an dem noch dazu ein Knopf fehlte. Wenn ich mit Dora war, kam ich mir wie ein reifer Mann vor, aber hier wurde ich wieder ein Jüngling. Betty winkte mich zu einem Sofa und setzte sich mir gegenüber auf einen Sessel. Ihr Hauskleid glitt auseinander, und einen Augenblick lang sah ich ihre Beine. Sie bot mir eine Zigarette an. Ich bin kein Raucher, aber ich konnte es ihr unmöglich abschlagen. Sie reichte mir ein Feuerzeug. Ich zog einmal an der Zigarette und wurde sofort von dem Aroma betäubt.

Sie sagte: »Jetzt müssen Sie mir mehr von Ihrem Stück erzählen.«

Ich fing an zu sprechen, und sie hörte zu. Der Ausdruck ihrer Augen wechselte ständig zwischen Erwartung und Überraschung.

»Das würde heißen, daß ich mit mir selbst eine Liebesaffäre spielen müßte?«

»Ja, aber in gewisser Weise tun wir das alle.«

»Das ist wahr. Ich könnte leicht einen Mann und eine Frau spielen. Warum haben Sie das Manuskript nicht mitgebracht?«

»Es ist noch nicht genügend überarbeitet, um es vorzuzeigen.«

»Könnten Sie sich nicht wenigstens an ein paar Zeilen erinnern? Ich würde sie gern jetzt gleich versuchen. Ich gebe Ihnen Papier und eine Feder, und Sie schreiben ein paar Zeilen auf – einige Worte für den Musikanten und einige für die Hure. Warten Sie!« Sie stand auf und nahm aus ihrer Handtasche, die auf dem Toilettentisch lag, einen Damenfüllfederhalter und ein Notizbuch.

Ich begann fast automatisch zu schreiben:

Musikant

Komm, Mädchen, sei mein. Du bist eine Leiche, und ich bin eine Leiche, wenn zwei Leichen miteinander tanzen, freuen sich die Wanzen. Ich mache dir ein Geschenk, ein Säckchen mit Erde aus dem Heiligen Land und die Scherben, die meine Augenlider bedeckten. Mit Myrtenzweigen, die ich in meinen Händen halte, werde ich dir einen Gang graben, der von Tischewitz bis zum Ölberg reichen wird. Und auf dem Weg dorthin, werden wir tun, was Simri, der Sohn des Salus, und Kosbi, die Tochter Zurs, getan haben.

Hure

Halt deinen Mund, du widerlicher Hund von einem Musikanten! Ich habe die Welt als reine Jungfrau verlassen, während du dich mit jeder Hure von Lublin bis Leipzig im Dreck gewälzt hast. Mich erwartet eine Gruppe von Engeln, während für dich Myriaden von Dämonen auf der Lauer liegen.

Ich gab Betty die Feder und das Notizbuch, und sie fing an, langsam zu lesen. Ihre schmalen Augenbrauen hoben sich und blieben so. Um ihre Lippen lag ein fragendes Lächeln. Sie las bis zum Ende, dann fragte sie: »Ist das aus Ihrem Stück?«

»Nein, nicht wirklich.«

»Haben Sie das jetzt hier gerade erfunden?«

»Mehr oder weniger.«

»Nun, Sie sind ein seltsamer junger Mann. Sie haben eine außergewöhnliche Phantasie.«

»Das ist aber auch alles, was ich habe.«

»Was wollen Sie mehr? Warten Sie, ich will versuchen, das zu spielen.«

Sie fing an, in das Notizbuch zu murmeln, machte hier und da eine Pause über einem Wort. Plötzlich fing sie an, die Rollen mit zweierlei Stimmen zu spielen. Ich biß meine Zähne zusammen, damit sie nicht klapperten. Die Mächte, die die Welt regierten, hatten mich mit einer großartigen Schauspielerin zusammengeführt. Es war schwer sich vorzustellen, daß eine solche Begabung Nacht für Nacht mit Sam Dreiman im Bett verbrachte. Meine Zigarette war ausgegangen. Betty ging im Zimmer auf und ab, probierte den Dialog wieder und wieder. Mir fiel auf, daß sie als Musikant besser war als als Mädchen. Die Stimme des Mädchens klang eher männlich. Jedesmal wenn Betty zum Ende kam, sah sie mich an, und ich nickte.

Schließlich sagte sie: »Das läßt sich gut sprechen, aber ein Stück muß Handlung haben. Einer der Chassidim, ein reicher, muß sich in mich verlieben.«

»Ich werde das einfügen.«

»Er müßte Frau und Kinder haben.«

»Sicher.«

»Lassen Sie ihn vorschlagen, sich scheiden zu lassen und das Mädchen zu heiraten.«

»Gewiß.«

»Aber sie wird sich nicht entscheiden können zwischen dem toten Musikanten und dem lebenden Chassid.«

»Das ist richtig.«

»Was also?« fragte sie.

»Sie wird den Chassid heiraten.«

»Aha.«

»Aber in der Hochzeitsnacht wird sie der Musikant nicht zu ihrem Mann lassen.«

»Ja.«

»Und sie wird mit dem Musikanten davonlaufen.«

»Wohin?«

»In ein gemeinsames Grab.«

»Wie lange werden Sie brauchen, um das Stück zu schreiben? Ich möchte im Herbst auftreten. Mr. Dreiman ist bereit, ein Theater zu mieten. Sie könnten über Nacht ein berühmter Dramatiker werden.«

»Wie es vorherbestimmt ist, so wird es sein«, sagte ich.

»Glauben Sie an Schicksal?«

»Bedingungslos.«

»Ich auch. Ich bin nicht fromm – Sie sehen ja, wie ich lebe – aber ich glaube an Gott. Bevor ich schlafen gehe, bete ich. Auf dem Schiff betete ich jeden Abend zu Gott, er möge mir das richtige Stück schicken. Und ganz plötzlich erscheint ein junger Mann, ein Tsutsik, mit einem Stück, das mir die Möglichkeit gibt, mein Ich zum Ausdruck zu bringen. Ist das nicht wunderbar?«

»Wir wollen es hoffen.«

»Glauben Sie denn nicht an sich?«

»Wie kann man an irgend etwas glauben?«

»Sie müssen an sich selbst glauben. Es ist meine Tragödie, daß ich das nie getan habe. Sobald sich irgend etwas Positives zeigt, sehe ich nur Schwierigkeiten und Unglücksfälle voraus, und damit verderbe ich alles. So ist es mir in der Liebe ergangen, und so ist es auch in meiner beruflichen Laufbahn gewesen. Können Sie einen Regisseur vorschlagen?«

»Es hat keinen Sinn, nach einem Regisseur Ausschau zu halten, ehe das Stück fertig ist.«

»Ach, Sie zweifeln immer noch. Diesmal werde ich Ihnen keinen Zweifel erlauben. Das Stück muß gut werden. Halten Sie sich an den Plan, den wir gerade aufgestellt haben. Sam Dreiman wird Ihnen einen Vorschuß von fünfhundert Dollar bezahlen, und das ist hier in Polen eine Menge Geld. Sind Sie verheiratet?«

»Nein.«

»Leben Sie allein?«

»Ich hatte eine Freundin, aber wir haben uns getrennt.«

»Darf ich fragen, warum?«

»Sie ist Kommunistin und ist gerade dabei, in das Land von Stalin zu gehen.«

»Und warum haben Sie nicht geheiratet?«

»Ich glaube nicht, daß zwei Menschen sich vertraglich verpflichten können, sich ewig zu lieben.«

»Haben Sie eine nette Wohnung?«

»Ich muß umziehen. Man hat mir gekündigt.«

»Mieten Sie sich ein anständiges Zimmer. Legen Sie alle andere Arbeit beiseite, und konzentrieren Sie sich auf das Stück. Wie soll es denn heißen?«

»Die Jungfrau von Ludmir und ihre beiden Dibbuks.«

»Zu lang. Überlassen Sie es mir, einen Titel zu finden. Wie lange werden Sie brauchen, das Stück umzuschreiben?«

»Wenn es gutgeht, drei Wochen – eine Woche für jeden Akt.«

»Wie denken Sie sich die drei Akte?«

»Der erste Akt zeigt die Entwicklung der Jungfrau von Ludmir zu der Gestalt, die uns vorschwebt, und der reiche Chassid wird sich in sie verlieben. Im zweiten Akt taucht der Musikant auf, und der Konflikt bereitet sich vor.«

»Meiner Ansicht nach müßte der Musikant schon im ersten Akt auftreten«, sagte Betty nach einigem Zögern.

»Sie haben vollkommen recht.«

»Stimmen Sie mir nicht gleich zu. Denken Sie erst darüber nach. Ein Dramatiker darf nicht so nachgiebig sein.«

»Ich bin kein Dramatiker.«

»Wenn Sie ein Stück schreiben, dann sind Sie ein Dramatiker. Wenn Sie sich nicht ernst nehmen, wird es auch niemand anderer tun. Verzeihen Sie mir, wenn ich so mit Ihnen spreche, aber ich bin ein paar Jahre älter. Eigentlich müßte ich mir das alles selbst sagen, was ich Ihnen sage. Sam Dreiman glaubt an mich. Er tut es sogar zu sehr. Er ist vielleicht der einzige Mensch, der an mich und mein Talent glaubt. Darum – «

»Ich glaube auch an Sie.«

»Wirklich? Vielen Dank! Womit habe ich das verdient? Offenbar will jemand dort oben doch noch nicht, daß für mich Schluß ist. Irgendeine Vorsehung hat Sie zu mir geschickt.«

Drittes Kapitel

I

Sam Dreiman bot mir den Fünfhundert-Dollar-Vorschuß an, von dem Betty gesprochen hatte, aber ich weigerte mich, einen so großen Betrag anzunehmen. Wir einigten uns darauf, daß ich zunächst zweihundert Dollar nehmen würde, und ich wechselte sie gegen mehr als achtzehnhundert Zloty ein. Das war wirklich ein unverhofftes Glück. Ich nahm ein Zimmer in der Lesznostraße, das achtzig Zloty im Monat kostete. Ich zahlte drei Monate Miete im voraus und hatte jetzt ein tapeziertes Zimmer mit Zentralheizung, soliden Möbeln und einem Orientteppich. Der Hausbesitzer, Isidor Katzenberg, ein ehemaliger Fabrikant, erzählte mir, daß die hohen Steuern ihn ruiniert hätten. Der Wohnblock lag in der Nähe der Zielarnastraße und war verhältnismäßig neu und modern. In einem Stockwerk war eine Gymnastikschule, im Vordereingang gab es einen Lift, für den ich einen Schlüssel erhielt.

Alles ging sehr schnell vor sich. Am Abend hatte Sam Dreiman mir das Geld gegeben, und am nächsten Tag zog ich schon in mein neues Zimmer ein. Ich mußte nur meine Habseligkeiten in zwei Koffer packen und sie herübertragen. Thekla, das Hausmädchen, war ein junges Ding vom Lande, mit braunem Haar und frischen Backen; sie hatte den Boden gewichst, bis er glänzte. Mein Zimmer hatte ein Bett, ein Sofa und zwei Sessel, und im langen und breiten Korridor war das Telefon, von dem aus ich für acht Groschen für jeden Anruf telefonieren durfte. Gott im Himmel, ich lebte plötzlich im größten Luxus! Ich ging zum Schneider, um mir einen Anzug anfertigen zu lassen. Ich lieh Feitelsohn fünfzig Zloty. Er erhob Einwände, aber ich drängte sie ihm auf. Ich lud ihn zum Abendessen in ein Café in der Bielanskastraße ein. Ich hatte ihm von dem Thema des Stückes berichtet, und er machte Vorschläge. Feitelsohn würde auch von dem Unternehmen profitieren, denn Sam hatte ihn gebeten, die ›publicity‹ dafür zu übernehmen. Ich hatte dieses Wort noch nie gehört, und er mußte es mir erklären.

Feitelsohn nippte an seinem Tee, zog an der Zigarre und sagte: »Was für einen ›publicity‹-Mann ich wohl abgeben werde? Wenn mir das Stück nicht gefällt, werde ich es nicht loben. Aber offensichtlich ist Sam Dreiman ein Multimillionär. Er ist über siebzig, hat eine boshafte Frau und ihm entfremdete Kinder, die selbst reich sind – was soll er also mit seinem Geld anfangen? Er will es ausgeben, solange er noch kann. Diese Betty hat ihn wahrscheinlich wieder potent gemacht. Ich kannte keinen von beiden, als ich in Amerika war, aber ich hatte von ihnen gehört. Vielleicht habe ich ihn sogar einmal im Café Royal getroffen. Von Beruf ist er Tischler. Er ging um 1880 herum nach Amerika und wurde Bauunternehmer in Detroit. Als Ford dann seine Fabriken dort gebaut hatte und den Arbeitern fünf Dollar am Tag zahlte, kamen die Leute in Scharen aus ganz Amerika nach Detroit – aus der ganzen Welt sogar. Sam Dreiman baute Häuser und er baute auch Fabriken. Wenn in Amerika das Geld erst einmal anfängt, einem in die Taschen zu fließen, dann hört es nicht mehr auf. 1929 hat er ein Vermögen verloren, aber es blieb immer noch genug. Sie hätten die ganzen fünfhundert nehmen sollen. Für ihn ist das eine Lappalie. Er wird Sie für einen Schlemihl halten.«

»Ich kann doch kein Geld für etwas nehmen, das noch nicht vorhanden ist.«

»Also gut, schreiben Sie ein anständiges Stück. Der Amerikaner glaubt an das, wofür er bezahlt. Sie können ihm Dreck verkaufen, aber wenn er viel dafür bezahlt hat, so verwandelt es sich in seinen Augen in Gold.«

Ich wäre gerne nach Hause gegangen, um mit der Arbeit anzufangen, aber Feitelsohn hatte begonnen, ausführlich über die ›Seelenreisen‹ zu sprechen, die er im Begriff war zu lancieren. Die Psychoanalyse hielt er nicht für die Lösung. Der Patient geht zum Analytiker, um geheilt zu werden – das heißt, so wie alle anderen zu werden. Er möchte seine Komplexe loswerden, und der Analytiker soll ihm dabei helfen. Aber wo steht denn, daß die Kur besser ist als die Krankheit? Wer an seiner ›Seelenreise‹ teilnehmen würde, für den gäbe es keinerlei Einschränkungen. Wir würden uns am Abend in einem Raum versammeln, ohne Licht, und würden unseren Seelen freien Lauf lassen. Man muß dem Menschen Mut machen, sich selbst und anderen sein wahres Verlangen einzugestehen. Nicht die, die den Körper unterdrücken wollen, sind die echten Tyrannen, der Körper ist sowieso begrenzt, sondern die, die den Geist versklaven. »Die sogenannten Befreier haben alle die Seelen unterjocht!« sagte Feitelsohn. »Moses und Jesus, der Verfasser der Bhagavadgita und Spinoza, Karl Marx und Freud. Der Geist ist ein Spiel, das weder Regeln noch Gesetze kennt. Wenn Schopenhauer im Recht ist – wenn der blinde Wille wirklich das Ding-an-sich, das Wesen des Daseins, ist –, warum soll der Wollende nicht wollen dürfen?«

»Aber was ist der Sinn des nur Wollens?«

»Wo steht denn, daß alles einen Sinn haben muß? Vielleicht ist das Chaos der Sinn. Sie haben doch etwas Kenntnis von der Kabbala und Sie wissen daher, daß bevor der Unendliche – Ain Sof – die Welt erschuf, Er erst Sein Licht verdunkelte und die Leere schuf. Erst in dieser Leere konnte die Ausstrahlung beginnen. Diese göttliche Abwesenheit könnte das wahre Wesen der Schöpfung sein.«

Der Abend war hereingebrochen, und Feitelsohn sprach noch immer. Als wir hinaustraten, war es spät. Die Straßenlampen in der Bielanskastraße brannten, und es fiel leichter Schnee. Wie gewöhnlich, wenn er viel gesprochen hatte, wurde Feitelsohn still und übelgelaunt, er schämte sich seiner Redseligkeit. Er schüttelte mir die Hand und entfernte sich in der Richtung der Dlugastraße. Ich ging auf die Leszno zu. Es war ein seltsames Gefühl, plötzlich die Tasche voller Geld zu haben, ein elegantes Zimmer, sogar ein Dienstmädchen, das das Bett machte und mir Frühstück bringen würde. Feitelsohns Worte hatten mich aufgerüttelt. Ja, was war es denn, das ich eigentlich wollte? Ich fühlte mich zu Betty Slonim hingezogen. Celias Kuß und ihre Geständnisse kündigten eine neue Affäre an. Ich wollte nicht, daß Dora fortgeht. Aber liebte ich alle diese Frauen? Ja, und was wollte ich sonst? Ich hatte davon geträumt, ein gutes Buch zu schreiben, und jetzt wollte ich auch noch ein gutes Stück schreiben. Der Schnee fiel dichter. Er machte mich zwinkern und ließ speerartige Strahlen von Straßenlaternen und Schaufenstern ausgehen. Feitelsohns wiederholte Andeutungen, daß Celia sich für mich interessiere, verwirrten mich. Versuchte er, sie an mich loszuwerden, oder wollte er sie mit mir teilen? Aber warum? Ich hatte ihn sagen hören, die Menschen seien dabei, ihren Instinkt der Eifersucht, des Gegeneinander, gegen den Instinkt des Miteinander einzutauschen.

Ich hatte beschlossen, bis spätnachts zu arbeiten, aber als ich die Treppe zu meinem Zimmer hinaufging, überkam mich Müdigkeit. Thekla ließ mich herein. Sie trug eine kurze weiße Schürze, ein Spitzenhäubchen auf dem Kopf, wie ein Dienstmädchen beim Arzt. Sie lächelte freundlich und zeigte mir die Vorhänge, die sie in meinem Zimmer aufgehängt hatte. Sie hatte auch schon mein Bett gemacht. Sie fragte mich, ob ich Tee haben wolle. Ich dankte ihr und sagte, nicht jetzt.

Ich versuchte, meine Müdigkeit zu überwinden, und setzte mich hin, um den ersten Akt der ›Jungfrau von Ludmir‹ umzuschreiben, aber statt dessen fing ich an, ein ganz neues Stück zu schreiben. Ich schien keine Gewalt mehr über meine Feder zu haben. Sie lief schneller als meine Finger. Obwohl die Hausbesitzerin das Zimmer mit einem mit grünem Filz bezogenen Schreibtisch und einer Tischlampe mit grünem Schirm ausgestattet hatte, schienen mich alle Dinge zu blenden. Aha, mein innerer Widersacher und Saboteur war dabei, mir den Kampf anzusagen. Jetzt kannte ich aber seine Tricks. Ich wollte erfolgreich sein, aber er wollte mich vernichten. Ich bemerkte, daß ich Buchstaben und ganze Worte ausließ. Ich fing an, die Bücher zu Rate zu ziehen, die ich mir als Wegweiser für mein Verhalten gewählt hatte: Payots ›Die Erziehung des Willens‹ und das Werk von Paul Baudouin über Autosuggestion, und mein Notizbuch, in das ich meine Lebensregeln und die Mittel zur Aufrechterhaltung geistiger Hygiene eingetragen hatte, aber die Müdigkeit besiegte mich, und ich fiel in den Kleidern aufs Bett.

Sofort wurde ich von Träumen und Alpdrücken überfallen. Als ich die Augen öffnete, zeigte die Uhr dreiviertel zwei. Ich konnte mich gerade noch ausziehen, ehe ich wieder in tiefen Schlaf sank. In meinen Träumen gelang es mir, was mich bewegte, zu analysieren. Ja, Träume waren genau das, was Feitelsohn den Menschen wiedergeben wollte – Ziellosigkeit, geistige Anarchie, die Launen der Götzendiener, die Perversionen der Verrückten. In meinem Schlaf verschmolzen Celia und Dora, wenn auch nicht völlig. Ich vereinigte mich mit diesem weiblichen Doppelwesen, und Chaiml stand daneben und animierte uns. Sogar diese Paarung hatte etwas mit dem Stück zu tun. Ist Celia die Jungfrau von Ludmir? Ist Dora der Dibbuk der Ehebrecherin? Und bin ich selbst der blinde Musikant? Aber ich hatte mir nie viel aus Musik gemacht.

Ich kannte Betty Slonim kaum zwei Tage, aber schon hatte sie an meinen Tagträumen teil und sogar an meinen nächtlichen Visionen. Irgendwie war sie sowohl mit mir, als auch ein Teil von mir, von meinen Handlungen und Überlegungen. Feitelsohn wollte der Seele ermöglichen, in das urzeitliche Chaos zurückzukehren, aus dem sich alles entwickelt hatte, aber wie konnte das Chaos irgend etwas erschaffen? Wäre es möglich, daß der Sinn, nicht die Kausalität das Wesen des Seins wäre? Hatten die Teleologen vielleicht doch recht?

2

Ich hatte mir vorgenommen, um sieben aufzustehen, aber als ich aufwachte, hörte ich die Uhr im Wohnzimmer neunmal schlagen. Jemand klopfte an meine Tür mit den Eisglasscheiben, und Thekla trat ein. Sie trug ein Tablett, das mit einer Serviette bedeckt war. Sie hatte mir Eier, Brötchen, Käse und Kaffee gebracht. Ich hatte über sieben Stunden geschlafen. Ich war durch eine Traumzeit hindurchgegangen. Ich hatte alles außer einem winzigen Teil vergessen – ich glitt einen Berg hinunter, an dessen Fuß mich eine Gruppe von Wilden erwartete, mit Knüppeln, Speeren, Stangen und Äxten bewaffnet. Halb schrien sie, halb sangen sie eine Melodie, von der ich noch einen Rest im Ohr hatte – ein leidenschaftlicher und irrer Klang.

Das Mädchen begann sich zu entschuldigen. »Ich dachte, Sie wären wach.«

»Oh, ich habe verschlafen.«

»Soll ich das Tablett wieder in die Küche tragen?«

»Nein, ich werde mich nachher waschen.«

»Dort ist eine Waschschüssel und ein Krug. Auch ein Handtuch.«

»Danke, Thekla. Vielen Dank.«

Mich befiel das Gefühl, daß ich mehr erhielt, als ich verdiente. Warum sollte mich dieses Bauernmädchen bedienen? Zweifellos war sie seit sechs Uhr auf den Beinen. Gestern hatte ich sie Wäsche waschen gesehen. Ich hätte ihr gern etwas gegeben, aber ich konnte den Stuhl, über dem meine Jacke hing, nicht erreichen. Sie lächelte und zeigte einen Mund voller tadelloser Zähne. Sie hatte muskulöse Beine und feste Brüste. Sie stellte das Tablett sorgfältig auf den Tisch. Sie blickte mich an, als ob sie meine Gedanken lesen wollte. »Guten Appetit.«

»Danke, Thekla, Sie sind ein liebes Mädchen.«

Ein Grübchen zeigte sich in ihrer linken Backe. »Alles Gute für Sie.« Sie verließ langsam das Zimmer.

Das sind die wirklichen Menschen, die, von denen die Welt abhängt, dachte ich. Sie sind der Beweis, daß die Kabbalisten recht haben, nicht Feitelsohn. Ein gleichgültiger Gott, ein wahnsinniger Gott, hätte Thekla nicht erschaffen können. Vorübergehend fühlte ich mich in dieses Mädchen verliebt.

Ihre Backen hatten die Farbe reifer Äpfel. Sie strahlte eine Kraft aus, die in der Erde verwurzelt war, in der Sonne, im ganzen Universum. Sie wollte nicht, wie Dora, die Welt verbessern; sie brauchte weder Rollen noch Kritiken, wie Betty; sie war nicht auf Erregungen aus, wie Celia. Sie wollte geben, nicht nehmen. Hätte das polnische Volk nur diese eine Thekla hervorgebracht, so hätte es schon seine Aufgabe erfüllt. Ich goß ein wenig Wasser aus dem Steingutkrug in die Schüssel auf dem Waschtisch. Ich wusch meine Hände und trocknete sie am Handtuch. Ich trank eine Tasse Kaffee und biß in das frische Brötchen. Es drängte mich zu einem Segensspruch, ich wollte den Mächten, die Weizen und Kaffeebohnen wachsen ließen, danken, auch den Hühnern, die diese Eier gelegt hatten. Ich war bedrückt schlafen gegangen und fast glücklich aufgewacht.

Jemand klopfte an der Tür und öffnete sie. Es war der Sohn des Vermieters, Wladek, der, wie sein Vater mir erzählt hatte, sein Jurastudium an der Warschauer Universität aufgegeben hatte und den ganzen Tag zu Hause saß, Schundbücher las und Musik und blödes Gerede im Radio hörte. Wladek war groß, mager, blaß, hatte eine hohe Stirn und eine schmale Nase. Mir kam er sowohl körperlich wie geistig krank vor. Der Vater sprach Polnisch mit einem jiddischen Akzent, aber Wladek sprach grammatikalisch richtig, sogar gewählt. Er sagte: »Entschuldigen Sie, bitte, mein Herr, daß ich Sie beim Essen störe, aber Sie werden am Telefon verlangt.«

Ich sprang auf und stieß fast meinen Kaffee um. Das war der erste Anruf hier. Ich lief in den Korridor hinaus und griff nach dem Hörer.

Es war Celia. »Ich weiß, wenn Mohammed nicht zum Berg kommt, dann muß der Berg zu Mohammed kommen«, sagte sie. »Das Unglück ist nur, ich habe mich nie für einen Berg gehalten. Ich habe von Ihrem Erfolg gehört und wollte Ihnen dazu gratulieren. Ich habe geglaubt, wir seien Freunde, wenn Sie aber so zurückhaltend bleiben wollen, dann ist das Ihre

Sache. Trotzdem sollen Sie wissen, wie sehr ich mich für Sie freue.«

»Ich bin nicht nur Ihr Freund – ich liebe Sie!« rief ich mit der leichtherzigen Selbstsicherheit derer, die sich leisten können auszusprechen, was ihnen in den Sinn kommt.

»Wirklich? Das freut mich zu hören. Aber wenn das wahr ist, warum haben Sie nichts von sich hören lassen? Wenn Sie bei uns sind, dann sind Sie wie ein Freund, ein Bruder. Dann gehen Sie – und Schweigen. Sind Sie so von Natur aus, oder ist das ein System, das Sie sich ausgedacht haben?«

»Es ist kein System. Nichts dergleichen. Ich weiß, wie beschäftigt Sie sind.«

»Beschäftigt? Womit soll ich beschäftigt sein? Unsere Marianna macht doch alles. Ich sitze und lese, aber wie lange kann man schon lesen? Morris hatte kürzlich Besuch von Horden von Amerikanern, so habe ich ihn nicht zu sehen bekommen. Ich nenne ihn den zweiten amerikanischen Gesandten in Polen. Außer Ihnen beiden gibt es niemanden in unserem Kreis, mit dem ich mich einmal unterhalten könnte. Chaiml, Gott segne ihn!, hat sich mit der Poale Zion eingelassen. Ich glaube an Palästina und alles, wofür es steht, aber die Engländer tun mit ihrem Mandat, was ihnen paßt. Es vergehen Tage, ohne daß ich mit jemandem spreche.«

»Madame Chentschiner, wann immer Sie mich sehen wollen, müssen Sie mich anrufen. Sie fehlen mir auch«, sagte mein Mund ganz von sich aus.

Celia machte eine kleine Pause. »Wenn ich Ihnen fehle, warum kommen Sie dann nicht? Und nennen Sie mich Celia, nicht Madame Chentschiner. Kommen Sie herüber, und wir können uns unterhalten. Wenn es Ihnen lieber ist, können wir uns auch in einem Café treffen. Sie sind wahrscheinlich mit Ihrem Stück beschäftigt. Morris hat mir alles erzählt. Aber kein Schriftsteller kann zehn Stunden am Tag schreiben. Was für eine Frau ist denn die Betty Slonim? Ich nehme an, Sie haben sich schon in sie verliebt.«

»Nein, nicht verliebt.«

»Manchmal beneide ich Frauen wie sie. Sie gehen geradewegs auf ihr Ziel los. Sie hat sich einen reichen alten Mann als Liebhaber genommen, und er wird alles tun, um sie berühmt zu machen. Ich halte das für Prostitution, aber haben sich Frauen nicht immer für Geld verkauft? Wenn man zwei Zloty bekommt, dann ist man eine Nutte, aber wenn es viele tausend sind, und dazu noch Diamanten und Pelze, dann ist man eine Dame. Ich wußte gar nicht, daß Sie Stücke schreiben. Morris hat mir vom Inhalt berichtet. Ein sehr interessantes Thema. Wann können Sie hier sein?«

»Wann soll ich kommen?«

»Kommen Sie heute zum Mittagessen. Chaiml ist zu seinem Vater nach Lodz gefahren. Ich bin ganz allein.«

»Um welche Zeit?«

»Um drei.«

»Gut. Ich werde um drei da sein.«

»Kommen Sie nicht zu spät!«

Ich legte den Hörer auf. Sie fühlte sich einsam. Ich hatte viele Jahre unter Einsamkeit gelitten, plötzlich hatte sich alles zum Guten gewendet. Aber auf wie lange? Eine innere Stimme, das Unbewußte, von dem Hartmann behauptet, daß es sich nie irre, sagte mir, daß es nicht dauern würde. Alles würde in einer Katastrophe enden. Warum also nicht den Augenblick genießen? Der Schlaf hatte mich etwas beruhigt, aber jetzt kehrte die Spannung zurück. Ich beschloß, bei Celia nicht den ersten Zug zu machen. Ich würde ihr die Initiative überlassen.

Ich kehrte zu meinem unterbrochenen Frühstück zurück. Ja, ich wollte das Leben genießen, ehe ich sterben und ins Nichts zurücksinken würde. Ich erinnerte mich daran, daß ich nicht nach dem Geld geschaut hatte, das über Nacht in meiner Jackentasche geblieben war. Jemand hätte mich berauben können, während ich schlief. Sogar Thekla hätte ihre Hand hineinstecken können und es herausnehmen. Ich sprang auf und fühlte in der Tasche nach. Nein, niemand hatte mich bestohlen. Thekla war ein ehrliches Mädchen.

Und trotzdem begann ich die Scheine zu zählen, während ich mich gleichzeitig meines Mißtrauens schämte.

Es klopfte wieder an der Tür. Thekla war gekommen, um zu fragen, ob ich mehr Kaffee wollte.

»Nein, liebe Thekla, es war reichlich.« Ich gab ihr einen Zloty, und ihre Backen röteten sich.

3

Punkt drei Uhr war ich in Chaimls Haus an der Zlotastraße. Um dorthin zu gelangen, war ich die Zielarnastraße bis zur Kreuzung der Twarda mit der Zlotastraße hinuntergegangen, und dann links eingebogen. Die Zlotastraße war fast immer verlassen – eine Wohngegend ohne Geschäfte. Die meisten Bewohner waren wohlhabend, mit wenigen oder schon verheirateten Kindern. Das fünfstöckige Haus, in dem Chaiml wohnte, war dunkelgrau, mit Balkonen, die auf den Schultern mythologischer Figuren ruhten. Man mußte läuten, um durch den Vordereingang ins Haus zu gelangen. Die Treppen waren aus Marmor, aber abgenutzt, und auf jedem Treppenabsatz stand ein Spucknapf. Vom Flur aus sah man in einen viereckigen Hof hinunter, auf eine kleine eingezäunte Abfalltonne, deren Deckel mit Schnee bedeckt war, und auf einen winzigen Garten, in dem die Äste der Bäume bereift waren und die Farben des Regenbogens widerspiegelten. Celia öffnete, als ich geläutet hatte. Marianna, das Mädchen, wäre ihre Schwester besuchen gegangen, erklärte Celia. Sie bat mich herein. Die Wohnung glänzte vor Sauberkeit. Im Eßzimmer war der Tisch gedeckt. In einer großen Vitrine funkelte es von Silber und Kristall. An den Wänden hingen Porträts von Männern mit weißen Bärten und Frauen mit Perücken und Schmuck.

Celia sagte: »Ich habe Ihr Lieblingsessen gekocht – Kartoffeln mit Borschtsch und Fleischklößchen.«

Sie wies mir Chaimls Platz an der Schmalseite des Tisches

an. Eigentlich hatte ich nach der Art und Weise, wie sie mit mir am Telefon gesprochen hatte, Küsse und sofortige körperliche Intimität erwartet. Aber ihr Gesichtsausdruck verriet mir, daß sie dazu nicht in der Stimmung war. Sie war sehr förmlich. Wir saßen einander gegenüber, weit entfernt. Celia bediente mich. Ich vermutete, sie hatte das Mädchen fortgeschickt, damit wir allein sein konnten. Die Kälte hatte mich hungrig gemacht, und ich aß reichlich. Celia fragte mich nach dem Stück aus, und während ich ihr die Grundzüge des Themas erklärte, ertappte ich mich dabei, ganz unerwartete Änderungen vorzunehmen. Es war ein magisches Thema – wie die Tora, es schien siebzig verschiedene Gesichter zu haben.

Celia sagte: »Wo werden Sie die Schauspieler für ein solches Stück finden? Und wie steht es mit dem Regisseur? Wenn es nicht absolut richtig gemacht wird, kann das ganze Stück sich in etwas gräßlich Vulgäres verwandeln. Unsere jiddischen Schauspieler und Schauspielerinnen in Warschau sind keine besondere Klasse. Das wissen Sie selbst. In all diesen Jahren habe ich nichts auf unserer Bühne gesehen, das sich gelohnt hätte.«

»Ich fürchte, ich bin in eine Falle geraten.«

»Nicht, wenn Sie ihnen das Stück nicht geben, ehe Sie nicht ganz sicher sind, daß Sie zufrieden damit sind. Das ist mein Rat.«

»Sam Dreiman ist dabei, ein Theater zu mieten und die Besetzung festzulegen.«

»Lassen Sie es ihn nicht tun. Aus dem, was Morris mir erzählt hat, schließe ich, daß er ein gewöhnlicher Mensch ist – ein ehemaliger Tischler. Wenn die Sache schlecht ausgeht, ist es um Ihren Ruf geschehen.«

Das war nicht mehr die Celia, die ich bei meinem ersten Besuch kennengelernt hatte, aber ich hatte mich schon an plötzliche Veränderungen in mir selbst und anderen gewöhnt. Der moderne Mensch mag sich seiner Gefühle schämen, aber er besteht aus Gefühl und Temperament. Er empfindet heiße Liebe und wird plötzlich kalt wie Eis; eben ist er noch vertraut, und im nächsten Augenblick von größter Zurückhaltung. Ich wunderte mich nicht mehr über diese mysteriösen Wandlungen. Ich vermutete sogar oft, daß ich ganz unwillkürlich Menschen, mit denen ich in Berührung kam, hypnotisierte und meine Stimmungen auf sie übertrug.

Nach dem Essen gingen wir ins Wohnzimmer, und Celia bot mir Kirschlikör und Gebäck an. Die Wände waren bedeckt mit Bildern von jüdischen Malern – Liebermann, Minkowski, Glitzenstein, Chagall, Rybak, Rubinlicht und Barlevi. In einer Vitrine waren jüdische Kultgegenstände aufgereiht – Gewürzbüchsen, ein vergoldeter Weinkelch, der bei den Segenssprüchen benutzt wird, Chanukkaleuchter, eine Pessach-Platte, das Buch Esther in einer Kassette, ein Sabbatbrotmesser mit einem Perlmuttergriff, ein künstlerisch ausgeführter Ehekontrakt, ein Torazeiger und eine Krone für eine Tora-Rolle. Es fiel mir schwer, mich damit abzufinden, daß dieses Konzentrat von Jüdischkeit nur noch Dekoration war, während ihr Wesen vielen von uns verlorengegangen war.

Eine Weile unterhielten wir uns über Malerei – über Kubismus, Futurismus und Expressionismus. Celia hatte kürzlich eine Ausstellung moderner Kunst besucht und war gründlich enttäuscht worden. Wieso war es bezeichnend für den Menschen und seine zwiespältige Situation im Leben, wenn man ihn mit viereckigem Kopf und trapezförmiger Nase darstellte? Was hatten uns harte Farben zu sagen, die weder Harmonie erzeugten, noch in der Wirklichkeit existierten? Was die Literatur anging, hatte Celia Gottfried Benn, Trakl und Däubler gelesen, wie auch Übersetzungen moderner amerikanischer und französischer Dichter. Sie hatten sie kalt gelassen. »Alles, was sie erzielen wollen, ist Überraschung und Schock«, sagte sie. »Aber wir sind nicht mehr so leicht zu schockieren.«

Sie sah mich fragend an. Es schien, daß sie darüber nachdachte, wie ich es auch getan hatte, warum wir uns so konventionell benahmen. Sie sagte: »Ich bin ganz sicher, daß Sie sich in diese Betty Slonim Hals über Kopf verliebt haben. Erzählen Sie mir von ihr.«

»Was gibt es da zu erzählen? Sie will das gleiche, was wir alle wollen – noch ein wenig Vergnügen erjagen, ehe alles vorbei ist.«

»Was nennen Sie Vergnügen? Mit einem siebzigjährigen Tischler ins Bett zu gehen, wenn ich das sagen darf?«

»Das ist die Bezahlung für andere Vergnügen, die sie sich dadurch beschafft.«

»Was zum Beispiel? Ich kenne Frauen, die würden alles dafür geben, im Theater aufzutreten. Mir scheint das eine seltsame Leidenschaft zu sein. Aber ein gutes Buch zu schreiben, das würde ich gerne tun, glücklicherweise habe ich bald gemerkt, daß ich kein Talent dafür habe. Und das ist der Grund, daß ich Schriftsteller so sehr bewundere.«

»Was sind Schriftsteller denn? Die gleiche Art von Unterhaltungskünstlern wie Zauberer. Ehrlich gesagt, ich bewundere jemanden, der ein Faß auf seinen Füßen balancieren kann, mehr als einen Dichter.«

»Ach, das glaube ich Ihnen nicht. Sie spielen den Zyniker, aber in Wirklichkeit sind Sie ein ernsthafter junger Mann. Manchmal scheint es mir, als ob ich Sie glatt durchschaue.«

»Und was sehen Sie?«

»Daß alles Sie langweilt. Alle Menschen langweilen Sie, außer vielleicht Morris Feitelsohn. Er ist genau wie Sie. Er findet nirgends einen Platz für sich. Er möchte ein Philosoph sein, aber im Prinzip ist er ein Künstler. Er ist ein Kind, das alle seine Spielsachen kaputtgemacht hat und dann jammert, man möge sie ihm wieder ganzmachen. Obwohl ich kein Künstler bin, leide ich an der gleichen Krankheit. Zwischen uns hätte es eine große Liebe geben können, aber das ist nichts für ihn. Er erzählt mir seine kleinen Abenteuer mit Dienstmädchen. Er gibt mir dauernd so kalte Duschen, daß sie noch das größte Feuer auslöschen könnten. Geben Sie mir Ihr feierliches Versprechen, daß Sie ihm nicht weitersagen, was ich Ihnen erzähle. Er treibt mich absichtlich in Ihre Arme, und das tut er, weil er verrückt ist. Es belustigt ihn, zu sehen, wie eine Frau Feuer fängt – dann überläßt er sie sich selbst. Und trotzdem hat er ein Herz, und wenn er sieht, daß ihm nahe Menschen verletzt werden, berührt es sein Gewissen. Er ist von morbider Neugier besessen. Er will alles ausprobiert haben. Er hat Angst, es könnte irgendwo noch ein Gefühl geben, das er nicht ausgekostet hat.«

»Er will eine Schule des Hedonismus gründen.«

»Närrische Phantastereien. Seit Jahren habe ich über Orgien reden hören, aber ich glaube nicht, daß sie Befriedigung bieten. Das macht vielleicht fünfzehnjährigen Buben und Nutten Spaß, aber nicht erwachsenen Menschen. Um daran teilzunehmen, muß man schon betrunken oder verrückt sein. In Paris läßt man den Touristen für fünf Franken bei Perversionen zuschauen. Die paar Schriftsteller im Klub, die davon schwatzen, sind alt und krank. Sie können sich kaum auf den Beinen halten.«

Wir schwiegen ein Weilchen; dann fragte Celia: »Was ist mit Ihrer kommunistischen Freundin? Ist sie schon abgereist in Stalins Land?«

»Woher wissen Sie von ihr?«

»Morris spricht dauernd von Ihnen.«

»Sie kann jetzt jeden Moment abreisen. Zwischen uns ist alles aus.«

»Wie macht man Schluß? Ich kann nie mit etwas Schluß machen. Ich habe gehört, Sie haben endlich ein schönes Zimmer.«

»Ja, von Sam Dreimans Geld.«

»Hat es einen Balkon?«

»Nein, es hat keinen Balkon.«

»Sie haben mir einmal erzählt, daß Sie eine große Vorliebe für Balkone haben.«

»Man kann nicht alles haben.«

»Manchmal glaube ich, der Grund dafür, daß manche Menschen nichts bekommen, ist, daß sie nicht den Mut haben, die Hände auszustrecken. Mir geht es so.«

»Was würde geschehen, wenn ich jetzt meine Hände nach Ihnen ausstrecken würde?« fragte ich.

Celia wippte in ihrem Stuhl. »Sie können es versuchen.«

Ich ging zu ihr hinüber und streckte meine Hände nach ihr aus. Sie sah mich ironisch an. Sie stand auf. »Sie dürfen mir einen Kuß geben.«

Ich legte meine Arme um sie und wir küßten uns schweigend und lange. Sie bewegte ihre Lippen, als ob sie etwas sagen wollte, aber es kamen keine Worte.

Später sagte sie: »Erzähle Feitelsohn nichts. Er ist ein eifersüchtiger kleiner Junge.«

4

Die Dämmerung war hereingebrochen. Der Wintertag – nie wieder würde es einen solchen geben, es sei denn, daß Nietzsche mit seiner Theorie von der ewigen Wiederkunft recht hatte – flackerte auf und verging wie eine Kerze. Eine Zeitlang spiegelte sich eine purpurfarbene Fensterscheibe an der Wand wider, ein Zeichen, daß ein Teil des westlichen Himmels sich vor dem Sonnenuntergang aufgeklärt hatte. Celia hatte kein Licht gemacht. Ihr Gesicht lag im Dunkeln und ihre Augen glänzten daraus hervor, als ob sie von innen leuchteten. Dann wurde es wieder dunkler. Aus einem Wolkenspalt blinkte ein Stern durch das Fenster herein. Von meinem Platz aus versuchte ich diesen Anblick in meinem Gedächtnis festzuhalten, ehe er wieder verschwunden war. Ich spielte mit der Vorstellung, wie es wohl wäre, wenn der Himmel immer bedeckt wäre und nur alle hundert Jahre sich auf eine Sekunde öffnete, so daß jemand den flüchtigen Anblick eines Sternes erhaschen könnte. Er würde anderen von diesem Erlebnis erzählen, und niemand würde ihm glauben. Man würde ihn einen Lügner nennen oder ihm vorhalten, das Opfer einer Halluzination gewesen zu sein. Hinter wie vielen Wolken mag jetzt die Wahrheit verborgen liegen? Und was weiß ich über den Stern, den ich gesehen habe? Das war ein Fixstern, kein Planet. Er könnte größer sein als die Sonne. Wer kann wissen, wie viele Planeten um die Sonne kreisen, wie viele Welten von ihr genährt werden? Wer kann wissen, welche Art Lebewesen dort existieren, welche Pflanzen dort wachsen und welche Gedanken dort gedacht werden? Ja, und es gibt Billionen solcher Fixsterne allein in unserer Milchstraße. Sie können nicht nur physikalische oder chemische Zufälle sein. Es muß jemanden geben, dessen Befehle das unendliche Universum lenken. Seine Beschlüsse sind schneller als das Licht. So allmächtig und allwissend ist er, daß er über jedes Atom bestimmt, über jedes Molekül, jede Milbe und Mikrobe. Er weiß sogar, daß Aaron Greidinger sich soeben auf eine Affäre mit Celia Chentschiner eingelassen hatte.

Das Telefon läutete, und Celia, die still in ihrem Sessel gesessen hatte, mit ihren eigenen Gedanken beschäftigt, streckte ihre Hand nach dem kleinen Tisch aus, auf dem das Telefon stand. Sie sprach in dem Singsang, der in Warschau nur für Telefongespräche benutzt wird: »Chaiml? Warum so spät? Ich dachte, du würdest eher anrufen . . . Was sagst du? . . . Alles in Ordnung. Chaiml, wir haben einen Besucher – unser junger Freund kam zum Mittagessen . . . Nein, ich habe *ihn* angerufen. Wenn er sich so aufspielt, muß ich nachgeben. Wer bin ich, eine einfache Hausfrau, und er, ein Schriftsteller, ein Dramatiker, und Gott weiß was alles . . . Ja, wir haben gegessen, und ich habe ihn überredet, über Abend zu bleiben . . . Oh, er hat jetzt eine berühmte Schauspielerin, jung und wahrscheinlich auch noch hübsch. Was soll er mit einer Frau in meinem Alter? Wie geht's deinem Vater? . . . So? Gut, paß auf, daß er seine Medizin nimmt . . . Morgen? Wann morgen? Mit dem Zwölf-Uhr-Zug? . . . Gut. Ich werde dich abholen . . . Ich habe ja nichts anderes zu tun. Den ganzen Tag gestern hat mich niemand angerufen. Also habe ich mich überwunden und ihn angerufen . . . Wer? Als Regisseur? Red keinen Unsinn. Er versteht so viel vom Theater wie ich von Astronomie . . . Lach mich nicht aus, aber ein nichtjüdischer Regisseur würde von der Sache mehr verstehen als einer von unseren Tölpeln. Die haben wenigstens etwas gelernt und kennen das Theater . . . Morris? Ich habe nicht das geringste von ihm gehört. Der hat uns auch vergessen . . . Oh, Chaiml, du bist mir einer, schon gut . . . Du willst mit ihm sprechen? Ich geb' ihm den Hörer. Er kommt schon!«

Celia gab mir den Hörer. Das Telefon hatte eine lange Schnur. Alles in diesem Zimmer war darauf ausgerichtet, jede Anstrengung zu vermeiden. Ich hörte Chaimls Stimme, die noch dünner und schriller klang, als wenn er direkt zu mir sprach.

»Tsutsik! Wie geht es Ihnen? Ich höre, daß Sie an Ihrem Stück arbeiten. Gut, gut. Es ist an der Zeit, daß ein junger Mann für unser Theater schreibt. Die Welt dreht sich, aber wir stecken immer noch bei ›Chinke Pinke‹ und ›Dos Pintele Jid‹. Jedesmal, wenn Celia und ich ins jiddische Theater gehen, schwören wir, es sei das letztemal. Aber nicht zu gehen, ist auch keine besondere Heldentat. Unsere konservativen Zionisten lehnen die Diaspora ab. Alles Glück, so sagen sie, wird sich in Palästina erfüllen. Aber wir dürfen nicht vergessen, Palästina war nur unsere Wiege. Wir hätten in diesen zweitausend Jahren erwachsen werden sollen. Dadurch, daß sie die Diaspora ablehnen, fördern sie die Assimilation. Es war nett von Ihnen, daß Sie sich für Celia Zeit genommen haben. Mit wem kann sie sich schon unterhalten? Mit den Damen ihres Bekanntenkreises hat sie sich nichts zu sagen. Mit denen ist es immer das gleiche – dieses Kleid und jenes Kleid, dieser oder jener Hut. Nur Klatsch. Gehen Sie nicht so bald. Seien Sie nicht schüchtern . . . Haben Sie eifersüchtig gesagt? Unsinn! Wer hat das noch gesagt, wenn Menschen sich aneinander freuen, so loben sie auch den Schöpfer? Als ich heiratete und sogar lange vorher schon, während unserer Verlobungszeit, war ich entsetzlich eifersüchtig. Wenn sie nur mit einem anderen Mann gesprochen hat oder ihn anlächelte, war ich bereit, beide zu Tode zu trampeln. Aber in einem chassidischen Buch habe ich einmal gelesen, wenn man einen negativen Charakterzug hat und ihn überwindet, dann kann er sich in sein Gegenteil verkehren. Heute weiß ich, daß wenn man eine Frau wirklich liebt, dann kann ihr Freund auch unser Freund sein, ihr Vergnügen auch unser Vergnügen, ihre Ekstase unsere Ekstase. Tsutsik, ich möchte Celia noch etwas sagen. Seien Sie so gut . . .«

Ich reichte Celia den Hörer hinüber und ging in das andere Zimmer, das die Chentschiners ihre Bibliothek nannten. Dort war es dunkel, man sah den Widerschein des Lichtes von einem gegenüberliegenden Fenster. Ich stand dort und fragte mich: »Bin ich jetzt glücklich?« Ich wartete auf eine Antwort aus der tiefen Quelle, die man das innere Wesen, das Ego, das Superego, den Geist – was immer sein Name sein mag – nennt, aber es kam keine Antwort.

Celia öffnete die Tür. »Was stehst du dort im Dunkeln, wie eine verlorene Seele? Wir haben keine Geheimnisse vor dir.«

Ich fand die Worte nicht, ihr zu antworten, und sie sagte: »Wie kann ich eine Liebschaft anfangen, wenn ich ernsthaft an Selbstmord denke? Es gibt Menschen, die in einem gewissen Alter eines natürlichen Todes sterben – alle Worte gesagt, alle Taten getan, und es bleibt nur der Tod. Früher stand ich jeden Morgen mit einem Gefühl der Hoffnung auf. Jetzt erwarte ich nichts mehr.«

»Warum, Celia, warum?«

»Oh, ich passe nirgends hin. Chaiml ist ein anständiger Mensch, und ich liebe ihn, aber noch ehe er den Mund aufmacht, weiß ich, was er sagen wird. Morris ist das ganze Gegenteil, aber man weiß bei ihm nie, woran man ist. Er lebt am Rande der Verzweiflung. Du bist zu jung für mich und zu unbeständig. Ich habe das Gefühl, daß du nicht mehr lange in Warschau bleiben wirst. Eines Tages wirst du auf und davon gehen und verschwinden. Morris hat mir erzählt, das Sam Dreiman dich nach Amerika mitnehmen will.«

»Er redet viel.«

»Solche Sachen entwickeln sich schnell. Wenn du eine Möglichkeit hast, von hier zu entkommen, warte nicht. Wir sind zwischen Hitler und Stalin gefangen. Wer immer in unser Land einfallen wird, es wird eine Katastrophe geben.«

»Warum gehst du nicht fort?«

»Wohin? Ich kann mir ein Leben in Amerika nicht vorstellen.«

»Und was ist mit Palästina?«

»Auch dort kann ich es mir nicht vorstellen. Das ist ein Ort, zu dem werden wir auf einer Wolke gebracht werden, wenn der Messias erscheint.«

»Glaubst du das wirklich?«

»Nein, mein Lieber.«

Viertes Kapitel

1

Der Frühling war dieses Jahr zeitig gekommen. Im März blühten schon die Bäume im Sächsischen Garten. Mein Stück war nicht fertig, aber selbst wenn es fertig gewesen wäre, war es für eine Aufführung zu spät geworden. Im Mai fuhren alle wohlhabenden Leute aufs Land, nach Otwock, Świder, Michalin und Józefow. Das Stück war nicht mein einziges Problem. Sam Dreiman hatte Schwierigkeiten gehabt, ein Theater zu finden. So wurde die Premiere bis nach Sukkot, dem Laubhüttenfest, verschoben, dem Datum, an dem in den jiddischen Theatern die Spielzeit anfing. Sam Dreiman hatte mir weitere dreihundert Dollar Vorschuß gegeben, mit denen ich wohl durch den Sommer kommen würde. Er hatte vor, ein Sommerhaus an der Strecke nach Otwock zu mieten, und dort würde mir ein Zimmer bereitgemacht werden, in dem ich unter Bettys Aufsicht an dem Stück arbeiten sollte. Sam vertraute mir an, daß er Woche für Woche mehrere tausend Dollar verdiene, selbst wenn er wie jetzt in Warschau säße und nichts täte.

Er sagte: »Nehmen Sie soviel Sie brauchen. Ich kann in keinem Fall alles ausgeben.«

Inzwischen nannte ich Sam und Betty beim Vornamen, und beide nannten mich Tsutsik. Dennoch wußte ich, daß alles von dem Stück abhing. Sam Dreiman sprach oft das Wort ›Erfolg‹ aus. Er ermahnte mich wieder und wieder, daß das Stück sowohl bei dem Warschauer Publikum wie bei dem New Yorker ankommen müsse, wohin er es zu bringen hoffte, zugleich mit mir, dem Autor.

Er sagte: »Ich kenne das Jiddische Theater in Amerika inund auswendig. Was gab es denn anderes für uns Einwanderer als das Theater und die Jiddische Zeitung? Jedesmal, wenn ich von Detroit nach New York kam, versäumte ich nie, ins Theater zu gehen. Ich habe sie alle gesehen – die Adlers, Madame Liptzin, Kessler und Tomaschewski, ganz zu schweigen von seiner Frau Bessie. Die sprachen richtiges Jiddisch – nicht dieses Geschwafel, das man in den Theatern, wo man ›Kunst‹ bringt, spricht, und wo man die Leute mit Propaganda zu Tode langweilt. Die Leute gehen ins Theater, um sich zu vergnügen, und nicht um gegen die Rockefeller-Millionen zu revoltieren.«

Betty und ich hatten uns schon geküßt, sowohl im Beisein von Sam und auch hinter seinem Rücken. Wenn wir über dem Manuskript brüteten, nahm sie meine Hand und legte sie auf ihr Knie. Feitelsohns Behauptung, daß der Instinkt der Eifersucht im Begriff war, ein ebenso rudimentäres Organ zu werden wie der Blinddarm, das Steißbein und die männlichen Brüste, schien auf dieses Paar ebenso zuzutreffen wie auf Chaiml und Celia. Sam Dreiman lächelte und zog mich gutmütig auf, wenn Betty mich küßte. Er ließ uns oft allein und ging zum Kartenspiel mit seinem Freund ins Amerikanische Konsulat.

Feitelsohn ging auch dorthin. Vor kurzem hatte er im Schriftsteller-Klub einen Vortrag über ›Geistige Hormone‹ gehalten und er war dabei, eine Reihe von ›Seelenreisen‹ vorzubereiten. Ein Freund von ihm, der Hypnotiseur Mark Elbinger, war aus Paris nach Warschau gekommen. Feitelsohn hatte mir Erstaunliches von diesem Mann berichtet. Er konnte seine Patienten durchs Telefon hypnotisieren oder sogar durch Telepathie. Er war auch Hellseher. Er hatte Sitzungen in Berlin, in London, Paris, New York und Südamerika abgehalten. Er sollte an diesen ›Seelenreisen‹ teilnehmen.

Da Sam es vorzog, Karten zu spielen, statt in den noch leeren Sommerfrischen in der Gegend von Otwock ein Haus zu suchen, schickte er Betty und mich, eine geeignete Villa zu finden. Sam hatte vor, die Proben für das Stück dort stattfinden zu lassen. Feitelsohn hatte versprochen, seine Seelenreisen im Schoß der Natur abzuhalten. Am Tisch der Impotenten sprach man sogar davon, daß der berühmte Meister der Lustbarkeiten, Fritz Bander, dabei sei, eine Orgie vorzubereiten.

Eines Tages traf ich mich mit Betty am Danziger Bahnhof. Sie hatte schon die Fahrkarten für uns gekauft, und wir warteten gemeinsam auf den Zug. Hier roch es nach Bier, Würstchen, Kohlenruß und Schweiß. Soldaten in voller Ausrüstung warteten auf ihren Zug und vertrieben sich die Zeit, indem sie große Gläser Bier in sich hineingossen, das ein Mädchen vom Hahn zapfte. Ihre Backen waren gerötet und sie trug eine Bluse, die über der Brust spannte. Die Soldaten scherzten mit ihr, rissen Zoten, und ihre blaßblauen Augen lächelten, halb herausfordernd, halb verlegen, als wolle sie sagen: »Ich bin nur eine, ihr könnt mich nicht alle haben.«

In den Zeitungen war zu lesen, wie modern ausgerüstet das deutsche Heer sei, in voller Bereitschaft und mit den neuesten Waffen versehen. Diese polnischen Soldaten aber sahen genauso aus wie die russischen Soldaten von 1914. Sie trugen schwere Mäntel, und der Schweiß lief ihnen herunter. Ihre Gewehre sahen zu lang und zu schwer aus. Ihnen allen stand die Vernichtung bevor, und sie machten sich lustig über die Juden in ihren Kaftanen. Einer zog sogar einen Juden am Bart und man hörte sie zischen: ›Jid, Jid, Jid.‹

Ich war seit Jahren nicht mit dem Zug gefahren. Ich war niemals in der zweiten Klasse gereist, immer in der dritten oder in der vierten. Jetzt saß ich auf einer gepolsterten Bank, mit einer amerikanischen Dame, einer Schauspielerin, und sah auf die roten Ziegelgebäude der Zitadelle, deren Dächer mit Erde bedeckt und mit Gras überwachsen waren. Diese alte Festung sollte Warschau im Falle eines Angriffs verteidigen. Sie enthielt auch ein Gefängnis. Der Zug fuhr über eine Brücke. Die Weichsel glänzte, und ein starker Wind wehte von ihr herüber. Die Sonne spiegelte sich rot und groß im Wasser, und obwohl es noch lange vor Sonnenuntergang war, erschien ein blasser Mond am Himmel. Wir fuhren durch Wawer, Miedzeszyn, Falenica und Michalin. Mit jedem Halt verband sich eine Erinnerung. In Miedzeszyn hatte ich zum erstenmal mit einem Mädchen geschlafen – nur geschlafen, sonst nichts, denn sie wollte ihre Jungfräulichkeit für ihren Mann aufheben. In Falenica hatte ich einen Vortrag gehalten, der ein Fiasko wurde.

Wir stiegen in Świder aus, eine Haltestelle vor Jósefow, wo Chaiml und Celia ihr Sommerhaus hatten. Ein Grundstücksmakler erwartete uns an der Station. Wir wateten durch den Sand, bis wir zu einer Villa kamen, die mir äußerst luxuriös erschien, mit Veranden, Balkonen, Blumenbeeten, sogar Treibhäusern, alles von Wald umgeben. Betty hatte es so eilig, den Makler loszuwerden, daß sie ihm sogleich eine Anzahlung von zweihundert Zloty aushändigte. Erst dann erfuhren wir, daß das Haus keine Beleuchtung hatte, keine Bettwäsche vorhanden war und das nächste Restaurant oder Café kilometerweit entfernt war. Die Sommerhotels waren noch geschlossen. Wir mußten nach Warschau zurückkehren und darauf warten, daß der Vertrag aufgesetzt und an Sam Dreiman geschickt wurde. Der Makler, ein kleiner Mann mit gelbem Bart und gelben Augen, schien unseren Absichten zu mißtrauen. Er sagte zu uns: »Es ist noch zu früh. Die Abende sind kalt und dunkel. Der Sommer ist noch nicht gekommen. Alles zu seiner Zeit.«

Aus einer Hütte kam ein Wächter mit zwei bellenden Hunden. Er ließ sich von dem Makler die Schlüssel zurückgeben. Man riet uns, zur Station zu gehen, denn in dieser Jahreszeit fuhren nur wenige Züge. Aber Betty bestand darauf, den Świderek-Fluß und seinen Wasserfall zu sehen, von dem der Makler in Warschau Sam und ihr erzählt hatte. Während wir gingen, erinnerte uns ein eisiger Wind an den Winter. Innerhalb von wenigen Minuten bezog sich der Himmel, der Mond verschwand, und eine Mischung von heftigem Regen und Hagel schlug uns ins Gesicht. Betty sprach zu mir, aber ich konnte sie beim Heulen des Windes nicht verstehen. Wir waren am Ufer des Świderek angekommen. Vor uns dehnte sich der Strand, naß und leer. Der niedrige Wasserfall überstürzte sich mit Donnergetöse. Der schmale Fluß glitzerte fremd und geheimnisvoll, und zwei große Wintervögel flogen dicht über der Oberfläche; sie stießen Warnschreie aus, einer den anderen warnend, in dieser schnellen Dämmerung sich nicht zu verirren. Bettys Strohhut erhob sich in die Luft und landete jenseits des Flusses. Dann begann er zu rollen und Purzelbäume zu schlagen; er verschwand im Gebüsch. Betty hielt mit beiden Händen ihr zerzaustes Haar fest, als sei es eine Perücke, und schrie: »Laß uns umkehren. Die Dämonen verfolgen mich. So ist es immer, wenn auch nur ein Fünkchen Glück mein Leben erhellt!«

Sie warf ihre Handtasche in den Sand, legte ihre Arme um mich, und während sie sich an mich preßte, rief sie: »Laß die Hände von mir! Ich bin verflucht, verflucht, verflucht!«

2

Der Winter kehrte noch einmal zurück, und Betty trug wieder ihren Zobelmantel. Dann zog der Frühling unwiderruflich ein. Warme Lüfte aus den Praga-Wäldern drangen durch mein offenes Fenster und brachten den Duft von Gras, Blüten und frisch umgegrabener Erde mit sich. In Deutschland hatte Hitler seine Macht gefestigt, aber die Warschauer Juden hatten den Auszug aus Ägypten gefeiert, der vor viertausend Jahren stattgefunden hatte. An diesem Tag ging ich nicht zu Betty in das Hotel Bristol. Statt dessen kam sie zu mir. Sam Dreiman war nach Mlawa zu der Beerdigung einer Cousine gefahren. Betty hatte sich geweigert mitzugehen. Sie sagte zu mir: »Ich will das Leben genießen, und nicht den Tod einer mir fremden Frau beweinen.« Sie trug wieder ein sommerliches Kostüm – blaßblau – und einen Strohhut. Sie brachte mir einen Blumenstrauß, und Thekla nahm ihn und stellte ihn in eine Vase. Ich hatte noch nie gehört, daß eine Frau einem Mann Blumen gebracht hätte.

Der Frühling hinderte uns an der Arbeit. Vögel flogen am

offenen Fenster vorbei, rufend und zwitschernd. Wir ließen das Manuskript auf dem Tisch und traten ans Fenster. Auf den schmalen Straßen drängten sich die Fußgänger.

Betty sagte: »Der Frühling in Warschau macht mich ganz verrückt. In New York gibt es keinen Frühling.«

Nach einer Weile gingen wir auf die Straße hinunter. Betty nahm meinen Arm mit ihrer behandschuhten Hand, und ziellos wanderten wir umher. Sie sagte: »Du erzählst immer von der Krochmalna. Warum hast du mich nie dorthin geführt?«

Ich zögerte etwas mit der Antwort. »Diese Straße ist eng mit meiner Kindheit verknüpft. Dir würde sie nur als schmutziges Elendsviertel erscheinen.«

»Trotzdem, ich möchte sie sehen. Wir können ja einen Wagen nehmen.«

»Nein, es ist nicht weit. Ich kann es selbst nicht glauben, daß ich die Krochmalna seit 1917, als ich sie verlassen habe, nicht wiedergesehen habe.«

Wir hätten durch die Zielarnastraße gehen können, aber ich zog es vor, zur Przejazd zu gehen und von dort in südlicher Richtung. Am Bankplatz blieben wir einen Augenblick vor dem Tor der alten Bank mit ihren wuchtigen Säulen stehen. Genau wie in meiner Kindheit wurden Karren mit Geld hinein- und herausgerollt, von bewaffneter Polizei bewacht. Die Zabiastraße war noch immer das Zentrum der Putzmacherei; in Reihen von Schaufenstern waren moderne Hüte ausgestellt und solche, wie sie von älteren Frauen getragen wurden – Hüte mit Schleiern, Tüll, Straußenfedern, hölzernen Kirschen, Trauben, und Krepphüte für die Trauerkleidung. Hinter dem eisernen Gitter der Sächsischen Gärten verstreuten die Kastanienbäume ihre Blütenblätter.

Am Zielarnaplatz standen Bänke, und müde Fußgänger saßen in der Sonne. Großer Gott im Himmel, dieser Weg weckte in mir die Begeisterung eines Knaben. Wir blieben vor dem Gebäude stehen, das die Wiener Halle genannt wurde, wo reiche Väter die Hochzeiten ihrer Töchter ausrichteten.

Und unter den Arkaden verkauften Frauen noch immer Taschentücher, Nadeln, Nähnadeln, Knöpfe und vom Stück Kaliko, Leinen – sogar Samt- und Seidenreste. Wir kamen bei der Gnojnastraße heraus, und meine Nase wurde von dem vertrauten Geruch von Seife, Petroleum und Pferdemist angefallen. In dieser Gegend befanden sich die ›Cheders‹, die jüdischen Grundschulen, die Lehrhäuser und die chassidischen Bethäuser, wo ich die Tora gelernt hatte.

Wir kamen zur Krochmalna, und als erstes begrüßte mich der Gestank, an den ich mich aus meiner Kindheit erinnerte: eine Mischung aus verbranntem Petroleum, verfaultem Obst und Rauch aus den Schornsteinen. Alles war noch wie damals – das Kopfsteinpflaster, der tiefe Rinnstein, die mit Wäsche behangenen Balkone. Wir gingen an einer Fabrik vorbei mit drahtvergitterten Fenstern und einer fensterlosen Mauer mit einem hölzernen Tor, das ich während meiner ganzen Kindheit nie geöffnet gesehen hatte. Jedes Haus hier war für mich mit Erinnerungen verbunden. In Nr. 5 war eine Jeschiwa gewesen, wo ich einige Monate lang gelernt hatte. Im Hof lag das rituelle Badhaus, wohin gegen Abend die älteren Frauen gekommen waren, um sich zu waschen. Ich hatte sie oft herauskommen sehen, sauber und mit geröteten Backen. Jemand hatte mir erzählt, daß dies das Haus des Rabbi Itschemeir Alter gewesen sei, der vor vielen Generationen der Begründer der Dynastie von Gur gewesen war. Zu meiner Zeit war die Jeschiwa ein Teil des Grodzisker Bethauses. Der Synagogendiener war ein Trinker gewesen. Wenn er etwas zu viel getrunken hatte, pflegte er Geschichten von Heiligen, Dibbuks, halbverrückten Landedelleuten und Hexenmeistern zu erzählen. Er aß nur eine Mahlzeit am Tag, und immer – außer am Sabbat – brockte er hartes Brot in seinen Borschtsch.

Nr. 4 war ein großer Basar, Janaschs Basar, der zwei Tore hatte – eines führte in die Krochmalna und das andere in die Mirowskastraße. Dort wurde alles verkauft – Obst, Gemüse, Milchprodukte, Gänse und Fisch. Es gab Stände, an denen getragenes Schuhwerk und getragene Kleidung aller Art feilgeboten wurden.

Wir kamen an den Platz. Dort hatte es immer von Prostituierten, Zuhältern und Taschendieben in zerrissenen Jacken und Schirmmützen, die sie tief über die Augen gezogen hatten, gewimmelt. Damals war der Chef der Bande Itsche gewesen, der oberste der Taschendiebe, Besitzer von Bordellen, ein Angeber und Messerheld. Irgendwo in Nr. 13 oder 11 wohnte die dicke Reisele, eine Frau, die dreihundert Pfund wog. Man sagte von Reisele, daß sie mit Mädchenhändlern in Buenos Aires Geschäfte machte. Nebenbei vermittelte sie auch Dienstmädchen. Auf dem Platz wurden auch Spiele gespielt. Aus einem Sack zog man eine Nummer, und man konnte eine Polizeitrillerpfeife, einen Schokoladenkuchen, einen Federhalter mit einer Ansicht von Krakau gewinnen, oder eine Puppe, die sitzen konnte und ›Mama‹ rief.

Ich blieb mit Betty stehen, um alles zu betrachten. Die gleichen Flegel, die gleiche monotone Sprache, die gleichen Spiele. Ich fürchtete, all dies würde ihr mißfallen, aber sie war von meinem Heimweh angesteckt worden. »Du hättest mich gleich am ersten Tag unserer Bekanntschaft hierherführen sollen!« sagte sie.

»Betty, ich werde ein Stück mit dem Titel ›Krochmalna‹ schreiben, und du wirst die Hauptrolle spielen.«

»Du machst große Versprechungen.«

Ich wußte nicht, was ich ihr zuerst zeigen sollte – die Spelunke, wo die Diebe Karten und Domino spielten, und wohin die Hehler kamen, um gestohlene Ware zu kaufen; oder das Bethaus in Nr. 10, wo wir gewohnt hatten, oder das Radzyminer Lehrhaus in Nr. 12, wohin wir später gezogen waren; oder die Höfe, die zu der jüdischen Grundschule gehörten, die ich besucht hatte, oder die Läden, in denen ich für meine Mutter Lebensmittel und Petroleum geholt hatte. Die einzige Veränderung, die ich feststellen konnte, war, daß die Häuser den größten Teil ihres Verputzes verloren hatten und vom Rauch geschwärzt waren. Hier und dort wurde eine

Mauer von Holzbalken gestützt. Die Rinnsteine schienen noch tiefer zu liegen, ihr Gestank war noch stärker geworden. Ich blieb bei jedem Tor stehen und schaute hindurch. Die Abfallkübel quollen von Müll über. Färber färbten Kleidungsstücke, Spengler flickten löcherige Töpfe, und Männer mit Säcken auf den Schultern riefen: »Alte Kleider, alte Kleider, kaufe Lumpen, alte Hosen, alte Schuhe, alte Hüte, alte Kleider, alte Kleider!« Hier und da hörte man einen Bettler ein Lied singen – von der ›Titanic‹, die im Jahre 1912 gesunken war, von dem Streikenden Baruch Schulmann, der 1905 eine Bombe geworfen hatte und aufgehängt worden war. Zauberer führten noch immer die gleichen Kunststücke vor wie zu meiner Zeit – sie schluckten Feuer, balancierten Fässer auf ihren Füßen und legten sich mit nacktem Oberkörper auf ein Nagelbrett. Ich wußte, das es nicht sein konnte, aber ich glaubte das Mädchen wiederzuerkennen, das mit einem Tamburin herumging und von den Zuschauern Münzen einsammelte. Sie trug die gleichen Samthosen mit silbernen Pailletten. Ihr Haar war wie das eines Knaben geschnitten. Sie war groß und schlank, flachbrüstig, ihre Augen waren tiefschwarz. Auf ihrer Schulter hockte ein Papagei mit gebrochenem Schnabel.

»Wenn man all dies nur nach Amerika bringen könnte!« sagte Betty.

Ich bat sie, draußen zu warten, und öffnete die Tür zu der Neustadt-Synagoge – sie war leer, aber der Heilige Schrein mit den beiden vergoldeten Löwen auf dem Gesims, die Kanzel, das Lesepult und die Bänke zeugten davon, daß sich hier Juden immer noch zum Gebet versammelten. Auf den Regalen lagen und standen die heiligen Bücher in schwarzen Reihen, alt und zerlesen. Da niemand da war, rief ich nach Betty. Ich rief laut, und ein Echo antwortete. Ich zog die Vorhänge vom Heiligen Schrein zurück, öffnete die Tür und warf einen Blick auf die Tora-Rollen in ihren Samtumhüllungen, mit der vom Alter schwarz gewordenen Goldstickerei. Betty und ich steckten unsere Köpfe in den Schrein. Ihr Gesicht glühte. Wir beide empfanden den sündhaften Drang, das Heilige zu entheiligen, und wir küßten uns. Gleichzeitig bat ich die Tora-Rollen um Vergebung und erinnerte sie daran, daß Betty ja keine verheiratete Frau sei.

Wir verließen die Synagoge, und ich sah mich im Hof um. Schmerl, der Schuhmacher, hatte damals hier gelebt und im Keller seine Werkstatt gehabt. Man hatte ihm den Spitznamen ›Schmerl – heute-nicht‹ gegeben. Brachte man ihm Schuhe oder Stiefel zum besohlen oder um neue Absätze zu machen, sagte er immer: Heute nicht! Er war schon gestorben, als wir noch in Warschau lebten. Ein Wagen war damals in den Hof gefahren und hatte ihn in das Spital für ansteckende Krankheiten gebracht. In der Krochmalna glaubte man, daß die Kranken dort vergiftet wurden. Die Witzbolde der Gegend hatten gesagt, daß, als der Todesengel mit den tausend Augen und dem scharfen Schwert ihn holen kam, Schmerl gesagt habe: »Heute nicht«, aber der Engel antwortete: »Doch, heute.«

In Nr. 10 hing der Balkon unserer ehemaligen Wohnung voller Wäsche. Früher war er mir so hoch erschienen, jetzt konnte ich ihn fast mit den Fingern erreichen. Ich warf einen Blick in die Läden. Wo waren Eli, der Kolonialwarenhändler, und seine Frau Seldele? So wie Eli groß, schnell, beweglich, spitzzüngig und streitsüchtig gewesen war, so klein, langsam, langweilig und gutmütig war Seldele gewesen. Der Kunde mußte Seldele zweimal sagen, was er wollte. Bis sie ihre Hand ausgestreckt hatte, ein Blatt Papier genommen, ein Stück Käse abgeschnitten und es gewogen hatte, konnte eine Viertelstunde vergehen. Fragte man sie nach dem Preis, so begann sie nachzudenken und sich dabei mit einer Haarnadel unter ihrer Perücke zu kratzen. Kaufte der Kunde auf Kredit, so schrieb Seldele den Preis auf, konnte aber später nicht mehr lesen, was sie geschrieben hatte. Als der Krieg ausbrach und deutsche Mark und Pfennige in Gebrauch kamen, wurde sie völlig verwirrt. Eli beschimpfte sie vor den Kunden und nannte sie eine Kuh. Sie erkrankte während des Krieges, und man konnte sie nicht ins Krankenhaus bringen. Sie legte sich ins Bett und schlief ein wie ein Hühnchen. Eli weinte, jammerte und schlug seinen Kopf gegen die Wand. Drei Monate später heiratete er ein rundliches Mädchen, das ebenso langsam und ruhig war wie Seldele.

3

Wir betraten Janaschs ›Hof‹ und gingen zum Schlachthaus. Die gleichen blutbespritzten Wände, die todgeweihten Hühner und Hähne schrien mit den gleichen Stimmen: ›Was habe ich getan, dies verdient zu haben? Ihr Mörder!‹ Der Abend war hereingebrochen, und das grelle Licht der Lampen spiegelte sich in den Messerklingen der Schlächter. Frauen drängten nach vorne, jede mit ihrem Huhn. Die Träger beluden Körbe mit dem toten Geflügel und trugen sie zu den Rupferinnen. Diese Hölle hier sprach all dem humanitären Gerede hohn. Ich hatte mich schon lange mit dem Gedanken getragen, Vegetarier zu werden, und in diesem Augenblick schwor ich, nie wieder ein Stück Fleisch oder Fisch anzurühren.

Außerhalb des Schlachthauses vertieften die Lampen, die den Hof beleuchteten, nur die Dunkelheit. Wir gingen an Zubern und Schüsseln vorbei, die lebende Karpfen, Schleie und Hechte enthielten, die die Hausfrauen dem Sabbat zu Ehren reinigen und zerschneiden würden. Wir traten auf Stroh, Federn und Schleim. Die Standbesitzer schimpften und stießen die alten vertrauten Flüche aus: »Die Pest wünsch' ich dir auf den Hals!«; »Die Eingeweide sollen dir vertrocknen!«; »Möge eure Tochter ihre Heirat nicht erleben!«

Wir verließen den Basar und traten wieder auf die Straße. Vor Toren und an Straßenlampen standen Straßenmädchen – dicke mit riesigen Busen und üppigen Hüften; andere, die schlank waren und sich in Schals gehüllt hatten. Die Arbeiter, die aus den Fabriken und Werkstätten in der Wola- und

Ziliarnastraße kamen, blieben stehen, um mit den Mädchen zu reden und um den Preis zu feilschen.

Betty sagte: »Laß uns weggehen von hier! Außerdem bin ich hungrig.«

Plötzlich erblickte ich das Haus Nr. 7, wohin Baschele mit ihren drei Töchtern gezogen war. Selbst wenn die Familie noch am Leben sein sollte, so hatte sie diese Wohnung sicher schon vor Jahren verlassen. Ja, aber angenommen, sie waren nicht ausgezogen? Und Schoscha erinnerte sich noch an die Geschichten, die ich ihr erzählt hatte, an unser Vater-und-Mutter-Spiel, unser Versteckspiel, unser Du-bist-dran-Spiel? Ich blieb vor dem Tor stehen.

Betty fragte: »Warum bleibst du dort stehen? Wir wollen gehen.«

»Betty, ich muß herausfinden, ob Baschele vielleicht noch hier wohnt.«

»Wer ist denn diese Baschele?«

»Schoschas Mutter.«

»Und wer ist Schoscha?«

»Warte, ich werde es dir gleich erklären.«

Eine Frau ging durch das Tor und ich fragte sie, ob Baschele hier wohne.

»Baschele? Hat sie einen Mann? Wie ist ihr Nachname?« fragte die Frau.

Ich konnte mich nicht an den Familiennamen erinnern, vielleicht hatte ich ihn nie gewußt. »Ja, ihr Mann hatte einen runden Bart«, gab ich zur Antwort. »Er war Angestellter in irgendeinem Laden. Sie hat eine Tochter, Schoscha. Ich hoffe, sie sind noch am Leben.«

Die Frau klatschte in die Hände. »Ich weiß, wen Sie meinen! Bascha Schuldiener. Sie wohnen im ersten Stock nach dem Tor links. Sind Sie ein Amerikaner?«

Ich zeigte auf Betty. »Sie ist eine Amerikanerin.«

»Familie?«

»Nein, nur Freunde. Ich habe sie seit zwanzig Jahren nicht gesehen.«

»Seit zwanzig Jahren? Gehen Sie nur geradeaus, aber vorsichtig. Die Kinder haben in der Mitte des Hofes ein Loch gegraben. Man kann hineinfallen und sich ein Bein brechen. Es ist dunkel dort. Die Hausbesitzer streichen das Mietgeld ein, aber sie denken nicht daran, nachts eine Lampe anzuzünden.«

Betty fing an zu murren, aber ich rief aus: »Es ist ein Wunder! Ein Wunder! Vielen Dank!« rief ich der Frau nach. Ich stand im Hof des Hauses Nr. 7 und blickte auf ein Fenster, wo eine Gaslampe brannte, und wo ich vielleicht bald Baschele und Schoscha antreffen würde. Als ob sie plötzlich bemerkt hätte, was in mir vorging, schwieg Betty. Ich nahm ihren Arm und führte sie weiter. Trotz der Dunkelheit sah ich das Loch und wir umgingen es. Wir kamen zu der halben unbeleuchteten Treppe, die zum ersten Stock führte. Ich fühlte nach einem Türknopf, stieß die Tür auf, und ein zweites Wunder geschah vor meinen Augen. Ich erblickte Baschele. Sie stand am Küchentisch und schälte eine Zwiebel. Sie war in all den Jahren kaum gealtert. Ihre Perücke war noch immer blond; ihr breites helles Gesicht war nur leicht verrunzelt, aber ihre Augen blickten mit dem gleichen freundlichen Lächeln, das ich von meiner Kindheit her kannte. Auch ihr Kleid mochte noch aus dieser Zeit stammen. Als sie mich wahrnahm, hob sich ihre Oberlippe – sie hatte noch ihre breiten Zähne. Mörser und Stößel, die Küchengeräte, der Schrank mit dem geschnitzten Aufsatz, die Stühle und der Tisch – alles war vertraut.

»Baschele, Sie erkennen mich nicht, aber ich erkenne Sie!« sagte ich.

Sie legte die Zwiebel und das Messer hin. »Natürlich erkenne ich Euch. Ihr seid Arele.«

Im Pentateuch, als Joseph seine Brüder erkannte, küßten und umarmten sie sich, aber Baschele war keine Frau, die einen fremden Mann küssen würde, nicht einmal einen, den sie als Kind gekannt hatte.

Betty zog die Augenbrauen hoch: »Ist das wahr, daß ihr euch zwanzig Jahre nicht gesehen habt?«

»Warten Sie – ja, fast so lange.« Baschele sprach mit der Stimme einer einfachen Frau, freundlich, mütterlich und dennoch einzigartig. Ich hätte diese Stimme unter einer Million anderer erkannt. »Viele Jahre«, fügte sie hinzu.

»Aber er war doch noch ein Kind«, protestierte Betty.

»Ja. Er und Schoscha sind gleichaltrig«, sagte Baschele.

Betty fragte: »Wie kann man jemanden wiedererkennen, den man zuletzt als Kind gekannt hat?«

Baschele zuckte die Achseln. »Sowie er anfing zu reden, habe ich ihn erkannt. Ich habe gehört, Ihr schreibt für die Zeitungen. Bleibt nicht an der Tür stehen. Das ist wohl Eure Frau?« fragte sie und deutete auf Betty.

Betty lächelte. »Nein, ich bin nicht seine Frau. Ich bin eine Schauspielerin aus Amerika, und er schreibt ein Stück für mich.«

»Ich weiß«, sagte Baschele. »Wir haben einen Nachbarn, der Eure Sachen liest. Jedesmal, wenn Euer Name in der Zeitung steht, kommt er und liest es uns vor. Einmal stand da, daß ein Stück von Euch aufgeführt werden wird.«

»Wo ist Schoscha?« fragte ich.

»Sie ist in den Laden gegangen, Zucker holen. Sie wird gleich zurück sein.«

Noch während Baschele sprach, kam Schoscha herein. Gott im Himmel – welche Überraschungen hatte dieser Tag gebracht, eine größer als die andere! Täuschten mich meine Augen? Schoscha war weder gewachsen, noch war sie älter geworden. Ich starrte dieses Rätsel an. Nach einiger Zeit bemerkte ich doch eine kleine Veränderung in ihrem Gesicht und in ihrem Wuchs. Sie war vielleicht drei oder fünf Zentimeter größer geworden. Sie trug einen ausgeblichenen Rock und eine ärmellose Jacke, von der ich hätte schwören können, daß sie sie schon vor zwanzig Jahren getragen hatte. Sie stand da und hielt eine spitze Tüte in der Hand, wie sie in den Läden für ein Viertelpfund benutzt wurden, und starrte uns an. Ihre Augen strahlten noch genau die gleiche kindliche Bezauberung aus wie damals, als ich ihr Geschichten erzählte.

»Schoscha, weißt du, wer das ist?« fragte Baschele.

Schoscha antwortete nicht.

»Das ist Arele, des Rabbiners Sohn.«

»Arele«, wiederholte Schoscha, und es war ihre Stimme, obwohl nicht ganz die gleiche wie früher.

»Leg den Zucker hin, und zieh deine Jacke aus«, sagte Baschele.

Langsam legte Schoscha die Zuckertüte auf den Tisch und zog ihre Jacke aus. Ihre Gestalt war kindlich geblieben, obwohl ich Anzeichen von Brüsten bemerkte. Ihr Rock war kürzer als es Mode war, und beim Gaslicht war es schwer zu sehen, ob er blau oder schwarz war. So hatten die Kleidungsstücke ausgesehen, die während des Krieges desinfiziert worden waren – eingelaufen, gedämpft und verschossen. Schoschas Hals war lang, ihre Arme und Beine dünn. Alle Welt trug durchsichtige, glänzende, farbige Strümpfe in Warschau, aber Schoschas schienen aus grober Baumwolle zu sein.

Baschele fing an zu erzählen: »Der Krieg, dieser schreckliche Krieg, hat uns kaputtgemacht. Ippe ist gestorben, nachdem Ihr aufs Land gezogen seid. Sie erwischte ein Fieber und legte sich ins Bett. Irgend jemand zeigte uns an, und ein Krankenwagen brachte sie ins Spital. Eine Woche lang verzehrte sie das Fieber. Uns ließ man nicht zu ihr. Am letzten Tag, als ich nach ihr fragte, sagte der Posten am Tor: ›Bardzo kiepsko‹, sehr schlecht, und ich wußte, daß sie gestorben war. Selig war nicht in Warschau. Er ist nicht einmal zur Beerdigung seiner Tochter gekommen. Erst nach vier Jahren konnten wir einen Grabstein setzen. Täubele ist eine junge Dame geworden – Gott beschütze sie! – tüchtig, hübsch und gebildet, alles, was man sich wünschen kann. Sie ist ins Gymnasium gegangen. Jetzt ist sie Buchhalterin in einem Matratzengeschäft. Die verkaufen nur en gros. Jeden Donnerstag muß sie ausrechnen, was alle Angestellten verdient haben, und gibt die Zettel dem Kassierer. Wenn sie sie nicht unterschreibt, bekommt niemand sein Geld. Die jungen Leute laufen ihr nach, aber sie sagt: ›Ich habe keine Eile.‹ Sie lebt nicht mit uns hier, sie kommt nur am Sabbat und an den Feiertagen. Sie teilt eine Wohnung mit einer Freundin in der Grzybowskastraße. Wenn man den Leuten sagt, daß man in der Krochmalna wohnt, ruiniert es die Aussichten auf eine gute Partie. Schoscha lebt mit mir, wie Ihr seht. Arele, und Sie, junge Dame, legt die Mäntel ab. Schoscha, steh nicht so dumm herum! Die Dame ist aus Amerika.«

»Aus Amerika«, wiederholte Schoscha.

»Setzen Sie sich. Ich mache gleich Tee. Haben Sie schon zu Abend gegessen?« fragte Baschele.

»Danke, wir sind nicht hungrig.« Betty blinzelte mir zu.

»Setzt euch. Leben die Eltern noch auf dem Lande?«

»Mein Vater ist nicht mehr am Leben.«

»Er war ein guter Mann, ein Heiliger. Ich habe ihn oft wegen der religiösen Vorschriften um Rat gefragt. Er blickte eine Frau nicht einmal an. Sowie ich hereinkam, drehte er sich um. Er stand immer hinter dem Lesepult. Und hatte so riesige Bücher wie im Lehrhaus. Woran ist er denn gestorben? Solche Juden gibt es heute nicht mehr. Selbst die Chassidim kleiden sich heute wie Stutzer – abgeschnittene Kaftane und glänzende Stiefel. Ist die Mutter noch am Leben?«

»Ja.«

»Und der Bruder Moischele?«

»Moischele ist Rabbiner geworden.«

»Moischele Rabbiner? Hörst du, Schoscha? Er war so ein kleiner Wicht. Damals ging er noch nicht einmal in die Grundschule.«

»Er ging dann später in den Cheder«, sagte Schoscha. »Hier im Hof, zu dem verrückten Lehrer.«

»Ach, wie die Jahre vergehen. Wo ist denn Moischele Rabbiner?«

»In Galizien.«

»In Galizien? Wo ist das? Es gibt so weit entfernte Städte«, sagte Baschele. »Als wir in Nr. 10 wohnten, war Warschau Rußland. Alle Schilder mußten auf russisch geschrieben sein. Dann kamen die Deutschen, und mit ihnen der Hunger. Und später erhoben die Polacken ihre Köpfe und riefen ›Nasza Polska!‹ – ›Unser Polen!‹ Einige der jungen Leute aus unserer Gegend traten in Pilsudskis Legion ein und sind umgekommen. Pilsudski ging mit seinen Soldaten nach Kiew; dann wurden sie bis zur Weichsel zurückgeworfen. Die Leute glaubten, die Bolschewiken wären im Anzug, und die Verbrecher sprachen schon davon, wie man den Reichen ihr Geld wegnehmen und sie abschießen würde. Dann wurden die Bolschewiken zurückgetrieben. Man trieb sie hierhin, dorthin. Alles wurde knapper. Selig lebt nicht mehr hier. Es haben sich Sachen ereignet, von denen ich Euch ein andermal erzählen werde. Die Menschen sind selbstsüchtig geworden. Sie kümmern sich nicht einmal mehr um ihre Nächsten. Der Zloty fällt, der Dollar steigt. Hier nennt man den Dollar ›Nudeln‹. Und alles wird immer teurer und teurer. Schoscha, deck den Tisch.«

»Mit dem Tischtuch oder dem Wachstuch?«

»Nimm ruhig das Wachstuch.«

Betty machte mir Zeichen, daß sie mir etwas sagen wolle. Ich neigte mich zu ihr und sie flüsterte: »Ich kann hier nichts essen. Wenn du bei ihnen bleiben willst, gehe ich allein ins Hotel zurück.«

Ich sagte: »Baschele, Schoscha, daß ich euch wiedergesehen habe, ist mir eine große Freude, aber die Dame muß gehen, und ich kann sie nicht allein gehen lassen. Ich komme später wieder. Wenn nicht heute abend, dann morgen.«

»Geh nicht fort«, sagte Schoscha. »Du bist schon einmal fortgegangen, und ich dachte, du kommst nie wieder. Einmal sagte unser Nachbar – er heißt Leiser – du seist in Warschau, und zeigte uns deinen Namen in der Zeitung, aber deine Adresse stand nicht da. Ich dachte, du hast uns ganz vergessen.«

»Schoscha, es ist kein Tag vergangen, an dem ich nicht an euch gedacht hätte.«

»Warum bist du dann nicht gekommen? Irgend etwas, das du geschrieben hast – dein Name stand darauf –, war in der

Zeitung gedruckt. Nein, nicht in der Zeitung, es war ein Buch in einem grünen Umschlag. Leiser liest alles. Er ist ein Uhrmacher. Er kam zu uns und las es vor. Du hast die Krochmalna genau beschrieben.«

»Ja, Schoscha, ich habe nichts vergessen.«

»Wir sind hier nach Nr. 7 gezogen, und danach bist du nie mehr gekommen. Du wurdest erwachsen und hast Gebetsriemen angelegt. Ein paarmal habe ich dich vorbeigehen sehen. Ich wollte zu dir laufen, aber du bist zu schnell gegangen. Du wurdest ein Chassid und hast kein Mädchen angesehen. Ich war schüchtern. Dann sagten die Leute, daß du Warschau verlassen hast. Ippe ist gestorben, und es gab ein Begräbnis. Ich habe sie tot liegen sehen und sie war ganz weiß.«

»Schoscha, sei still!« fuhr ihre Mutter sie an.

»Weiß wie Kreide. Ich habe jede Nacht von ihr geträumt. Sie haben ihr Leichentuch aus meinem Hemd gemacht. Ich wurde krank und bin seitdem nicht mehr gewachsen. Man hat mich zum Dr. Kniaster gebracht, und er hat mir was gegeben, aber es hat nicht geholfen. Täubele ist groß und hübsch.«

»Du bist auch hübsch, Schoscha«, sagte ich.

»Ich bin wie ein Zwerg.«

»Nein, Schoscha, du hast eine gute Figur.«

»Ich bin erwachsen und sehe wie ein Kind aus. Ich konnte nicht zur Schule gehen. Die Bücher waren zu schwierig für mich. Als die Deutschen kamen, mußten wir Deutsch lernen. Wir sollten deutsche Bücher kaufen, und Mama hatte kein Geld dafür. Dann haben sie mich zum zweitenmal nach Hause geschickt.«

»Das kam alles daher, daß wir nicht genug zu essen hatten«, fügte Baschele hinzu. »Das Brot wurde mit Rüben oder Sägemehl vermischt. Es schmeckte wie Lehm. In dem Winter erfroren die Kartoffeln und schmeckten so süß, daß man sie nicht essen konnte. Ich habe dreimal am Tag Kartoffeln gekocht. Dr. Kniaster sagte, Schoscha hätte nicht genug Blut, und er verschrieb eine braune Medizin. Sie hat sie dreimal am Tag genommen, aber wenn man Hunger hat, hilft nichts. Daß

Täubele – möge der böse Blick sie verschonen! – so groß und hübsch geworden ist, ist ein Wunder Gottes. Wann werdet Ihr wiederkommen?«

»Morgen.«

»Kommt morgen zum Mittagessen. Ihr habt immer so gern Nudeln mit Bohnen gegessen. Kommt um zwei. Die junge Dame könnt Ihr mitbringen. Schoscha, diese Dame ist eine Schauspielerin«, sagte Baschele und zeigte auf Betty. »Wo treten Sie denn auf? Im Theater?«

»Ich habe in Rußland gespielt, ich habe in Amerika gespielt, und ich hoffe, hier in Warschau aufzutreten«, sagte Betty. »Es hängt alles von Herrn Greidinger ab.«

»Er konnte schon immer schreiben«, sagte Schoscha. »Er kaufte ein Schreibheft und einen Bleistift und schrieb drei Seiten voll. Er zeichnete auch Leute. Einmal hat er ein brennendes Haus gezeichnet. Flammen schossen aus allen Fenstern. Er hat das Haus mit einem schwarzen Stift und das Feuer mit einem roten gezeichnet. Feuer und Rauch kamen aus dem Schornstein. Weißt du noch, Arele?«

»Ich erinnere mich daran. Gute Nacht. Ich werde morgen um zwei Uhr hier sein.«

»Bleib nicht wieder so lange fort«, sagte Schoscha.

4

Ich wäre gern zu Fuß gegangen, aber Betty hielt eine Droschke an. Sie wies den Kutscher an, uns in das Restaurant in der Lesznostraße zu fahren, wo wir zum erstenmal mit Sam Dreiman und Feitelsohn gegessen hatten.

In der Droschke legte Betty ihre Hand auf meine Schulter. »Das Mädchen ist schwachsinnig. Sie gehört in eine Anstalt. Aber du bist in sie verliebt. Sowie du sie angesehen hast, leuchteten deine Augen. Mir scheint, daß du auch geistig nicht ganz in Ordnung bist.«

»Das kann schon sein, Betty.«

»Alle Schriftsteller haben einen Anflug davon. Ich bin auch verrückt. Wie alle Begabten. Ich habe einmal ein Buch darüber gelesen. Den Namen des Verfassers habe ich vergessen.«

»Lombroso.«

»Ja, kann sein. Oder war das Buch vielleicht über ihn? Aber da jeder von uns auf seine Weise verrückt ist, erkennt man bei anderen die Verrücktheiten eher. Fang nichts mit dem Mädchen an. Sie ist krank. Wenn du ihr irgend etwas versprichst und dann dein Versprechen nicht hältst, wird sie völlig überschnappen.«

»Ich weiß.«

»Was siehst du nur in ihr?«

»Ich sehe mich selbst.«

»Hm. Du wirst in ein Netz geraten, aus dem du dich nie wieder befreien kannst. Ich glaube nicht, daß so eine Frau überhaupt imstande ist, mit einem Mann zu leben. Bestimmt wird sie keine Kinder haben können.«

»Ich brauche keine Kinder.«

»Anstatt daß du sie emporhebst, wird sie dich auf ihr Niveau herunterziehen. Ich kenne so einen Fall – ein hochintelligenter junger Mann, ein Ingenieur, und er heiratete irgendeine sehr labile Frau, die älter war. Sie brachte ein verkrüppeltes Kind zur Welt, ein Stück Fleisch, das weder leben noch sterben konnte. Anstatt es in eine Anstalt zu geben, schleppten sie das Kind in alle möglichen Kliniken, Bäder und zu Quacksalbern. Schließlich starb es, aber der Mann war zugrunde gerichtet.«

»Ich würde mit Schoscha nicht so ein Monstrum haben.«

»So geht es mir immer, kaum ergibt sich etwas Interessantes für mich, schon macht mir das Schicksal einen Strich durch die Rechnung.«

»Betty, du hast einen Liebhaber, der die Güte selbst ist, reich wie Krösus und bereit, die Welt für dich auf den Kopf zu stellen.«

»Ich weiß, was ich habe. Ich hoffe nur, daß jetzt nicht unsere Pläne für das Stück schiefgehen werden.«

»Nichts wird schiefgehen.«

»Hätte ich es nicht mit eigenen Augen gesehen, ich hätte so etwas nicht für möglich gehalten.«

Ich legte meinen Kopf gegen die Rücklehne der Droschke und blickte über die blechernen Dächer Warschaus hinauf in den Himmel. Mir schien, die Stadt habe sich verändert. Es war etwas Festliches, Purim-Feiertägliches in der Luft. Wir überquerten wiederum den Ziliarna-Platz. Alle Fenster in der Wiener Halle waren erleuchtet, und ich vernahm Musik. Es mußte dort heute abend eine Hochzeit stattfinden. Ich schloß meine Augen und legte meine Hand auf Bettys Schoß. Frühlingsdüfte wehten meine Nase an, zugleich mit dem Gestank der Müllwagen, die den Abfall des Tages auf die Felder fuhren.

Die Droschke hielt. Betty wollte bezahlen, aber ich erlaubte es ihr nicht. Ich half ihr beim Aussteigen und nahm ihren Arm. Normalerweise wäre ich befangen gewesen, eine so elegante Dame in ein Restaurant zu begleiten, aber meine Begegnung mit Schoscha hatte mich betäubt. Im Restaurant spielte ein Orchester amerikanischen Jazz und Schlager aus den Warschauer Kabaretts. Alle Tische schienen besetzt zu sein. Hier wurden Hühner, Enten, Gänse und Truthähne gegessen, die am gleichen Tag geschlachtet worden waren. Es roch nach Gebratenem, nach Knoblauch, Meerrettich, Bier und Zigarren. Die älteren Männer hatten riesige Servietten in ihre steifen Kragen gesteckt. Vorstehende Bäuche, fette Nacken; kahle Köpfe glänzten wie Spiegel. Die Frauen sprachen lebhaft, lachten und gruben ihre roten Fingernägel in die Geflügelstücke, an die sie mit der Gabel nicht herankamen. Ihre geschminkten Lippen tranken aus schäumenden Bierhumpen. Der Oberkellner bot uns einen Tisch in einer Nische an. Man kannte Betty hier. Sam Dreiman gab Trinkgelder in Dollar. Geschickt wanden sich die Kellner durch die Tischreihen hindurch und balancierten Tabletts, von denen Dampf aufstieg. Ich saß Betty nicht vis-à-vis, sondern neben ihr.

Auf der ganzen Speisekarte gab es kein Gericht, das nicht Fisch oder Fleisch enthielt, und ich hatte gerade gelobt, Vegetarier zu werden. Nach einiger Überlegung entschied ich, daß das Gelübde noch einen Tag warten müsse. Ich bestellte eine Fleischbrühe, Fleischklößchen mit Farfel und Karotten, aber mir war nicht nach Essen zumute. Betty bestellte sich einen Cocktail und ein Steak, sie verlangte es ausdrücklich nicht durchgebraten. Sie nippte an ihrem Getränk und sah mich durchdringend an. Sie sagte: »Ich habe nicht die Absicht, allzulange in dieser stinkigen Welt zu bleiben. Vierzig Jahre höchstens. Ich will keinen Tag länger leben. Wozu auch? Wenn es sich machen läßt, daß ich ein paar Jahre lang spielen kann, so wie ich es möchte, um so besser. Wenn nicht, kann ich auch eher Schluß machen. Gott sei Dank für ein Geschenk – die Möglichkeit, Selbstmord zu begehen.«

»Du wirst neunzig werden. Du wirst eine zweite Sarah Bernhardt sein.«

»Nein. Außerdem will ich keineswegs eine zweite von irgend etwas sein. Entweder erste oder gar nichts. Sam verspricht mir eine riesige Erbschaft, aber ich bin überzeugt davon, daß er mich überleben wird, und ich hoffe von Herzen, daß es so sein wird. Die hier verstehen nicht, Cocktails zu mixen. Sie versuchen, Amerika nachzuahmen, aber Imitationen sind immer schlecht. Auch die Musik ist nur eine schlechte Kopie. Die ganze Welt möchte Amerika kopieren, und Amerika ahmt die ganze Welt nach. Warum bin ich überhaupt eine Schauspielerin? Alle Schauspieler sind Affen oder Papageien. Ich habe mal versucht, zu schreiben. Es liegt immer noch ein Bündel Gedichte irgendwo herum – einige auf Jiddisch, andere auf Russisch. Niemand wollte sie drucken. Ich lese Zeitschriften und sehe, daß der größte Schund veröffentlicht wird, aber von mir verlangt man, daß ich ein zweiter Puschkin oder Jessenin sei. Warum siehst du mein Steak so an? Was du heute über den Vegetarismus gesagt hast, ist Unsinn. Wenn Gott die Welt so geschaffen hat, dann ist dies Sein Wille.«

»Die Vegetarier bringen ja nur ihren Protest zum Ausdruck.«

»Wie kann eine kleine Luftblase gegen das Meer protestieren? Das ist arrogant. Wenn eine Kuh sich melken läßt, so muß sie gemolken werden, und wenn sie sich schlachten läßt, dann sollte sie auch geschlachtet werden. Das sagt Darwin jedenfalls.«

»Darwin hat das nicht gesagt.«

»Ganz egal, jemand hat es gesagt. Da Sam mir Geld gibt, so muß ich es von ihm annehmen, und da er nach Mlawa geht und mich allein läßt, muß ich meine Zeit mit jemand anderem verbringen.«

»Da dein Vater sich erschießen ließ – «

»Das ist gemein!«

»Verzeih mir.«

»Im Grunde hast du recht. Aber der Mensch muß Rücksicht auf den Mitmenschen nehmen. Selbst die Tiere verschlingen nicht ihre Artgenossen.«

»Im Hause meines Onkels hat ein Kater seine eigenen Kätzchen getötet.«

»Ein Kater tut, was die Natur ihm eingibt. Oder vielleicht war der Kater verrückt. Du bist auch ein verrückter Kater, und auch du wirst jemanden verschlingen. Du hast dieses zurückgebliebene Mädchen heute angesehen, wie ein Kater einen Kanarienvogel ansieht. Du wirst sie ein paar Wochen glücklich machen, und dann wirst du sie verlassen. Das weiß ich so genau, wie ich weiß, daß es jetzt Abend ist.«

»Alles, was ich getan habe, war, ihr zu versprechen, daß ich morgen zum Mittagessen kommen würde.«

»Geh morgen zu ihr und sag ihr, daß du verheiratet seist. In Wirklichkeit hast du ja eine Frau – diese Kommunistin, von der du mir erzählt hast. Wie war doch ihr Name? Dora. Da du nichts von der Ehe hältst, so ist die Frau, mit der du lebst, deine Frau.«

»In diesem Fall hätte jeder moderne Mann Dutzende von Frauen.«

»Ja, jeder moderne Mann hat Dutzende von Ehefrauen, und jede moderne Frau hat Dutzende von Ehemännern. Wenn die Gesetze keine Bedeutung mehr haben, dann soll die Gesetzlosigkeit für alle gelten.«

Die Musik hatte aufgehört und wir schwiegen. Betty kostete einen Bissen von ihrem Steak und schob den Teller fort. Der Oberkellner bemerkte es und kam herüber, um zu fragen, ob sie etwas anderes wünsche. Sie sagte, sie sei nicht hungrig. Sie beschwerte sich darüber, daß der Koch zu viele Gewürze benutze. Unser Kellner kam dazu und die beiden Männer fingen an, über den Koch zu diskutieren. Der Oberkellner sagte: »Er wird gehen müssen.«

»Werfen Sie ihn nicht meinetwegen hinaus«, sagte Betty.

»Es ist nicht nur Ihretwegen. Hundertmal hat man ihm gesagt, er solle nicht so stark pfeffern, aber das ist wie eine Verrücktheit bei ihm. Weil er gern Pfeffer ißt, wird er ohne Job dastehen – wenn das nicht verrückt ist!«

»Ach, jeder Koch ist halbverrückt«, sagte der Kellner.

Sowohl er wie der Oberkellner blieben in der Nähe unseres Tisches, während wir unsere Nachspeise aßen. Sie hatten offenbar Angst, ihr übliches Trinkgeld zu verlieren, aber Betty nahm zwei Dollar aus ihrer Börse und gab jedem einen. Beide Männer verbeugten sich und machten Kratzfüße. Mit dieser Summe hätte eine Warschauer Familie eine halbe Woche lang zu essen gehabt. Die Geliebte eines Millionärs mußte sich offenbar genauso benehmen wie der Millionär selbst.

»Komm, wir wollen gehen«, sagte Betty.

»Wohin?«

»Zu mir.«

5

Ich kam um acht Uhr morgens nach Hause. Auf dem Weg zur Straßenbahn hatte ich in einen Spiegel gesehen – ein blasses Gesicht, ein stoppliger Bart; ich hatte das Hotel früh verlassen müssen, ehe das Mädchen das Frühstück brachte. Die Straßenbahn war voller Männer und junger Frauen auf dem Weg in die Fabriken und Geschäfte, ihr Frühstück unter dem Arm. Ich gähnte und versuchte, mich auszustrecken, aber es war nicht genug Platz. Während der Nacht hatte es geregnet, und der Himmel hing bewölkt und finster wie beim Einbruch der Dunkelheit; in der Bahn war das Licht eingeschaltet worden. Die Gesichter sahen streng und in Gedanken versunken aus. Jeder schien sich Rechenschaft abzulegen, am Beginn eines neuen Tages darüber nachzudenken, was der Sinn von all dieser Anstrengung sei und wohin sie führe. Ich stellte mir vor, daß sie durch eine ihnen gemeinsame Empfindsamkeit plötzlich alle den gleichen Fehler wahrnahmen und sich fragten: ›Wie konnte uns etwas so Deutliches entgehen, und warum ist es jetzt zu spät, es zu ändern?‹

Zu Hause ließ mich Thekla ein. Ihre Augen drückten einen Vorwurf aus, der zu heißen schien: ›Sie zügelloser Mensch!‹

Sie fragte mich, ob ich Frühstück wollte, ich dankte ihr und bat, es später zu bringen.

Sie sagte zu mir: »Ein Glas Kaffee würde Ihnen guttun.«

»Gut, liebe Thekla.« Und ich gab ihr einen halben Zloty.

»Nein, nein, nein«, protestierte sie.

»Nehmen Sie es, Thekla, Sie sind ein liebes Mädchen.«

Sie errötete. »Sie sind aber sehr freundlich.«

Ich öffnete die Tür zu meinem Zimmer. Mein Bett war aufgedeckt und unberührt, die Rouleaus heruntergelassen – ein Rest des gestrigen Tages hing noch im Raum und verlangte sein Teil. Ich streckte mich auf dem Sofa aus und versuchte, ein wenig Ruhe zu finden. Keine Nacht war je so lang gewesen wie diese. Meine Mutter hatte mir einmal die Geschichte eines verhexten Jeschiwaschülers erzählt, der sich über eine Wassertonne gebeugt hatte, um vor dem Essen die Hände zu waschen, und in der Sekunde, die es brauchte, einen Krug mit Wasser zu füllen, durchlebte er eine Zeitspanne von siebzig Jahren. Etwas Derartiges war mir widerfahren. Innerhalb eines Abends hatte ich meine verlorene

Liebe wiedergefunden und war dann der Versuchung erlegen und hatte sie betrogen. Ich hatte meinem Wohltäter die Geliebte gestohlen, sie belogen, ihre Leidenschaft geweckt, indem ich ihr von allen meinen Abenteuern erzählte, und hatte sie veranlaßt, Sünden zu beichten, die mich mit Abscheu erfüllten. Ich war erst impotent gewesen und war dann zu einem sexuellen Riesen geworden. Wir hatten uns betrunken, gezankt, geküßt, und einander beleidigt. Ich hatte mich erst wie ein schamloser perverser Mensch benommen und dann wie ein glühend bußfertiger. In der Morgendämmerung hatte irgendein Betrunkener versucht, die Tür aufzubrechen, und wir waren beide überzeugt gewesen, daß Sam Dreiman zurückgekommen sei, um uns zu überraschen, zu bestrafen und vielleicht sogar, um uns zu ermorden. Ich döste ein und Thekla weckte mich mit einem Tablett, auf dem Kaffee, frische Semmeln und Spiegeleier waren. Sie kümmerte sich nicht mehr darum, was ich wollte, sondern handelte selbständig wie eine Schwester oder Ehefrau. Sie sah mich wissend an. Als sie das Tablett auf den Tisch stellte, umarmte ich sie und küßte ihren Nacken. Einen Augenblick lang hielt sie still. Dann drehte sie sich um und murmelte: »Was tun Sie da?«

»Gib mir deinen Mund.«

»Oh, das ist verboten!« Sie näherte ihre Lippen den meinen.

Ich küßte sie lange. Sie erwiderte den Kuß, und ihre Brüste preßten sich an mich. Sie blickte dauernd nach der Tür. Sie riskierte ihren Ruf und ihre Stellung. Sie riß sich keuchend aus meinen Armen. Sie ergriff meine Handgelenke, hielt sie mit der Kraft einer Bäuerin fest, und zischte wie eine Gans: »Die Herrin kann jeden Augenblick kommen!« Sie schlurfte zur Tür, indem sie ihre Beine mit den kräftigen Waden hinter sich herzog. Ich erinnerte mich an den Satz aus den ›Sprüchen der Väter‹: ›Eine Sünde zieht die andere nach sich.‹ Ich trank den Kaffee, biß in eine Semmel, kostete die Eier und zog meine Schuhe aus. Das Stück lag auf meinem Schreibtisch, aber ich konnte jetzt nicht schreiben. Ich legte mich aufs Bett und konnte weder schlafen, noch war ich wach. In all den Romanen, die ich gelesen hatte, begehrte der Held nur eine Frau, ich aber, ich begehrte das ganze weibliche Geschlecht.

Endlich schlief ich ein, und im Schlaf schrieb ich das Stück. Das Schreiben wurden immer schwieriger. Die Feder kleckste, dann trocknete sie aus; sie kratzte auf dem Papier, und ich konnte meine eigene Handschrift nicht entziffern. Ich öffnete die Augen und sah auf die Uhr – zehn nach eins. Ich hatte stundenlang geschlafen. Ich sollte um zwei bei Schoscha sein und mußte mich noch waschen und rasieren. Ich hatte mir vorgenommen, Schoscha eine Schachtel Pralinen mitzubringen. Ich mußte jetzt nicht mehr einen oder sechs Groschen meiner Mutter stehlen, um Schoscha Schokolade zu kaufen – meine Taschen waren vollgestopft mit Sam Dreimans Banknoten.

Ich machte alles in größter Hast. Es hätte zu lange gedauert, zu Fuß zu gehen, so winkte ich einer Droschke, als ich aus dem Laden kam. Als sie vor Nr. 7 hielt, zeigte meine Armbanduhr fünf Minuten nach zwei. Ich spürte die Angst von Mutter und Tochter. Ich lief über den Hof und fiel fast in das Loch, das ich am Abend vorher im Dunkeln umgangen hatte. Als ich die Tür öffnete, kam ich in einen feiertäglichen Haushalt. Der Tisch war mit einem Tischtuch und Porzellan gedeckt. Schoscha trug ein Sabbatkleid und hochhackige Schuhe. Sie sah nicht mehr wie ein Zwerg aus, nur wie ein kleingewachsenes Mädchen. Ihr Haar war anders frisiert – hochgekämmt, so daß sie größer aussah. Selbst Baschele hatte sich zu Ehren meines Besuchs fein gemacht. Ich übergab Schoscha die Schokolade, und ihre blauen Augen starrten mich in verlegener Glückseligkeit an.

Baschele sagte: »Arele, Ihr seid wirklich ein feiner Herr!«

»Mama, soll ich es aufmachen?«

»Warum nicht?«

Ich half ihr. Ich hatte im Geschäft nach den teuersten Pralinen gefragt. Die Schachtel war schwarz und hatte kleine goldene Sterne. Die Pralinen lagen jedes in einem spitzen

Papiertütchen, alle waren verschieden groß, und jedes hatte seinen eigenen Platz.

Schoscha wechselte die Farbe. »Mama, sieh nur!«

»Ihr hättet nicht soviel Geld ausgeben sollen«, protestierte Baschele.

»Weißt du noch, Schoscha, wie ich meiner Mutter das Geld stehlen mußte, um dir Schokolade zu kaufen, und dafür Prügel zu Hause bekam?«

»Ja, ich weiß, Arele.«

»Vor Tisch wird keine Schokolade gegessen. Das verdirbt den Appetit«, sagte Baschele.

»Nur eins, Mama!« bat Schoscha. Sie überlegte, welches Stück sie wählen sollte, zeigte von einem zum andern, konnte sich aber nicht entschließen. Verwirrt hörte sie auf.

Ich hatte in einem Buch über Psychiatrie gelesen, daß die Unfähigkeit, sich entscheiden zu können, selbst bei geringfügigen Dingen, ein Anzeichen einer geistigen Störung sei. Ich suchte drei Stück heraus, eines für jeden von uns. Schoscha hielt die Schokolade zwischen Daumen und Zeigefinger, sie hob affektiert ihren kleinen Finger, wie sie es wohl Leute in der Krochmalna hatte tun sehen. Sie biß hinein: »Mama, das schmilzt im Mund! Wunderbar!«

»Bedanke dich wenigstens.«

»Oh, Arele, wenn du wüßtest –«

»Gib ihm einen Kuß«, befahl Baschele.

»Ich würde mich schämen.«

»Was ist da zum Schämen? Du bist eine junge Dame von siebenundzwanzig – möge der böse Blick dich verschonen!«

»Aber nicht hier. Im anderen Zimmer.« Sie streckte die Hand aus. »Komm mit mir«, sagte sie.

Ich folgte ihr in das andere Zimmer, das mit Bündeln, Säcken und alten Möbeln vollgestopft war. Da stand ein eisernes Bett mit einer Strohmatratze, aber unbezogen. Schoscha stellte sich auf die Zehenspitzen und ich neigte mich zu ihr herunter. Sie nahm mein Gesicht in ihre Kinderhände und küßte mich auf den Mund, auf beide Backen, auf die Stirn und die Nase. Ihre Finger waren heiß. Ich nahm sie in die Arme und wir standen da und klammerten uns aneinander.

Ich fragte: »Schoscha, willst du mich?«

»Ja«, erwiderte Schoscha.

Fünftes Kapitel

1

Es war Sommer, der Monat Mai, und Sam Dreiman hatte für sich und Betty in Świder, nicht weit von Otwock, ein kleines Haus gemietet. Es war nicht die Villa, die wir im März besichtigt hatten. Er hatte ein Hausmädchen und eine Köchin engagiert. Jeden Morgen, nach dem Frühstück, ging Sam Dreiman an den Świderek-Fluß zum Baden. Er stellte sich unter den kleinen Wasserfall; mit runden Schultern, weißbehaarter Brust und vorstehendem Bauch ließ er sich das Wasser über den Körper laufen. Er kreischte vor Vergnügen, nieste, keuchte und bellte dem kühlen Fluß seine Dankbarkeit entgegen. Betty saß am Ufer auf einem Klappstuhl unter einem Sonnenschirm und las ein Buch. Wie ich, mied Betty jeden Sport. Sie konnte nicht schwimmen. Ihre Haut wurde in der Sonne feuerrot und es bildeten sich Blasen. Im Dachgeschoß hatte man für mich ein Zimmer mit einem Balkon bereitgemacht, und ich benutzte es an mehreren Wochenenden. Aber nach einiger Zeit fuhr ich nicht mehr hin. Es kamen immer Gäste aus Warschau oder Amerika – es kamen sogar welche vom Amerikanischen Konsulat. Die meisten der Gäste sprachen Englisch, und wenn Sam wußte, daß ich kommen würde, lud er Schauspieler und Schauspielerinnen ein, die in unserem Stück auftreten sollten, und verlangte, daß ich ihnen Szenen daraus vorlese. Sie waren alle alt, aber kleideten sich wie junge Leute – die Männer in engen, die Frauen in auffallenden Hosen über ihren breiten Hüften. Sie hörten nicht auf, mich zu loben, und ich konnte die Aufregung nicht aushalten und noch weniger die unverdienten Komplimente. Ich hatte meine Miete in der Lesznostraße auf weitere zwei Monate vorausbezahlt und dachte nicht daran, das Zimmer leerstehen zu lassen. Außerdem beschwerte sich Sam jedesmal darüber, daß ich nicht in dem Flüßchen baden wollte. Es war mir peinlich, mich vor Fremden auszuziehen. Ich hatte mich nie von der Vorstellung befreien können, die ich von vielen Generationen geerbt hatte, daß der Körper ein Gefäß der Scham und Schande sei, Staub im Leben und Schlimmeres im Tode.

Aber was mich wirklich in Warschau zurückhielt, war Schoscha. Ich besuchte sie jetzt täglich. Ich hatte mir ein Programm gemacht und versuchte verzweifelt, mich daran zu halten. Es verlangte von mir, um acht Uhr aufzustehen und mich zu waschen. Die Zeit von neun bis eins hätte ich am Schreibtisch bei meinem Stück verbringen sollen. Aber ich hatte auch einen Roman angefangen, was ich nicht hätte tun dürfen. Außerdem wurden die wenigen Arbeitsstunden dauernd unterbrochen. Feitelsohn rief mich jeden Tag an. Er hatte die erste ›Seelenreise‹ vorbereitet, die in Sam Dreimans Sommerhaus stattfinden sollte. Er hatte vor, dort einen Vortrag zu halten, in dem er seine Theorie verteidigen wollte, daß Eifersucht im Begriff sei, aus der Liebe und dem Sex der Menschen zu verschwinden, und statt dessen von dem Wunsch ersetzt werden würde, die libidinösen Vergnügen mit anderen zu teilen. Celia rief mich einen Tag um den anderen aus Jósefow an. Jedesmal fragte sie: »Warum steckst du in dem heißen Warschau? Warum kommst du nicht aufs kühle Land?« Sie und Chaiml beschrieben mir beide, wie balsamisch die Luft in Jósefow war, wie kühl die Nächte und wie lieblich der Gesang der Vögel. Sie baten mich, sie zu besuchen. Celia drängte: »Laß uns noch ein wenig den Frieden genießen, ehe ein neuer Weltkrieg ausbricht.«

Ich gab zu, daß sie recht hatten und versprach ihnen, wie ich es Sam Dreiman und Betty versprochen hatte, daß ich an diesem oder spätestens am nächsten Tage kommen würde, aber sowie die Uhr halbzwei zeigte, eilte ich in die Krochmalna. Wenn ich das Tor zu Nr. 7 durchschritten hatte, sah ich schon Schoscha am Fenster stehen und nach mir ausschauen – ein blondes Mädchen, blauäugig, mit einer kurzen Nase, schmalen Lippen, einem schlanken Hals und die Haare in Zöpfen geflochten. Gottseidank, sie hatte noch alle ihre Zähne. Sie sprach das Jiddisch der Krochmalna. Auf ihre Weise leugnete sie den Tod. Obwohl alle gestorben waren, führten in ihrer Vorstellung Eli und Seldele noch das Lebensmittelgeschäft, verkauften David und Mirale noch immer Butter, rohe und gekochte Milch, sowie Sauermilch und Quark. Esther hatte noch immer den Süßwarenladen, wo man Schokolade, Käsekuchen, Sodawasser und Eis kaufen konnte. Jeden Tag überraschte mich Schoscha mit etwas Besonderem. Sie hatte ihre alten Schulbücher hervorgeholt, mit den vertrauten Bildern und Gedichten. Sie hatte alle Notizbücher aufgehoben, in denen ich meine literarische Laufbahn begonnen, und auch zu malen versucht hatte. Mir fiel auf, daß, was das Zeichnen anging, ich nicht den leisesten Fortschritt gemacht hatte.

Wann immer ich bei ihr war, fragte ich mich: Wie kann das sein? Wie ist es zu erklären? Hatte Schoscha auf magische Weise eine Möglichkeit gefunden, den Lauf der Zeit anzuhalten? War dies das Geheimnis der Liebe oder die Macht des Verfalls? Seltsamerweise zeigten weder Baschele noch Schoscha Überraschung über mein Wiederauftauchen. Ich war zurückgekehrt und ich war da. Ich gab Baschele Geld, um für mich zu kochen, und wenn ich um zwei oder etwas später kam, roch es im Haus bereits nach neuen Kartoffeln, Pilzen, Tomaten oder Blumenkohl – je nachdem, was sie an diesem Tag eingekauft hatte. Der Tisch war gedeckt und wir drei setzten uns und aßen, als ob wir nie getrennt gewesen wären.

Bascheles Gerichte schmeckten mir noch ebenso gut wie damals, als ich sie als Kind gegessen hatte. Niemand konnte dem Borschtsch einen so besonderen süß-sauren Geschmack geben wie Baschele. Sie gab ihren Gerichten allerlei Gewürze bei. Sie kochte Kohl mit Rosinen und saurer Sahne. Sie hatte kleine Gläser mit Nelken, Safran, geriebenen Mandeln, Zimt und Ingwer auf den Küchenbrettern stehen.

Baschele machte alles spielend. Ich hatte ihr gesagt, daß ich vor kurzem Vegetarier geworden war, und sie stellte keine Fragen, sondern fing an, Mahlzeiten für mich auf den Tisch zu bringen, die aus Früchten, Eiern und Gemüse bestanden. Schoscha ging in den Alkoven, um ihr altes Spielzeug hervorzuholen, und legte es auf den Tisch vor mich hin, wie sie es vor zwanzig Jahren getan hatte. Während des Essens berichteten Baschele und Schoscha von allem möglichen. Der Stein auf Ippes Grab hatte sich geneigt und berührte einen anderen Grabstein. Baschele wollte ihn aufrichten lassen, aber der Friedhofswärter verlangte fünfzig Zloty dafür. Leiser, der Uhrmacher, hatte eine Wanduhr mit einem Messingvogel, der alle halbe Stunde heraussprang und wie ein Kanarienvogel sang. Er hatte eine Feder, mit der man, ohne sie in Tinte einzutauchen, schreiben konnte, und eine Linse, mit der man eine Zigarette anzünden konnte, wenn man sie in die Sonne hielt. Die Tochter des Milchmanns Ascher hatte sich in den Sohn des Besitzers der Spelunke in Nr. 7 verliebt. Die Mutter weigerte sich, zur Hochzeit zu gehen, aber der Rabbiner, der der Nachfolger meines Vaters war, Joschua, der Prediger, hatte gesagt, das wäre eine Sünde. Im Haus Nr. 8 hatte man einen Graben ausgehoben und einen toten russischen Pionier gefunden, mit Schwert und Revolver. Die Uniform war gut erhalten und an dem Rockaufschlag steckten noch Medaillen. Nach wem ich auch fragte in der Krochmalna, Baschele wußte alles über sie oder ihn. Die meisten waren gestorben. Von denen, die noch am Leben waren, waren viele aufs Land gezogen oder nach Amerika ausgewandert. Ein Bettler, der auf der Straße gestorben war, trug einen Beutel mit Golddukaten bei sich, die aus der Zeit der russischen Besetzung stammten. Eine Hure war von einem Mann aus Krakau aufgesucht worden. Er bezahlte einen Zloty und ging mit ihr in ihr Zimmer im Keller. Am nächsten Tag kam er wieder, und den Tag darauf auch, und so Tag für Tag. Er hatte sich in sie verliebt. Er ließ sich von seiner Frau scheiden und heiratete die Hure.

Schoscha hatte schweigend zugehört. Plötzlich stieß sie

hervor: »Sie wohnt in Nr. 9. Sie ist eine anständige Frau geworden.«

Es hatte den Anschein, daß Schoscha etwas von diesen Dingen verstand. Ich sah sie an und sie wurde rot. »Sag mir, Schoscha«, fragte ich, »hat dir jemals jemand einen Heiratsantrag gemacht?«

Schoscha legte ihren Löffel hin. »Man hat mir die Heirat mit dem Klempner von Nr. 5 angeboten. Seine Frau ist gestorben und ein Heiratsvermittler kam zu mir.«

Baschele legte auch ihren Löffel hin. »Erzähl ihm doch von dem Geschäftsführer, der dich heiraten wollte.«

»Wer war dieser Geschäftsführer?«

»Ach, er arbeitete in einem Geschäft hier in der Gegend. Ein kleiner Bursche mit viel schwarzem Haar. Ich mochte ihn nicht.«

»Warum nicht?«

»Er hatte schwarze Zähne. Wenn er lachte, klang es wie ›ech, ech, ech, hi, hi, hi‹.«

Als Schoscha das Lachen des Mannes nachmachte, begann sie selbst zu lachen. Dann wurde sie ernst und sagte: »Ich kann nicht heiraten ohne Liebe.«

2

Nein, Schoscha war nicht ganz Kind geblieben. Wenn ihre Mutter einkaufen gegangen war, küßte ich sie und sie küßte mich. Ihr Gesicht glühte. Ich nahm sie auf den Schoß, und sie küßte meine Lippen und spielte mit meinen Ohrläppchen.

Sie sagte: »Arele, ich habe dich nie vergessen. Mama lachte mich aus. ›Er weiß nicht einmal mehr, daß es dich noch gibt‹, sagte sie zu mir. ›Er hat sicher jetzt eine Braut, oder vielleicht eine Frau und Kinder.‹ Ippe starb und Täubele ging in die Schule. Es wurde Winter, aber Täubele stand immer früh auf, wusch ihr Gesicht und nahm ihre Schulbücher. Sie bekam gutc Zeugnisse. Mama war gut zu mir, aber sie kaufte mir keine Kleider oder Schuhe. Wenn sie böse wurde, sagte sie: ›Schade, daß du nicht gestorben bist anstelle von Ippe!‹ Das darfst du ihr nicht wiedererzählen – sie würde mich umbringen. Während des Krieges verkaufte Mama Geschirr – Gläser, Aschenbecher, Untertassen und solches Zeug. Sie hatte einen Stand zwischen dem Ersten und Zweiten Markt. Da saß sie jeden Tag und verdiente fast nichts – ein paar Pfennige oder eine Mark. Ich war allein zu Haus. Alle denken, ich bin ein Kind, weil ich so klein bin, aber ich verstehe alles. Vater hat eine andere Frau. Er wohnt mit ihr in der Nickastraße. Er kommt vielleicht einmal in drei Monaten nach Hause. Er kommt herein, legt ein paar Geldstücke hin und fängt sofort an zu schreien. Er geht auch zu Täubele – da, wo sie wohnt. Er sagt: ›Sie ist *meine* Tochter.‹ Manchmal schickt er auch das Geld durch sie.«

»Was tut denn dein Vater? Womit verdient er sein Geld?«

Schoschas Gesicht wurde ernst. »Man darf nicht darüber sprechen.«

»Mir kannst du es doch sagen.«

»Ich darf es niemandem sagen.«

»Schoscha, ich schwöre bei Gott, daß ich es niemandem erzählen werde.«

Schoscha setzte sich auf einen Hocker neben mich und umschlang meine Beine. »Er arbeitet bei den Toten.«

»Im Beerdigungsverein?«

»Ja, dort. Erst war er in einem Wein- und Branntweinladen. Als der Besitzer starb, warfen ihn die Söhne hinaus. In der Grzybowskastraße ist ein Beerdigungsverein, die heißen ›Letzter Dienst‹, und die beerdigen die Toten. Der Leiter davon ging mit meinem Vater in die Schule.«

»Fährt dein Vater den Leichenwagen?«

»Nein, ein Auto. Das ist ein Auto, mit dem fährt Vater nach Mokotów oder Szmulewicna, wenn dort jemand gestorben ist, und bringt ihn nach Warschau. Sein Bart war grau geworden, aber jetzt färbt er ihn und er ist wieder schwarz. Sein Liebchen

– so nennen sie alle – ist auch bei dem Beerdigungsverein. Schwöre, daß du es niemandem erzählen wirst.«

»Schoschele, wem sollte ich es denn erzählen? Wer von meinen Freunden kennt euch denn?«

»Mama denkt, niemand weiß etwas, aber alle wissen es. Es hat immer Ärger gegeben, weil man die Wäsche auf dem Dachboden trocknen muß. Wenn man sie im Hof aufhängt, wird sie gestohlen. Und es kommt ein Polizist und man wird bestraft. Immer wenn Waschtag ist, gibt's Krach. Die Frauen fluchen und manchmal gehen sie aufeinander los. Es ist nicht genug Platz für alle. Eine Frau, die Knickeier verkauft, schnitt mal die Leine durch, mit der ganzen Wäsche drauf, und alle Hemden fielen auf die Erde. Die andern haben sie vermöbelt und sie lief auf die Polizei, um sie zu verpetzen. Oh, war das eine Aufregung, ich mußte lachen. Die Frau wurde wütend auf Mama und schrie: ›Geh zu den Leichen, zu dem Liebchen deines Mannes, und ihr sollt alle zusammen verfaulen!‹ Als Mama in die Wohnung kam, bekam sie Krämpfe. Man mußte den Bader holen. Wenn Mama wüßte, daß ich dir das erzähle, würde sie schrecklich mit mir schimpfen.«

»Schoscha, ich sage es niemandem.«

»Warum ist er von Mama weggegangen? Ich habe sie einmal gesehen, das Liebchen. Sie hat eine Stimme wie ein Mann. Es war im Winter und Mama wurde krank. Wir hatten keinen Pfennig mehr. Willst du es wirklich hören?«

»Ja, sicher.«

»Wir mußten den Doktor holen, hatten aber kein Geld für Medizin. Oder für irgend etwas. Jechiel Nathan, der Ladenbesitzer, war damals noch in Nr. 13. Erinnerst du dich an ihn? Wir haben früher alles bei ihm gekauft.«

»Ja, gewiß. Er ging zum Beten immer in die Neustadt-Synagoge.«

»Ach, du weißt alles. Es ist so gut, mit dir zu reden – die andern wissen gar nichts. Wir hatten immer Schulden bei ihm, und wenn Mama mich schickte, einen Laib Brot zu holen, dann sah die Frau in ein langes Buch und sagte: ›Genug geborgt.‹ Ich ging nach Hause und als ich es Mama sagte, fing sie an zu weinen. Sie schlief ein und ich wußte nicht, was ich tun sollte. Ich wußte, der Beerdigungsverein war in der Grzybowskastraße und dachte, vielleicht ist Vater dort. So ging ich hin. Die Fensterscheiben waren so weiß wie Milch und auf einem schwarzen Schild stand ›Der letzte Dienst‹. Ich hatte Angst reinzugehen – vielleicht lagen dort Leichen. Ich bin ein schrecklicher Feigling. Weißt du noch, als Jocheved starb?«

»Ja, Schoschele.«

»Sie wohnte auf unserem Flur, und ich hatte Angst, abends dort vorbeizugehen. Auch tagsüber, denn es war dunkel im Flur. Nachts träumte ich von ihr.«

»Schoschele, ich träume heute noch von Jocheved.«

»Wirklich? Sie war noch ein kleines Kind. Was war denn los mit ihr?«

»Scharlach.«

»Du weißt alles! Wenn du nicht weggegangen wärst, wäre ich nicht krank geworden. Ich konnte mit niemandem reden. Alle lachten mich aus. Ja, weiße Fensterscheiben mit schwarzen Buchstaben. Ich öffnete die Tür und es lagen keine Leichen da. Es war ein hübscher Raum – Büro nennt man das. In der Wand war ein kleines Fenster und dahinter hörte ich Leute reden und lachen. Ein alter Mann trug Teegläser auf einem Tablett aus. Jemand fragte hinter dem kleinen Fenster: ›Was willst du?‹, und ich sagte ihm, wer ich war und daß Mama krank ist. Eine Frau mit gelbem Haar kam herein. Ihr Gesicht und ihre Hände waren voll Sommersprossen. Der Mann sagte zu ihr: ›Dieses Mädchen hat nach Ihnen gefragt.‹ Sie starrte mich an und sagte: ›Wer bist du?‹ Ich sagte es ihr. Sie schrie: ›Wenn du dich hier je wieder blicken läßt, schlitze ich dir den Bauch auf, du kleiner Taugenichts!‹ Sie sagte auch ein paar unanständige Worte. Sie sprach von dem, was die Mädchen haben – verstehst du?«

»Ja.«

»Ich wollte weglaufen, aber sie öffnete ihre Börse und holte etwas Geld heraus. Als Vater davon hörte, kam er her und tobte so laut, daß alle im Haus es hören konnten. Er packte mich an meinem Zopf, zog mich durch die Wohnung und spuckte mich an. Drei Jahre lang sprach er nicht mit mir, wenn er kam. Mama war auch böse mit mir. Alle haben mich angebrüllt, und so vergingen die Jahre. Arele, mit dir könnte ich hundert Jahre sitzen und hätte noch nicht alles erzählt. In diesem Haus hier ist es schlimmer als in Nr. 10. Auch da gab es böse Kinder, aber die haben doch die Mädchen nicht geschlagen. Sie haben mir alles mögliche nachgerufen und manchmal haben sie mir ein Bein gestellt, aber das war auch alles. Weißt du noch, wie wir beim Pessachfest mit Nüssen gespielt haben?«

»Ja, Schoscha.«

»Wo war das Loch?«

»Innen, am Tor.«

»Wir spielten und ich habe alle Nüsse gewonnen. Ich habe dir alle weggenommen. Ich wollte dir deine zurückgeben, aber du wolltest sie nicht. Der Schneider Welwel machte mir ein neues Kleid und Mama bestellte auch ein Paar Schuhe für mich bei Michael, dem Schuhmacher. Plötzlich kam der fromme Itzchekel heraus und schrie: ›Der Sohn des Rabbiners spielt mit einem Mädchen! Du schlimmer Bub, gleich gehe ich es deinem Vater sagen und er wird dir die Ohren abreißen.‹ Erinnerst du dich daran?«

»Zufällig kann ich mich daran nicht erinnern.«

»Er rannte hinter dir her und du liefst davon. Damals kam Vater noch oft zu uns. Bei uns in der Wohnung hingen große Beutel mit Mazze. Mama hatte Hühnerfett ausgelassen, das war nach Chanukka, und wir naschten so viel, daß wir fast platzten. Und du hattest einen neuen Kaftan bekommen. Ach, ich schwatze so viel! In Nr. 10 war es nicht so schlimm, aber hier werfen die Halunken mit so großen Steinen, daß sie einem Mädchen ein Loch im Kopf machten. Einer von den Kerlen schleppte ein Mädchen in den Keller. Sie schrie, aber wenn in Nr. 7 jemand schreit, kümmert sich keiner darum, was los ist. Viele von den Banditen haben Messer. Mama sagt immer: ›Misch dich nicht ein.‹ Wenn man hier für jemanden einsteht, kann man leicht erstochen werden. Er machte mit dem Mädchen – du weißt schon.«

»Und man hat ihn nicht eingesperrt dafür?«

»Ein Polizist ist gekommen und schrieb etwas in ein Buch und das war das Ende davon. Der Kerl – er heißt Peissach – lief davon. Sie laufen davon, und der Polizist vergißt, was er geschrieben hat. Manchmal werden die Polizisten in andere Straßen geschickt oder zu den höheren Hausnummern hier. Als die Deutschen kamen, haben sie die ganzen Kerle und Diebe ins Gefängnis gesteckt. Später haben sie sie alle wieder herausgelassen. Die Leute glaubten, unter den Polen würde es besser werden, aber die lassen sich auch bestechen. Wenn man einem Polizisten einen Zloty in die Hand drückt, radiert er wieder aus, was er aufgeschrieben hat.«

Schoscha stand auf. »Arele, du darfst nie wieder fortgehen. Wenn du da bist, werde ich gesund.«

3

Wir gingen spazieren und Schoscha hing sich an meinen Arm. Ihre Finger strichen über meine Hand, jeder Finger streichelte mich auf andere Art. Mir wurde heiß und ein Haar schien im Zickzack mein Rückgrat zu kitzeln. Ich konnte mich kaum zurückhalten, sie auf der Straße zu küssen. Vor jedem Laden blieben wir stehen. Ascher, der Milchmann, war noch am Leben. Sein Bart war grau geworden. Dieser Mann, der jeden Tag zum Bahnhof fuhr, um die Milchkannen zu holen, war ein mildtätiger Mensch, ein guter Freund meines Vaters gewesen. Als wir Warschau verließen, schuldete mein Vater ihm fünfundzwanzig Rubel. Mein Vater war zu ihm gegangen, um sich zu verabschieden und um sich für die Schuld zu entschuldigen, aber Ascher nahm fünfzig deutsche Mark aus seinem Geldbeutel und gab sie meinem Vater.

Ich hätte eigentlich an meinem Stück arbeiten sollen; stattdessen ging ich mit Schoscha durch das Tor von Nr. 12, auf der Suche nach meinem Freund Mottel, dem Sohn von Berisch. Schoscha hatte ihn nicht gekannt, er gehörte zu einer späteren Periode meines Lebens. Im ersten Hof ging ich an den Radzyminer und Novominsker Bethäusern vorbei. Der Nachmittagsgottesdienst hatte schon begonnen. Ich wollte Schoscha einen Augenblick allein lassen, um drinnen nachzusehen, wer von den Chassidim, die ich gekannt hatte, noch am Leben war, aber sie klammerte sich an meinen Arm und ließ mich nicht los. Sie hatte Angst, allein im Hof zu bleiben. Sie hatte die alten Geschichten von den Mädchenhändlern, die in Droschken herumfuhren und Mädchen einfingen, um sie nach Südamerika zu verkaufen, nicht vergessen. Ich konnte aber nicht wagen, ein Mädchen in ein chassidisches Bethaus zu bringen, während die Gemeinde den Gottesdienst abhielt. Nur an Simchat Tora, dem Fest der Gesetzesfreude, durften Frauen ein Gotteshaus betreten, oder wenn ein Verwandter todkrank war und die Familie sich vor der Heiligen Lade versammelte, um zu beten.

Ein Nichtjude ging mit einer langen Stange, an deren Ende eine Flamme flackerte, von einer Straßenlaterne zur anderen, um sie anzuzünden. Ein fahles Licht fiel auf die Menge. Man schrie, drängte sich und stieß einander voran. Mädchen lachten laut. Vor jedem zweiten Tor standen die Straßenmädchen und winkten den Männern.

Meinen Freund Mottel fand ich nicht. Ich stieg die dunklen Treppen hinauf zu der Wohnung seines Vaters, in der er mit seiner zweiten Frau wohnte, klopfte an der Türe, aber niemand öffnete. Ich spürte, wie Schoscha zitterte. Ich blieb mit ihr auf dem Treppenabsatz stehen und küßte sie. Ich drückte sie eng an mich, meine Hand griff in ihre Bluse und befühlte ihre winzigen Brüste.

Sie bebte. »Nein, nein, nein.«

»Schoschele, wenn man liebt, ist es erlaubt.«

»Ja, aber –«

»Ich möchte dich heiraten.«
»Wirklich?«
»Ich liebe dich.«
»Ich bin so klein. Ich kann nicht schreiben.«
»Das ist mir ganz unwichtig.«
»Arele, die Leute werden dich auslachen.«
»All diese Jahre habe ich Sehnsucht nach dir gehabt.«
»Oh, Arele! Ist das wahr?«
»Ja. Sobald ich dich sah, wurde mir klar, daß ich bis dahin niemanden wirklich geliebt hatte.«
»Hast du viele Mädchen gekannt?«
»Nicht viele, aber mit einigen habe ich geschlafen.«
Schoscha schien darüber nachzudenken. »Hast du es auch mit dieser Schauspielerin aus Amerika getan?«
»Ja.«
»Wann? Bevor du zu mir gekommen bist?«
Ich hätte ›ja‹ sagen sollen. Statt dessen hörte ich mich sagen: »Ich habe in der Nacht, nachdem wir uns wiedergesehen haben, mit ihr geschlafen.« Ich bereute meine Worte sofort, aber beichten und prahlen war mir zur Gewohnheit geworden. Vielleicht hatte ich das von Feitelsohn oder im Schriftsteller-Klub gelernt. Ich habe sie verloren, dachte ich. Schoscha versuchte, sich von mir loszumachen, aber ich hielt sie fest. Ich kam mir vor wie ein Spieler, der alles, was er besitzt, auf eine Karte setzt, und dennoch ruhig bleibt. Ich konnte das Klopfen von Schoschas Herz hinter ihrer kleinen linken Brust hören.
»Warum hast du das getan? Liebst du sie?«
»Nein, Schoschele, das kann man auch ohne Liebe tun.«
»Das tun die – du weißt schon, was ich meine.«
»Ja, die Huren und die Zuhälter. So werden wir alle mit der Zeit, aber trotzdem kann ich dich lieben.«
»Hast du noch andere?« fragte Schoscha nach einer Pause.
»Das kommt vor. Ich will dir nichts vorlügen.«
»Nein, Arele. Du brauchst mir nichts vorzumachen. Ich liebe dich wie du bist. Aber sag Mama nichts. Sie würde sich aufregen und mein Glück zerstören.«

Ich hatte erwartet, daß Schoscha Einzelheiten über meine Affäre mit Betty verlangen würde. Ich war ganz bereit, sie ihr zu geben, wie auch die Tatsache einzugestehen, daß ich mit Thekla geschlafen hatte, obwohl sie einen Bräutigam in der Armee hatte, an den ich für sie Briefe schrieb. Aber Schoscha schien schon vergessen zu haben, was ich ihr erzählt hatte, oder es als unwichtig beiseite geschoben zu haben. War sie vielleicht mit dem Instinkt fürs Teilhaben, von dem Feitelsohn gesprochen hatte, zur Welt gekommen? Wir gingen weiter und kamen zur Mirowskastraße. Die Obstläden waren schon geschlossen, aber die Gehsteige waren mit Stroh bedeckt, mit Latten von zerbrochenen Kisten und Seidenpapier, in das man Orangen einwickelt. Auf dem ersten Markt spülten Arbeiter den Fliesenboden ab. Die Verkäufer und die Kunden hatten sich verlaufen, aber die Echos ihrer Schreie hingen noch in der Luft. In meiner Jugend hatten hier in riesigen Wannen die nichtkoscheren Seetiere ohne Schuppen oder Flossen geschwommen. Die Standinhaber verkauften damals Langusten und Frösche, die von Nichtjuden gegessen wurden. Der Markt wurde nachts von starken Lampen erhellt. Ich zog Schoscha in eine Nische und umklammerte ihre Schultern. »Schoschele, willst du mich?«

»Ach, Arele, mußt du noch fragen?«

»Willst du mit mir schlafen?«

»Mit dir – ja.«

»Hat dich schon einmal jemand geküßt?«

»Nie. Irgendein Flegel hat es mal versucht, aber ich bin weggelaufen. Er warf mir ein Stück Holz nach.«

Plötzlich verspürte ich Lust, vor Schoscha großzutun, Geld für sie auszugeben. »Schoscha, du hast eben gesagt, du würdest tun, was immer ich will.«

»Ja, ich werde es tun.«

»Ich möchte mit dir in den Sächsischen Garten. Ich möchte mit dir in einer Droschke fahren.«

»In den Sächsischen Garten? Dort dürfen Juden doch nicht hin.«

Ich wußte, was sie meinte – unter den Russen waren Juden in langen Kaftanen und Frauen mit Perücken oder Hauben von den Polizisten, die die Tore bewachten, nicht eingelassen worden. Aber seither hatten die Polen dieses Verbot aufgehoben. Außerdem trug ich ja keinen Kaftan. Ich versicherte Schoscha, daß wir gehen konnten, wohin wir wollten.

Schoscha sagte: »Warum sollen wir eine Droschke nehmen? Wir können mit der Straßenbahn Nr. 11 fahren. Weißt du, was das heißt?«

»Ja, zu Fuß gehen.«

»Man soll kein Geld verschwenden. Mama sagt ›Jeder Groschen zählt.‹ Eine Droschke kostet einen Zloty und wie lange dauert die Fahrt? Vielleicht eine halbe Stunde. Wenn man viel zu tragen hat, ist es etwas anderes.«

»Bist du je in einer Droschke gefahren?«

»Nie.«

»Heute wirst du mit mir in einer Droschke fahren. Ich habe die ganze Tasche voller Zloty. Ich habe dir doch erzählt, daß ich ein Stück schreibe – ein Theaterstück – und man hat mir dreihundert Dollar dafür bezahlt. Hundertzwanzig davon habe ich schon ausgegeben, aber ich habe noch einhundertundachtzig. Ein Dollar ist so viel wie neun Zloty.«

»Sprich nicht so laut. Man könnte dich berauben. Man hat einmal einen Mann vom Lande zu berauben versucht, und als er sich wehrte, hat man ihn erstochen.«

Wir gingen die Mirowskastraße entlang auf den Zielarna-Platz zu. Auf der einen Seite war der Erste Markt, auf der anderen eine lange Reihe niedriger Buden, wo nichtjüdische Schuhmacher Schuhe und Stiefel verkauften, sogar Schuhwerk mit erhöhten Absätzen und Sohlen für Lahme. Sie waren dabei, die Läden zu schließen.

Schoscha sagte: »Mama hat recht. Gott hat dich zu mir geschickt. Ich habe dir schon von Leiser, dem Uhrmacher, erzählt. Mama wollte uns miteinander verheiraten, aber ich sagte ›Ich bleibe unverheiratet.‹ Er ist der beste Uhrmacher in ganz Warschau. Du bringst ihm die kaputte Uhr, und er macht sie wieder ganz und sie geht jahrelang. Er hat deinen Namen in der Zeitung gelesen und kam zu uns und sagte: ›Schoscha, Grüße von deinem Bräutigam.‹ So hat er dich genannt. Als er das sagte, wußte ich, daß du eines Tages zu mir kommen würdest. Er sagte, daß er deinen Vater gekannt hat.«

»Liebt er dich?«

»Ob er mich liebt? Ich weiß nicht. Er ist fünfzig Jahre alt, vielleicht noch älter.«

Eine Droschke kam vorbei und ich winkte.

Schoscha zitterte. »Arele, was tust du? Mama –«

»Steig ein.« Ich half ihr und setzte mich neben sie. Der Kutscher, mit der Wachstuchmütze, die rückwärts die Nummer trug, drehte sich mißtrauisch uns zu. »Wohin?«

»Ujazdow Boulevard«, sagte ich.

»Das kostet doppelt.«

Wir bogen vor dem Zielarna-Platz ab. Jedesmal, wenn die Droschke um die Ecke fuhr, fiel Schoscha gegen mich. »Oh, mir ist schwindlig.«

»Ich bringe dich nach Hause.«

»Sieh nur, wie die Straßen von einer Droschke aus aussehen! Ich fühle mich wie eine Kaiserin. Wenn Mama das hört, wird sie sagen, du bist ein Verschwender. Arele, ich sitze mit dir in einer Droschke und es ist wie ein Traum.«

»Für mich auch.«

»So viele Straßenbahnen! Und wie hell es hier ist! Wie am Tag. Fahren wir zu den feinen Straßen?«

»Ja, so könnte man sie nennen.«

»Arele, seit ich damals zu dem ›Letzten Dienst‹ ging, bin ich nie wieder aus der Krochmalna herausgekommen. Täubele geht überall hin. Sie geht nach Falenica, nach Michalin – wo geht sie nicht hin? Arele, wohin führst du mich.«

»In einen dichten Wald, wo Dämonen kleine Kinder in Kesseln voller Schlangen kochen und nackte Hexen, die Brustwarzen am Nabel haben, sie mit Senf essen.«

»Du machst Spaß, nicht wahr?«

»Ja, mein Liebling.«

»Ach, man weiß nie, was alles kommen kann. Mama hat mich immer geneckt: ›Dich wird keiner nehmen, nur der Engel des Todes.‹ Und ich dachte, sie werden mich neben Ippe legen. Und dann kam ich mit einer Tüte Zucker nach Hause und du warst da. Arele, was ist das?«

»Ein Restaurant.«

»Sieh nur, wie viele Lampen!«

»Es ist ein feines Restaurant.«

»Und da, die Puppen dort in dem Schaufenster! Ganz wie lebendig! Was für eine Straße ist das?«

»Die Neue Welt.«

»Und wie viele Bäume es hier gibt – wie in einem Park. Und die Damen mit ihren Hüten, wie groß sie sind! Es riecht ganz süß. Was ist das?«

»Flieder.«

»Arele, ich möchte dich etwas fragen, aber du darfst nicht böse werden.«

»Was möchtest du mich fragen?«

»Liebst du mich wirklich?«

»Ja, Schoscha, sehr.«

»Warum?«

»Warum, darum.«

»So lange du nicht da warst, warst du eben nicht da. Aber wenn du jetzt fortgehst und nicht zurückkommst, dann würde ich tausendmal sterben.«

»Ich werde dich nie wieder verlassen.«

»Ist das wahr? Leiser, der Uhrmacher, hat gesagt, daß alle Schriftsteller Vagabunden sind, die mit schiefen Absätzen herumlaufen. Leiser glaubt nicht, daß es einen Gott gibt. Er sagt, alles ist von selber geworden. Kann das sein?«

»Es gibt einen Gott.«

»Sieh nur, der Himmel ist rot, wie von einem Feuer. Wer lebt denn in diesen schönen Häusern?«

»Reiche Leute.«

»Juden oder Nichtjuden?«

»Meistens Nichtjuden.«

»Arele, bring mich nach Hause. Ich fürchte mich.«

»Es ist kein Grund zum Fürchten. Wenn wir sterben müssen, werden wir zusammen sterben«, sagte ich und war von meinen eigenen Worten betroffen.

»Ist es erlaubt, einen Jungen und ein Mädchen in das gleiche Grab zu legen?«

Ich antwortete ihr nicht, und Schoscha lehnte ihren Kopf an meine Schulter.

4

Wir fuhren mit der Droschke bis zum Tor von Nr. 7, nachdem ich mich entschlossen hatte, von dort nach der Lesznostraße zu Fuß zu gehen, aber Schoscha klammerte sich an meinen Arm. Sie fürchtete sich, durch das dunkle Tor zu gehen, über den dunklen Hof, und allein die halbe Treppe heraufzugehen. Das Tor war verschlossen, und wir mußten ein paar Minuten warten, bis der Pförtner kam und aufschloß. Im Hof trafen wir auf einen kleinen Mann – Leiser, den Uhrmacher. Schoscha fragte ihn, was er noch so spät draußen tue, und er erzählte uns, daß er ein wenig spazierengehe.

»Das ist Arele«, stellte mich Schoscha vor.

»Ich weiß. Ich verstehe. Der Schriftsteller, wie? Guten Abend. Ich lese, was Sie schreiben – auch die Übersetzungen, die Sie gemacht haben.«

Es war schwer, ihn deutlich zu sehen, aber in dem schwachen Licht, das von ein paar Fenstern in den Hof fiel, konnte ich ein blaßes Gesicht mit großen schwarzen Augen erkennen. Er trug weder Rock noch Hut. Er sprach mit sanfter Stimme. Er sagte: »Herr Greidinger – oder soll ich Sie Genosse Greidinger nennen? Nicht, daß ich ein Sozialist bin, aber irgendwo heißt es, daß alle Juden Schicksalsgenossen sind. Ich kenne Ihre Schoscha, seit sie in dieses Haus gezogen ist. Als Bascheles Mann noch ein anständiger Mensch war, habe ich sie oft besucht. Ich will Sie nicht aufhalten, aber vor zwanzig Jahren hat sie angefangen, von Ihnen zu reden und hat seither nie aufgehört. Arele hier, und Arele da. Ich habe auch Ihren Vater gekannt – er ruhe in Frieden! Ich war auch einmal in Ihrer Wohnung. Es war während einer Din Tora – eines Schiedsgerichts Ihres Vaters –, ich kam als Zeuge. Vor ein paar Jahren, als ich Ihren Namen in einer Zeitschrift las, schrieb ich Ihnen einen Brief an die Adresse der Redaktion, aber ich bekam keine Antwort. Ich weiß, Redaktionen antworten nie. Auch Verleger nicht. Einmal sind Schoscha und ich Sie suchen gegangen. Wie dem auch sei, Sie sind endlich aufgetaucht und ich höre, daß Romeo und Julia sich wiedergefunden haben. Es gibt solche Liebe, ja, das gibt es. In dieser Welt gibt es alles. In der Natur hat ja alles und jedes seinen Platz. Und wenn Sie sich nach Verrücktheiten umsehen, die gibt es auch. Was hält man in Ihren Kreisen von der Welt – ich meine von Hitler und Stalin und ähnlichem Abschaum?«

»Was kann man schon sagen? Die Menschen wollen keinen Frieden.«

»Warum sagen Sie ›die Menschen‹? Ich will Frieden und Schoscha will Frieden und das gleiche wollen Millionen anderer. Ich behaupte immer noch, daß die meisten Menschen in der Welt keine Kriege wollen, nicht einmal Revolutionen. Sie würden am liebsten ihr Leben so gut wie möglich verbringen. Mit etwas mehr, oder etwas weniger, in Palästen, in Kellern, solange sie ein Stück Brot und ein Kissen unter ihrem Kopf haben. Stimmt das, Schoscha?«

»Ja, das stimmt.«

»Die Schwierigkeit ist, daß die stillen, geduldigen Leute passiv sind, und die an der Macht, die Übeltäter, die sind aggressiv. Wenn eine Mehrheit von Anständigen ein für allemal beschließen würde, die Macht in ihre Hände zu nehmen, vielleicht gäbe es dann Frieden.«

»Sie werden sich weder entschließen, noch werden sie je die Macht erringen«, sagte ich. »Macht und Passivität vertragen sich nicht.«

»Ist das Ihre Ansicht?«

»Es ist die Erfahrung von Generationen.«

»Dann sieht es böse aus.«

»Ja, Reb Leiser, es steht nicht gut.«

»Was wird aus uns Juden werden? Es weht ein böser Wind. Nun, ich will Sie nicht aufhalten. Ich sitze den ganzen Tag drinnen, und vor dem Schlafengehen gehe ich ein wenig spazieren. Nur hier im Hof, vom Tor bis zum Abfallkübel, und wieder zurück. Was kann man tun? Vielleicht gibt es irgendwo anders bessere Welten? Gute Nacht. Es war mir eine Ehre, Sie kennenzulernen. Ich habe großen Respekt vor dem gedruckten Wort.«

»Gute Nacht. Ich hoffe, wir sehen uns wieder«, sagte ich.

Erst jetzt bemerkte ich, daß Baschele am Fenster stand und uns beobachtete. Sie war offensichtlich beunruhigt. Ich mußte doch kurz hineingehen. Sie öffnete die Tür, und als wir die Treppe hinaufkamen, rief sie aus: »Wo seid ihr denn gewesen? Warum kommt ihr so spät? Ich habe schon das Schlimmste befürchtet.«

»Mama, wir sind in einer Droschke gefahren.«

»In einer Droschke? Warum denn das? Wohin? Was soll man dazu sagen!«

Schoscha fing an, ihrer Mutter von unserem Spaziergang zu erzählen – wir waren durch die Straßen gefahren, hatten in einer Konditorei Kuchen gegessen und Limonade getrunken.

Baschele zog die Augenbrauen hoch und schüttelte vorwurfsvoll den Kopf. »Beim besten Willen kann ich nicht verstehen, wozu man all das Geld ausgibt! Wenn ich gewußt hätte, daß ihr in die feinen Straßen geht, dann hätte ich dir dein weißes Kleid gebügelt. Heutzutage ist man seines Lebens nicht sicher. Ich war ein Weilchen bei der Nachbarin und wir hörten eine Rede am Radio, diesen Verrückten, den Hitler. Er hat so geschrien, daß man taub werden konnte. Da ihr nichts zu Abend gegessen habt, werde ich etwas machen.«

»Baschele, ich bin nicht hungrig. Ich muß nach Hause.«

»Was? Jetzt? Wißt Ihr nicht, daß es fast Mitternacht ist?

Wohin wollt Ihr so spät? Ihr bleibt über Nacht hier. Ich werde das Bett in der Kammer beziehen. Und essen müßt Ihr auch.« Baschele fing sogleich an, Wasser in eine Schüssel mit Mehl zu gießen. Sie machte Feuer im Herd. Schoscha führte mich in die Kammer, um mir das Eisenbett zu zeigen, in dem Täubele früher geschlafen hatte. Sie zündete eine kleine Gaslampe an. Kleider und Wäsche waren dort aufgestapelt, zusammen mit Körben und Kisten, die noch aus der Zeit stammten, als Selig als Vertreter gereist war.

Schoscha sagte: »Arele, ich möchte, daß du jede Nacht hier schläfst. Ich möchte immer bei dir sein – mit dir essen, mit dir trinken, mit dir spazierengehen. Ich werde diesen Abend nie vergessen – nicht bis zu dem Tag, an dem man mir die Scherben auf die Augen legen wird. Die Droschke werde ich nicht vergessen, die Konditorei nicht, nichts. Ich möchte dir die Füße küssen!«

»Schoscha, was hast du?«

»Laß mich!« Sie fiel auf die Knie und küßte meine Schuhe. Ich versuchte, sie daran zu hindern und sie aufzuheben, aber sie fuhr fort zu rufen:»Laß mich! Laß mich!«

5

Obwohl ich nicht mehr gewohnt war, auf einem Strohsack zu schlafen, fiel ich in Bascheles Kammer sofort in einen tiefen Schlaf. Plötzlich fuhr ich erschreckt hoch. Eine weiße Gestalt stand an meinem Bett, beugte sich über mich und berührte leicht mein Gesicht. »Wer ist da?« fragte ich.

»Ich bin's, Schoscha.«

Ich brauchte ein Weilchen, ehe ich mich erinnern konnte, wo ich war. War Schoscha an mein Bett gekommen, wie Ruth zu Boas?

»Schoscha, was ist denn?«

»Arele, ich fürchte mich.« Schoscha sprach mit zittriger Stimme, wie ein Kind, das gleich in Tränen ausbrechen wird.

Ich setzte mich auf. »Wovor fürchtest du dich denn?«

»Arele, sei nicht böse. Ich wollte dich nicht aufwecken, aber ich liege schon seit drei Stunden wach und kann nicht einschlafen. Darf ich mich auf dein Bett setzen?«

»Ja, ja.«

»Ich lag im Bett und mein Kopf drehte sich wie eine Windmühle. Ich wollte Mutter aufwecken, aber sie würde mich anschreien. Sie arbeitet doch den ganzen Tag herum und abends fällt sie einfach um.«

»Woran hast du denn gedacht?«

»An dich. Mir kamen ganz verrückte Gedanken – daß du es gar nicht bist, daß du schon gestorben bist und dich als Arele verkleidet hast. Ein böser Geist schrie mir ins Ohr: ›Er ist tot, tot!‹ Er machte solchen Lärm, daß ich dachte, alle im Haus würden es hören und es würde Krach geben. Ich wollte das ›Schema‹ sprechen, aber er spuckte mir ins Ohr und sagte unanständige Worte.«

»Was hat er denn gesagt?«

»Ach, ich schäme mich, es zu wiederholen.«

»Sag es mir.«

»Er sagte, Gott ist ein Kaminfeger, und wenn wir heiraten, würde ich ins Bett machen. Er hat mich mit seinen Hörnern gestoßen. Er riß mir die Decke weg und schlug mich – du weißt schon, wo.«

»Schoschele, das sind deine Nerven. Wenn wir zusammenleben, gehe ich mit dir zum Arzt und er wird dich gesundmachen.«

»Darf ich noch ein bißchen sitzenbleiben?«

»Ja, aber wenn deine Mutter aufwacht, wird sie denken, daß –«

»Sie wacht nicht auf. Sobald ich die Augen zumache, kommen die Toten zu mir. Tote Frauen zerren an meinen Haaren. Ich bin alt genug, um ein Kind zu haben, aber ich habe noch nicht einmal meine Tage. Ein paarmal habe ich etwas geblutet, und Mama gab mir Watte und Lappen, aber dann hörte es wieder auf. Mama hat darüber mit einer Hausiererin gesprochen, die Hemden, Taschentücher und Schlüpfer verkauft, und diese Frau hat allen erzählt, daß ich keine Jungfrau mehr bin und daß ich schwanger bin. Mutter hat mich an den Haaren gezogen und mich schrecklich beschimpft. Und die gräßlichen Kerle im Hof bewarfen mich mit Steinen. Das ist schon Jahre her, nicht jetzt. Als mein Vater davon hörte, gab er Mutter zehn Zloty, damit sie mit mir zu einem Doktor für Frauen gehen konnte, der sagte, es sei alles gelogen. Dann kam eine Nachbarin und sagte, ich muß zu einem Rabbiner gehen, der mir ein Papier gibt, daß ich eine *›mukasetz‹* bin. So nennt man ein Mädchen, das seine Unschuld verloren hat ohne einen Mann, durch einen Unfall. Dein Vater war damals schon lange nicht mehr in Warschau, und wir gingen zu einem Rabbiner in der Smoczastraße. Er befahl mir, in das rituelle Bad zu gehen, damit man mich dort untersucht. Ich wollte nicht, aber Mutter schleppte mich hin. Die Frau dort zog mich aus, bis ich nackt war, und ich mußte ihr alles zeigen. Ich schämte mich furchtbar. Sie faßte mich an und betatschte mich. Dann sagte sie, daß ich in Ordnung bin. Der Rabbi hat dreißig Zloty für das Zeugnis verlangt, das konnten wir nicht bezahlen und ließen es sein. Jetzt, wo du wieder hier bist, habe ich Angst, daß jemand kommt und dir schlimme Dinge über mich erzählt.«

»Schoschele, niemand wird kommen und ich werde auf niemanden hören. Ich hatte keine Ahnung, daß es in Warschau noch solche Fanatiker gibt.«

»Arele, mir fallen so komische Sachen ein – mal dies, mal das. Bis ich drei Jahre alt war, machte ich immer noch das Bett naß. Heute wache ich noch manchmal mitten in der Nacht auf. Im Zimmer ist es eiskalt, aber ich bin ganz naß geschwitzt. Das Kissen ist naß. Ich trinke nie vor dem Schlafengehen, aber wenn ich aufwache muß ich so eilig, daß es auf den Boden geht, ehe ich noch den Topf erwische. Tagsüber gehe ich auf das Klosett im Hof und dort ist es stockdunkel, und es gibt dort Ratten so groß wie Katzen. Einmal hat mich eine Ratte gebissen. Die Türen schließen nicht – wenn eine

Kette da ist, dann fehlt der Haken; und wenn ein Haken da ist, dann fehlt die Kette. Ich versuche immer, nicht zu gehen, und habe mich so daran gewöhnt, daß Tage und Wochen vergehen und ich gehe nicht dorthin. Die Träger von Janaschs Basar gehen dorthin und auch andere Kerle. Wenn sie ein Mädchen sehen, necken sie es und rufen unanständige Worte. Es gibt Wohnungen, die haben Wasserspülungen. Man zieht an einer Kette und das Wasser rauscht. Da gibt es auch Licht und Papier. Hier gibt es überhaupt nichts.«

»Schoschele, wir werden nicht immer hierbleiben. Jetzt verdiene ich noch nicht genug, aber ich schreibe ein Buch. Und dann ist da auch noch mein Stück für das Theater. Und gelingt es mir jetzt nicht, dann ein andermal. Ich werde dich von hier fortnehmen.«

»Wohin wirst du mit mir gehen? Andere Mädchen können lesen und schreiben. Aber ich habe es nie gelernt. Vielleicht weißt du noch, wie sie mich damals von der Schule nach Hause geschickt haben. Ich saß in der Klasse, der Lehrer las uns etwas vor, aber es ging mir nicht in den Kopf. Ich sah immer komische Gesichter. Und wenn ich an die Tafel mußte, wußte ich nichts und fing an zu weinen.«

»Was hast du denn für Gesichter gesehen?«

»Ach, ich habe Angst, das zu erzählen. Eine Frau kämmte ihrer Tochter die Haare mit einem feinen Kamm und goß Petroleum darauf, um die Läuse herauszubekommen. Plötzlich kamen die Läuse von allen Seiten – auch Wanzen – und das Mädchen begann furchtbar zu schreien. Ich kann mich nicht erinnern, ob es ein jüdisches Mädchen war oder eine Schickse. In einer Minute fraßen die Läuse Mutter und Tochter auf, nur die Knochen blieben übrig. Und wenn ich auf der Straße ging, dachte ich, was geschieht, wenn mir ein Balkon auf den Kopf fällt. Wenn ich an einem Polizisten vorbeiging, glaubte ich, er wird sagen, daß ich etwas gestohlen habe und mich ins Gefängnis bringen. Arele, du wirst denken, daß ich verrückt bin.«

»Nein, Schoschele, das sind alles nur deine Nerven.«

»Was sind Nerven? Sag es mir.«

»Das ist die Angst vor all den unglücklichen Zufällen, die sich ereignen und die den Menschen zustoßen können.«

»Leiser liest uns aus der Zeitung vor und jeden Tag ereignen sich schreckliche Sachen. Ein Mann ging über die Straße und wurde von einer Droschke überfahren. Ein Mädchen aus Nr. 9 wollte auf eine Straßenbahn springen, ehe sie hielt, und verlor ein Bein. Erst letzte Woche ist ein Mann, der ein Dach reparierte, heruntergefallen, und der Rinnstein war ganz rot von Blut. Wenn mich Mutter einholen schickt, halte ich das Geld fest in der Hand – und wenn ich in den Laden komme, ist es verschwunden. Wie kann das sein?«

»Jeder Mensch trägt einen Feind in sich, der ihm Böses antut.«

»Aber warum hat Täubele keinen? Arele, du sollst die Wahrheit wissen, damit du nicht denkst, daß wir dir etwas vormachen.«

»Schoschele, niemand hat mir etwas vorgemacht. Ich werde dir helfen.«

»Wie? Es ist jetzt schon so schlimm, was wird sein, wenn Hitler kommt? Still! Mutter ist aufgewacht!« Schoscha lief aus der Kammer. Ich hörte das Zerreißen des Stoffes, als sie mit ihrem Nachthemd an einem Nagel in der Tür hängen blieb.

Sechstes Kapitel

I

Jeder Tag – nein, jede Stunde – brachte eine neue Krise, aber ich hatte mich an die Gefahren, die mein Geschick waren, gewöhnt. Ich verglich mich selbst mit einem Verbrecher, der weiß, daß ihn eine Strafe erwartet, aber bis man ihn ergreifen wird, bringt er seine Beute noch durch. Sam Dreiman hatte mir einen neuen Vorschuß bezahlt, und Betty hatte mein Stück nach ihren Kapricen umgeschrieben. Sie hatte neue Personen erfunden, selbst meinen Stil verändert. Mit Erstaunen wurde mir klar, daß die Leidenschaft des Schreibens jeden erfassen kann, der auch nur imstande ist, eine Feder zu halten. Betty hatte mehr Handlung in das Stück eingebaut und ›Liedertexte‹ erfunden, aber das Stück hatte keinen Zusammenhalt mehr. Obwohl Betty sich über das amerikanische Jiddisch lustig machte und es nachahmte, anglisierte sie das meine. Der blinde Musikant deklamierte jetzt wie der Schurke in einem Melodrama im Theater an der Second Avenue. Fritz Bander, der die Rolle eines reichen Chassid, der in die Jungfrau von Ludmir verliebt ist, spielen sollte, verlangte, daß seine Rolle größer sein müsse, und Betty hatte ihm gestattet, sie mit langen Monologen auszudehnen. Er sprach noch immer ein galizisches Jiddisch mit Deutsch vermischt. Fritz Bander verlangte auch eine Rolle für seine deutsche Geliebte Gretel, die kein Jiddisch sprach. Er wies darauf hin, daß Juden oft deutsche Mädchen als Hausangestellte beschäftigten, und daß dies eine Rolle sei, die sie spielen könne.

Betty hatte ihre Version des Stücks in mehreren Kopien herstellen lassen – eine für sich, eine für Sam Dreiman, eine für Fritz Bander, eine für David Lipman, eine für mich und noch für andere. Jeder machte Änderungen, dann wurde der Text abgeschrieben, und die Änderungen fingen wieder von vorne an. Sam Dreiman hatte ein Theater in der Smoczastraße gemietet und die Bühnenbilder bestellt, obwohl grundlegende Entscheidungen der Produktion noch nicht getroffen worden waren. Die Gewerkschaft der Schauspieler verlangte, daß sowohl mehr Schauspieler als auch mehr Statisten beschäftigt werden müßten. Ich wurde gezwungen, noch Rollen für einen Synagogendiener, einen Wahnsinnigen und einen Gegenspieler des Chassid hinzuzudichten, der die Chassidim herunterputzen sollte. Die Besetzung wurde so zahlreich, daß man wichtige Dialoge streichen mußte.

Anfangs leistete ich Widerstand. Ich schrieb Bettys und Banders Änderungen wieder um, korrigierte ihre Grammatik und Orthographie, aber ich mußte bald einsehen, daß die Widersprüche, die verschiedenen Stilarten und das Groteske schneller wuchsen, als ich sie reparieren konnte. Ich hätte es nicht für möglich gehalten, selbst Sam Dreiman machte sich ans Schreiben. Das erinnerte mich an eine Geschichte, die ich als Kind von meiner Mutter gehört hatte, von einer Bande von Geistern, die sich über ein Dorf hermachten und alles auf den Kopf stellten – der Wasserträger wurde zum Rabbi, der Rabbi zum Badewärter, der Pferdedieb zum Tora-Schreiber, und der Tora-Schreiber zum Fuhrmann. Ein Kobold gab sich als Leiter der Jeschiwa aus und hielt im Bethaus eine Predigt voller Gotteslästerungen. Ein Blutegel, auch ein Dämon, verschrieb den Kranken Ziegenmist und Kalbsfedern zusammen mit Mondsaft und Truthahnsamen. Ein Teufel mit Hahnenfüßen und Bockshörnern wurde Vorsänger und verdrehte die freudigen Gesänge der Simchat Tora in die Klagelieder des Trauertages Tisch'a b'Aw. Aus meinem Stück hätte man leicht so eine mystische Komödie machen können.

Das Telefon im Korridor vor meinem Zimmer hörte nicht auf zu läuten. Thekla machte sich nicht mehr die Mühe, heranzugehen, der Anruf war doch immer für mich. Die Schauspieler und Schauspielerinnen zankten sich untereinander, mit Betty und mit David Lipman, der damit drohte, das Ganze hinzuschmeißen. Der Gewerkschaftssekretär kam täglich mit neuen Forderungen. Die Schauspieler beschwerten sich, daß der amerikanische Millionär sie getäuscht habe, was ihre Bezahlung anging. Der Besitzer des Theaters behauptete, einen unfairen Kontrakt unterzeichnet zu haben, und mehr Geld bekommen zu müssen. Sam Dreiman schrie so laut, daß ich den Hörer von meinem Ohr weghalten mußte. Wenn Juden imstande seien, derart zu täuschen und zu intrigieren, sagte er, dann hätte Hitler recht.

Ich versuchte, die Gemüter der anderen zu beruhigen, aber für mich befürchtete ich einen Nervenzusammenbruch.

Die Tage vergingen in wildem Durcheinander. Mit Baschele und Schoscha sprach ich nicht mehr. Wenn ich zum Mittagessen zu ihnen ging, saß ich schweigend am Tisch. Ich vergaß sogar zu essen und mußte daran erinnert werden, daß die Suppe kalt wurde. Nachts erwachte ich nach zwei oder drei Stunden Schlaf mit Herzklopfen, das Kopfkissen war durchgeschwitzt. Im Schlaf hatten sich meine eigenen Schwierigkeiten mit den Weltproblemen vermischt. Hitler, Mussolini und Stalin stritten sich über mein Stück und dann erklärten sie Krieg. Schoscha versuchte, mich zu verteidigen. Ich setzte mich auf und lauschte dem Echo der Schreie und des Getöses, das in meinem Kopf noch nachhallte. Jedes einzelne Haar schmerzte. Es juckte mich und ich kratzte mich. Ich war durstig aufgewacht, mit quälenden Bauchschmerzen und einem Stechen in der Blase. Meine Nase war verstopft und Schauer liefen mir über den Rücken.

Bald würde es Tag sein und ich würde noch immer dasitzen und mir Rechenschaft ablegen. Ich hatte mehr Geld von Sam Dreiman angenommen, als ich vorgehabt hatte. Ich bezahlte Baschele mehr für jede Mahlzeit und gab ihr auch etwas zur Miete zu. Ich hatte Dora ein Darlehen gegeben, von dem ich wußte, daß ich es nie zurückbekommen würde.

In jener Nacht schlief ich gegen drei ein. Um zehn vor neun weckte mich das Läuten des Telefons. Thekla stieß die Tür etwas auf. »Es ist für Sie.«

Es war Betty. Sie fragte: »Habe ich dich geweckt?«

»Ja, nein.«

»Ich hatte eine schreckliche Nacht. Die wünsche ich meinem schlimmsten Feinde nicht.«

»Was war los?«

»Ach, Sam quält mich. Er macht mir furchtbare Szenen. Er redet so wildes Zeug, daß ich fast glaube, er verliert den Verstand. Gestern hat er vermutlich eine halbe Flasche Kognak getrunken. Er sollte ihn nicht anrühren – er hat ein schlechtes Herz und eine vergrößerte Prostata.«

»Was will er denn?«

»Sich selbst und alles zerstören. Das Stück will er nicht mehr. Jede Sekunde hat er einen neuen Einfall. Er hat ein solches Theater gemacht, man konnte ihn durchs ganze Hotel hören. Ich wollte dich daran erinnern, daß wir heute Probe haben. Ich habe nach dieser Nacht so viel Kraft aufzutreten, wie du auf dem Dach zu tanzen, aber ich kann die Sache nicht länger in der Luft hängen lassen. Manchmal habe ich Lust, alles stehen und liegen zu lassen und ans Ende der Welt zu fliehen.«

»Du auch?«

»Ja, ich auch. Plötzlich ist er eifersüchtig geworden. Er scheint etwas von uns zu ahnen!« sagte Betty in verändertem Ton.

»Was weiß er?«

»Er hört mich jetzt. Ich muß aufhören.«

Ich blieb am Telefon stehen, in einer Vorahnung, daß es gleich wieder läuten würde. Und wirklich, es läutete. Ich nahm den Hörer ab und sagte: »Ja, Celia?«

Niemand meldete sich und ich nahm an, ich hätte mich geirrt, aber nach einem Weilchen hörte ich Celias Stimme. »Bist du ein Prophet geworden oder ein Wahrsager?«

»In der Gemara steht, als der Tempel zerstört wurde, verlieh der Herr den Verrückten die Gabe der Vorhersage.«

»Das steht in der Gemara? Du bist verrückt, aber du begehst auch noch literarischen Selbstmord dazu. Die halbe Nacht habe ich wachgelegen und mir Sorgen um dich gemacht. Chaiml schläft wie ein Stein. Kaum liegt sein Kopf auf dem Kissen, fängt er schon an durch die Nase zu pfeifen, und das geht so bis zum Morgen. Aber ich wache immer wieder auf. Manchmal glaube ich, daß du mich aufweckst. Ich höre dich ›Celia!‹ rufen. Meine Nerven sind ganz kaputt. Einmal glaubte ich dich sogar im Türrahmen zu sehen. War das vielleicht dein Astralleib? Du hast schon etwas Ungewöhnliches an dir. Mein Lieber, Morris hat dein Stück gelesen. Sam Dreiman hat ihm einen Abzug gegeben. Ich will nicht wiederholen, was er gesagt hat. Ich habe gehört, daß es gar nicht mehr dein Stück ist, alles ist verzerrt. Sag, was ist der Sinn von all dem?«

»Der Sinn ist, daß mir die Sinne schwinden.«

2

Als ich zur Probe ins Theater kam, aus dem hellen Licht ins Dunkle, stieß ich gegen die Stuhlreihen und fiel fast hin, aber langsam gewöhnte ich mich an die Dunkelheit. Ich setzte mich in die erste Reihe. Sam Dreiman saß zwei Reihen hinter mir. Er hustete und grunzte und murmelte auf englisch vor sich hin. Celia und Chaiml waren auch anwesend. Kritiker werden im allgemeinen nicht zu Proben eingeladen, aber ich sah einen im Publikum. Die Kritiker prangerten in ihren Artikeln oft den Zustand des jiddischen Theaters an und kritisierten die jungen Schriftsteller, weil sie nichts als Kitsch auf die Bühne brachten, anstatt ernste Stücke zu schreiben; und doch wußte ich, sie hofften, mein Stück würde durchfallen. Sie hatten eine Verleumdungskampagne gegen Betty angefangen. In den linken Zeitschriften hatte man Sam Dreiman einen amerikanischen ›okay-Mann‹ und ein ›Goldenes Kalb‹ genannt. Und einige Bühnenschriftsteller hatten darauf hingewiesen, daß ein mystisches Stück über eine Jungfrau, die bei chassidischen Gelagen verschleiert den Vorsitz führt, die den Chassidim die Tora predigt und von zwei Dibbuks, dem einer Hure und dem eines Musikanten, besessen ist, den tragischen Umständen der polnischen Juden nicht angemessen sei. Was man jetzt bräuchte, seien Stücke, die die Gefahren des Faschismus und des Hitlertums widerspiegelten, sowie die Notwendigkeit des Widerstandes der jüdischen Massen, nicht Dramen, die den Aberglauben des Mittelalters heraufbeschworen.

Zwei Plätze von mir entfernt saßen David Lipman und seine Frau Estusia. Sie schälte Orangen und reichte ihm Schnitz um Schnitz. Wegen eines Herzleidens mußte er dauernd etwas zu sich nehmen. Er trug einen Samtrock und eine flatternde Krawatte. Man spielte nicht das ganze Stück, sondern nur einzelne Szenen. Fritz Bander, in der Rolle des Chassid Reb Ezechiel Prager, gestand der Jungfrau von Ludmir – Betty – seine Liebe. Obwohl ich Bander immer wieder gebeten hatte, nicht so laut zu sprechen, brüllte er mit Donnerstimme. An den Stellen, an denen er seine Stimme hätte senken sollen, schrie er; und er flüsterte oder überging jene Passagen, in denen er eindringlich hätte sein sollen. Er verschluckte Worte und improvisierte. Er hatte seinen Text vergessen, und die Souffleuse mußte ihm Wort für Wort vorsagen. Bander brachte die Zitate aus der Gemara, dem Midrasch und der Kabbala durcheinander und verstümmelte sie. Ich hatte angenommen, David Lipman, der angeblich von diesen Dingen etwas verstand, würde ihn verbessern, aber er blieb stumm. Er ließ sich von Bander imponieren, weil der in Berlin aufgetreten war. Ab und zu machte David Lipman eine Bemerkung und gab Anweisungen, aber das Wesentliche berührte er nicht, beschränkte sich allenfalls auf belanglose Einzelheiten. Betty hatte auch Schwierigkeiten mit ihrem Text. Sie machte Fehler im Hebräischen und sogar in den jiddischen Worten. Manche Worte sprach sie mit polnischem Akzent, andere mit litauischem. Und an den Stellen, an denen sie sowohl die Hure wie den blinden Musikanten zu spielen hatte, verlor sie jegliche Orientierung.

Ich saß nach vorne gebeugt da, schloß dann und wann die Augen, um meine eigene Schande nicht mitansehen zu müssen. Betty kritisierte zwar den Unfug, den man auf dem amerikanischen jiddischen Theater trieb, aber sie hatte seine Manieriertheiten angenommen. Ich erinnerte mich an einen Ausspruch meiner Mutter: ›Worte, die auf Stelzen gehen.‹ Dabei war Bettys Jiddisch in der Unterhaltung fließend und präzise. Als ich auf die Bühne starrte, wußte ich, daß ich vollkommen versagt hatte. Meine eigenen Fehler waren mir ganz klar geworden, aber ich war ratlos, wie ich sie korrigieren könnte.

Kaum war das Licht angegangen, als Sam Dreiman auf mich zugeschossen kam. »Dieses Monstrum können wir nicht rausbringen!«

»Also – nicht.«

»Ich saß da und habe nicht verstanden, was in aller Welt die faseln, und wenn ich es schon nicht verstehe, können Sie nicht erwarten, daß andere es tun. Ich habe gedacht, Sie werden in verständlichem Jiddisch schreiben.«

»Dibbuks sprechen kein verständliches Jiddisch.«

Betty, Fritz Bander und Gretel traten zu uns.

»Betty, Liebling, das Stück muß verschoben werden!« schrie Sam Dreiman.

»Verschoben? Bis wann?«

»Das weiß ich nicht. Ich habe dich hierhergebracht, damit du erfolgreich sein sollst, nicht, daß man dich mit faulen Kartoffeln bewirft.«

»Sam, sag so etwas nicht.«

»Betty, Liebling, je eher man einen Fehler einsieht und danach handelt, um so besser. Vor vierzig Jahren habe ich in Detroit gebaut und mittendrin stellte sich heraus, daß weder die Rohrleitungen stimmten, noch alles andere. Ich hatte ein Vermögen in dieses Projekt hineingesteckt, aber ich ließ alles abreißen und fing von vorne an. Hätte ich das nicht getan, wäre ich im Gefängnis gelandet. Ich hatte einen Freund, auch ein Bauunternehmer, der hatte eine sechsstöckige Fabrik gebaut; plötzlich, das Gebäude war voll mit Arbeitern, stürzte es ein und siebzehn Menschen kamen ums Leben. Er starb im Gefängnis.«

»Ja, ich habe es geahnt! Ich habe es alles geahnt! Als Schauspielerin bin ich erledigt. Mein Pech –«

»Dein Pech, Liebling, ist so strahlend wie die Sonne am Himmel!« dröhnte Sam Dreiman. »Du wirst in Warschau spielen, in Paris, in London und in New York. Der Name Betty Slonim wird in Riesenbuchstaben den Broadway erleuchten, aber in einem Drama, das die Leute sehen wollen, nicht in einer verrückten Farce für meschuggene Kabbalisten. Mr. Greidinger, ich will nicht zu hart sein, aber was Sie uns da vorgesetzt haben, ist nicht geeignet für das Publikum. Betty, wir werden ein anderes Stück finden. Er ist ja nicht der einzige Schriftsteller in Warschau.«

»Du kannst so viele Stücke auf die Bühne bringen, wie du lustig bist«, sagte Betty, »aber ohne mich. Dies war meine letzte Karte. Bei meinem Pech würde auch das beste Stück durchfallen. Es ist alles meine Schuld! Meine!«

»Es ist auch meine Schuld«, sagte Sam Dreiman. »Als er uns die ersten beiden Szenen brachte und ich sie gelesen hatte, sah ich gleich, daß das nichts für uns war. Ich glaubte, man könnte es hinkriegen, aber man kann nicht alles hinkriegen. Es ist wie damals mit der Bauerei – das Fundament war von Anfang an schlecht gelegt. Ich warf den Architekten hinaus und fing mit einem anderen von vorne an. Und das werde ich jetzt auch sofort tun.«

»Das kannst du, aber ohne mich.«

»Mit dir, Betty, Liebling, nur mit dir.«

Siebentes Kapitel

I

An diesem Punkt gebot mir mein Stolz, mir bliebe nichts anderes übrig, als mich vor allen, die mit mir und meinem Beruf zu tun hatten, zu verkriechen. Ich besaß noch über hundert Dollar von Sam Dreimans drittem Vorschuß. Das war Geld, das ich zurückzahlen mußte, sollte ich mir selbst nicht wie ein Dieb vorkommen. Meine Berechnungen kreisten um diese Summe, die etwa neunhundert Zloty betrug. Nach der Vereinbarung, die ich mit dem Vermieter meines möblierten Zimmers in der Lesznostraße getroffen hatte, mußte ich die Kündigungsfrist von einem Monat einhalten, und ich hatte auch nicht vor, diese Vereinbarung nicht einzuhalten. Ich zog Selbstmord in Erwägung, aber der wäre nur möglich, wenn ich all jene, die auf mich ihre Hoffnung gesetzt hatten, mit mir nehmen könnte. In der Zwischenzeit mußte ich mit jedem Groschen rechnen. Ich schlief nicht mehr in der Lesznostraße, weil ich dann das Taxi sparen konnte, wenn ich spät abends nach Hause kam. Auf dem Bett in Bascheles Kammer bedeckte ich große Bogen Papier mit Zahlen. Der Verleger, für den ich einige Bücher aus dem Deutschen übersetzt hatte, schuldete mir Geld, aber ich war nicht einmal sicher, ob er je bezahlen würde. Ich arbeitete für eine literarische Zeitschrift, aber es vergingen Wochen, ohne daß ich einen Groschen von dort erhielt. Ich wiederholte mir immer wieder, daß es drei Millionen Juden in Polen gab, die irgendwie ihr Auskommen fanden. Baschele machte ich nichts vor. Sie kannte meine Lage. Ich hatte versprochen, ihre Tochter zu heiraten, aber wir hatten noch kein Datum festgesetzt. Sie würden mir jedoch keinen Haftbefehl hinterherschicken, sollte ich einfach verschwinden. Danach zu urteilen, wie Hitler ein Land nach dem anderen besetzte, und die Alliierten zuschauten und nichts unternahmen, gab es keine Hoffnung für die Juden in

Polen. Aber davonzulaufen und diejenigen zurückzulassen, die mir nahestanden, war nicht meine Art.

Die jiddischen Zeitungen in Warschau brachten die Nachricht, daß Sam Dreiman, der amerikanische Millionär, der ein Stück herausbringen wollte, den Plan aufgegeben hatte. Die Theatersaison begann nach dem Laubhüttenfest und bis dahin war nicht genug Zeit, ein neues Stück zu finden. Es wurde auch erwähnt, daß er mit einem amerikanischen Dramatiker in Verhandlungen stünde. In der Witzecke schrieb ein Journalist, daß die ›Jungfrau von Ludmir‹ nicht gespielt werden könne, da sie von einem Dibbuk besessen sei. Leiser, der Uhrmacher, las Schoscha und Baschele all diese Berichte über mein Versagen vor.

Im Monat August brach eine Hitzewelle über Warschau herein. Als ich noch ein Kind war, ging fast niemand aus der Krochmalna im Sommer in Ferien aufs Land. Nur die Reichen und Wohlhabenden taten das. Aber die Zeiten hatten sich geändert. Auch die Arbeiter bekamen jetzt Ferien und sie gingen nach Miedzeszyn, Falenica und selbst ins Gebirge nach Zakopane. Die Gewerkschaften hatten Sommerkolonien in Karwia an der Ostsee, im ›Korridor‹, der die östlichen Gebiete vom übrigen Deutschland trennte, und von dem Hitler gelobte, er werde ihn zurückerobern. Ich hatte gehört, daß Feitelsohn ein paar Wochen bei Celia und Chaiml in Jósefow verbringe. Ich hatte Thekla angerufen und sie hatte mir von Celias häufigen Anrufen berichtet. Thekla fragte mich, warum ich so lange nicht nach Hause gekommen sei. Sie fragte mich auch nach meiner Telefonnummer und nach der Adresse, so daß sie den Leuten sagen konnte, wo ich zu erreichen sei. Ich sagte ihr, daß ich mit meiner Arbeit beschäftigt sei und nicht gestört werden wolle. Selbst Thekla wußte von dem Reinfall mit meinem Stück. Sie hatte es von Wladek erfahren, der es in dem polnisch-jüdischen Blatt ›Nasz Przeglad‹ gelesen hatte.

Tagsüber verließ ich die Wohnung in der Krochmalna fast nie. Meine alte Schüchternheit war zurückgekehrt, mit allen damit verbundenen Schwierigkeiten und Neurosen. Einige der Mieter in Nr. 7 kannten mich. Von Leiser hatten sie von mir und meiner Liebe zu Schoscha gehört. Sie hatten auch über die bevorstehende Aufführung meines Stückes gelesen. Die Mädchen schauten aus den Fenstern, wenn ich mit Schoscha auf dem Weg zum Tor vorbeiging. Jetzt schämte ich mich vor diesen Mädchen und stellte mir vor, wie sie über mich lachten. Ich vermied es sogar, während des Tages zum Klosett zu gehen. Die Absätze meiner Schuhe waren schief, aber ich konnte mir nicht leisten, sie richten zu lassen. Mein Hut war ausgeblichen und verfleckt. Hatte ich ein sauberes Hemd angezogen, so war es innerhalb von ein paar Stunden durchgeschwitzt und schmutzig. Die wenigen Haare auf meinem Kopf gingen aus. Wischte ich mir den Schädel, so blieben rote Haare auf meinem Taschentuch. Im Hause stieß mir allerlei Mißgeschick zu. Gab mir Baschele ein Glas Tee in die Hand, so entfiel es mir. Jedesmal, wenn ich mich rasierte, schnitt ich mich. Ich verlor dauernd meinen Füllfederhalter, mein Notizbuch. Geld fiel mir aus den Taschen. In meinem Oberkiefer lockerte sich ein Backenzahn, aber ich hätte den Zahnarzt nicht bezahlen können. Außerdem, wozu brauchte ich noch einen Zahnarzt, da meine Wochen oder Tage gezählt waren?

Ich hatte eine Anzahl Bücher mitgebracht, bei denen ich immer Trost suchte, wenn sich in meinem Leben eine Krise anbahnte – und das geschah oft. Diesmal konnte ich in keinem von ihnen auch nur den leisesten Trost finden. Spinozas ›Substanz‹ hatte keinen Willen, kein Mitleid, kein Gefühl für Gerechtigkeit. Er war ein Gefangener seiner eigenen Gesetze. Schopenhauers ›blinder Wille‹ schien blinder denn je zu sein. Und natürlich gab es keinerlei Hoffnung für mich in Hegels ›Zeitgeist‹ oder in Nietzsches ›Zarathustra‹. Payots ›Erziehung des Willens‹ richtete sich hauptsächlich an Studenten, deren wohlhabende Eltern ihren Unterhalt und ihr Studium bezahlten. Die Patienten von Coué und Charles Baudouin hatten ein Zuhause, Berufe, gutsituierte Familien und Bankkonten. Ich saß den ganzen Tag auf dem Rand meines Bettes und ließ den Schweiß über meinen heißen Körper laufen. Schoscha saß neben mir auf ihrem kleinen Hocker und sprach zu mir oder zu sich selbst. Manchmal sprach sie auch mit Ippe. Aus irgendeinem Grunde verließ Baschele oft die Wohnung. Schoscha fragte sie dann: »Mama, wohin gehst du?« Und Baschele antwortete: »Wohin mich meine Augen tragen.«

Jetzt, da alle gesehen hatten, daß ich ein Versager war, wurde mir klar, daß ich selbst schuld an meinem Versagen trug. Anstatt an meinem Stück zu arbeiten, hatte ich täglich viele Stunden mit Schoscha verbracht. Und obwohl mich Betty immer ermahnt hatte, daß die Arbeit an dem Stück von größter Wichtigkeit sei, überredete sie mich, mit ihr in Museen zu gehen, in Cafés, auf lange Spaziergänge, und hatte damit jegliche Arbeit sabotiert. Ich hätte mit ihr abends in ernste Stücke gehen sollen, von denen ich etwas über die Konstruktion eines Stückes hätte lernen können. Statt dessen ging ich mit ihr in dumme Hollywoodfilme, aus denen man nichts lernen konnte. Kostbare Stunden hatte ich im Schriftsteller-Klub verschwendet, mit Diskussionen über jiddische Literatur, mit Schachspielen und mit Witze erzählen. Selbst mit Thekla hatte ich Zeit verplempert, ihren Klagen über ihre Herrin zugehört und ihren Geschichten aus ihrem Heimatdorf, über ihre lieblose Stiefmutter und über Bolek, ihren Verlobten, der sie verlassen hatte, um in französischen Bergwerken zu arbeiten. Unsere Unterhaltungen endeten immer damit, daß wir zusammen aufs Bett fielen. Ich war in all diesen Monaten nicht wirklich wach gewesen. Meine Faulheit, meine Leidenschaft und meine leeren Phantasien hatten mich in einen hypnotischen Gedächtnisschwund fallen lassen. Jetzt hörte ich die Stimme meiner Mutter sagen: ›Kein Feind kann einem Mann das antun, was er sich selbst antut.‹

»Arele, woran denkst du?« fragte mich Schoscha.

»An nichts, Schoschele. Solange ich dich habe, finde ich noch einen Sinn in meinem Leben.«

»Du wirst mich nicht verlassen?«

»Nein, Schoschele, so lange ich lebe, werde ich bei dir bleiben.«

2

Nachts lag ich stundenlang wach. Dauernd lief ich der Hitze wegen an den Wasserhahn, um zu trinken, und dann mußte ich Wasser lassen. Baschele hatte einen Nachttopf unter mein Bett gestellt und bald war er voll. Ich stand nackt vor dem Fenster der Kammer – ein kleines Fenster mit vier Scheiben – und ließ den leichten Wind, der ab und zu vom Hof hereinkam, über mich wehen. Ich blickte zu den wenigen Sternen empor, die sich langsam von einem Dach zum andern bewegten. Obwohl ich auf Erden nichts als Hunger und Konzentrationslager zu erwarten hatte, wenn die Nazis kommen sollten, so gab es doch vielleicht noch einen Hoffnungsschimmer in den Himmelskörpern. Allerdings wußte ich aus den populärwissenschaftlichen Büchern über Astronomie, die ich gelesen hatte, daß die Sterne aus den gleichen Elementen bestehen wie die Sonne und die Erde. Sollte es auf anderen Planeten Lebewesen geben, dann könnten ihre Existenzbedingungen die gleichen sein wie auf der Erde: Kampf um einen Bissen Brot, um ein sicheres Fleckchen, seinen Kopf hinzulegen. Wut überfiel mich, Wut auf die Schöpfung, auf Gott, auf die Natur – wie immer diese Erbärmlichkeit auch heißen mochte. Wiederum hatte ich das Gefühl, daß die einzige Möglichkeit, meinen Protest gegen die kosmische Gewalt auszusprechen, der Selbstmord sei, selbst wenn ich Schoscha mitnehmen müßte. Tiere und Insekten hatten diese freie Wahl nicht.

Aber wie sollte ich das in Wirklichkeit vollbringen? Stürzte ich mich aus dem Fenster meines Zimmers in der Lesznostraße, so bliebe ich möglicherweise mit gebrochenem Rückgrat am Leben. Warf ich mich vor eine Straßenbahn oder einen Zug, könnte ich ohne Arme oder Beine überleben. Sollte ich mir Rattengift besorgen und langsam mein Inneres verbrennen? Sollte ich mich aufhängen und dann diejenigen, die mich liebten, mit meiner Beerdigung belasten? Nach langem Brüten entschied ich, das Beste wäre, mich in ein tiefes Gewässer zu stürzen, womit ich niemanden belästigen, aber den Fischen noch zu einer Mahlzeit verhelfen würde. Die Weichsel war im Sommer zu seicht. Jeden Tag berichteten die Zeitungen über Schiffe, die auf den Sand aufgelaufen waren. Der einzig mögliche Weg war der, nach Danzig oder Gdynia zu fahren und dort ein Schiff zu nehmen, das in die Ostsee fuhr. Ein Reisebüro annoncierte eine Kreuzfahrt nach Dänemark, für die man weder einen für das Ausland gültigen Paß noch ein Visum brauchte. Der Preis war mäßig. Die Passagiere brauchten nur einen polnischen Inlandpaß vorzuzeigen. Das Unglück war nur, daß ich nicht einmal diese Art Ausweis besaß. Durch das Umziehen von einem möblierten Zimmer in ein anderes mit all meinen Büchern und den ungeordneten Manuskripten, hatte ich meinen Rekrutierungsausweis, meinen Geburtsschein und jeden anderen Beweis meiner Staatsangehörigkeit verloren. Ich würde in meinen Geburtsort fahren und Zeugen aufs Rathaus bringen müssen, die den Tag meiner Geburt oder des Beschneidungsfestes bezeugen könnten. Alle Archive, in denen die Geburts- und Sterbeurkunden aufbewahrt wurden, waren nach den deutschen Bombenangriffen des Jahres 1915 verbrannt. Bei all meiner Angst mußte ich lachen. Ich mußte noch viele Amtsschimmel bezwingen, ehe ich Selbstmord begehen konnte.

In jener Nacht schlief ich erst gegen Morgen ein. Ich öffnete die Augen. Schoscha rüttelte mich an der Schulter. Ich sah sie halb benommen an. Ich brauchte eine Weile, ehe ich wußte, wo ich war und wer mich weckte. »Arele«, sagte sie, »eine junge Dame wartet auf dich. Die Schauspielerin aus Amerika.«

Gleich darauf steckte Baschele ihren Kopf durch den Türspalt. Ich bat sie und Schoscha, mich allein zu lassen und die Tür zu schließen. Hastig zog ich meine Unterwäsche an, meine Hosen, mein Hemd und meinen Rock. Einen Augenblick lang schien mir, ich hätte die hundert Dollar, die ich in meiner linken Hosentasche gelassen hatte, verloren. Ich brauchte ja Geld, um die Fahrkarte und das Schiffsbillett kaufen zu können und meinen Plan auszuführen. Hatte jemand mein Geld gestohlen? Ich suchte in allen Taschen mit der Aufregung eines, der leben will, nicht sterben. Gottseidank! Das Geld steckte in einer Westentasche. Mein Hemd war zerdrückt, der Kragen hatte einen Fleck, ich hatte den Manschettenknopf des rechten Ärmels verloren. Ich schrie durch die geschlossene Tür: »Betty, warte einen Augenblick. Ich komme gleich.« Durch das offene Fenster brannte schon die Sonne auf mich. Aus dem Hof klangen Stimmen herauf: »Semmeln, warme Semmeln! Pflaumen, frische Pflaumen!« Ein Bettler kratzte schon eine klagende Melodie auf seiner Geige und seine Begleiterin schlug dazu eine Schellentrommel und bat um Almosen. Ich berührte meine Backen. Während mir das Haar auf dem Kopf ausging, wuchs mein Bart mit unheimlicher Schnelligkeit. Die Stoppeln fühlten sich hart und stachelig an. Unordentlich und schlampig aussehend öffnete ich die Tür und erblickte Betty, in frischem make-up, in einem Kostüm, das ich nicht kannte, einem Strohhut mit grünem Band und weißen offenen Sandalen – die für mich eine Neuheit waren. Ich bat um Entschuldigung für meinen Aufzug.

Betty sagte: »Schon gut. Du sollst ja nicht an einer Schönheitskonkurrenz teilnehmen.«

»Ich schlief erst bei Tagesanbruch ein, und –«

»Hör schon auf. Ich bin nicht gekommen, um dich zu inspizieren.«

»Wollen Sie sich nicht setzen?« sagte Baschele zu Betty. »Ich habe die junge Dame immer wieder gebeten, sich zu setzen, aber sie steht die ganze Zeit. Bei uns gibt es keinen Luxus, aber die Stühle sind sauber. Ich staube sie jeden Morgen ab. Ich wollte auch Tee machen, aber die junge Dame lehnt alles ab.«

»Es tut mir leid, aber ich habe eben erst gefrühstückt. Vielen Dank. Tsutsik, du mußt entschuldigen, daß ich so früh gekommen bin. Meine Uhr zeigt übrigens zehn Minuten vor zehn. Ich bin, wie man in Amerika sagt, in Geschäften hier. Wenn du willst, können wir irgendwohin gehen und darüber reden.«

»Arele, bleib nicht lange fort«, sagte Schoscha. »Wir haben Frühstück gemacht und später gibt es dann Mittagessen. Mama hat Sauerampfer und Kartoffeln und saure Sahne gekauft. Die Dame kann mit uns essen.«

»Wir haben genug für alle«, fügte Baschele hinzu.

»Wie kann ich jetzt essen, wenn ich gerade erst gefrühstückt habe?«

»Schoschele, wir werden nur eine halbe Stunde fort sein«, sagte ich. »Hier können wir schlecht reden. Ich will nur meinen Manschettenknopf suchen und den Kragen wechseln. Einen Augenblick, Betty.«

Ich lief in die Kammer und Schoscha folgte mir. Sie schloß die Tür. »Arele, geh nicht mit ihr«, sagte sie. »Sie will dich mir wegnehmen. Sie sieht wie eine Hexe aus.«

»Eine Hexe? Rede keinen Unsinn.«

»Sie hat so stechende Augen. Du hast mir selbst gesagt, daß du mit ihr ins Bett gegangen bist.«

»Hab ich dir das gesagt? Nun, das macht auch nichts. Zwischen ihr und mir ist alles vorbei.«

»Wenn du wieder mit ihr etwas anfangen willst, dann bring mich lieber erst um.«

»Wie es augenblicklich aussieht, werde ich dich auf jeden Fall umbringen. Ich geh mit dir auf ein Schiff und wir werden beide ins Meer springen.«

»Gibt es in Warschau ein Meer?«

»Nicht in Warschau. Wir werden nach Gdynia oder nach Danzig fahren.«

»Ja, Arele, du kannst mit mir machen, was du willst. Wirf mich erst hinein, oder bring mich zu Ippes Grab und beerdige mich dort. Wenn du es tust, ist alles gut. Aber laß mich nicht allein. Hier ist dein Manschettenknopf.«

Schoscha bückte sich und gab ihn mir. Ich legte meine Arme um sie und küßte sie. Ich sagte: »Schoschele, ich habe bei Gott und bei der Seele meines Vaters gelobt, das ich dich nie verlassen werde. Es ist höchste Zeit, daß du mir vertraust.«

»Ja, ich vertraue dir. Aber als ich sie gesehen habe, da fing mein Herz zu klopfen an. Sie sieht aus, als ob sie zu einer Hochzeit geht. Es ist alles neu, um dir zu gefallen. Sie glaubt, ich verstehe nichts, aber ich verstehe alles. Wann wirst du zurück sein?«

»So schnell wie möglich.«

»Vergiß nicht, daß dich niemand so liebt wie ich.«

»Mein süßes Kind, ich liebe dich auch.«

»Warte, hier ist ein sauberes Taschentuch für dich.«

3

Betty und ich gingen über den Hof, der wie ein Marktplatz aussah. Hausierer riefen geräucherte Heringe aus, Heidelbeeren und Wassermelonen. Ein Bauer war mit Pferd und Wagen hereingefahren und verkaufte Hühner, Eier, Pilze, Zwiebeln, Karotten und Petersilie. In anderen Straßen war diese Art von Verkauf nicht zugelassen, aber die Krochmalna hatte ihre eigenen Gesetze. Eine alte Frau mit einem Sack über der Schulter stand bei dem Abfallkübel und stocherte mit einem Stock darin herum, nach Lumpen, die zur Papierherstellung, und Knochen, die in Zuckerfabriken verwendet wurden. Betty wollte meinen Arm nehmen, aber ich machte ein abwehrendes Zeichen, denn ich war sicher, daß Baschele und Schoscha uns vom Fenster aus beobachteten. Aus anderen Fenstern wurden wir ebenfalls beobachtet. Mädchen in losen Kleidern über prallen Brüsten schüttelten fadenscheinige Teppiche wie auch Federbetten, Kissen und schäbige Pelzmäntel aus, die man bei Winteranfang wieder tragen würde. Man hörte die Geräusche von Nähmaschinen, Schusterhämmern und das Hobeln und Sägen der Tischler. Aus dem chassidischen Lehrhaus kamen die Stimmen junger Männer, die den Talmud psalmodierten. In der jüdischen Grundschule sagten die kleinen Buben den Pentateuch auf. Jenseits des Tores nahm Betty meinen Arm und sagte: »Ich wußte die Hausnummer hier nicht, aber nachdem ich dich viele Male in der Lesznostraße angerufen hatte und das Mädchen immer sagte, du seist nicht da, war mir klar, daß du in deiner geliebten Krochmalna sein mußtest. In was für einen Sumpf bist du gefallen? Hier stinkt es ja! Bitte, verzeih mir, aber deine Schoscha ist doch ein völliger Idiot. Sie hat mich mindestens zehnmal aufgefordert, mich zu setzen. Ich sagte ihr, daß ich lieber stehe, aber sie bat mich wieder und wieder, mich zu setzen. Ich glaube wirklich, du bist meschugge.«

»Du hast recht. Du hast recht.«

»Das brauchst du mir nicht noch zu bestätigen. Du gehörst zu denen, die sich einfach fallen lassen. In Rußland nennt man sie ›brodiagi‹. Gorki hat über sie geschrieben. In New York gibt es eine Straße, die heißt die ›Bowery‹, dort kann man sie betrunken und halbnackt auf dem Bürgersteig liegen sehen. Einige darunter sind intelligent, haben eine höhere Bildung gehabt. Komm, laß uns schnell diese Kloake verlassen. Eins von diesen Bälgern hat schon versucht, mir meine Handtasche zu entreißen. Du hast noch nicht gefrühstückt und ich habe auch Hunger, nachdem ich so lange herumgelaufen bin, um dieses Haus zu finden. Das einzige, woran ich mich von meinem ersten Besuch hier erinnern kann, war der Graben im Hof. Aber der scheint wieder aufgefüllt worden zu sein. Wo gibt's hier eine Tasse Kaffee?«

»In Nr. 6 ist ein kleines Café, aber dort trifft sich die Unterwelt.«

»Ich bleibe nicht einen Augenblick länger in dieser Straße. Schnell, da kommt eine Droschke. He! Halt!«

Betty sprang hinein und ich folgte ihr. »Würdest du gern im Schriftsteller-Klub frühstücken?« fragte sie.

»Auf keinen Fall.«

»Hast du dort mit jemandem Streit gehabt? Man sagt, du kämst dort nicht mehr hin. Wie wär's mit dem Restaurant

Gertner, wo wir uns zum erstenmal getroffen haben? Mein Gott, das liegt schon so lang zurück.«

»Madame, wohin?« Der Kutscher drehte sich um.

Betty gab ihm die Adresse. »Tsutsik, warum versteckst du dich vor den Leuten? Ich habe deinen besten Freund, Dr. Feitelsohn, getroffen und er hat mir gesagt, daß du die Verbindung zu ihm und allen anderen abgebrochen hast. Ich kann noch verstehen, daß du mit mir nichts mehr zu tun haben willst, denn ich bin für das, was geschehen ist, verantwortlich, obwohl ich nur die besten Absichten hatte. Aber was soll das bedeuten, daß ein junger Schriftsteller sich in solchem Elend begräbt? Warum bleibst du nicht wenigstens in deinem Zimmer in der Lesznostraße – schließlich zahlst du dort Miete. Sam ist sehr aufgebracht über die Art, wie du von uns weggelaufen bist.«

»Ich habe gehört, er verhandelt mit irgendeinem Kitschier in New York wegen eines Stückes.«

»Daraus wird nichts werden. Ich werde bestimmt nicht in so einem Schund spielen. Ich habe dir bereits gesagt, es liegt alles an meinem Pech. Jeder, der sich mit mir einläßt, muß mein elendes Schicksal teilen. Aber ich habe dir gesagt, daß ich geschäftlich mit dir sprechen wollte, und das ist keine Lüge gewesen. Die Geschichte ist die. Sam geht es nicht gut, und ich fürchte, er ist kränker als ich angenommen habe. Er hat vor, nach Amerika zurückzukehren. Wir haben in den letzten Tagen eine Menge besprochen, viel davon galt dir. Jetzt, wo es keinen festen Termin mehr gibt, hatte ich Zeit und Seelenruhe, dein Stück nochmals zu lesen. Es ist nicht halb so schlecht, wie der barsche kleine Kritiker mit der Stahlbrille behauptet hat. Diese Unverschämtheit von einem Schreiberling, ein Stück zu verreißen, ehe es noch aufgeführt worden ist! Das kann auch nur bei den Jiddischisten passieren. So ein bösartiger Wurm. Irgendjemand hat mich ihm vorgestellt und ich habe ihm meine Meinung gesagt. Er fing an, sich zu entschuldigen und mir zu schmeicheln, sich zu drehen und winden. In Wirklichkeit ist es ein gutes literarisches Stück, meiner Ansicht nach. Die Schwierigkeit ist, daß du nichts von der Bühne verstehst. In Amerika gibt es Leute, die man Stück-Ärzte nennt. Die können selber nicht eine Zeile schreiben, aber sie wissen, wie man ein Stück zurechtbiegen muß, um es für die Bühne brauchbar zu machen. Ich will es kurz machen – wir möchten dein Stück kaufen und es in Amerika ausprobieren.«

»Kaufen? Mr. Dreiman hat mir bereits sieben- oder achthundert Dollar gegeben. Wenn er es will, so kann er es haben. Es tut mir furchtbar leid, daß ich ihm das Geld nicht zurückgeben kann, aber in jedem Fall kann er mit dem Stück machen, was er will.«

»Ja, ich sehe schon, du bist kein großer Geschäftsmann. Ich will dir etwas sagen. Er ist schwer reich. In Amerika geht es jetzt wirtschaftlich aufwärts, und ohne einen Finger zu rühren, macht er ein Vermögen. Wenn er dir etwas bezahlen will, so nimm das Geld. Er hat versprochen, mir eine große Erbschaft zu hinterlassen, aber nach dem Gesetz muß er einen Teil seines Vermögens seiner Xanthippe und vielleicht auch seinen Kindern geben, auch wenn sie ihn hassen und sich ihm widersetzen. Bei meinem Pech werde ich wahrscheinlich nichts bekommen. Wenn er bereit ist, dir etwas zu geben, so gibt es keinen Grund für dich, es nicht anzunehmen. Wenn du da bleibst, wo du jetzt bist, wirst du nicht mehr schreiben können. Ich habe in deine Kammer dort hineingeschaut. Das ist ein Loch, kein Zimmer. Da kannst du ersticken. Was soll das? Selbst wenn du Selbstmord begehen willst, so ein Tod ist zu scheußlich. Wir sind da.«

Betty war dabei, ihre Handtasche zu öffnen, aber ich hatte das Fahrgeld schon in der Hand und gab es dem Kutscher.

Betty warf mir einen bösen Blick zu. »Was ist los mit dir? Willst du Sam Dreiman finanzieren?«

»Ich will nicht noch mehr von ihm annehmen.«

»Schon gut, jeder ist auf seine Weise verrückt. Ganze Schwärme von Schnorrern laufen ihm nach, und du versuchst, ihn zu unterstützen. Komm, du verrückter Kerl. Ich bin ewig nicht hier gewesen. Ich hatte sogar befürchtet, sie könnten so früh nicht offen sein. In New York gibt es Restaurants, die erst mittags aufmachen. Jetzt darfst du mir einen Kuß geben. Wir sind doch alte Freunde.«

4

Der Oberkellner eilte uns entgegen und führte uns zu dem Tisch in der Nische, an dem Sam und Betty immer saßen, wenn sie herkamen. Er sagte, wie er es bedauere, sie und Sam so lange nicht gesehen zu haben. Obwohl es noch früh war, waren schon einige Tische besetzt, und die Leute aßen Fisch und Fleisch und tranken Bier. Betty bestellte für sich Kaffee und Kuchen und für mich Semmeln und Eier und Kaffee. Der Kellner sah uns vorwurfsvoll an, weil wir ein spätes Frühstück statt eines frühen Mittagessens bestellten. Von den anderen Tischen starrte man uns neugierig an. Betty sah viel zu elegant aus für mich. Sie sagte: »Wie lange ist es her, seit wir uns zuletzt gesehen haben? Mir kommt es wie eine Ewigkeit vor. Sam möchte, daß ich mit ihm nach Amerika zurückkehre, aber trotz all meiner Enttäuschungen habe ich mich in Warschau verliebt. Was soll ich in Amerika tun? In New York erfährt man alles, was irgendwo geschieht. Im Schauspielerverband hat man bestimmt schon von meiner Niederlage erfahren und meine Aktien sind sicher gefallen. Die sitzen dort im Café Royal und machen Berge aus Maulwurfshügeln. Was bleibt ihnen denn außer dem Klatsch? Einige von ihnen haben in guten Zeiten etwas gespart. Die nichts haben, bekommen vom Staat Unterstützung. Während der Sommermonate spielen sie ein paar Wochen in den Hotels in den Catskill Mountains. Amerika ist ein Land geworden, in dem man nicht arbeiten muß, wenn man nicht will. Sie trinken Kaffee und quasseln. Sie spielen Karten. Ohne Karten und Klatsch würden sie vor Langeweile umkommen. Ich habe das Pech, die verschiedenen Zeichen nicht zu kennen. Sam hat versucht, sie mir beizubringen, aber ich habe nicht einmal die Namen der Karten lernen können. Ein hartnäckiger Instinkt in mir weigert sich, das zu lernen. Tsutsik, mit mir ist es aus. Dies hier war mein letztes Spiel. Mir bleibt nichts anderes übrig, als Selbstmord zu begehen.«

»Auch du?«

»Wer noch? Willst du deshalb Schoscha heiraten – um aus ihr eine Witwe zu machen?«

»Ich werde sie mitnehmen.«

»Also, du bist wirklich frisch, gesund und meschugge, wie man sagt. Was mich angeht, ich habe Jahr für Jahr für Jahr versucht, Theater zu spielen, und es ist immer schiefgegangen. Außerdem bin ich älter als du. Aber warum bist du so verzweifelt? Du bist ein Schriftsteller, der Geschichten schreibt, du bist kein Dramatiker. Was das Theater angeht, so bist du noch ein Anfänger – mit Talent, glaube ich. Oh, hier kommt mein Kuchen und deine Eier. Ich habe mich oft gefragt, warum die zum elektrischen Stuhl Verurteilten sich noch die Mühe machen, sich ein gutes Essen auszusuchen. Sie verlangen ein nicht durchgebratenes Steak und eine schmackhafte Nachspeise. Warum ist es einem Menschen nicht ganz gleichgültig, was er ißt, wenn er in einer Stunde tot sein wird? Offenbar haben Leben und Tod nichts Gemeinsames. Du kannst dich entscheiden, morgen zu sterben, aber heute möchtest du doch noch mit Vergnügen essen und in einem warmen Bett schlafen. Was hast du wirklich vor?«

»Mit diesem ganzen elenden Dreck Schluß zu machen.«

»Mein Gott, als ich auf dem Schiff nach Europa fuhr, wäre mir nie eingefallen, daß ich irgendjemanden durch meinen närrischen Ehrgeiz in einen solchen Zustand treiben könnte.«

»Betty, es ist nicht deine Schuld.«

»Wessen Schuld denn?«

»Oh, es kommt alles zusammen. Die Juden in Polen sind in eine Falle geraten. Als ich das im Schriftsteller-Klub sagte, griff man mich an. Sie überlassen sich einem dummen Optimismus, aber ich bin überzeugt davon, daß wir alle umkommen werden. Die Polen wollen uns loswerden. Sie betrachten uns als Volk innerhalb eines Volkes, einen fremden und bösartigen Körper. Sie haben nicht den Mut, uns selbst umzubringen, aber sie werden keine Träne vergießen, wenn Hitler es für sie tut. Stalin wird uns ganz sicher nicht verteidigen. Seit es eine trotzkistische Opposition gibt, sind die Kommunisten unsere schlimmsten Feinde geworden. Man beschimpft Trotzki in Rußland als Judas. Tatsache ist, daß fast alle Trotzkisten Juden sind. Gibt man dem Juden eine Revolution, verlangt er noch eine – eine permanente. Gibt man ihm einen Messias, verlangt er noch einen anderen. Was Palästina angeht, so will die Welt nicht, daß wir einen eigenen Staat bekommen. Die bittere Wahrheit ist, viele der heutigen Juden wollen gar nicht mehr Juden sein. Aber für die völlige Assimilation ist es zu spät. Wer immer diesen kommenden Krieg gewinnt, wird uns vernichten.«

»Vielleicht werden die Demokratien gewinnen.«

»Die Demokratien sind dabei, Selbstmord zu verüben.«

»Schon gut, laß deinen Kaffee nicht kalt werden. Wenn du nicht beschlossen hättest, dich mit dieser verrückten Schoscha zu belasten, könntest du leicht nach Amerika gehen. Dort kann sich ein Jude immer noch durchbringen. Ich kann dorthin zurückgehen, aber schon der Gedanke daran läßt mich schaudern. Sam kann keinen Abend zu Hause bleiben. Er muß immer irgendwohin gehen – meistens ins Café Royal. Dort trifft er die Schriftsteller, die er unterstützt, und die Schauspielerinnen, mit denen er mal was gehabt hat. Das ist der einzige Ort, wo er etwas gilt. Es ist komisch, aber es gibt nur diesen einen kleinen Ort in der ganzen Welt – ein drittklassiges Restaurant –, wo er sich wohl fühlt. Dort ißt er die Blintzen, die der Arzt ihm verboten hat. Füllt sich den Bauch jeden Tag mit zwanzig Tassen Kaffee. Raucht Zigarren, von denen er weiß, daß sie Gift für ihn sind. Er verlangt von mir, daß ich mit ihm dorthin gehe, aber für mich ist das ein Schlangennest. Sie haben mich dort immer gehaßt, aber seit ich mit Sam zusammen bin, würden sie mich am liebsten lebend verschlingen. Das jiddische Theater, wohin er mit mir mindestens zweimal in der Woche geht, ist an seinem Tiefpunkt angelangt. Es bereitet mir körperliches Unbehagen, dort mit ihm zu sitzen und den abgestandenen Witzen zuzuhören und die sechzigjährigen Weiber zu sehen, die sich wie achtzehnjährige Mädchen benehmen. Die traurige Wahrheit ist, daß es für mich auf der ganzen Welt keinen Platz gibt, wo ich mich zu Hause fühle.«

»Ja, in der Beziehung geben wir ein gutes Paar ab.«

»Wir hätten wirklich eins sein können, aber du wolltest ja nicht. Was redest du nur mit der Schoscha den ganzen Tag?«

»Ich rede nicht viel.«

»Was treibst du da eigentlich, ist das eine Art Masochismus?«

»Nein, Betty, ich liebe sie wirklich.«

»Es gibt Sachen, die muß man gesehen haben, um sie zu glauben. Vorstellen kann man sie sich nicht: dich und Schoscha, mich und Sam Dreiman. Der fühlt sich wenigstens bei seinen Spezis wohl. Tsutsik, schau, wer da kommt!«

Ich blickte auf und sah Feitelsohn. Er stand ein paar Schritte von unserem Tisch entfernt, mit einer Zigarre im Mund, den Panamahut nach hinten geschoben und mit einem Stock, den er über die Schulter gehakt hielt. Ich hatte ihn noch nie mit einem Stock gesehen. Er sah älter und verändert aus. Ich erkannte sein vertrautes verschmitztes Lächeln, aber mir schien, daß seine Backen eingefallen waren, als ob er keine Zähne mehr hätte. Mit kleinen Schritten kam er auf unseren Tisch zu. »So steht es also«, sagte er mit gedämpfter Stimme und nahm dann seine Zigarre aus dem Mund. »Wirklich, Tsutsik, ich fange an, an Ihre verborgenen Kräfte zu glauben.« Er legte die Zigarre in den Aschenbecher auf unserem Tisch. »Ich ging vorbei und da fiel mir ein: ›Vielleicht ist Tsutsik hier.‹ Guten Morgen, Miss Slonim. Ich bin so durcheinander, daß ich Sie gar nicht begrüßt habe. Wie geht es Ihnen? Es ist schön, Sie wieder einmal zu sehen. Was wollte ich doch sagen? Ja, Tsutsik. Ich sagte mir: ›Was sollte er denn hier so früh am Tage tun? Er kommt doch nur mit Sam Dreiman hierher und sicher nicht so früh.‹ Ich wollte schon weitergehen, aber komischerweise trugen mich meine Füße ganz von selbst hierher. Sie sollten sich schämen, Tsutsik, warum halten Sie sich von Ihren Freunden fern? Wir haben Sie alle gesucht – Chaiml, Celia und ich. Ich habe Sie vielleicht zwanzigmal angerufen, aber das Mädchen gab immer die gleiche Antwort: ›Er ist nicht da.‹ Was ist los? Haben Sie bessere Freunde in Warschau gefunden?«

»Dr. Feitelsohn, setzen Sie sich zu uns«, sagte Betty. »Warum bleiben Sie stehen?«

»Da Sie beide sich da in einer Ecke versteckt haben, dachte ich, Sie hätten Geheimnisse. Aber begrüßen darf ich Sie wohl.«

»Wir haben keine Geheimnisse. Wir haben über Geschäftliches geredet, und damit sind wir fertig. Setzen Sie sich.«

»Ich weiß wirklich nicht, was ich sagen soll«, stammelte ich.

»Wenn Sie es nicht wissen, sagen Sie es nicht. Ich werde es für Sie tun. Sie haben sich wie ein kleiner Junge verhalten und Sie werden zeit Ihres Lebens einer bleiben. Sehen Sie sich nur an«, sagte Feitelsohn.

»Wo haben Sie denn plötzlich einen Stock her?« fragte ich, um das Thema zu wechseln.

»Ach, den habe ich gestohlen. Einer meiner amerikanischen Freunde hat ihn dagelassen. Seit einiger Zeit machen meine Füße solchen Unfug. Ich gehe auf einer ebenen Straße und plötzlich fangen meine Füße an, von selbst zu rennen, als ob ich Schlittschuh liefe oder bergab ginge. Was kann das für eine Krankheit sein? Ich werde unseren literarischen Arzt Dr. Lipkin befragen müssen, der von der Medizin ungefähr so viel versteht wie von der Literatur. In der Zwischenzeit habe ich gefunden, daß mir ein Stock nichts schaden kann. Tsutsik, Sie sehen blaß aus. Was ist los? Sind Sie krank?«

»Er ist vollkommen gesund und meschugge«, sagte Betty. »Ein ganz erstklassiger Verrückter.«

5

Feitelsohn versicherte uns, daß er gefrühstückt habe, aber als Betty Semmeln, ein Omelette und Kaffee für ihn bestellte, lächelte er und sagte: »Wer ein paar Jahre in Amerika gelebt hat, wird Amerikaner. Was würde die Welt ohne Amerika tun? Als ich dort lebte, beschwerte ich mich ständig über Onkel Sam – redete nur von den dortigen Mißständen. Aber jetzt, wo ich wieder hier bin, fehlt mir Amerika. Wenn ich wollte, könnte ich auf ein Touristenvisum hinfahren. Vielleicht könnte ich sogar als Professor ein Visum bekommen. Aber weder in New York noch in Boston würde mir eine Universität einen festen Job geben. Und in irgendeinem dieser kleinen Colleges irgendwo im Mittelwesten zu lehren, da würde ich vor Langeweile umkommen. Ich kann nicht den ganzen Tag wie ein Bücherwurm sitzen und lesen. Die dortigen Studenten sind kindlicher als bei uns die Chederschüler. Die reden nur über Fußball, und die Professoren sind auch nicht viel klüger. Amerika ist ein Land von Kindern. In New York sind sie ein bißchen erwachsener, aber auch nicht viel. Einmal hat mich ein Freund auf ein Fährboot nach Coney Island gesetzt. Tsutsik, das müßten Sie sehen. Das ist eine Stadt, in der alles auf Spiel ausgerichtet ist – man kann auf Blechenten schießen, ein Museum besuchen, wo ein Mädchen mit zwei Köpfen zu sehen ist, man kann sich von einem Astrologen sein Horoskop stellen lassen und sich von einem Medium die Seele seines Großvaters aus dem Jenseits rufen lassen. Vulgaritäten gibt es überall, aber die Vulgarität von Coney Island ist von besonderer Art – freundlich, von einer gewissen Toleranz, die bedeutet: ›Ich spiel mein Spiel, spiel du das deine.‹ Als ich dort herumspazierte und dabei einen ›hot dog‹ aß – so nennt man dort ein Würstchen – glaubte ich plötzlich die Zukunft der Menschheit zu erblicken. Man könnte sogar sagen, die Zeit des Erscheinens des Messias. Eines Tages werden alle Leute entdecken, daß es keine einzige Idee gibt, die man wirklich als die Wahrheit bezeichnen könnte – daß alles nur ein Spiel ist – Nationalismus, Internationalismus, Religion, Atheismus, Spiritualismus, Materialismus und sogar der Selbstmord. Sie wissen ja, Tsutsik, daß ich ein großer Bewunderer von David Hume bin. In meinen Augen ist er der einzige Philosoph, der nicht überholt ist – er ist heute noch so frisch und klar wie zu seinen Lebzeiten. Coney Island paßt in David Humes philosophisches System. Da wir uns auf nichts verlassen können, nicht einmal darauf, daß morgen die Sonne aufgehen wird, ist das Spiel die eigentliche Essenz menschlicher Bemühung, vielleicht sogar das Ding-an-sich. Gott ist ein Spieler, der Kosmos ein Spielplatz. Jahrelang habe ich nach der Basis der Ethik gesucht und hatte schon alle Hoffnung aufgegeben. Plötzlich wurde mir klar: Die Basis der Ethik ist das Recht des Menschen, die Spiele seiner Wahl zu spielen. Ich werde nicht auf deinen Spielsachen herumtrampeln, und du nicht auf meinen. Ich werde dein Idol nicht anspucken, und du nicht das meine. Es gibt keinen Grund, warum Hedonismus, die Kabbala, Polygamie, Askese, sogar die von unserem Freund Chaiml betriebene Mischung von Erotik und Chassidismus, nicht nebeneinander in einer Spiel-Stadt oder Spiel-Welt bestehen könnten, in einer Art von universalem Coney Island, wo jeder nach seinen oder ihren Wünschen spielen könnte. Ich bin ganz sicher, Miss Slonim, Sie haben Coney Island mehr als einmal besucht.«

»Ja, aber ich habe nie Ihre philosophischen Schlußfolgerungen daraus gezogen. Übrigens, wer ist denn David Hume? Ich habe noch nie von ihm gehört.«

»David Hume war ein englischer Philosoph und ein Freund von Jean Jacques Rousseau, ehe der ein widerlicher Schnorrer wurde.«

»Hier ist Ihr Omelette, Dr. Feitelsohn«, sagte Betty. »Von Jean Jacques Rousseau habe ich schon gehört. Ich habe sogar seine ›Confessions‹ gelesen.«

»Auch David Hume liest sich leicht. Ein Kind kann ihn verstehen. Tsutsik, ich bin sicher, Sie wissen, daß 7+5 = 12 als analytischer Satz angesehen wurde, nicht als a priori synthetischer. Hume hatte recht, nicht Kant. Aber Sie haben mir immer noch nicht erklärt, was mit Ihnen geschehen ist. Sie sind wie ein Wunschring verschwunden. Ich dachte schon, Sie seien nach Jerusalem gegangen, säßen in einer Höhle und versuchten, die Erlösung herbeizuführen.«

»Dr. Feitelsohn, seine Höhle ist in der Krochmalna.« Betty wandte sich an mich. »Darf ich ihm die Wahrheit sagen?«

»Wenn du willst. Mir ist alles egal.«

»Dr. Feitelsohn, Ihr Tsutsik hat seine zukünftige Frau in der Krochmalna gefunden.«

Feitelsohn legte seine Gabel hin. »So ist das also? Nach dem zu urteilen, wie Sie diesen wahnsinnigen Otto Weininger in den Himmel zu heben pflegten, hätte ich geglaubt, Sie würden Junggeselle bleiben.«

Ich wollte ihm antworten, aber Betty kam mir zuvor. »Er hätte Junggeselle bleiben können, aber er hat einen solchen Schatz gefunden – ihr Name ist Schoscha –, daß er all seine Prinzipien und Überzeugungen über den Haufen geworfen hat.«

»Sie macht sich über mich lustig«, gelang es mir einzuwerfen.

»Was? Man kann der weiblichen Spezies nicht entgehen. Früher oder später gerät man in ihre Netze. Celia hat Sie verzweifelt gesucht. Schoscha? Ein Mädchen von heute mit so einem altmodischen Namen? Was ist sie, eine eifernde Jiddischistin?«

Wieder versuchte ich zu antworten und wieder kam mir Betty zuvor: »Es ist sehr schwer zu sagen, was sie eigentlich ist, aber wenn so ein Frauenkenner wie Ihr Tsutsik sich entschließt, zu heiraten, dann weiß man, daß sie etwas ganz Besonderes sein muß. Wäre Ihr David Hume ihr begegnet, hätte er sich von seiner Frau scheiden lassen und hätte Schoscha nach Coney Island entführt.«

»Ich glaube, David Hume war nicht verheiratet«, sagte Feitelsohn nach einigem Zögern. »Aber Masel tow, Tsutsik, viel Glück!«

Erst jetzt ließ mich Betty zu Worte kommen. »Sie macht sich über mich lustig«, sagte ich. »Ich kenne Schoscha seit meiner Kinderzeit. Ehe ich in den Cheder ging, haben wir immer zusammen gespielt. Wir waren Nachbarn in der Krochmalna Nr. 10. Später ging ich fort und viele Jahre . . .«

Feitelsohn nahm seine Gabel wieder in die Hand. »Was immer los gewesen sein mag, man läuft nicht einfach von seinen Freunden weg. Wenn Sie heiraten, werden Sie es nicht geheimhalten können. Wenn Sie sie lieben, so wollen wir sie kennenlernen und als eine von uns betrachten. Darf ich Celia anrufen und ihr die gute Nachricht überbringen?«

Ich merkte, daß Betty drauf und dran war, von neuem zu witzeln, und sagte zu ihr: »Tu mir den Gefallen, Betty, und sprich nicht in meinem Namen. Und bitte, sei nicht so sarkastisch. Dr. Feitelsohn, es ist keine wirklich gute Nachricht und ich möchte nicht, daß Celia etwas davon erfährt. Noch nicht. Schoscha ist ein armes Mädchen ohne jede Bildung. Ich habe sie als Kind geliebt und habe sie nie vergessen können. Ich war überzeugt, sie sei gestorben, aber ich habe sie gefunden – dank Betty, um die Wahrheit zu sagen.«

»Ich war nicht sarkastisch. Ich habe es ernst gemeint«, versuchte Betty sich zu verteidigen.

»Warum darf Celia nicht die Wahrheit erfahren?« fragte Feitelsohn. »Wann immer ich vom Leben den Status quo erwarte, taucht etwas ganz Unerwartetes auf. Die Weltgeschichte ist aus dem gleichen Teig gemacht wie Semmeln. Hauptsache, sie sind frisch. Darum werden Demokratie und Kapitalismus untergehen. Sie sind altbacken geworden. Deshalb war ja die Götzenanbetung so aufregend. Man konnte jedes Jahr einen neuen Götzen kaufen. Wir Juden haben die Völker mit einem ewigen Gott belastet, und darum hassen sie uns. Gibbon hat sich große Mühe gegeben, die Gründe für den Untergang des Römischen Reiches zu finden. Es ging nur deshalb unter, weil es alt geworden war. Wie ich höre, zeigt auch der Himmel eine Leidenschaft für das Neue. Ein Stern wird es müde, ein Stern zu sein, und er explodiert und wird eine Nova. Die Milchstraße wurde ihrer sauren Milch überdrüssig und rannte davon, der Teufel weiß, wohin. Hat sie einen Job? Ich meine Ihre Braut, nicht die Milchstraße.«

»Sie hat keinen Job und sie kann auch keinen haben«, sagte ich.

»Ist sie krank?«

»Ja, sie ist krank.«

»Wenn der Körper der Gesundheit überdrüssig wird, erkrankt er. Wenn er lebensüberdrüssig wird, dann stirbt er. Wenn er vom Totsein genug hat, wird er als Frosch oder als Windmühle wiedergeboren. Der Kaffee hier ist der beste in ganz Warschau. Darf ich noch ein Glas bestellen, Miss Slonim?«

»Zehn Glas, aber bitte nennen Sie mich nicht Miss Slonim, ich heiße Betty.«

»Ich trinke zuviel Kaffee und ich rauche zu viele Zigarren. Wie ist es möglich, daß man Kaffee und Tabak nie überbekommt? Das ist wirklich ein Rätsel.«

Zweiter Teil

Achtes Kapitel

1

Zwei Tage vor dem Anbruch des Jom Kippur-Festes kaufte Baschele zwei Hühner, eines für sich und das andere für Schoscha, um damit die rituelle Vorschrift zu erfüllen. Für mich wollte sie einen Hahn kaufen, aber ich weigerte mich, einen Hahn für meine Sünden sterben zu lassen. Gewisse Schriftsteller hatten sich in den jiddischen Zeitungen gegen diesen Ritus gewandt und ihn Götzendienst genannt. Die Zionisten schlugen vor, statt der Hühner Geld zu opfern, das an den Jüdischen Nationalfonds für Palästina gehen sollte. Dennoch hörte man aus allen Wohnungen in der Krochmalna das Glucken der Hennen und das Krähen der Hähne. Als Baschele zu Janaschs Basar gegangen war, um die Hühner schächten zu lassen, kam sie erst nach zwei Stunden zurück. Das Gedränge war so groß gewesen, daß sie gar nicht zu den Schächtern vordringen konnte. Gegen Abend leerte sich die Straße sogar von den Taschendieben. Die Spelunke in Nr. 6 war geschlossen. In den Bordellen brannten Kerzen, und Kunden wurden nicht eingelassen. Selbst die Kommunisten hatten sich irgendwo versteckt. Baschele hatte einen Sitzplatz für die Synagoge gekauft. Gegen Abend zündete sie eine große Kerze in einem mit Sand gefüllten Topf an – eine ›Seelenkerze‹ – und zog ihr seidenes Festtagskleid an, das noch aus der Zeit stammte, als wir in Nr. 6 gewohnt hatten. Aus einer Kommode holte sie zwei Gebetbücher hervor, die sie zu ihrer Hochzeit bekommen hatte, und ging in den Gottesdienst. Bevor sie ging, segnete sie Schoscha und mich. Sie legte ihre Hände auf meinen Kopf und murmelte den Segen, als sei ich ihr Sohn. »Gott mache dich wie Ephraim und Manasse.«

Ich blieb eine Weile bei Schoscha. Ich versuchte, sie zu küssen, und sie verwies es mir, da es verboten sei. Sie hatte ihrer Mutter den ganzen Tag bei der Vorbereitung des Feiertagessens geholfen und sie gähnte und schlief sogar ein. Sie sah blaß aus. Wieder und wieder bat sie mich, ihr einige der Gebete aus dem Gebetbuch ihrer Großmutter, dessen Seiten vergilbt waren und Wachs- und Tränenspuren aufwiesen, vorzulesen, aber ich weigerte mich. Nach einiger Zeit wünschte ich ihr einen guten Feiertag und ging. Dr. Feitelsohn hatte mich eingeladen, den Abend mit ihm zu verbringen.

Stille hatte sich über die Straßen des jüdischen Viertels gelegt. Die Straßenbahnen fuhren leer, und die Geschäfte waren geschlossen. Über mir flackerten die Sterne wie die Flammen der Gedächtniskerzen. Selbst das Gefängnis in der Dlugastraße, das ›Arsenal‹, schien in ehrerbietige Traurigkeit gehüllt mit seinem trüben Schimmer hinter vergitterten Fenstern. Mir kam es vor, als ob die Nacht selbst sich Rechenschaft über ihre Aufgabe ablegte. Feitelsohns Wohnung war in einem Haus in der Nähe der Fretastraße. Er hatte mir gesagt, daß es dort außer ihm keine jüdischen Mieter gebe. Manchmal glaubte ich, daß es auch keine christlichen dort gab. Die Fenster nach der Straße zu waren abends nie erleuchtet, und es gab auch kein Licht am Eingang. Ich stieg die vier Steintreppen zu seiner Wohnung hinauf, und hinter keiner der Türen war irgendein Geräusch zu hören. Ich spielte oft mit dem Gedanken, daß dies ein Geisterhaus sei.

Ich klopfte und Feitelsohn öffnete. Die Wohnung bestand aus einem riesigen, fast leeren Raum mit grauen Wänden und einer hohen Decke, von der eine einzige Birne hing. Eine Tür führte in eine winzige Küche. Es war seltsam, dieser gelehrte Mann besaß kaum ein Buch, außer einem alten deutschen Konversationslexikon. Er besaß auch keinen Schreibtisch. Er schlief nicht in einem Bett, sondern auf dem Sofa, das mit einer schwarzen Decke zugedeckt war. Jetzt saß Mark Elbinger auf dem Sofa – aufrecht, gespannt.

Offenbar hatte ich eine Diskussion zwischen ihnen unterbrochen, denn nach einer langen Pause sagte Feitelsohn: »Mark, von allen Irrtümern, die Juden begangen haben, war unser größter der, daß wir uns – und später auch anderen Völkern – vorgemacht haben, daß Gott barmherzig sei, seine Geschöpfe liebe, Bösewichte hasse und so weiter und so weiter; all das, was uns unsere Heiligen und Propheten gepredigt haben, angefangen von Moses bis herunter zu Chafetz Chaim. Die alten Griechen haben sich nie dieser Illusion hingegeben, und das war ihre Größe. Während die Juden andere Völker der Götzenanbetung beschuldigt haben, haben sie selbst einem Götzen der Gerechtigkeit gedient. Das Christentum ist das Ergebnis dieses Wunschdenkens. Hitler, so barbarisch er ist, versucht jetzt die Welt von dieser Selbsttäuschung zu enthypnotisieren – ach, schon wieder das Telefon! Am Jom Kippur!«

Ich hatte keine Lust, mich auf ein Streitgespräch einzulassen, und ging zum Fenster hinüber. Auf der rechten Seite konnte ich die Weichsel sehen. Ein Dreiviertelmond warf silberne Netze auf die dunkle Wasserfläche. Elbinger tauchte neben mir auf. Er murmelte: »Ein seltsamer Mensch, unser Feitelsohn.«

»Was geht in ihm vor?«

»Ich kenne ihn über dreißig Jahre und ich habe noch immer keine Ahnung, wie er ist. All seine Worte haben nur ein Ziel – zuzudecken, was er wirklich denkt.«

»Und was denkt er wirklich?«

»Düstere Gedanken. Er ist von allem enttäuscht, aber am meisten von sich selbst. Sein Vater war ein Asket. Es ist möglich, daß er noch irgendwo lebt. Morris hat eine Tochter, die er zuletzt als Wickelkind gesehen hat. Ich habe zwei Frauen gekannt, die seinetwegen Selbstmord verübt haben. Die eine war eine Deutsche in Berlin und die andere die Tochter eines Missionars in London . . .«

Feitelsohn grunzte und legte den Hörer auf. »Meiner Ansicht nach ist nicht Sex die stärkste Leidenschaft der Frauen, sondern Schnattern«, sagte er.

»Was wollte sie denn?« fragte Elbinger.

»Das sollten Sie wissen, Sie sind doch der Gedankenleser.«

Die Unterhaltung wendete sich dem Übersinnlichen zu, und Feitelsohn sagte: »Es gibt unbekannte Kräfte, ja, es gibt sie, aber sie sind alle Teile des Mysteriums Natur. Was Natur ist, weiß niemand, und ich vermute, daß sie es selbst nicht weiß. Ich kann mir gut vorstellen, wie der Allmächtige auf Seinem Thron der Herrlichkeit im Siebenten Himmel sitzt, Metatron zu Seiner Rechten, Sandalphon zu Seiner Linken, und sie fragt: ›Wer bin Ich? Wie bin Ich zustandegekommen? Habe Ich Mich selbst erschaffen? Wer hat Mir diese Macht gegeben? Schließlich und endlich, es kann doch nicht sein, daß es Mich schon immer gegeben hat. Ich kann Mich nur an die letzten hundert Trillionen Jahre erinnern. Weiter zurück liegt alles im Dunst. Nun, wie lange kann das noch dauern?‹ Warten Sie, Mark, ich hole Ihnen Ihren Kognak. Was zum knabbern? Ich habe noch Kekse, die sind so alt wie Methusalem.«

Feitelsohn ging in die Küche. Nach langer Zeit kam er wieder mit einem Teller, auf dem zwei Glas Kognak standen, und mit ein paar Keksen. Ich hatte ihm gesagt, daß ich fastete, nicht weil ich glaubte, daß dies Gottes Wille sei, sondern um auf diese Weise ein Teil meiner Familie und aller anderen Juden zu bleiben.

Feitelsohn stieß mit Elbinger an. »Zum Wohle! Wir Juden wünschen uns gegenseitig immer das ewige Leben, oder zumindest die Unsterblichkeit der Seele. In Wirklichkeit wäre das ewige Leben ein großes Unglück. Stellen Sie sich nur irgendeinen kleinen Ladenbesitzer vor, der gestorben ist, und dessen Seele Millionen Jahre lang umherfliegt und sich daran erinnert, daß sie einmal Zichorie, Hefe und Bohnen verkauft hat, und ein Kunde ihr achtzehn Groschen schuldig geblieben ist. Oder die Seele eines Schriftstellers, die sich nach zehn Millionen Jahren noch über eine schlechte Kritik ärgert.«

»Die Seelen bleiben ja nicht immer gleich. Sie wachsen«, sagte Elbinger.

»Wenn sie die Vergangenheit vergessen, sind sie nicht länger die gleichen. Erinnerten sie sich aber all der Kleinlichkeiten des Lebens, dann könnten sie nicht wachsen. Ich habe keinen Zweifel daran, daß Seele und Körper zwei Seiten der gleichen Münze sind. In dieser Hinsicht war Spinoza mutiger als Kant. Kants Seele ist nichts anderes als eine falsche Zahl in einem falschen Buchhaltungssystem. Zum Wohle! Setzen wir uns.«

Die Unterhaltung drehte sich immer wieder um die verborgenen Kräfte, und Elbinger sagte: »Ja, es gibt sie, aber ich weiß nicht, was sie darstellen. Meine eigenen Erfahrungen mit ihnen reichen in meine Kindheit zurück. Wir lebten damals in einem so kleinen Ort, daß ich ihn nie auf der Karte finden konnte, in Sencymin. Es war tatsächlich nur ein Weiler, in dem sich zwei oder drei Dutzend jüdische Familien niedergelassen hatten. Mein Vater, ein Religionslehrer, war arm. Wir bewohnten zwei Zimmer – von denen das eine als Cheder benutzt wurde; das zweite war Küche, Schlafzimmer und alles andere zugleich. Ich hatte eine ältere Schwester, Zipa, und einen älteren Bruder Jankel. Ich war nach einem Großvater Moische Mottel genannt worden, wurde aber Mottele gerufen, woraus später Mark wurde. Ich kann mich an Ereignisse meines Lebens erinnern, die bis in mein zweites Jahr zurückreichen. Mein Bett war im Schulzimmer aufgestellt, wo tagsüber die Kinder lernten. Die beiden Fenster dort hatten Läden und diese müssen nach Osten gegangen sein, denn die Sonne schien am Morgen herein. Wovon ich jetzt spreche hat keinen Zusammenhang mit dem sogenannten Okkultismus, wohl aber mit dem Gefühl, daß alles voller Geheimnis ist. Ich erinnere mich daran, daß ich einmal sehr früh erwachte – meine Eltern, mein Bruder und meine Schwester schliefen noch. Die aufgehende Sonne schien durch die Ritzen der Fensterläden, und von den Sonnenstrahlen stiegen Staubsäulen auf. Ich erinnere mich an diesen Morgen mit erstaunlicher Klarheit. Zweifellos war ich damals zu klein, um Gedanken in Worten ausdrücken zu können, aber ich fragte mich: ›Was ist all dies? Woher kommt es?‹ Andere Kinder erleben wahrscheinlich Ähnliches, aber an jenem Morgen war dieses Gefühl besonders stark in mir, und instinktiv wußte ich, daß ich darüber keine Fragen stellen konnte, und meine Eltern keine Antwort gewußt hätten. Unsere Zimmerdecke hatte Balken, und ein Netz aus Sonne und Schatten glitt darüber hin. Ich spürte, daß ich und was ich sah – die Wände, der Fußboden, das Kissen, auf dem mein Kopf lag – eins waren. In späteren Jahren habe ich über kosmisches Bewußtsein, Monismus und Pantheismus gelesen, aber nie wieder habe ich es so stark erlebt. Darüber hinaus bereitete mir dies Erlebnis ein seltenes Vergnügen. Ich war mit der Ewigkeit verschmolzen und genoß es. Manchmal denke ich, es glich etwa dem Zustand des Übergangs vom Leben zu dem, was wir den Tod nennen. Vielleicht erlebt man Ähnliches in diesen letzten Augenblicken, oder unmittelbar danach. Ich sage das, weil ich so viele tote Menschen gesehen habe, und alle hatten den gleichen Gesichtsausdruck: ›Aha, so ist das also! Wenn ich das nur gewußt hätte! Ein Jammer, daß ich es den anderen nicht sagen kann!‹ Selbst ein toter Vogel oder eine tote Maus trägt diesen Ausdruck, obwohl nicht so deutlich wie der Mensch.

Meine ersten übersinnlichen Erfahrungen – wenn man sie so nennen kann – waren traumartig, vielleicht erlebte ich sie aber auch im Wachen, obwohl ich so fest davon überzeugt bin, daß es keine Träume waren, wie ich weiß, daß unser Zusammensitzen hier kein Traum ist. Ich erinnere mich, daß ich eines Nachts das Haus verließ. Unser Haus, wie alle anderen jüdischen Häuser, lag an einem sandigen Platz, der der Markt hieß. Dort waren die Läden, das Bethaus und das Badhaus, wie auch die Schenke. Ich könnte nicht sagen, wie spät es gewesen ist, aber der Marktplatz war verlassen, die Läden geschlossen und die Fensterläden fest zu. Es gelang mir, aus dem Bett zu schlüpfen und die Tür zu öffnen. Es war eine helle Nacht – wenn auch nicht vom Mond, so vielleicht von den Sternen.

Unserem Haus gegenüber stand ein anderes. Die Bauernhütten hatten Strohdächer, die Häuser der Juden schiefe Schindeldächer. Ich muß nicht erst erwähnen, daß die Häuser niedrig waren. Kaum war ich aus dem Haus getreten, sah ich gegenüber auf dem Dach etwas sitzen. Ich bildete mir ein, daß es ein Mann war, aber doch wieder anders. Er hatte nämlich weder Arme noch Beine. Außerdem stand er nicht auf dem Dach, saß auch nicht – sondern schwebte darüber. Er sprach nicht zu mir, aber ich begriff, daß ich zu ihm hinaufkommen sollte, und ich wußte, daß dies hieße, den gleichen Weg zu gehen wie mein toter Bruder und meine tote Schwester. Trotzdem empfand ich ein ganz starkes Verlangen, zu ihm zu gehen. Ich stand da und starrte ihn an, verängstigt und meinen Augen nicht trauend.

Plötzlich wurde mir bewußt, daß der Mann oder das Ungeheuer mich beschimpfte – noch immer schweigend – und einen Spaten gegen mich schwang. Der Spaten war aber gar kein Spaten, sondern etwas, das aus seinem Körper kam. Es war wie eine Zunge, aber so lang und breit, daß sie nicht aus dem Mund kommen konnte. Sie kam mir so nahe, daß ich wußte, sie würde mich jeden Augenblick ergreifen. Eine entsetzliche Angst überwältigte mich, und ich lief schreiend ins Haus zurück. Der ganze Haushalt wachte auf. Meine Mutter, mein Vater, Zipa und Jankel – alle barfuß und im Nachthemd – fragten mich, warum ich so verzweifelt weinte, aber weder konnte ich, noch wollte ich ihnen antworten, denn ich wußte, daß ich nicht die richtigen Worte finden könnte, sie mir nicht glauben würden, und vor allem, daß es besser für mich wäre, nichts zu sagen. In der Tat, ich spreche heute abend zum erstenmal davon. Von da an wurde ich eine Art heimlicher Geisterseher. Ich sah Dinge, von denen mir ein Instinkt sagte, es sei besser, sie nicht zu erwähnen. Tagsüber erblickte ich oft Schatten an der Wand, Schatten, die nichts mit Licht- und Schattenerscheinungen zu tun hatten. Es waren Wesen, die über die Wände krochen und in die Wände hinein. Manchmal kamen zwei aus entgegengesetzten Richtungen und eines verschlang das andere. Einige waren groß; ihre Köpfe berührten die Decke – wenn man das Köpfe nennen konnte. Andere waren klein. Manchmal sah ich sie auch auf dem Fußboden, vor anderen Häusern und in der Luft. Sie waren immer geschäftig – kamen, gingen und eilten. Sie hielten fast nie still. Heute sage ich mir, daß ich Gespenster gesehen habe, aber auch das ist nur ein Name. Etwas fällt mir noch ein – ich teilte sie in männliche und weibliche Wesen ein. Ich fürchtete mich nicht vor ihnen. Um es genauer zu sagen, ich war eigentlich neugierig.

An einem Abend, als ich schon eingeschlafen war, meine Mutter das Licht ausgelöscht hatte, und der Mond durch die Ritzen der Fensterläden schien, erwachte ich durch ein Rascheln. Wie soll ich es beschreiben? Es war, als ob sich ein trockener Palmwedel bewegte, Weidenzweige über den Boden fegten, als ob man Wasser versprühte, und es hörte sich noch an wie anderes, für das es keinen Vergleich gibt. Die Wände begannen zu summen und zu brummen, ganz besonders in den Ecken, und die Gestalten, die ich sonst nur bei Tag gesehen hatte, rasten in dichten Wirbeln umher. Heute würde ich sagen, es sei eine Panik unter ihnen ausgebrochen. Sie eilten hierhin und dorthin, vermengten sich in den Ecken, aus denen das Geräusch kam, rasten über die Deckenbalken und über den Fußboden. Mein Bett fing an zu vibrieren. Unter mir schüttelte und rüttelte es, und das Stroh in meiner Matratze schien lebendig geworden zu sein. Diesmal fürchtete ich mich zwar, aber schrie nicht, da ich Angst vor Prügeln oder irgendeiner anderen Bestrafung hatte. Als ich älter wurde, dachte ich darüber nach, ob die Vibration von einem Erdbeben herrühren konnte, aber als ich meine Eltern und andere Dorfbewohner so nebenbei fragte, ob sie je ein Erdbeben erlebt hätten, verneinten alle. Ich weiß nicht, ob es in Polen jemals ein Erdbeben gegeben hat. Der Lärm und das Herumgerenne dauerten lange Zeit an. Sie werden mir sagen, daß mein Abenteuer außerhalb des Hauses, und die Erfahrungen jener Nacht Träume oder Alpträume gewesen sind, aber ich weiß, daß das nicht der Fall war.

In späteren Jahren hörten diese Visionen auf, oder was immer es gewesen sein mag, aber anderes stellte sich ein. Ich wurde ganz verrückt nach Mädchen – auch nach nichtjüdischen – und allmählich merkte ich, wenn ich nur lange oder intensiv genug an ein Mädchen dachte, magnetisierte ich sie und sie kam zu mir. Ich schreibe mir wirklich keine ungewöhnlichen Kräfte zu. Im Grunde bin ich ein Rationalist. Ich weiß, es gibt Zusammentreffen, die außerhalb jeder Wahrscheinlichkeit liegen. Wenn ich mit mir selbst Dreidel spiele, und der Dreidel fünf- oder sechsmal auf den gleichen Buchstaben fällt, weil ich es so will, kann ich leicht annehmen, daß es Zufall war. Wenn ich aber den Dreidel zehnmal sich drehen lasse, und immer das gleiche Resultat herauskommt, dann weiß ich, daß der Zufall damit nichts zu tun hat. Ich kann mir denken, daß Sie lieber etwas über Mädchen als über Dreidel hören möchten. Es ging so weit, daß ich im Geiste ein Mädchen zu der und der Straße und der und der Nummer bestellte – wir lebten damals in Warschau – und sie kam. Ich kann Ihnen das nicht beweisen. Ich kann sogar nicht einmal den Dreidel mit Sicherheit drehen. Diese Kräfte haben eine seltsame Art, boshaft zu sein. Sie sind mutwillig, und sie wollen nicht mit Bleistift und Uhr geprüft werden. Ich würde sagen, sie hassen die Wissenschaft und die Wissenschaftler. Glauben Sie mir, das klingt auch in meinen Ohren wie Unsinn. Wer oder was sind diese Kräfte? Sind sie lebende Wesen? Und warum sollten sie die Wissenschaft und die Statistik hassen? Das klingt nach einem Vorwand, um Lügen zu verschleiern, und man hat mich oft genug einen Lügner genannt. Ich selbst habe Medien als Lügner bezeichnet, wenn sie ihre Kräfte unter wissenschaftlicher Kontrolle nicht entfalten konnten. Gut, aber sind nicht unsere Geschlechtsorgane auch recht kapriziös, und sind sie, in gewisser Weise, nicht ebenfalls anti-wissenschaftlich? Morris, wenn man Sie veranlassen würde, mit einer Frau zu schlafen, im Beisein von zehn Professoren mit Kameras und Zählern und Meßinstrumenten aller Art, dann wären Sie auch kein großer Don Juan. Ja, und was wäre den großen Dichtern wie Goethe oder Heine passiert, wenn man sie an einen Tisch gesetzt hätte, umgeben von

Professoren und Instrumenten, und ihnen befohlen hätte, ein bedeutendes Gedicht zu schreiben? Man kann in einer hellerleuchteten Halle vor hunderten von Leuten Geige spielen, aber es ist sehr fraglich, ob Beethoven oder Mozart unter solchen Umständen ihre Symphonien hätten schreiben können. Ich muß Ihnen sagen, daß es mir zwar gelungen ist, unter strenger Kontrolle und vor vielen Menschen, vieles erfolgreich durchzuführen, aber die wesentlichsten Erlebnisse hatte ich, wenn ich allein war. Da wartete niemand auf Ergebnisse, und ich mußte mir keine Sorgen darüber machen, daß man mich auslachen oder auspfeifen würde. Schüchternheit ist eine gewaltige Kraft – manchmal eine negative. Es gibt viele Männer, die in Bordelle gehen möchten, aber sie tun es nicht, weil sie fürchten, sich bei einer Prostituierten als impotent zu erweisen. Warum sollten die übersinnlichen Kräfte weniger kapriziös sein als die Geschlechtsteile? Heute kann ich vor einem Publikum die Hypnose ausüben. Ich mußte das erst lernen. Ich habe meine Angst vor dem Mißlingen überwunden, aber nicht ganz. Schlage ich mit der Faust auf den Tisch, so schlägt der Tisch die Faust zurück. Das gilt auch für geistige Dinge. Jede Hypnose hat ihre Gegenhypnose. Fürchte ich mich davor, nicht einschlafen zu können, so werde ich die ganze Nacht wachliegen, und wenn Professoren von einem anderen Planeten bei einem einzigen Besuch um mich herumsäßen, könnten sie zu dem Schluß kommen, daß ich nie schlafe. Warum ist es so schwer, ein guter Schauspieler zu sein und auf der Bühne natürlich zu sprechen und sich zu benehmen? Zu Hause ist jede Frau eine Sarah Bernhardt. Ich habe erlebt, wie große Gelehrte vor einem Publikum standen, unfähig, einen klaren Satz über ein Thema vorzubringen, in dem sie weltbekannte Experten waren.

Ja, ich habe Dinge getan, die mich selbst erstaunten und mich davon überzeugten, daß ich andere Seelen beherrschen konnte, oft sogar Menschen, die ich kaum kannte – vielleicht hatten sie mich nur einmal flüchtig gesehen. Mein Erfolg bei Frauen war so groß, daß er mich beängstigte. Was ist denn

Hypnose? fragte ich mich. Meine Theorie geht dahin, daß Hypnose eine Sprache ist, in der eine Seele mit einer anderen in direkten Kontakt tritt.

Unsere bewußten hypnotischen Kräfte sind begrenzt. Ich glaube nicht, daß ich den Dreidel hypnotisiert habe. Vielleicht habe ich meine Hand hypnotisiert, daß sie den Dreidel so drehte, daß er fiel, wie ich es wollte. Aber wer weiß, ob Hypnose nur eine biologische Kraft ist? Vielleicht ist es auch eine physische? Vielleicht ist die Schwerkraft auch eine Art Hypnose? Vielleicht ist auch Gott ein Hypnotiseur mit so starken hypnotischen Kräften, daß er sagen kann: ›Es werde Licht‹, und es wird Licht? Ich habe von einer Frau gehört, die einem Stuhl befahl, zu gehen, und der Stuhl ging von Wand zu Wand und tanzte sogar. Ein Poltergeist hebt Teller hoch und zerbricht sie, wirft Steine und öffnet verschlossene Türen. Einmal ist eine Frau zu mir gekommen und schwor bei allem, was ihr heilig war, daß, als sie ihre Küche betrat, ein Topf sich in die Luft erhob, auf sie zuflog und schließlich vor ihren Füßen zur Ruhe kam. Das war eine ältere Frau, die Witwe eines Anwalts, Mutter erwachsener Söhne und Töchter, kurzum, ein gebildeter und geistig hochstehender Mensch. Sie konnte keinerlei Gründe haben, eine solche Geschichte zu erfinden. Sie kam zu mir in der Hoffnung, daß ich das Geheimnis erklären könnte. Seit Jahren hatte es sie gepeinigt. Sie erzählte mir, daß der Topf nicht vor ihre Füße gefallen sei, sondern sich ganz vorsichtig hingelegt habe. Von diesem Tage an fürchtete sie sich vor dem Topf. Sie wartete immer darauf, daß er wieder so ein Kunststück vollbringen würde, aber nein, er blieb ein Topf wie alle anderen. Die Frau weinte bei ihrer Erzählung. Wäre es möglich, daß dies ein Gruß ihres verstorbenen Mannes gewesen sei? Sie blieb zwei Stunden bei mir, in der Hoffnung, daß ich ihr eine Erklärung geben könnte, aber alles, was ich ihr sagen konnte, war, daß der Topf nicht von sich aus gehandelt hatte, sondern eine unsichtbare Hand ihn aufgehoben und ihr zu Füßen gelegt hatte. Ich erinnere mich, daß sie sagte: ›Vielleicht wollte der Topf einen Schabernack spielen?‹«

»Wenn diese Geschichte wahr ist, dann müssen wir eine Umwertung all unserer Werte vornehmen, unseres ganzen Weltbildes«, sagte Feitelsohn. »Trotzdem, wie kommt es, daß ein Topf oder irgendein anderer Gegenstand nicht im Beisein eines Physikers oder eines Chemikers, oder zumindest eines Photographen mit einer Kamera, in die Luft steigt? Wieso geschehen diese Wunder immer nur in der stillen Küche einer Witwe? Warum geschehen sie nicht in einer Küche, in der mehrere Köche anwesend sind? Könnte es sein, daß auch Töpfe schüchtern sind?«

Um halbelf erklärte Elbinger, daß er gehen müsse. Er habe noch eine Verabredung. Ich wollte mit ihm gehen, aber Feitelsohn bestand auf meinem Bleiben.

Er zündete sich eine Zigarre an und sagte: »Dieser große Held ist ein Hypochonder. Er hat sich selbst in den Glauben hypnotisiert, an einem halben Dutzend Krankheiten zu leiden. Er ist überzeugt davon, seit Jahren nicht geschlafen zu haben. Er hat Magengeschwüre. Vermutlich ist er auch impotent. Die Frauen sind verrückt nach ihm, aber er praktiziert das Zölibat. Die Geschichte der Menschheit ist die Geschichte der Hypnose. Es ist meine feste Überzeugung, daß alle Epidemien auf Massenhypnose beruhen. Wenn die Zeitungen von einer Influenzaepidemie berichten, so sterben die Leute schon an der Influenza. Ich habe mir auch allerlei Verrücktheiten eingeredet. Ich kann kein Buch mehr lesen. Am Ende des ersten Satzes beginne ich zu gähnen. Frauen habe ich satt. Ihr Gerede stößt mich ab. Denken Sie nur an unsere Celia. Sie kam vielleicht mal her auf eine Stunde oder zwei, und eine Stunde lang, oder auch zwei, schwatzte sie drauflos. Dieser Chaiml ist ein Homosexueller. Manchmal kommt es mir vor, als sei ich auch einer. Haben Sie keine Angst, an Sie würde ich nicht Hand legen.«

Das Telefon läutete wieder. Feitelsohn ließ es läuten. Er stand da und sah mich auf eine neue Weise an – wie ein Vater oder ein älterer Bruder.

Er sagte: »Das ist Celia. Ich sehe, Sie sind müde. Gehen Sie nur, wenn Sie wollen. Tsutsik, bleiben Sie nicht in Polen. Es wird einen Massenmord geben, der schlimmer sein wird als zu Chmielnizkis Zeiten. Wenn Sie ein Visum bekommen können – selbst nur ein Touristenvisum – fliehen Sie! Gute Feiertage!«

Dann ging er zum Telefon hinüber, das die ganze Zeit geläutet hatte.

2

Es war so still in Warschau, daß ich das Echo meiner eigenen Schritte hören konnte. In den Fenstern brannten noch Kerzen. Das Haustor in der Lesznostraße war geschlossen, und es dauerte lange, bis der Pförtner kam, um aufzuschließen. Er brummte, als wisse er, daß ich die Absicht hatte, bald auszuziehen. Obwohl ich den Schlüssel zum Aufzug bei mir hatte, stieg ich die dunkle Treppe hinauf.

Ich klopfte an die Wohnungstür, und Thekla öffnete. Sie sagte: »Das Telefon hat heute vielleicht hundertmal für Sie geläutet, Fräulein Betty.«

»Danke, Thekla.«

»Sie sind an dem hohen Feiertag nicht in der Synagoge gewesen?« fragte sie vorwurfsvoll.

Ich wußte nicht, was ich darauf antworten sollte. Ich ging in mein Zimmer. Ohne Licht anzumachen zog ich mich aus und legte mich hin, aber obwohl ich müde war, konnte ich nicht einschlafen. Was würde ich tun, wenn die letzten Zloty, die ich noch besaß, ausgegeben waren? Ich sah keinerlei Möglichkeit, Geld zu verdienen. Ich lag da, tief erschrocken im Gedanken an meine Situation. Feitelsohn hatte wenigstens ein kleines Einkommen durch seine Vorträge. Er nahm auch Geld von Celia und anderen Frauen an. Seine Wohnung stand unter Mieterschutz, und er zahlte dafür kaum mehr als dreißig Zloty. Ich hatte die Verantwortung für ein krankes Mädchen übernommen.

Ich schlief ein und wachte mit einem Ruck auf. Das Telefon

im Korridor läutete. Die Leuchtzeiger meiner Uhr standen auf Viertel nach zwei. Ich hörte das Geräusch nackter Füße – Thekla war an den Apparat gelaufen. Ich hörte sie flüstern. Die Tür zu meinem Zimmer öffnete sich. »Es ist für Sie!« Ihre Stimme drückte die Entrüstung eines Juden aus, der gezwungen wird, den höchsten Feiertag des Jahres zu entheiligen.

Ich sprang aus dem Bett und rannte gegen sie. Sie trug nur ein Nachthemd. Im Korridor nahm ich den Hörer auf und hörte Bettys Stimme. Sie war heiser und kreischend, als ob sie gerade mitten in einem Streit wäre. Sie sagte: »Du mußt sofort ins Hotel kommen! Wenn ich dich in der Nacht des Jom Kippur anrufe, dann geht es nicht um irgendeine Lappalie.«

»Was ist geschehen?«

»Ich habe den ganzen Tag versucht, dich zu erreichen. Wohin verkriechst du dich am Vorabend des Jom Kippur? Ich habe letzte Nacht kein Auge zugetan und auch diese Nacht habe ich nicht schlafen können. Sam ist sehr krank. Er muß operiert werden. Ich habe ihm alles von uns gesagt.«

»Was ist denn los mit ihm? Warum mußtest du ihm alles sagen?«

»Gestern abend ist er aufgestanden, um auf die Toilette zu gehen, aber er konnte kein Wasser lassen. Er hatte solche Schmerzen, daß ich die Erste Hilfe rufen mußte. Man erleichterte ihm die Schmerzen mit einem Katheter, aber er muß operiert werden. Er weigert sich, hier in ein Spital zu gehen und besteht darauf, sich nach Amerika zu seinem eigenen Arzt zu begeben. Der hiesige Arzt, der ihn heute untersucht hat, sagte mir, daß er ein schwaches Herz habe und es nicht wahrscheinlich sei, daß er eine Operation überleben würde. Mein Lieber, ich habe das Gefühl, er wird es nicht mehr lange machen. Er rief mich zu sich und sagte: ›Betty, mit mir ist es aus, aber ich will für dich sorgen.‹ Er sprach so, daß ich ihm nichts verbergen konnte. Ich habe ihm die ganze Wahrheit gesagt. Er will mit dir sprechen. Nimm ein Taxi und komm sofort hierher. Er ist wie ein Vater zu mir – mehr, als ein Vater sein könnte. Ich weiß, es ist

Jom Kippur, aber das hier ist wichtig. Wirst du kommen?«

»Ja, natürlich, aber du hättest es ihm nicht sagen sollen!«

»Ich hätte nie geboren werden sollen! Mach schnell!« Sie legte den Hörer auf.

Ich versuchte mich rasch anzukleiden, aber die Sachen fielen mir aus den Händen. Der Kragenknopf glitt aus dem Kragen und rollte unter das Bett. Ich bückte mich, um ihn aufzuheben, und stieß mit der Stirn gegen den Bettrahmen. Es war warm, aber mich fröstelte. Ich schloß die Tür hinter mir und lief die unbeleuchteten Treppen hinunter. Zum zweitenmal in dieser Nacht läutete ich und wartete auf den Pförtner, der das Tor aufschließen mußte. Das Pflaster draußen war naß, es mußte geregnet haben. Die Straße war verlassen. Ich stand am Bordstein und hoffte auf ein vorüberfahrendes Taxi, aber es wurde mir bald klar, daß ich dort die ganze Nacht stehen könnte, ohne daß eines vorbeikam. Ich ging in die Richtung der Bielanskastraße und des Vorortes Krakau. Die einzige vorüberfahrende Straßenbahn fuhr in die entgegengesetzte Richtung. Ich ging nicht, sondern rannte. Ich kam ins Hotel. Der Portier döste vor dem Wabengestell mit den Schlüsselfächern. Ich klopfte an Bettys Tür. Es antwortete niemand. Ich klopfte wieder, diesmal an Sam Dreimans Tür, und Betty ließ mich ein. Sie trug einen Pyjama und Hausschuhe. Drinnen brannte das Licht mit mitternächtlicher Stärke. Sam lag mit geschlossenen Augen, sein Kopf ruhte auf zwei Kissen, er schien zu schlafen. Unter dem Bettzeug kam ein kleiner Schlauch hervor, der in ein Gefäß mündete. Bettys Gesicht war fahl und eingefallen, ihr Haar zerzaust. »Warum hast du so lange gebraucht?« fragte sie mit gepreßter Stimme, die einen Schrei verbarg.

»Ich konnte kein Taxi bekommen. Ich bin den ganzen Weg gerannt.«

»Ach, jetzt ist er gerade eingeschlafen. Er hat eine Tablette genommen.«

»Warum ist es so hell hier im Zimmer?«

»Ich weiß nicht. Ich werde die Lampen ausmachen. Ich

weiß nicht, was mir jetzt noch geschehen kann. Ein Unglück nach dem anderen – sieh dir meine Augen an. Komm näher!«

Sie nahm mich beim Arm und zog mich an das Fenster am anderen Ende des Zimmers. Sie bedeutete mir, ruhig zu sein. Sie fing an zu flüstern, aber von Zeit zu Zeit stieß sie einen Schrei aus, als ob sich so viele Worte in ihr angesammelt hätten, daß sie nicht länger zurückzuhalten waren.

»Ich habe heute morgen um zehn begonnen, dich anzurufen und habe es bis spät abends immer wieder versucht. Wo warst du denn – immer noch bei dieser Schoscha? Tsutsik, ich habe hier niemand anderen als dich. Ich sage dir, Sam ist ein Heiliger. Ich habe nie gewußt, daß er eine so edle Seele hat. Oh, hätte ich es nur gewußt, dann wäre ich liebevoller zu ihm gewesen. Ich wäre ihm auch treu geblieben. Aber ich fürchte, jetzt ist es zu spät. Er hat eine Blutung in der Nase. Morgen werden sie hier ein Konsilium abhalten. Ich habe das Amerikanische Konsulat angerufen und die haben alles erledigt. Sie wollten ihn in eine Privatklinik einliefern, wo er die besten Ärzte hätte, aber er bestand darauf, sich nur in Amerika operieren zu lassen. Mitten in all dieser Aufregung rief er mich zu sich und sagte: ›Betty, ich weiß, daß du Tsutsik liebst, und es hat keinen Zweck, es zu leugnen.‹ Das war ein solcher Schlag, daß ich alles beichtete. Ich fing an zu weinen und er küßte mich und nannte mich ›Tochter‹. Er hat Kinder, aber ihre Mutter hat sie mit Haß gegen ihn erfüllt. Sie haben ihn vor Gericht gebracht und wollten ihr Erbteil, während er noch am Leben war. Warte, er ist aufgewacht.«

Ich hörte, wie er sich herumwarf und stöhnte.

»Betty, wo bist du? Warum ist es so dunkel im Zimmer?«

Sie lief zum Bett. »Sam, Liebling, ich dachte, du würdest noch etwas schlafen. Tsutsik ist hier!«

»Tsutsik, kommen Sie her. Betty, mach die Lampen an. So lange ich noch atmen kann, will ich nicht im Dunkeln sein. Tsutsik, Sie sehen selbst, daß ich ein kranker Mann bin. Ich will wie ein Vater zu Ihnen sprechen. Ich habe zwei Söhne, beide sind Anwälte, aber das ganze Leben lang haben sie mich nicht wie einen Vater behandelt, sondern schlimmer als einen Fremden. Ich habe einen Schwiegersohn, und der ist auch nicht besser. Das Leben mit ihm hat meine Tochter in eine Hure verwandelt. Ich habe mich schon lange nicht wohl gefühlt. Das Alter hat mich plötzlich erwischt – der Kopf, der Magen, die Beine. Zwanzigmal am Tag muß ich – Sie entschuldigen – auf die Toilette laufen, aber meine Blase ist verstopft. In New York habe ich einen Arzt, der mich betreut. Alle drei Monate untersucht er mich und behandelt mich mit Massage. Er war gegen eine Operation, weil mein Herz Unfug treibt. In Warschau kenne ich keinen Arzt. Außerdem waren wir mit dem Theater so beschäftigt, daß ich alles andere beiseite schob. Mein Arzt hatte mir verboten, Alkohol zu trinken – Whisky irritiert die Prostata und ist auch schlecht für die Blase –, aber wer gibt gern zu, daß er erledigt ist? Nehmen Sie einen Stuhl, setzen Sie sich. So. Du auch, Betty, mein Liebling. Was wollte ich doch sagen? Ja also, ich habe das Gefühl, Gott will mich dort oben bei Sich haben. Wahrscheinlich hat Er mit dem Grundstücksmarkt zu tun und braucht Sam Dreiman als Berater. Wenn die Zeit gekommen ist, muß man gehen. Selbst wenn ich die Operation überleben sollte, so wäre es nicht auf lange. Ich hätte abnehmen sollen während meines Aufenthaltes hier. Statt dessen habe ich zwanzig Pfund zugenommen. Wie kann man eine Diät durchführen, wenn man von zu Hause fort ist? Ich liebe die Warschauer Küche – sie erinnert mich an die Küche meiner Mutter. Also. . .«

Sam Dreiman schloß die Augen, dann schüttelte er sich und öffnete sie wieder. »Tsutsik, heute ist Jom Kippur. Ich hatte gehofft, in die Synagoge gehen zu können. Ich wollte in die in der Tlomackastraße gehen und auch zu den Chassidim in der Nalewki. Ich hatte schon die Karten gekauft. Aber der Mensch denkt, und Gott lenkt. Ich will ganz offen zu Ihnen sein – sollte ich sterben, so möchte ich Betty nicht ihrem Schicksal überlassen. Ich weiß von eurer Affäre – sie hat mir alles gestanden. Ich wußte es auch schon vorher. Schließlich und endlich, sie ist eine junge Frau und ich bin ein alter Mann. Ich war einmal ein großer Liebhaber, ich konnte es mit allen aufnehmen, aber wenn man mal in den Siebzigern ist und hohen Blutdruck hat, dann ist man nicht mehr der große Held, der man einmal war. Sie hat immer viel von Ihnen gehalten. Sie hat sich vorgeworfen, Ihnen Pech gebracht zu haben. Ich hatte gehofft, daß das Stück ein Erfolg sein würde, aber es sollte nicht sein. Wir haben lange darüber gesprochen. Hören Sie mich an und bitte unterbrechen Sie mich nicht. Denken Sie darüber nach, was ich Ihnen sagen werde, denn ich sehe die Dinge nüchtern an. Sie sind ein armer junger Mann. Sie haben Talent, aber mit Talent ist es wie mit Diamanten – beide müssen geschliffen werden. Ich habe gehört, daß Sie sich mit einem kranken, zurückgebliebenen Mädchen eingelassen haben. Sie ist auch arm, und wie sagt man doch? Zwei Leichen gehen zusammen zum Tanz. Mit Polen wird es kein gutes Ende nehmen. Hitler, dieses Biest, wird bald mit seinen Nazis kommen. Es wird einen großen Krieg geben. Die Amerikaner werden Hand anlegen und werden das tun, was sie im vorigen Krieg getan haben, aber vorher werden die Nazis die Juden angreifen, und es wird hier nur Zores für Sie geben. Die jiddischen Zeitungen sind schon in Schwierigkeiten, Verlage gibt es keine, und was auf der Bühne geschieht ist widerlich. Wovon wollen Sie leben? Auch ein Schriftsteller muß essen. Selbst Moses mußte essen. So steht es im Heiligen Buch.

Tsutsik, Betty liebt Sie, und ich nehme an, daß Sie sie auch nicht gerade hassen. Ich werde ihr einen Haufen Geld hinterlassen – wieviel genau werde ich Ihnen ein andermal sagen. Ich möchte Ihnen etwas vorschlagen – eine richtige geschäftliche Abmachung. Ich weiß noch nicht, was aus mir werden wird. Möglicherweise werde ich diese Welt sehr bald verlassen, aber wenn Gott es so will, kann ich auch noch ein paar Jahre hierbleiben. Wenn man meine Prostata entfernt, kann es sein, daß ich – im wahren Sinne des Wortes – kein Mann mehr sein werde. Und hier ist mein Plan: ich will, daß ihr beide heiratet. Ich werde eine Stiftung errichten. Ein Anwalt wird Ihnen das alles erklären. Sie werden kein Schmarotzer sein, der von seiner Frau ausgehalten wird, sondern im Gegenteil, Sie werden sie unterhalten. Ich möchte nur eins von Ihnen – daß sie, solange ich lebe, meine Freundin bleibt. Ich werde Ihr Verleger, Ihr Manager sein, alles, was Sie wollen. Wenn Sie ein gutes Stück schreiben, so werde ich es auf die Bühne bringen. Wenn Sie ein Buch fertig haben, so werde ich es verlegen, oder es einem anderen Verleger geben. In Amerika haben die Schriftsteller Agenten, die sie vertreten, und ich werde Ihr Agent sein. Sie werden mein Sohn sein und ich Ihr Vater. Ich werde Leute anstellen, die dafür zu sorgen haben, daß alles richtig läuft.«

»Mr. Dreiman –«

»Ich weiß, ich weiß, was Sie sagen wollen. Sie wollen wissen, was aus dem Mädchen werden soll – wie heißt sie noch? Schoscha. Glauben Sie nicht, daß ich sie der Gnade Gottes in Warschau überlassen würde, so daß sie verhungern müßte. So etwas tut Sam Dreiman nicht. Wir werden sie nach Amerika bringen. Sie ist krank und man muß ihr helfen. Vielleicht wäre ein Psychiater das richtige. Der Konsul ist mein Freund, aber er kann kein Einwanderungsvisum ausstellen. Es gibt eine Quote, die selbst der Präsident nicht umgehen kann. Aber ich habe mir ausgedacht, wie wir es einrichten könnten. Wir nehmen sie als unser Dienstmädchen mit. Sie wird niemanden bedienen, aber wenn wir so tun, bekommen wir ein Visum für sie. Und wenn sie dort geheilt werden kann, so wäre das hundertmal besser, als wenn sie Ihre Frau wird und hier verhungert. Sie müssen nur zustimmen, daß Betty meine Freundin bleiben wird und mich nicht verläßt, wenn ich alt und krank bin. Und sie wird Sie nicht vor Gericht bringen, wenn Sie Ihrer Schoscha einen Kuß geben oder sonstwas. Habe ich recht, Betty?«

»Ja, Sam, Liebling, alles, was du willst, ist mir recht.«

»Hören Sie? Das ist also mein Plan. Es ist auch ihr Plan. Wir haben ganz offen miteinander geredet. Nur eines noch – ich muß bald nach Amerika fahren, also muß alles schnell gehen. Wenn Sie zustimmen, so müssen Sie sofort heiraten. Wenn nicht, dann verabschieden wir uns, und Gott möge Ihnen helfen.«

Sam Dreiman schloß die Augen. Nach einiger Zeit öffnete er sie und sagte: »Betty, geh mit ihm in dein Zimmer, ich muß. . .« Er murmelte ein paar englische Worte, die ich nicht verstand.

3

Im Korridor zwischen ihrem und Sams Zimmer küßte mich Betty. Ihr Gesicht war tränennaß und innerhalb weniger Augenblicke war auch mein Gesicht tränenüberströmt. Sie flüsterte: »Mein Geliebter, das ist, was Gott bestimmt hat.«

Sie öffnete die Tür zu ihrem Zimmer für mich und kehrte sofort zu Sam zurück. Sie hatte kein Licht angemacht, und ich stand im Dunkeln. Nach einer Weile legte ich mich aufs Sofa, unfähig zu denken. Ich hatte angenommen, Betty würde bald zurückkehren, aber sie blieb lange fort. Das Rouleau vor dem Fenster war heruntergelassen, aber mir war, als ob der Tag angebrochen sei. Langsam fing ich an, mir Rechenschaft über die Situation abzulegen. Nachdem ich schon die Flinte ins Korn geworfen hatte, öffnete sich ein Ausweg, an den ich nie zu denken gewagt hätte – ein Visum für Amerika und die Möglichkeit, zu schreiben, ohne mich um Geld sorgen zu müssen! Ich konnte auch Schoscha mitnehmen. Irgendetwas in mir lachte und staunte gleichzeitig. Seitdem ich erwachsen geworden war, hatte ich mir vorgenommen, ein Mädchen zu heiraten, das genau wie meine Mutter sein sollte – eine anständige, reine, jüdische Tochter. Mir taten Männer mit liederlichen Frauen immer leid. Sie lebten eigentlich mit Huren und konnten nie sicher sein, daß ihre Kinder wirklich von ihnen waren. Diese Frauen beschmutzten ihr Heim. Und jetzt war ich dabei, eine von dieser Sorte zu heiraten. Was mir Betty von ihren Abenteuern in Rußland und Amerika erzählt hatte, war mir im Gedächtnis geblieben. Während der Revolution hatte sie sowohl mit einem Rotarmisten gelebt, wie auch mit einem Matrosen und mit einem Direktor einer Wandertruppe. Sie hatte sich des Geldes wegen an Sam Dreiman verkauft. Sie hatte also nicht nur eine miese Vergangenheit, sondern jetzt hatte Sam Dreiman auch noch verlangt, daß sie zeit seines Lebens seine Freundin bleiben solle – das heißt, seine Geliebte. Eine Stimme in mir schrie: ›Lauf davon! Du wirst in einen Morast versinken, aus dem du nie wieder herauskommen wirst. Sie werden dich in den Abgrund ziehen!‹ Es war die Stimme meines Vaters. In dem schwachen Licht der Dämmerung sah ich seine hohe Stirn und den durchdringenden Blick seiner Augen. ›Bring keine Schande über mich, über deine Mutter und deine verehrungswürdigen Vorfahren! Alle deine Taten werden im Himmel vermerkt.‹ Dann begann die Stimme, mich zu beschimpfen. ›Abtrünniger! Verräter an Israel! Du wirst erleben, was geschieht, wenn du den Allmächtigen verleugnest!‹ »Darum sollst du nicht in dein Haus den Greuel bringen, daß du nicht verbannet werdest, wie dasselbe ist, sondern du sollst einen Ekel und Greuel daran haben; denn es ist verbannet.«

Zitternd lag ich da. Seit dem Tode meines Vaters war es mir nie gelungen, sein Gesicht heraufzubeschwören. Er war mir nie im Traum erschienen. Sein Tod hatte bei mir zu einer Art Gedächtnisverlust geführt. Vor dem Einschlafen hatte ich ihn oft angefleht, sich mir zu zeigen, wo immer er sein mochte, und mir ein Zeichen zu geben, aber meine Bitten waren umsonst gewesen. Plötzlich war er hier, neben Bettys Sofa, und das am Versöhnungstag. Leuchtend und furchteinflößend strömte er sein eigenes Licht aus. Ich erinnerte mich daran, was im Midrasch über Joseph steht: als er im Begriff war, mit dem Weib des Potiphar zu sündigen, erschien ihm sein Vater Jakob. Solche Erscheinungen treten nur in Augenblicken höchster Verzweiflung auf.

Ich setzte mich mit weit geöffneten Augen auf. »Vater, rette mich!« Und während ich ihn noch anflehte, löste sich die Erscheinung meines Vaters auf.

Die Tür öffnete sich. »Schläfst du?« fragte Betty.

Ich brauchte eine Weile, ehe ich antworten konnte. »Nein.«

»Soll ich Licht machen?«

»Nein, nein!«

»Was ist los mit dir? Für mich ist der heutige Tag mehr noch als Jom Kippur. Ehe du kamst, war ich hier auf dem Sofa eingeschlafen und im Traum erschien mir mein Vater. Er sah genau so aus, wie ich ihn in Erinnerung hatte, nur noch schöner. Seine Augen glänzten. Die Mörder hatten ihm das Gesicht zerschossen und den Schädel eingeschlagen, aber mir erschien er unverletzt. Nun, was ist deine Antwort?«

Ich brachte nur heraus: »Jetzt nicht.«

»Wenn du mich nicht willst, werde ich mich dir nicht an den Hals werfen. Mir ist immer noch ein Restchen Stolz geblieben. Nur ein Heiliger wie Sam Dreiman kann uns so behandeln, wie er es vorschlägt. Aber wenn es für dich eine Schande ist, mich zu heiraten, sag es nur und laß mich nicht herumhängen. Gewiß, ich habe einige wenig schöne Sachen in meinem Leben getan, aber damals hatte ich keinen Menschen und schuldete niemandem Rechenschaft. Ich hatte heißes Blut. Diese Männer waren mir ganz gleichgültig. Ich schwöre dir, ich habe sie alle vergessen. Ich würde sie nicht wiedererkennen, wenn ich ihnen auf der Straße begegnete. Warum war ich so dumm, dir davon zu erzählen? Ich war immer mein eigener schlimmster Feind.«

»Betty, Schoscha würde sterben, wenn ich ihr das antue.«

»Was? Die Wahrheit ist doch, daß man sie in Amerika gesund machen würde, hier wird sie verhungern. Das Haus dort riecht schon nach Verfall. Sie sieht bereits nach dem Friedhof aus. Wie lange kann sie das noch aushalten? Ich muß nicht heiraten – weder dich noch sonst jemanden. Das war einzig Sams Idee. Ein leiblicher Vater könnte nicht so gütig sein, wie er zu mir ist. Lieber hacke ich mir die Hand ab, als ihn zu verlassen. Ich habe dir bereits gesagt, daß er kaum mehr ein Mann ist. Alles, was er braucht, ist ein Kuß und ein bißchen Tätscheln und ein freundliches Wort. Wenn du ihm nicht einmal das gönnst, dann mach, daß du fortkommst. Wenn ich bereit bin, Schoscha in meinem Haus aufzunehmen – diese Närrin –, dann brauchst du dich Sam gegenüber nicht so aufzuspielen. Er hat in seinem kleinen Finger mehr Verstand als du in deinem ganzen Körper, du verdammter Idiot!«

Sie verließ das Zimmer und schlug die Tür hinter sich zu. Einen Augenblick später kam sie wieder herein. »Was soll ich Sam sagen? Gib mir eine klare Antwort.«

»Gut, wir werden heiraten«, sagte ich.

Betty zögerte einen Augenblick. »Ist das dein Entschluß, oder willst du mich an der Nase herumführen? Wenn du rasend vor Eifersucht herumlaufen und mich für eine Hure halten wirst, dann brechen wir die ganze Sache ab, jetzt sofort.«

»Betty, wenn ich mich um Schoscha kümmern kann, dann kannst du mit Sam sein.«

»Was glaubst du eigentlich – daß ich einen Wächter an deinem Bett aufstellen werde wie der Sultan in Tausendundeiner Nacht? Mir ist klar, daß sie dir sehr nahe steht. Ich bin bereit, mich damit abzufinden. Aber ich verlange das gleiche von dir. Die Zeiten, in denen ein Mann seinen schweinischen Gelüsten nachgeben konnte, während die Frauen Sklavinnen blieben, sind vorbei. So lange Sam lebt – und möge Gott ihm die Jahre schenken, die er verdient! – müssen wir alle zusammen leben. Versuche, ihn als meinen Vater zu sehen. Das ist er auch geworden. Ich habe den Gedanken an die Bühne noch nicht aufgegeben – ich habe vor, es doch noch einmal zu versuchen. In Amerika können wir eine Neufassung von dem Stück machen. Dort wird uns niemand stören oder drängen. Und wenn du mit deiner Schoscha herumspielen willst, so wird mich das ebenso wenig stören wie der Schnee vom letzten

Jahr. Ich bezweifle überhaupt, daß sie eine Frau sein kann. Hast du es schon mal versucht?«

»Nein, nein.«

»Nun, ein Löwe kann nicht auf eine Fliege eifersüchtig sein. Ich kann dir nur sagen, daß in hundertzwanzig Jahren, wenn Sam nicht mehr ist, ich mich nach keinem mehr umdrehen werde. Das kann ich dir bei schwarzen Kerzen schwören.«

»Du mußt nicht schwören.«

»Wir müssen sofort heiraten. Was immer geschieht, ich will, daß Sam dabei ist.«

»Ja.«

»Ich weiß, du hast eine Mutter und einen Bruder, aber das hier kann nicht warten. Wenn alles gut geht, werden wir auch deine Familie nach Amerika bringen.«

»Danke, Betty, ich danke dir.«

»Tsutsik, ich werde so gut zu dir sein, wie du es dir nicht vorstellen kannst. Ich habe zu viel Dreck in meinem Leben gehabt. Ich will von vorn anfangen. Was ich an dir finde, weiß ich selbst nicht genau. Du hast tausend Fehler. Aber irgendetwas an dir zieht mich an. Was ist es? Sag du es.«

»Ich weiß es nicht, Betty.«

»Wenn ich mit dir bin, ist alles interessant. Ohne dich fühle ich mich elend und gelangweilt. Komm, wünsche mir Glück, Masel tow!«

4

Ich war auf Bettys Sofa in tiefen Schlaf gefallen. Als ich meine Augen öffnete, sah ich sie neben mir stehen. Es war Tag. Sie sah elend und erregt aus. Sie sagte: »Tsutsik, steh auf!«

Ich war mit Kopfschmerzen aufgewacht. Es dauerte ein paar Sekunden, ehe ich mich erinnern konnte, was mich hierhergebracht hatte.

Betty beugte sich mit mütterlicher Sorge über mich. »Man bringt Sam in die Klinik. Ich fahre mit ihm.«

»Was ist geschehen?«

»Er muß sofort operiert werden! Wo kann ich dich erreichen? Bleib hier im Zimmer, dann kann ich dich anrufen.«

»Ich bleibe, Betty.«

»Du erinnerst dich an unsere Vereinbarung?«

»Ja.«

»Bete zu Gott für ihn! Ich will ihn nicht verlieren. Sollte ihm etwas passieren – was Gott verhüten möge! – wäre es schlimm um mich bestellt.« Sie beugte sich nieder und küßte mich auf den Mund. Sie sagte: »Der Krankenwagen ist schon unten. Wenn du fortgehst, laß den Schlüssel beim Portier. Wenn du zu Schoscha gehen willst, bitte, aber mit der Celia mußt du ein für allemal Schluß machen. Ich will nicht das fünfte Rad am Wagen sein. Ich hätte gern gehabt, daß du dich von Sam verabschiedest, aber er muß nicht wissen, daß du die Nacht hier verbracht hast. Ich habe ihm gesagt, du seist nach Hause gegangen. Bete zu Gott für uns!«

Sie ging und ich blieb auf dem Sofa liegen. Ich schaute auf meine Armbanduhr, aber sie war um vier Uhr stehengeblieben. Ich schloß meine Augen wieder. Aus dem, was Betty gesagt hatte, ging nicht hervor, ob Sam bereits ein neues Testament gemacht hatte oder es erst tun wollte. Und selbst wenn er es getan hätte, so würde seine Familie es vernichten. Ich ärgerte mich über die Richtung, in die meine Gedanken gingen. Mir waren Geldsachen immer fremd gewesen. In keiner meiner Phantasien war es mir je eingefallen, des Geldes wegen zu heiraten oder aus irgendwelchen praktischen Überlegungen. Es ist wegen des Visums, rechtfertigte ich mich vor mir selbst, nicht wegen des Geldes – es ist die Angst, in die Hände der Nazis zu fallen.

Plötzlich hatte ich das Gefühl, es hätte mich etwas gebissen. Mit Celia Schluß machen? Betty hatte kein Recht, so eine Forderung an mich zu stellen, solange sie die Geliebte von Sam blieb. Ich würde geradewegs zu Celia gehen! Ich strich über meine Backen – ich war sehr stoppelig. Ich stand auf, aber meine Beine waren vom Liegen auf dem Sofa ganz wackelig. Über dem Waschtisch hing ein Spiegel. Ich zog das Rouleau hoch und starrte mein Spiegelbild an: ein verwelktes Gesicht, rotgeäderte Augen, ein zerdrückter Kragen. Ich ging ans Fenster und schaute hinaus. Vor dem Hoteleingang stand kein Fahrzeug. Der Krankenwagen war schon mit ihnen in die Klinik gefahren. Betty hatte mir nicht einmal den Namen genannt. Nach der Schräge der Sonnenstrahlen zu urteilen, war es nicht mehr früh.

›Was soll ich Schoscha sagen?‹ fragte ich mich. ›Alles, was sie verstehen würde, wäre, daß ich jemand anderes geheiratet hätte. Sie würde es nicht überleben.‹ Ich stand da und schaute hinunter auf die leere Straße, auf die leeren Straßenbahnen und Droschken. Selbst die nichtjüdische Gegend schien zu Ehren des Jom Kippur verlassen zu sein. Ich zog meinen Rock aus, wusch mein Gesicht, obwohl dies am hohen Feiertag verboten ist. Ich verließ das Zimmer. Langsam, Schritt für Schritt, ging ich die Treppe hinunter. Ich hatte keinen Grund, mich zu beeilen. Zum erstenmal fühlte ich mich Sam nahe. Er wollte das gleiche wie ich – das Unmögliche.

Ich kam an einem Friseur vorbei und ging hinein. Ich war der einzige Kunde, und der Friseur behandelte mich mit besonderer Höflichkeit. Er wickelte mich in ein weißes Laken, wie eine Leiche in das Leichentuch. Er fühlte meinen Bart an, ehe er mich einseifte. Er sagte: »Was ist dieses Warschau für eine Stadt! Weil heute Jom Kippur für die Jiden ist, stellt sich die ganze Stadt tot. Und das soll die Hauptstadt, die Krone unserer polnischen Nation sein. Es ist wirklich zum Lachen!«

Er hatte mich für einen Nichtjuden gehalten, weil er wußte, kein Jude würde sich am Jom Kippur rasieren lassen. Ich wollte ihm antworten, merkte aber noch rechtzeitig, daß mich mein Akzent verraten würde, wenn ich mehr als ein oder zwei Worte sagte. Ich nickte und grunzte ein einziges Wort, das mich nicht preisgeben würde: »Tak.«

»Die regieren ja ganz Polen«, fuhr er fort. »Die Städte wimmeln von ihnen. Früher haben sie wenigstens nur Nalewki, Grzybowska und Krochmalna verpestet, aber in der letzten Zeit haben sie wie Ungeziefer alles überschwemmt. Sie sind schon bis nach Wilanów gekrochen. Es gibt nur einen Trost – Hitler wird sie wie Wanzen ausräuchern.«

Ich konnte kaum ein Zittern unterdrücken. Der Mann hielt sein Rasiermesser an meinen Hals. Ich blickte auf, und seine grünlichen Augen begegneten den meinen einen Augenblick lang. Vermutete er, daß ich ein Jude war?

»Ich werde Ihnen etwas sagen, mein Herr. Die modernen Juden, die sich rasieren, die ein gutes Polnisch sprechen und versuchen, die wirklichen Polen nachzuahmen, sind noch ärger als die altmodischen Jiden mit ihren langen Kaftanen, wilden Bärten und Schläfenlocken. Die gehen wenigstens nicht dahin, wo man sie nicht haben will. Die sitzen in ihren Läden mit ihren langen Mänteln und wiegen sich über ihrem Talmud wie die Beduinen. Sie reden unter sich in ihrem Jargon, und wenn ihnen ein Christ in die Hände fällt, begaunern sie ihn um ein paar Groschen. Aber die gehen wenigstens nicht ins Theater, in die Oper oder in die Cafés. Die wirkliche Gefahr sind die, die sich rasieren und moderne Kleidung tragen. Die sitzen in unserem Sejm und schließen Verträge mit unseren schlimmsten Feinden, den Ruthenen, den Weißrussen und den Litauern. Jeder einzige von denen ist ein heimlicher Kommunist und ein sowjetischer Spion. Sie haben nur ein Ziel – uns Christen auszurotten und die Macht den Bolschewiken, den Freimaurern und den Radikalen zu übergeben. Vielleicht finden Sie das kaum glaubhaft, mein Herr, aber ihre Millionäre haben ein Geheimabkommen mit Hitler. Die Rothschilds finanzieren ihn, und Roosevelt ist der Mittelsmann. Sein richtiger Name ist nicht Roosevelt, sondern Rosenfeld, ein getaufter Jude. Zum Schein sind sie zum christlichen Glauben übergetreten, haben aber nur ein Ziel vor Augen – alles von innen her auszuhöhlen und alles und alle zu verseuchen. Schon toll, finden Sie nicht auch?«

Ich stieß ein Gemisch von Seufzer und Gegrunze aus.

»Sie kommen das ganze Jahr her, um sich rasieren zu lassen und die Haare zu schneiden, aber nicht heute. Jom Kippur ist sogar für die reichen und modernen ein hoher Feiertag. Hier und an der Marszalkowskastraße sind die Hälfte der Läden geschlossen. Sie gehen nicht in die chassidischen Bethäuser in pelzbesetzten Hüten und Gebetsmänteln wie die altmodischen Jiden, oh nein, sie setzen Zylinderhüte auf und fahren in ihren eigenen Wagen in die Synagoge in der Tlomackastraße. Aber Hitler wird sie rausschmeißen! Er verspricht ihren Millionären, daß er ihr Kapital schützen wird, aber wenn die Nazis erst einmal bewaffnet sind, wird er sie alle erledigen – ha, ha, ha! Es ist zu dumm, daß er unser Land angreifen wird, aber da wir nicht den Mut haben, diesen Dreck selbst aus dem Lande zu fegen, müssen wir es den Feind für uns besorgen lassen. Was dann kommen wird, kann niemand voraussehen. An allem haben diese Verräter schuld, die Protestanten, die ihre Seelen dem Teufel verkauft haben. Die sind die Todfeinde des Papstes. Haben Sie gewußt, mein Herr, daß Luther ein heimlicher Jude war?«

»Nein.«

»Das ist eine verbürgte Tatsache.«

Der Friseur war zweimal mit dem Messer über mein Gesicht gefahren. Jetzt bespritzte er mich mit Eau de Cologne und puderte mich. Er bürstete meinen Anzug ab und nahm mit zwei Fingern ein paar Haare von meinen Schultern. Ich bezahlte und ging. Als ich die Tür schloß, war mein Hemd durchgeschwitzt. Ich rannte davon, ohne zu wissen, in welcher Richtung. Nein, ich werde nicht in Polen bleiben! Ich werde um jeden Preis fortgehen! Ich überquerte die Straße und wurde fast von einem Auto überfahren. Dieses war der schwerste Tag meines Lebens. Auch ich hatte meine Seele dem Teufel verschrieben. Sollte ich in eine Synagoge gehen? Nein, ich würde den heiligen Ort entweihen. Mein Magen drehte sich um, und ich fühlte den Drang, Wasser zu lassen. Der Schweiß lief an mir herunter, und ein stechender Schmerz in der Blase durchfuhr mich. Ich fühlte, wenn ich mich nicht sofort erleichtern könnte, würde ich mich naß machen. Ich kam an einem Restaurant vorbei und wollte hineingehen, aber die Glastür gab nicht nach. War geschlossen? Das konnte nicht sein – ich sah Leute drin sitzen und essen, und Kellner, die Tabletts trugen.

Ein Mann mit einem Hund an der Leine kam vorbei und sagte: »Nicht ziehen, drücken!«

»Oh, vielen Dank!«

Ich fragte den Kellner nach der Toilette, und er deutete auf eine Tür. Aber als ich in die Richtung ging, verschwand die Tür wie durch Zauberei. Leute blickten von ihrem Frühstück auf und starrten mich an. Eine Frau lachte laut.

Der Kellner kam herbei. »Hier!« Und er öffnete eine Tür für mich.

Ich rannte zum Pissoir, aber es ging mir wie Sam Dreiman, ich konnte nicht urinieren.

Neuntes Kapitel

1

Ich war nicht zu Celia gegangen. Ich verbrachte Jom Kippur mit Schoscha. Baschele war in der Synagoge. Die große Gedächtniskerze, die Baschele am Vortag angezündet hatte, brannte noch, aber gab kaum Licht. Ich lag angekleidet neben Schoscha auf dem Bett, von der schlaflosen Nacht erschöpft. Ich schlief ein, träumte und wachte auf. Schoscha sprach zu mir, aber obwohl ich ihre Stimme hörte, begriff ich den Inhalt ihrer Worte nicht. Sie hatten etwas mit dem Krieg zu tun, mit der Typhusepidemie, dem Hunger und Ippes Tod. Schoscha legte mir ihre Kinderhand auf die Hüfte. Wir hatten beide gefastet.

Von Zeit zu Zeit öffnete ich ein Auge und nahm wahr, wie das Sonnenlicht die gegenüberliegende Wand hinaufstieg. Die Ruhe des Jom Kippur lag auch über dem Hof, und ich konnte das Zwitschern der Vögel hören. Ich hatte einen Entschluß gefaßt und wußte, daß ich dabei bleiben würde, aber warum ich ihn gefaßt hatte, das hätte ich weder mir noch sonst jemandem erklären können. Hatte es etwas mit der Erscheinung – oder der Halluzination – meines Vaters zu tun? Hatte mich der Friseur mit seinen giftigen Worten beeinflußt? Ich schlug eine leidenschaftliche, begabte Frau aus, die mir die Möglichkeit bot, in das reiche Amerika zu kommen, und verurteilte mich selbst zur Armut und zum Tod von einer Nazikugel. War es die Eifersucht auf Sam Dreiman gewesen? Oder eine so tiefe Liebe zu Schoscha? Hatte ich nicht den Mut, Baschele zu enttäuschen? Ich stellte meinem Unterbewußtsein oder Unbewußten diese Fragen, aber es kam keine Antwort. Genau so geht es denen, die Selbstmord begehen, sagte ich mir. Sie finden einen Haken in der Decke, machen eine Schlinge, stellen einen Stuhl darunter, und bis zur letzten Sekunde wissen sie nicht, warum sie es tun. Wer behauptet denn, daß alles, was die Natur oder die menschliche Natur tut, in Beweggründen und Worten ausgedrückt werden kann? Ich war schon lange davon überzeugt, daß die Literatur nur Tatsachen beschreiben oder die Charaktere Entschuldigungen für ihre Handlungsweise erfinden lassen kann. Alle Beweggründe in Romanen sind entweder ganz selbstverständlich oder unwahr.

Ich schlief ein. Als ich erwachte, war es schon dämmerig. Ein letzter Span des Sonnenuntergangs glühte noch in einem Dachfenster. Schoscha sagte:

»Arele, du hast gut geschlafen.«

»Und du, Schoschele?«

»Oh, ich auch.«

Der Raum füllte sich mit Schatten. Die Gedächtniskerze auf dem Tisch fing an zu flackern. Die Flamme glühte noch einmal auf und wurde dann so klein, daß sie kaum noch den Docht zu berühren schien. Schoscha sagte: »Voriges Jahr bin ich am Jom Kippur-Abend mit Mama in die Synagoge gegangen. Ein Mann mit einem weißen Bart hat das Widderhorn geblasen.«

»Ja, ich weiß.«

»Wenn drei Sterne am Himmel stehen, dürfen wir essen.«

»Hast du Hunger?«

»Wenn du bei mir bist, so ist das besser als essen.«

Ich sagte: »Schoschele, wir werden bald Mann und Frau sein. Nach den Feiertagen.«

Während ich sprach, dachte ich daran, Schoscha dringend zu bitten, vorläufig ihrer Mutter nichts davon zu sagen, aber in dem Augenblick ging die Tür, Baschele kam herein und Schoscha lief auf sie zu. »Mama, Arele wird mich nach Sukkot heiraten!« Sie rief das mit einer so lauten Stimme, wie ich sie nie zuvor von ihr gehört hatte. Sie umarmte und küßte ihre Mutter. Baschele legte schnell ihre Gebetbücher hin und warf mir einen fragenden Blick zu, der voll freudigen Erstaunens war.

»Ja, so ist es«, sagte ich.

Baschele schlug die Hände zusammen. »Der barmherzige

Gott hat meine Gebete erhört. Ich habe den ganzen Tag im Gebet für dich, meine Tochter, verbracht, und für dich, Arele, mein Sohn. Nur Gott im Himmel weiß, wie viele Tränen ich heute für euch vergossen habe. Tochter, mein Augapfel, ich wünsche dir Glück, Masel tow!«

Sie küßten sich, umarmten sich und schmiegten sich aneinander, als ob sie sich nicht trennen könnten. Dann streckte Baschele mir ihre Arme entgegen. Von ihr ging ein Geruch aus, der mir von meiner Kindheit her vertraut war, als unser Wohnzimmer für die Feiertage in eine Synagoge für die Frauen verwandelt worden war – sie roch nach Fasten, nach Mottenpulver, in dem ihr Kleid das ganze Jahr über gelegen hatte, nach etwas Fraulichem und Festtäglichem. Auch Bascheles Stimme war lauter und kräftiger geworden. Sie begann im Stil der jiddischen Gebetbücher zu reden: »Alles kommt vom Himmel, vom Himmel. Gott hat meinen Kummer gesehen, meinen gebrochenen Mut. Vater im Himmel, dies ist der glücklichste Tag meines elenden Lebens. Gott, steh uns bei, denn wir haben genug gelitten. Himmlischer Vater, laß mich den beglückenden Augenblick erleben, mein erstgeborenes Kind unter den Hochzeitsbaldachin zu führen!« Sie erhob ihre Hände. Mütterliche Seligkeit sprach aus ihren Augen. Schoscha brach in Tränen aus. Dann rief Baschele aus: »Was ist denn los mit mir? Er hat den ganzen Tag gefastet, mein Schatz, mein teurer Sohn. Bald gibt es zu essen!«

Sie lief zur Kredenz und kam mit einem Kirschlikör zurück. Der Kirschlikör mußte schon lange dort gestanden haben, in Erwartung einer freudigen Gelegenheit. Schoscha bekam auch ein Glas. Wir tranken uns zu und küßten uns. Schoschas Lippen waren nicht die eines Kindes, sie waren die einer reifen Frau. Die Tür ging auf und Täubele trat ein, hübsch aussehend, in einem Kleid, das mir neu war. Zuletzt hatte ich sie an Rosch haschana gesehen, als sie zum Festtagsmahl zu Mutter und Schwester gekommen war. Täubele war groß, hielt sich gut und ähnelte mit ihrem dunklen Haar und ihren dunklen

Augen ihrem Vater. Obwohl sie erst drei Jahre alt gewesen war, als die Familie von Nr. 10 nach Nr. 7 zog, erinnerte sie sich an mich und nannte mich Arele. An Rosch haschana hatte sie für die Neujahrssegenssprüche eine Scheibe Ananas mitgebracht. Sobald sie die Neuigkeit gehört hatte, drückten ihre Augen eine Mischung von Glück und Heiterkeit aus.

»Arele, ist das wahr?«

Ehe ich noch antworten konnte, umarmte sie mich, drückte mich an sich und küßte mich. »Masel tow! Masel tow! Es war vorherbestimmt! Und am Jom Kippur! Mein Herz hat es irgendwie gefühlt – Arele, ich habe nie einen Bruder gehabt, und von jetzt an wirst du mein Bruder sein, noch mehr als ein Bruder. Wenn Vater das erfährt, wird er. . .« Täubele ging auf ihren hohen Absätzen zur Tür.

Baschele fragte: »Wohin willst du so eilig?«

»Vater anrufen«, rief Täubele schon vom Flur aus.

»Warum ihn anrufen? Was hat dieses freudige Ereignis mit ihm zu tun?« rief Baschele hinter ihr her. »Er hat uns verlassen, krank und einsam zurückgelassen, und hat sich mit einer Schlampe zusammengetan. Das höllische Feuer möge sie verzehren! Das ist kein Vater, das ist ein Mörder. Wenn es nach ihm gegangen wäre, dann wärt ihr alle verhungert. Ich habe euch ernährt und euch den letzten Rest meiner Kraft gegeben, damit ihr leben solltet. Gott im Himmel, Du kennst die Wahrheit. Wegen dieses Schurken und seines scheußlichen Benehmens haben wir Ippe verloren – sie möge im Paradies bei den verewigten Seelen ruhen!«

Baschele sagte all dies zu sich selbst, zu Schoscha und zu mir, denn Täubele hatte die Tür hinter sich zugeschlagen.

Schoscha fragte: »Wo wird sie denn telefonieren? Ist der Laden heute offen?«

»Soll sie anrufen. Soll sie ihm schöntun, diesem alten Hurenbock. Mir ist er ein Greuel wie Schweinefleisch. Ich will ihn nie wieder sehen. Er war uns kein Vater, als wir hungerten und krank waren und uns die Lunge heraushusteten, jetzt, wo das Glück bei uns eingekehrt ist – möge es uns erhalten bleiben! – will ich ihn nicht. Schoschele, was stehst du da wie ein Dummkopf? Küsse ihn, halte ihn fest! Er ist schon so gut wie dein Mann, und mir ist er so teuer wie ein eigenes Kind. Wir haben ihn nie vergessen, nie. Es verging kein Tag, an dem wir nicht an ihn gedacht haben. Wir hatten keine Ahnung, wo er war und ob er lebte, so viele junge Leute sind in der Zeit umgekommen. Als Leiser uns die gute Nachricht brachte, daß er am Leben ist und für die Zeitung schreibt, da war ein Festtag bei uns. Wie lange ist das her? Ich bin so durcheinander, ich weiß nicht, was oder wann. Ich werde dich unter den Hochzeitsbaldachin führen, meine geliebte Tochter – nicht dein grausamer Vater. Arele, mein Kind, möge Gott dir nur so viel Glück schenken wie du uns heute geschenkt hast.« Baschele fing an zu weinen, und Schoscha weinte mit ihr.

Nach einiger Zeit band sich Baschele eine Schürze um und fing an, mit Töpfen, Pfannen und Tellern zu hantieren. Die beiden Hühner, die am Vorabend vom Jom Kippur als Opfer dargebracht worden waren, hatte sie schon gekocht, zerschnitt sie jetzt rasch und brachte sie mit Weißbrot und Meerrettich auf den Tisch. Dann beschimpfte sie sich, weil sie vergessen hatte, zuerst gefilte Fisch zu servieren.

Sie flatterte um mich herum. »Iß, mein Kind. Du bist sicher schwach vom Fasten. Was mich angeht, meine Seele war so beschwert, ich habe gar nicht gemerkt, daß ich fastete. Mir ist Fasten nichts Neues. Mehr als einmal bin ich abends ohne einen Bissen schlafen gegangen, damit meine kleinen Schwalben etwas mehr zu essen hatten. Iß, Schoschele, iß, meine kleine Braut! Gott hat deine Sehnsucht erhört. Und verehrungswürdige Vorfahren haben für dich Fürsprache eingelegt. Für dich ist heute nicht Jom Kippur, der bitterernste Tag der Buße, sondern Simchat Tora, der Tag der Freude. Was ist mit Täubele geschehen? Wo bleibt sie so lange? Er hat sie als seine Tochter verleugnet, und sie wirft sich ihm an den Hals, bloß weil er eine schöne Wohnung hat und ihr ab und zu irgendein kleines Geschenk macht. Eine Schmach und eine Schande! Eine Sünde vor Gott!«

Baschele setzte sich zu Tisch, aber alle paar Sekunden drehte sie sich nach der Tür um. Schließlich kam Täubele zurück. »Mama, ich habe eine gute Nachricht für dich, aber schluck erst den Bissen runter, denn wenn du dich aufregst, verschluckst du dich.«

»Was für eine Nachricht? Ich will von ihm nichts wissen.«

»Mama, hör zur! Als Vater von Schoscha und Arele erfuhr, wurde er ein anderer Mensch. Er hat sich in diesen Rothaarigen verliebt und Liebe macht blind. Vater hat mir zwei Sachen aufgetragen und ihr müßt gut aufpassen, denn er wartet auf Antwort. Erstens will er Schoscha eine Aussteuer geben und als Mitgift tausend Zloty. Das ist nicht viel, aber es ist besser, mit etwas Geld anzufangen, als mit gar keinem. Zweitens hat er gesagt, daß wenn du, Mutter, dich mit einer Scheidung einverstanden erklärst, er dir auch tausend Zloty geben wird. Still! Ich weiß, wie wenig das für die langen Jahre deiner Leiden ist, aber da ihr beiden nie wieder zusammenkommen werdet, was hat es für einen Sinn, einander zu ärgern? Du bist noch nicht so alt, und wenn du dich ein wenig fein machen würdest, könntest du auch noch einen Bewerber finden. Das waren seine Worte, nicht meine. Ich rate dir, laß Vergangenes vergangen sein und regelt die Angelegenheit ein für allemal.«

Während Täubele sprach, begann Bascheles Gesicht sich im Widerstreit der Gefühle und vor Ungeduld zu verzerren. »Jetzt will er sich von mir scheiden lassen – wo das Blut in meinen Adern erstarrt ist und das Mark in den Knochen verdorrt? Ich brauche keinen Mann mehr und ich will niemandem gefallen. Mein ganzes Leben habe ich nur für euch Kinder gelebt, nur für euch. Und jetzt, wo Schoscha den ihr Bestimmten gefunden hat, habe ich nur noch einen Wunsch – daß es auch dir so gehen möge, Täubele. Er muß kein Schriftsteller oder Gelehrter sein. Was verdient schon ein Schriftsteller? Mit nichts Nichts. Ich wäre mit einem Kaufmann zufrieden, mit einem Buchhalter, sogar mit einem Händler. Macht es einen Unterschied, was ein Mann tut? Die Hauptsache ist, daß er anständig ist und einen Gott und eine Frau hat, und nicht –«

»Mama, Anständigkeit ist auch nicht alles. Man muß für einen Mann etwas empfinden, ihn lieben und mit ihm reden können. Mich mit einem Schneider oder Buchhalter einzulassen, und kochen und Windeln waschen müssen, das ist nichts für mich. Aber warum sollen wir die Zeit mit solchem Gerede verbringen? Denk lieber über das nach, was ich dir vorgeschlagen habe. Vater wartet auf Antwort.«

»Jetzt soll ich gleich antworten? Ich habe viel länger auf ihn gewartet. Huh, der große Herr! Der ist nur deshalb so unverschämt, weil er Geld hat und wir arm sind. Heute wird er keine Antwort bekommen. Setz dich und iß mit uns. Bei uns ist heute ein doppelter Festtag. Wir sind arm, aber wir kommen nicht aus der Gosse. In unserer Familie hatten wir einen Prediger – Reb Zekele der Prediger nannte man ihn. Dein Vater, dieser Schürzenjäger, wird warten müssen.«

»Mama, es gibt einen Ausdruck – schmiede das Eisen, solange es heiß ist. Du kennst doch Vater – nichts als Launen. Morgen kann er sich's schon anders überlegt haben. Und was machst du dann?«

»Ich werde das tun, was ich all die langen Jahre getan habe – leiden und meine Hoffnung auf den Allmächtigen setzen. Arele liebt Schoscha, nicht ihre Kleider. Ein Kleid kannst du auch einer Schneiderpuppe umhängen. Ein gebildeter Mensch sieht auf die Seele. Ist das richtig, Arele?«

»Ja, Baschele.«

»Ach, nenne mich doch Mutter, bitte. Deine Mutter soll bis hundertzwanzig zu gesund leben, aber du hast keinen besseren Freund als mich in der ganzen Welt. Wenn mich jemand heißen würde, mein Leben für deinen kleinsten Fingernagel herzugeben, ich würde nicht zögern, Gott ist mein Zeuge!« Baschele fing an zu husten.

»Arele, es gibt nicht genug Worte, um auszudrücken, wie sehr wir alle dich lieben«, sagte Schoscha.

»Na ja, ihr beiden liebt euch, aber mich wollt ihr an irgendeinen Buchhalter verkaufen«, sagte Täubele. »Ich will auch lieben. Wenn ich nur dem Richtigen begegnen würde, dann würde sich meine Seele ihm ganz schnell öffnen.«

An diesem Abend setzte Baschele das Datum für die Hochzeit fest – die Chanukkawoche. Sie schlug vor, daß ich sofort einen Brief an meine Mutter in Stykow schreiben solle, wo mein Bruder Moischc jetzt anstelle meines Vaters Rabbiner war.

Die immer praktische Täubele fragte: »Wo werden denn die Neuvermählten wohnen? Heutzutage ist eine Wohnung teuer wie Gold.«

»Sie werden hier mit mir wohnen«, antwortete Baschele. »Und wenn ich für zwei koche, wird es auch für drei reichen.«

2

Ich hatte die größte Dummheit meines Lebens begangen, aber ich bedauerte es nicht. Ich war aber auch nicht in gehobener Stimmung, wie es Liebende gewöhnlich sind. Am Tag nach Jom Kippur kündigte ich mein Zimmer in der Lesznostraße zum Ende des Monats. Ich mochte mich zu äußerster Armut verurteilt haben, aber noch nicht zum Tode. Mein Zimmer blieb mir auf weitere zwei Wochen. Ich konnte Baschele noch für mein Essen bis nach den Feiertagen bezahlen. Ich wunderte mich zwar über meinen Leichtsinn, war aber nicht entsetzt darüber. Ich hatte erfahren, daß Sam Dreiman im Jüdischen Krankenhaus in der Czystastraße operiert worden war und mit Betty zur Erholung fortfahren würde. Als Thekla von meinem Auszug nach den Feiertagen hörte, kam sie, um mich nach dem Grund zu fragen. War ich mit der Bedienung unzufrieden? Hatte sie, Thekla, vielleicht vergessen, mir eine wichtige Nachricht zu bestellen? Hatte sie mich auf irgendeine Weise gekränkt? Zum erstenmal sah ich Tränen in ihren blaßblauen Augen. Ich legte meine Arme um sie, küßte sie und sagte: »Liebe Thekla, es ist nicht deine Schuld. Du warst gut zu mir. Ich werde bis zu meinem letzten Atemzug an dich denken.«

»Wo werden Sie wohnen? Werden Sie mit Fräulein Betty nach Amerika gehen?«

»Nein, ich bleibe hier in Warschau.«

»Es werden schlechte Zeiten für die Juden kommen«, sagte sie nach einigem Zögern.

»Ja, ich weiß.«

»Und wenn es Krieg geben wird, werden auch die Christen schlecht dran sein.«

»Auch das ist wahr. Aber die Geschichte aller Völker ist eine lange Kette von Kriegen.«

»Warum ist das so? Was sagen die gebildeten Leute dazu – die, die Bücher schreiben?«

»Das Beste, was sie zu sagen haben, ist, wenn es keine Kriege gäbe, keine Seuchen und keine Hungersnöte, dann würden sich die Menschen wie Kaninchen vermehren und es gäbe bald nicht genug zu essen für alle.«

»Wächst denn nicht genug Roggen für Brot auf den Feldern?«

»Nicht genug für tausende von Millionen Menschen.«

»Warum hat Gott es nicht so eingerichtet, daß es für alle reicht?«

»Das kann ich nicht beantworten.«

»Wissen Sie, wo Sie sein werden? Ich werde Sie vermissen. Ich habe zwar sonntags Ausgang, aber ich kann mich wohl nicht richtig an Leute anschließen«, sagte Thekla. »Die anderen Mädchen gehen mit Soldaten aus, mit Leuten, die sie auf der Straße oder am Karcelak-Platz kennenlernen. Aber ich kann mich nicht mit irgendeinem Flegel einlassen, der einen heute küßt und einen morgen nicht mehr kennt. Die trinken und prügeln sich. Sie schwängern ein Mädchen und später wollen sie nichts mehr von ihr wissen. Ist das richtig?«

»Nein, Thekla.«

»Manchmal habe ich schon gedacht, ich möchte Jüdin werden. Die jüdischen jungen Männer lesen Zeitungen und Bücher. Sie wissen, was in der Welt vorgeht. Sie behandeln auch die Mädchen besser als unsere Burschen.«

»Thekla, tu das nicht. Wenn die Nazis kommen, werden die Juden die ersten Opfer sein.«

»Wo werden Sie hinziehen?«

»In die Krochmalna Nr. 7.«

»Kann ich Sie am Sonntag besuchen kommen?«

»Ja. Warte mittags um zwölf am Tor auf mich.«

»Werden Sie bestimmt da sein?«

»Ja.«

»Ist das ein festes Versprechen?«

»Ja, meine Liebe.«

»Sie leben dort wohl mit jemandem, was?«

»Mit wem immer ich lebe, ich werde dich vermissen.«

»Ich werde kommen!« Thekla lief aus dem Zimmer. Sie verlor dabei einen Hausschuh. Mit einer Hand hob sie ihn auf, die andere hielt sie sich vor den Mund, damit ihre Herrin sie nicht weinen hören sollte.

An jenem Nachmittag setzte ich mich hin und schrieb an einer Kurzgeschichte, später arbeitete ich an einem Roman, dem das Leben des falschen Messias Jakob Frank zugrunde lag. Ich hatte schon beträchtliches Material über ihn zusammengetragen. In zwei Tagen schrieb ich drei Kurzgeschichten und brachte sie zu der Zeitung, die schon früher etwas von mir gedruckt hatte. Ich hatte keine Hoffnung mehr, aber die Spannung war von mir gewichen. Zu meiner Überraschung nahm der Redakteur alle drei Geschichten an. Er bat mich sogar, noch weitere kurze Sachen für ihn zu schreiben. Die Mächte, die das Schicksal des Menschen bestimmen, hatten mein Todesurteil aufgeschoben.

Mein Erfolg mit den Kurzgeschichten machte mir Mut, Celia anzurufen. Ich berichtete ihr alles. Celia hörte mich an, seufzte; ab und zu lachte sie kurz auf. Als ich geendet hatte, sagte sie: »Bring sie her und laß mich sie anschauen. Was auch immer werden mag, dein Zimmer hier steht bereit. Du kannst einziehen, mit wem du willst.«

»Celia, sie ist infantil – sie ist geistig und körperlich zurückgeblieben.«

»Ja, und was bist du? Was seid ihr Schriftsteller samt und sonders? Verrückt!«

Die Dinge entwickelten sich langsam und fast mechanisch, ich hatte die freie Wahl aufgegeben und überließ alles der Kausalität. Ich ließ Thekla und ihre Herrin wissen, daß ich noch einen Monat länger bleiben würde, und beide freuten sich und sprachen die Hoffnung aus, ich würde vielleicht noch länger bleiben. Am letzten Tag des Laubhüttenfestes rief Täubele mich an, um mich zu sich einzuladen. Selig wollte mich treffen. Ich zog meinen guten Anzug an, kaufte Schokolade für Täubele und nahm eine Droschke, damit ich nicht verschwitzt ankäme. Das Mädchen, mit dem Täubele die Wohnung teilte, war in die Oper gegangen. Selig saß im Wohnzimmer am Tisch, auf dem Likör und Gebäck standen. Mit gefärbtem Haar und Bart sah er kaum älter aus als vor zwanzig Jahren. Er war breitschulterig, untersetzt, hatte einen kurzen Hals und einen Spitzbauch. Seine Nase war rot und wies die roten Äderchen des Trinkers auf. Er sprach zu mir mit der Ungeschliffenheit der Mitglieder eines Beerdigungsvereins. Er roch nach Alkohol und rauchte eine Zigarette nach der anderen. Wenn er in meinem Alter wäre, sagte er, dann würde er nicht so einen Faulpelz wie Schoscha heiraten. Er beklagte sich darüber, daß Baschele sich so lange geweigert hatte, sich von ihm scheiden zu lassen, so daß er viele Jahre lang die Frau, die er liebte, nicht heiraten konnte. Er verglich Baschele mit einem Hund, der auf einem Heuhaufen saß, den er zwar nicht fressen konnte, aber den er auch keinem anderen Geschöpf gönnte. Er sagte zu mir, was ich schon wußte: er sei bereit, zu Schoschas Hochzeit zu kommen und ihr eine Mitgift von tausend Zloty zu geben. Wie ein richtiger zukünftiger Schwiegervater fragte er mich nach meinen Aussichten, durch Schreiben den Lebensunterhalt zu verdienen. Er goß sich ein halbes Glas voll Wodka, den Täubele auf den Tisch gestellt hatte, und fragte schroff: »Sei ehrlich, was findest du an meiner Schoscha? Vorne nichts, hinten nichts – ein Brett mit einem Loch, so würden wir das nennen.«

»Papa, du machst mir Schande!« rief Täubele aus.

»Was ist denn dabei? Wir im Beerdigungsverein, wir kennen die Wirklichkeit. Eine Frau kann sich für die Außenwelt zurechtmachen, alles mit Rouge und Puder und Korsetts verdecken, aber wenn wir sie für das Leichentuch bereitmachen . . .«

»Wenn du nicht aufhörst, gehe ich!« warnte ihn Täubele.

»Schon gut, Tochter, sei nicht böse. So sind wir nun mal. Und darum trinken wir. Ohne den Schnaps würde es keiner von uns aushalten. Du trinkst wohl nicht, was?« sagte er, sich an mich wendend.

»Selten.«

»Sag meiner Frau, sie hat jahrelang gewartet. Jetzt oder nie, wenn sie wieder heiraten will. Wenn sie noch ein paar Jahre wartet, kann sie wieder eine Jungfrau werden, ha, ha, ha!«

»Papa, ich gehe!«

»Schon gut, ich sag kein Wort mehr. Warte, Arele, ich hab ein Geschenk für dich.«

Selig holte aus seiner Brusttasche eine Uhr mit Kette. Ich wurde rot, und er sagte: »Wie ich auch sein mag und was man über mich redet, ich bin doch Schoschas Vater. Wenn sie je ein Kind bekommt – was ich mir nicht vorstellen kann, es sei denn, man macht einen Kaiserschnitt –, dann werde ich Großvater sein. Ich habe deinen Vater gekannt – er ruhe in Frieden! Manchmal hat er mich als Minjanmann gerufen, wenn bei ihm im Haus eine Trauung stattfand. Wir waren jahrelang Nachbarn. Er saß immer über seinen Gemaras. Ich erinnere mich auch an deine Mutter. Keine schlecht aussehende Frau, aber ein bißchen zu mager für meinen Geschmack. Du bist ihr ähnlich. Was wird dieser Hitler aushecken? Die Leute fürchten sich alle, ich mich nicht. Wenn alles schiefgeht, grabe ich mir mein Grab, trinke einen Schluck Schnaps und schlafe ein. Wenn man dem Tod jeden Tag begegnet, dann hat man keine Angst mehr vor ihm. Was ist denn das ganze bißchen Leben? Man drückt den Hals zu, und schon ist alles vorbei. Hier, nimm diese Uhr. Das ist mein Hochzeitsgeschenk für dich. Sie ist aus Silber und hat siebzehn Steine. Bascheles Vater hat sie mir gegeben, damit ich bei *seiner* Tochter liegen sollte, und jetzt gebe ich sie dir, damit du bei *meiner* Tochter liegst. Wenn du gut acht darauf gibst, wirst du sie vielleicht eines Tages dem Burschen weitergeben, der *deiner* Tochter den Gefallen tun wird.«

»Oh, Papa, was soll ich mit dir machen?«

»Täubele, gib auf – mit mir kannst du gar nichts machen. Wenn du den richtigen Mann finden wirst, bekommst du auch ein Geschenk. Es gibt keinen Gott. Ich bin an Rosch haschana und auch an Jom Kippur in die Synagoge gegangen, aber ich habe nicht viel gebetet.«

»Wer hat also die Welt erschaffen?« fragte Täubele.

Selig zupfte an seinem Bart. »Wo alles herkommt? Es ist einfach da und das ist alles. In Praga lebten zwei Freunde und einer wurde krank. Bevor er starb, traf er mit seinem Freund eine Abmachung: wenn es eine andere Welt geben sollte, dann würde er zurückkehren und ihm Grüße von dort ausrichten. Der Freund sollte am letzten Tag der Trauerzeit die Kerzen im Chanukkaleuchter anzünden, und er würde dann kommen und sie ausmachen. Der Freund tat, wie vereinbart. Am letzten Tag der Trauerzeit zündete er den Chanukkaleuchter an. Aber er war müde von der Arbeit und nickte ein. Plötzlich wachte er auf. Eine Kerze war aus dem Leuchter gefallen und Feuer war ausgebrochen. Sein Kaftan brannte. Er lief hinaus und rollte sich im Rinnstein. Er mußte zwei Monate im Krankenhaus bleiben.«

»Und was soll man daraus machen?«

»Gar nichts. So etwas wie eine Seele gibt es nicht. Ich habe mehr Rabbiner und fromme Juden beerdigt, als du Haare auf dem Kopf hast. Man legt sie ins Grab und dort verfaulen sie.«

Eine Zeitlang sprach niemand. Dann fragte Selig: »Schläft Schoscha immer noch so viel? Damals, als sie die Schlafkrankheit hatte, schlief sie fast ein Jahr lang. Man weckte sie auf, fütterte sie, aber sie schlief gleich wieder ein. Wie lang ist das jetzt her – fünfzehn Jahre wohl, was?«

»Papa, was ist los mit dir?« rief Täubele aus.

»Ich bin besoffen. Ich habe nichts gesagt. Jetzt ist sie ja gesund.«

Zehntes Kapitel

1

Dora hätte schon vor Monaten nach Rußland gehen sollen, aber sie war noch immer in Warschau. Ihre Schwester Lisa hatte mich im Schriftsteller-Klub angerufen, um mir zu sagen, Dora habe versucht, Selbstmord zu begehen und Jod getrunken. Wolf Felhendler, ein Genosse, der vor anderthalb Jahren nach Rußland gegangen war, war aus der sowjetischen Verbannung ausgebrochen und hatte sich nach Polen zurückgeschmuggelt. Die Nachrichten, die er mitbrachte, waren bestürzend: Doras beste Freundin Irka war dort erschossen worden. Eine ganze Gruppe von Genossen, die in die Sowjetunion gegangen waren, saßen entweder im Gefängnis oder waren nach dem Norden in die Goldbergwerke verschickt worden. Als sich diese Nachrichten verbreiteten, beschuldigten die Warschauer Stalinisten Wolf Felhendler, ein faschistischer Verräter zu sein und für die polnische Geheimpolizei zu spionieren. In Polen wurde jedoch dem Glauben an die Gerechtigkeit Stalins ein schwerer Schlag versetzt. Schon vorher waren ganze Zellen enttäuscht gewesen und waren zu den Trotzkisten übergegangen, und viele Kommunisten hatten sich dem jüdischen ›Bund‹ oder der Polnischen Sozialistischen Partei angeschlossen. Andere waren Zionisten geworden oder hatten sich dem Glauben zugewandt.

Nachdem man Dora den Magen ausgepumpt hatte, brachte Lisa sie für einige Tage in Otwock unter. Als sie wieder in ihre Wohnung zurückgekehrt war, rief Dora mich an und am Abend ging ich zu ihr. Hinter der Tür hörte ich eine Männerstimme – Felhendler. Ich hatte nicht die geringste Lust, ihn zu treffen. Früher hatte er die Antikommunisten im Schriftsteller-Klub gewarnt, daß man sie bei der Revolution am nächsten Laternenpfahl aufhängen würde. Trotzdem klopfte ich. Nach ein paar Minuten öffnete Dora die Tür.

Obwohl es im Korridor ziemlich dunkel war, konnte ich erkennen, daß sie bleich und abgemagert aussah. Sie ergriff meine Hand und sagte: »Ich hatte schon geglaubt, du würdest mich nie wieder sehen wollen.«

»Es scheint, du bist nicht allein.«

»Felhendler ist da. Er wird gleich gehen.«

»Laß ihn nicht bleiben. Ich habe keine Geduld mit ihm.«

»Er ist nicht mehr der gleiche. Er hat Furchtbares mitgemacht.«

Dora sprach leise und ließ meine Hand nicht los. Sie führte mich ins Wohnzimmer, wo Felhendler am Tisch saß. Hätte ich nicht gewußt, wer er war, ich hätte ihn nicht erkannt. Er war dünner geworden, gealtert; sein Haar war ausgefallen. Er war mir gegenüber immer arrogant gewesen – hatte so zu mir gesprochen, als sei die Revolution schon ausgebrochen, und er zum Kommissar ernannt worden. Aber jetzt sprang er auf. Er lächelte, und ich sah, daß ihm die Vorderzähne fehlten. Er streckte mir eine feuchtkalte Hand entgegen und sagte: »Ich habe Sie in Ihrem Zimmer aufgesucht, aber Sie waren nicht zu Hause.«

Selbst seine Stimme klang matt. Ich brachte es nicht über mich, mich an einem so geschlagenen Menschen zu rächen, obwohl ich wußte, hätte er die Macht gehabt, er hätte mir die gleiche Behandlung zuteil werden lassen, die ihm widerfahren war. Er sagte: »Ich habe oft an Sie gedacht, öfter als Sie ahnen. Haben Ihnen nicht manchmal die Ohren geklungen?«

»Die Ohren klingen, wenn von einem gesprochen wird, nicht, wenn man an ihn denkt«, bemerkte Dora.

»Du hast natürlich recht. Seit einiger Zeit vergesse ich Dinge. Eine Zeitlang habe ich sogar die Namen meiner eigenen Familie vergessen gehabt. Sie werden gehört haben, was mir passiert ist. Nun, ich habe Lehrgeld bezahlt, wie man sagt. Aber ich habe nicht nur an Sie gedacht, ich habe auch von Ihnen gesprochen. Ich habe mit einem Mann namens Mendel Leitermann die Zelle geteilt, und der las früher regelmäßig das *Literarische Magazin*. Vierzig von uns waren in einer

Zelle zusammengepfercht, die für acht bestimmt war. Wir saßen auf dem Boden und redeten. Das größte Privileg war, an der Wand sitzen zu dürfen, wo man den Kopf anlehnen konnte.«

Ich hatte angenommen, Felhendler würde sich verabschieden und gehen; statt dessen setzte er sich wieder hin. Sein Anzug hing so lose an ihm, als sei er nicht seine Größe. Früher hatte er immer einen steifen Kragen und eine Krawatte getragen, jetzt stand sein Kragen offen und ließ einen mageren Hals sehen. Er sagte: »Ja, ich erinnerte mich an Ihre Worte. Sie haben alles genau vorhergesagt – Sie hätten eine Art Prophet sein können, der mich mit einem Fluch belegt hatte. Ich meine das nicht im schlechten Sinn – diese Stufe des abergläubischen Unsinns habe ich noch nicht erreicht. Aber Worte gehen nicht verloren. Nachts, als ich krank und schmutzig auf dem nackten Boden lag, schwindlig vom Gestank des Kübels – das heißt, wenn sie mich liegen ließen und mich nicht zu Verhören schleppten – und als ich die Türen aufgehen hörte, wenn andere zur Folter geschleppt wurden, dann dachte ich, was würde Aaron Greidinger sagen, wenn er dies hier sehen könnte. Es ist mir nicht ein einziges Mal eingefallen, daß ich Sie wiedersehen und mit Ihnen sprechen könnte. Wir waren alle zum Tod verurteilt oder zur Arbeit in den Goldbergwerken, was noch schlimmer ist als der Tod. Oh nein, sie lassen einen nicht so leicht und schnell sterben. Einmal hat man mich sechsundzwanzig Stunden hintereinander verhört. Diese körperliche Pein – ganz abgesehen von der geistigen –, die wünsche ich meinem ärgsten Feind nicht, nicht einmal den Speichelleckern von Stalin. Ich kann mir nicht vorstellen, daß man während der Inquisition so grausam war, und auch nicht, daß man in Mussolinis Gefängnissen so verfährt. Der Mensch kann Folterungen durch einen Feind überstehen, aber wenn der Freund sich in einen Feind verwandelt, dann sind die Qualen nicht mehr zu ertragen. Von mir verlangte man nur ein Geständnis – daß ich ein Spion der polnischen Geheimpolizei sei. Sie haben mich buchstäblich beschworen, ihnen diesen Gefallen zu tun und zu gestehen, aber ich hatte mir gelobt, alles, aber dies nicht!«

»Wolf, hör auf davon zu reden. Es macht dich krank«, sagte Dora.

»Was? Kränker als ich bin, kann ich nicht werden. Ich habe zu ihnen gesagt: ›Wie kann ich ein polnischer Spion sein, wenn ich für unsere Idee in jedem einzelnen polnischen Gefängnis gesessen habe? Wie kann ich ein Faschist sein, wenn ich seit Jahren Redakteur eines Blattes war, das die Zionisten, den ›Bund‹, die P.P.S. angriff und offen die Diktatur des Proletariats predigte? Meine Familie gehörte zu den Ärmsten der Armen, und mein ganzes Leben habe ich nur Hunger und Not gekannt. Der Sozialismus war mein einziger Trost. Warum sollte ich ein Spion für das antisemitische, reaktionäre, polnische Regime geworden sein? In die Nähe welcher militärischen Einrichtungen hätte ich überhaupt gelangen können? Wo habt ihr euren Verstand gelassen? Noch im Wahnsinn sollte ein Rest von Logik stecken‹, sagte ich. Aber der Kerl, der mir gegenüber saß, spielte die ganze Zeit mit seinem Revolver, rauchte Zigaretten und trank Tee, während ich mit geschwollenen Füßen dastand, und mein Inneres sich vor Hunger, Durst und Müdigkeit verkrampfte. Er starrte mich an. Seine Augen waren mörderisch. ›Ich hab all deine lausigen Entschuldigungen angehört‹, sagte er. ›Du bist ein Faschistenhund, ein konterrevolutionärer Verräter und ein Hitlerspion. Unterzeichne das Geständnis, sonst reiße ich dir die Zunge aus deiner Schweineschnauze.‹ Er duzte mich, dieser Russenkerl. Er zündete eine Kerze an, nahm eine Nadel heraus und hielt sie über die Flamme. Er sagte: ›Wenn du das nicht unterzeichnest, stoß ich dir das unter deine dreckigen Fingernägel.‹ Ich wußte, was das für einen Schmerz bedeutete, denn die polnischen Faschisten hatten das schon mit mir gemacht, aber ich konnte mich nicht dazu bringen, mich als Spion zu bezeichnen. Ich blickte ihn an – ihn, der der Vertreter der Arbeiterklasse und der Revolution sein sollte – und trotz meiner Qual begann ich zu lachen. Das war wie im

Schmierentheater, der schlimmste Kitsch. Selbst Nowaczynski hätte sich in seinen kranken Phantasien nicht so eine Handlung ausdenken können.

Ich streckte meine Hand aus und sagte zu ihm: ›Nur zu. Wenn die Revolution das braucht, dann tun Sie nur mit mir, was Sie wollen.‹ Er wurde herausgerufen und ein anderer Henker nahm seinen Platz ein – ein neuer Henker, der ausgeruht und vollgefressen war. Und so haben sie mich sechsundzwanzig Stunden lang verhört. Ich flehte sie an: ›Erschießen Sie mich und machen Sie Schluß.‹«

»Wolf, ich kann es nicht mehr hören!« rief Dora.

»Du kannst nicht, kannst du wirklich nicht? Du mußt! Wir sind verantwortlich dafür. Wir haben dafür Propaganda gemacht. Als man die ersten Nachrichten über Trotzki verbreitete, 1926, da haben wir ihn einen Pilsudski-Agenten genannt, einen Agenten für die Mussolinis, die Rockefellers und die Macdonalds. Wir haben uns die Ohren zugehalten und uns geweigert, die Wahrheit zu hören.«

»Felhendler, ich will kein Salz in Ihre Wunden streuen«, sagte ich, »aber wäre Trotzki an der Macht, er würde auch nicht anders handeln als Stalin.« Eine Mischung von Ironie und Ärger zeigte sich in Felhendlers Blick. »Wie wollen Sie wissen, was Trotzki tun würde? Wie können Sie es wagen, Vermutungen über etwas anzustellen, das sich nie ereignet hat?«

»Es hat sich in allen Revolutionen das gleiche ereignet. Wann immer Blut vergossen wird im Namen der Menschlichkeit, der Religion oder irgendeiner anderen Sache, so führt es unvermeidlich zu dieser Art von Terror.«

»Wenn es also nach Ihnen ginge, dann müßte die Arbeiterklasse über das, was in Rußland vor sich geht, den Mund halten, zulassen, daß Hitler und Mussolini die Welt erobern, und sich selbst wie Ameisen zertreten lassen. Das ist doch, was Sie predigen?«

»Ich predige nicht.«

»Doch, das tun Sie. Wenn Sie sagen, daß Trotzki nicht

besser wäre als Stalin, so heißt das, die ganze menschliche Rasse ist korrupt und es gibt keine Hoffnung – es heißt, daß wir uns den Mördern, den Faschisten zu unterwerfen haben, denjenigen, die Pogrome anzetteln und die Uhr bis ins Mittelalter zurückstellen, bis zur Inquisition, bis zu den Kreuzzügen.«

»Felhendler, England, Frankreich und Amerika haben nicht auf die Inquisition und die Kreuzzüge zurückgegriffen.«

»So, haben sie das nicht? Amerika hat die Tore geschlossen und läßt niemanden herein. England, Frankreich, Kanada und Australien – all die kapitalistischen Länder – machen das gleiche. In Indien verhungern jeden Tag tausende von Menschen. Englische Reisende geben das selbst zu. Und wenn Gandhi, so fügsam er auch war, nur ein Wort sagte, warf man ihn ins Gefängnis. Stimmt das oder nicht? Gandhi faselt von passivem Widerstand. Was ist das für ein Schwindel! Wie kann Widerstand passiv sein? Das ist so, als ob Sie von heißem Schnee oder kaltem Feuer reden würden.«

»Dann sind Sie also noch immer für die Revolution?«

»Ja, Aaron Greidinger, ja! Wenn Sie zum Zahnarzt gehen, und der Ihnen statt des verfaulten Zahnes drei gesunde zieht, das wäre bestimmt eine Tragödie und ein Verbrechen. Aber der verfaulte Zahn muß doch noch raus. Sonst könnte er den ganzen Mund infizieren – sogar zum Brand führen.«

»Richtig! Hundert Prozent richtig!« rief Dora aus.

»Ich will eure Hoffnungen wirklich nicht zerstören«, sagte ich. »Aber ich will euch noch etwas prophezeien: Trotzkis ›permanente Revolution‹, oder was für eine Revolution es immer sein mag, wird genau das gleiche anstellen, was die Stalinisten jetzt tun. Ich möchte nicht, daß ihr eines Tages wieder sagen müßt, daß ich recht hatte. Sie haben genug gelitten.«

»Nein«, sagte Felhendler. »Wenn ich so denken würde wie Sie, dann würde ich mich noch heute abend aufhängen.«

»Genug«, sagte Dora. »Ich mache uns Tee.«

2

Wir tranken Tee, aßen Brot und Hering, und Felhendler berichtete von seinen Erfahrungen von dem Augenblick an, als er die russische Grenze überschritt und von einem Vertreter der Komintern in Empfang genommen wurde. Man brachte ihn nach Moskau, und er bekam ein Zimmer mit einem anderen Delegierten aus Polen, einem Genossen Wysocki aus Oberschlesien. Jeden zweiten Tag erhielten sie Freikarten fürs Theater oder die Oper oder einen neuen sowjetischen Film. Plötzlich, mitten in der Nacht, klopfte es an der Tür, und er wurde verhaftet. Fünf Wochen saß er hinter Gittern, ohne die Anklage gegen sich zu kennen. Er tröstete sich mit dem Gedanken, daß die Gefangennahme ein Irrtum sei – ganz offenbar hatte man ihn mit einem anderen Felhendler verwechselt und bei der Vernehmung würde sich alles aufklären. Er teilte eine Zelle sowohl mit politischen wie mit kriminellen Gefangenen. Die Diebe, Mörder und Sittlichkeitsverbrecher schlugen die Politischen und nahmen ihnen die Rationen fort. Unter sich spielten sie Karten, die sie aus Zetteln gemacht hatten, und spielten um ihre Rationen, ihre Kleidung und das Recht, auf der harten Bank statt auf dem Boden zu schlafen. Hatte einer alles, was er besaß, verspielt, dann spielte er noch um Schläge – der Gewinner durfte den Verlierer verdreschen. Viele der Kriminellen waren homosexuell. Weigerte sich ein neuhinzugekommener Gefangener mitzumachen, wurde er vergewaltigt. Die Roten Behörden machten sich nicht die Mühe, die Opfer zu beschützen.

Felhendler sagte: »In den polnischen Gefängnissen, selbst in dem berüchtigten von Wronki, wo ich drei Jahre verbracht habe, gab man uns Bücher. Ich habe mich durch eine ganze Bibliothek hindurchgelesen. Aber im Lande des Sozialismus saßen wir – die Kämpfer für Gerechtigkeit! – wochenlang herum und wurden fast verrückt. Aus dem lehmartigen Brot, das man uns gab, kneteten wir Schachfiguren, aber auf dem Boden war nicht genug Platz, um ein Brett aufzustellen. Keiner der politischen Gefangenen hatte auch nur die leiseste Idee, wegen welcher Verbrechen er aufgegriffen worden war. Und trotzdem blieben fast alle ihrem Ideal treu. Sie schoben die Schuld auf die unteren Beamten der Geheimpolizei, ohne auch nur einmal Stalin oder irgend jemanden im Zentralkomitee oder im Politbüro anzuschuldigen. Aber bald wurde ich mir des Treibsandes, in den wir geraten waren, bewußt. Einige der Gefangenen vertrauten mir an, daß sie gezwungen worden seien, gegen ihre besten Freunde falsche Anschuldigungen zu erheben.«

Als Felhendler ging, war es Mitternacht. Kaum hatte er die Tür hinter sich geschlossen, als Dora in Tränen ausbrach.

»Was kann man tun? Wie soll man leben?«

Sie ergriff mich an den Handgelenken und zog mich an sich. Sie lehnte ihre Stirn gegen meine Schulter und schluchzte. Ich stand da und starrte auf die gegenüberliegende Wand. Vom Tage an, an dem ich das Haus meines Vaters verlassen hatte, lebte ich in einem Zustand ständiger Verzweiflung. Gelegentlich kam mir der Gedanke der Reue, der Rückkehr zum wahren Judentum. Aber so zu leben wie mein Vater, meine Großväter und Urgroßväter, ohne ihren Glauben – war das möglich? Jedesmal, wenn ich eine Bibliothek betrat, hegte ich den Hoffnungsschimmer, daß vielleicht in einem der Bücher ein Hinweis zu finden sei, wie ein Mensch meiner Veranlagung und meiner Weltanschauung zum Frieden mit sich selbst finden könne. Ich fand ihn nicht – nicht bei Tolstoi oder Kropotkin, nicht bei Spinoza oder William James, nicht bei Schopenhauer und nicht in der Bibel. Gewiß, die Propheten predigten ein strenges Sittengesetz, aber ihre Versprechungen guter Ernten, reichbehangener Ölbäume und Weinberge, und Schutz vor den Feinden sprachen mich nicht an. Ich wußte, die Welt war immer so gewesen und würde immer so sein, wie sie jetzt war. Was die Moralisten das Böse nannten, war in Wirklichkeit die Lebensregel.

Dora wischte ihre Tränen ab. »Arele, ich muß hier sofort ausziehen. Die Wohnung gehört mir nicht mehr, und selbst wenn sie mir gehörte, könnte ich sie nicht bezahlen. Außerdem habe ich Angst, daß meine ehemaligen Genossen mich dem Geheimdienst anzeigen werden.«

»Der Geheimdienst kennt dich sicher schon lange.«

»Sie könnten die notwendigen Beweise beibringen. Du weißt, wie es bei den Stalinisten zugeht – wer nicht für sie ist, der wird liquidiert.«

»Das hast du früher auch gepredigt.«

»Ja, zu meiner Schande.«

»Die Trotzkisten folgen den gleichen Prinzipien.«

»Was soll ich tun? Sag mir.«

»Ich kann dir nichts sagen.«

»Ich kann jeden Tag verhaftet werden. Das letztemal, als du hier geschlafen hast, war ich noch voller Erwartung. Ich träumte sogar, daß du früher oder später zu mir nach Rußland kommen würdest. Jetzt habe ich keinerlei Hoffnung mehr.«

»Vor einer halben Stunde hast du noch Felhendlers Trotzkismus zugestimmt.«

»Ich bin nicht mehr so sicher. Ich hätte mich aus dem Fenster stürzen sollen, anstatt Jod zu trinken.«

In dieser Nacht lag ich neben Dora, aber das war alles. Ich konnte nicht schlafen. Jedesmal, wenn ich die Glocke am Haustor hörte, nahm ich an, es sei die Polizei, die uns holen kam. Ich stand bei Tagesanbruch auf und ehe ich ging, gab ich Dora etwas von dem Geld, das ich bei mir hatte.

Dora sagte: »Ich danke dir, aber wenn du hören solltest, daß ich mich umgebracht habe, sei nicht zu ärgerlich. Mir ist nichts geblieben.«

»Dora, laß dich in der Zwischenzeit nicht mit den Trotzkisten ein. Die permanente Revolution ist genauso unmöglich wie permanente Chirurgie.«

»Was wirst du tun?«

»Ach, von Tag zu Tag leben – oder von Stunde zu Stunde.«

Wir verabschiedeten uns. Ich fürchtete, ein Geheimpolizist

könnte am Tor auf mich warten und mich festnehmen, aber es war niemand da. Ich eilte zurück in mein Zimmer und zu meinem Manuskript.

Unterwegs betrachtete ich den hohen Turm der Kirche in der Nowolipkistraße. In den Gebäuden rings um den riesigen Hof, der von einem eisernen, mit Spitzen gespickten Zaun umgeben war, lebten Nonnen – Bräute Jesu. Ich hatte sie oft vorübergehen sehen, in ihren gestärkten Hauben, langen schwarzen Gewändern und mit Männerschuhen, Kruzifixe auf der Brust. In der Karmelickastraße kam ich am ›Arbeiterheim‹ vorbei, dem Klub der linksgerichteten Poale Zion. Dort trat man sowohl für Kommunismus wie Zionismus ein, weil man glaubte, nur wenn das Proletariat die Macht in Händen hätte, würden die Juden ihre Heimat in Palästina finden und eine sozialistische Nation werden. In der Lesznostraße Nr. 36 war die Grosser-Bibliothek des jüdischen ›Bund‹, wie auch der Konsumladen für die Arbeiter und ihre Familien. Der ›Bund‹ verwarf den Zionismus völlig. Sein Programm erstrebte kulturelle Selbstverwaltung und den gemeinsamen sozialistischen Kampf gegen den Kapitalismus. Die ›Bundisten‹ selbst hatten sich in zwei Richtungen gespalten, eine setzte sich für die Demokratie ein, die andere für die sofortige Diktatur des Proletariats. In einem anderen Hof befand sich der Klub der Revisionisten, die Anhänger von Jabotinsky und radikale Zionisten waren. Sie ermutigten die Juden, mit Waffen umgehen zu lernen und behaupteten, nur Terrorakte gegen die Engländer, die Mandatsinhaber, könnten Palästina den Juden zurückgeben. Die Warschauer Revisionisten hatten eine paramilitärische Einheit gebildet, die von Zeit zu Zeit durch die Straßen zog, mit hölzernen Schwertern bewaffnet, und Schlachtrufe gegen jene Zionisten ausstieß, die, wie Weizmann, an Vermittlung glaubten und an Kompromisse mit den Engländern. Fast alle jüdischen Parteien hatten ihre Klubs in dieser Gegend. In jedem Jahr gab es eine neue Splittergruppe und ein neues Büro.

Ich hatte einen moralischen Sieg über Dora, Felhendler

und ihre Genossen errungen, aber alles war so miteinander verfilzt, daß ich niemanden mehr wegen seiner Verbohrtheit verhöhnen mochte.

Ich ging in mein Zimmer, das ich nun bis zur Hochzeit behalten wollte, aber ich war zu müde zum Arbeiten. Ich streckte mich auf dem Bett aus, schlief ein, und hörte im Geiste wieder und wieder die Worte Felhendlers und Doras Klage: *Was kann man tun? Wie soll man leben?*

Elftes Kapitel

I

Ein paar Tage vor der Hochzeit kamen meine Mutter und Moische an, und ich holte sie am Danziger Bahnhof ab. Der Zug lief um acht Uhr morgens ein. Ich erkannte sie kaum wieder. Mutter schien kleiner, gebeugt, ein altes Weiblein. Ihre Nase war länger geworden; sie bog sich wie der Schnabel eines Vogels nach unten. Runzeln hatten sich tief in Stirn und Backen eingegraben. Nur die grauen Augen zeigten noch etwas jugendliche Frische. Sie trug keine Perücke mehr; ein Tuch bedeckte ihren Kopf. Ihr Rock berührte den Boden, und sie hatte eine Bluse an, an die ich mich noch von zu Hause erinnerte. Moische war hochgewachsen. Er hatte einen struppigen blonden Bart und Schläfenlocken, die bis auf die Schulter hingen. Sein Rabbinerhut war fleckig und schäbig und ebenso sein Pelzmantel. Sein offener Hemdkragen ließ einen zarten, kindlichen Hals sehen.

Er starrte mich aus seinen blauen Augen erstaunt an und sagte: »Ein richtiger Westler.«

Nachdem ich meine Mutter geküßt hatte, fragte sie: »Arele, bist du – Gott behüte! – krank? Du siehst so blaß und eingefallen aus, als ob du gerade vom Krankenbett aufgestanden wärst – möge es nie geschehen!«

»Ich habe die ganze Nacht kein Auge zugetan.«

»Wir sind zwei Tage und Nächte unterwegs gewesen. Der Wagen, der uns zum Zug in Rawa Ruska bringen sollte, ist im Schlamm umgestürzt. Es ist ein Wunder, daß wir nicht verletzt wurden. Eine Frau hat sich den Arm gebrochen. Deshalb haben wir den Zug versäumt, den wir nehmen wollten, und mußten zwanzig Stunden auf den nächsten warten. Die andern wurden aufsässig. Sie wollten Moisches Schläfenlocken abschneiden. Der Jude ist hilflos. Wenn es jetzt schon so schlimm ist, wie wird es erst werden, wenn die Mörder kommen? Die Leute zittern schon.«

»Mama, der Allmächtige wird helfen«, sagte Moische. »Es hat schon viele Hamans gegeben und alle haben schlimm geendet.«

»Aber bevor sie selbst schlimm endeten, haben sie unzählige Juden umgebracht«, antwortete Mutter.

Ich hatte für Mutter und Moische ein Zimmer in einer koscheren Unterkunft in der Gnoynastraße genommen. Der Wirt war ein Chassid. Ich nahm eine Droschke, um mit ihnen dorthin zu fahren, aber Moische sagte: »Ich fahre nicht in einer Droschke.«

»Warum nicht?«

»Der Sitz könnte ein Gemisch aus Leinen und Wolle sein – das ist doch ein verbotenes Material.«

Nach längerer Erörterung wurde entschieden, daß Mutter ihren Schal über den Sitz breiten würde. Moische trug einen Korb, mit Draht und einem kleinen Schloß zugemacht, wie ihn früher Jeschiwastudenten benutzten. Mutter hatte ihre Sachen in ein Tuch gebündelt. Die Vorübergehenden blieben stehen und starrten uns an. Der Kutscher fuhr langsam, denn die Straße war mit Straßenbahnen, Taxis, Lastwagen und Autobussen verstopft. Die Mähre sah wie ein Skelett aus und hinkte. Moische fing an, sich hin und her zu wiegen und zu murmeln. Er begann entweder seine Morgengebete oder rezitierte Psalmen.

Mutter sagte: »Arele, mein Kind, daß ich dich noch einmal zu sehen bekommen habe und noch dazu als Bräutigam, dafür muß ich Gott dem Allmächtigen danken, aber warum durfte dein Vater das nicht erleben? Er hat fast bis zum letzten Augenblick die Tora studiert. Ich habe selbst nicht gewußt, daß er ein solcher Heiliger war. Ach, ich habe ihn gequält, weil er uns in so ein elendes Loch verschleppt hat, aber er hat sich nicht viel daraus gemacht. Jetzt verzehre ich mich vor Kummer darüber und kann nächtelang nicht schlafen. Welche Strafe mich auch treffen wird, ich habe sie verdient. Arele, ich kann nicht länger in Stykow bleiben. Ich will ja nichts gegen Moischeles Frau, meine Schwiegertochter – möge sie gesund und kräftig bleiben! – sagen, aber ich kann nicht mit ihr leben. Sie kommt vom Land, ihr Vater ist ein Bauer. In Galizien haben die Juden immer Land besitzen dürfen. Sie sagt und tut Dinge, die mich ärgern. Ich höre gut – Gott sei Dank! –, aber sie schreit mir in die Ohren, als ob ich taub wäre. Sie beschäftigt sich nur mit Nichtigkeiten. Es ist wahr, ich habe gesündigt, aber wieviel kann der Mensch aushalten?«

»Also, also!« Moische legte zwei Finger an die Lippen – ein Zeichen, daß Mutters Worte eine Verleumdung waren und daß er während des Gebetes nicht sprechen durfte.

»Also also hier, und also also da! Sicher, meine Worte sind sündhaft, aber was ein Mensch von Fleisch und Blut aushalten kann, hat Grenzen. Sie haßt mich, weil ich Bücher lese und sie kaum zu beten versteht. Aber was ist mir außer meinen Büchern geblieben? Wenn ich ›Die Pflicht der Herzen‹ aufschlage, vergesse ich, wo ich bin und was aus mir im Alter geworden ist. Arele, ich will nicht in Stykow sterben. Es ist wahr, dein Vater liegt dort in der Erde, aber die paar Jahre oder Monate, die ich noch auf dieser Welt herumkriechen darf, die möchte ich nicht unter groben Bauern verbringen. Es ist auch schwer für Moische. Man bezahlt ihn nicht. Am Donnerstag geht der Schammes mit einem Sack herum und sammelt eine Handvoll Weizen, Hafer oder Graupen ein – so wie die Russen ihre Priester bezahlen, entschuldige schon den Vergleich. Die Christen dort sind Ruthenen und einige unter ihnen prahlen damit, daß Hitler auf ihrer Seite ist. Sie streiten sich auch untereinander. Einer von ihnen hat einem Mädchen den Kopf abgehauen, gerade unter unserem Fenster, nur weil sie mit einem anderen Burschen ging. Unser Leben hängt jeden Augenblick an einem Faden. Ich bete darum, sterben zu dürfen. Jeden Tag bitte ich den Allmächtigen, mich fortzunehmen, aber gerade weil man sterben möchte, lebt man.«

»Also, also!«

»Hör schon auf mit deinen ›alsos‹. Du wirst nicht in meinem

Gehenna enden. Arele, ich möchte dir etwas sagen, aber du darfst nicht böse werden. Ich werde nicht nach Stykow zurückkehren. Und wenn ich auf der Straße schlafen muß, ich bleibe hier in Warschau.«

»Mama, du wirst nicht auf der Straße schlafen«, sagte ich.

»Hab Mitleid mit mir. Wie ich höre, gibt es in der Krochmalna keinen Rabbiner mehr. Vielleicht könnte Moische hier etwas finden? Ich bin bereit, in ein Altersheim zu gehen oder irgendwohin, wo ich meinen Kopf hinlegen kann. Was ist denn die Schoscha für ein Mädchen? Wieso hast du gerade sie gewählt? Nun, der Himmel hat alles bestimmt.«

Die Droschke hielt vor einem Tor in der Gnoynastraße. Viele der Höfe hier waren über hundert Jahre alt. Es gab da Gänge, wo am frühen Morgen die Bauern ihre Waren aus den umliegenden Dörfern feilboten. In den Kellern bewahrte man Eier in Kalkwasser auf. In Nr. 3 war Krels Lehrhaus, wo ich hingegangen war, nachdem ich die Grundschule beendet hatte, um selbst eine Seite der Gemara zu lernen. In Nr. 5 war eine Synagoge und noch ein Lehrhaus. In der Nähe war noch immer das alte Badhaus, zu dem meine Mutter als junge Frau gegangen war. Selbst die in Öl gebackenen Kuchen, die Kichererbsen mit Bohnen, und die Kartoffelknisches, die man hier verkaufte, dufteten noch so, wie ich es in Erinnerung hatte.

Mutter sagte: »Es hat sich nichts verändert.«

Vor dem Haus, vor dem wir hielten, standen mehrere Wagen. Die Pferde fraßen eine Mischung aus Hafer und Häcksel aus ihren Futtersäcken. Tauben und Spatzen pickten die herabgefallenen Körner auf. Männer in kurzen Lammfelljacken und mit Kappen auf dem Kopf trugen Säcke, Kisten und Körbe. Durch die teilweise vereisten Fenster sah man Flaschen, Töpfe und zum Trocknen aufgehängte Windeln. Aus einem Fenster hörte man Kinder einen Vers aus dem Pentateuch psalmodieren – es war eine Schule. Schmutzige Stiegen führten zu der Unterkunft im dritten Stock.

Nach jeder halben Treppe hielt meine Mutter an. »Ich bin nicht mehr gewöhnt, Treppen zu steigen.«

Im dritten Stock öffnete ich vom dunklen Treppenabsatz aus eine Tür. Die Unterkunft bestand aus einem gemeinsamen Wohnzimmer und ein paar kleinen Gästezimmern. Im Wohnzimmer saß ein Mann, den Gebetsmantel und die Gebetsriemen umgelegt, und betete, ein anderer packte Schachteln in einen Sack, und ein dritter war beim Frühstück. Zwei Frauen, eine mit Perücke, die andere mit einer Haube, saßen auf einer Bank und flickten mit einer riesigen Nadel und Schnur einen Pelzmantel. Der Wirt, mit pechschwarzem Bart und einem Käppchen auf dem Kopf, führte uns in ein Zimmer mit zwei Betten, wo Mutter und Moische die Nacht verbringen würden.

Moische sagte: »Es wird spät und ich möchte beten. Gibt es hier ein Bethaus?«

»Hier im Hof gibt es zwei Bethäuser – eines von den Kozienica-Chassidim, das andere von den Blendewer-Chassidim. Es gibt auch eine Synagoge, aber die dorthin zum Beten gehen, sind alle Litwaks.«

»Ich werde in das Kozienica-Bethaus gehen.«

»Möchten Sie frühstücken?« fragte der Wirt meine Mutter.

»Ist es streng koscher?«

»Was für eine Frage! Rabbiner essen hier.«

»Vielleicht vorläufig ein Glas Tee.«

»Und etwas dazu zu knabbern?«

»Ich habe keine Zähne mehr. Haben Sie vielleicht etwas weiches Brot?«

»Es gibt nichts, was ich nicht habe.« Er ging Brot und Tee holen.

In einer Ecke des Zimmers stand ein Waschständer mit einer Schüssel und einem Krug, und an einem Haken hing ein schmuddeliges Handtuch. Mutter sagte: »Verglichen mit Stykow ist das ein Palast. Wir wohnen in einer Hütte mit einem Strohdach, das das Wasser durchläßt. Wir haben einen Ofen, aber das Ofenrohr ist undicht, und der Rauch zieht nicht durch den Kamin ab. Wann werde ich die Braut zu sehen bekommen?«

»Ich werde sie herbringen.«

2

Es war der erste Chanukka-Abend. Der Wirt zündete die Kerzen an und segnete die erste der acht Chanukkakerzen für die Gäste, aber meine Mutter und Moische weigerten sich, eine fremde Person diese heilige Zeremonie für sie vornehmen zu lassen. Außerdem hatte er eine Kerze angezündet, nicht einen in Öl schwimmenden Docht. Ich ging auf die Straße hinunter und kaufte einen zinnernen Chanukkaleuchter für sie, eine Flasche Öl, Dochte und eine kleine Kerze, ›Schammes‹ genannt, mit der man die Dochte anzündet. In ihrem Zimmer goß Moische etwas Öl in die erste kleine Schale, setzte den Docht ein, zündete den ›Schammes‹ an, berührte den Docht damit und begann mit den Segenssprüchen. Dann fing er an zu singen: »Oh Feste, Fels meiner Erlösung. . .« So hatte mein Vater gesungen, so waren seine Bewegungen gewesen. Zuerst wollte der Docht nicht anbrennen, und Moische mußte wieder und wieder versuchen, ihn anzuzünden. Als er schließlich brannte, qualmte und zischte er. Moische hatte den kleinen Leuchter auf das Fensterbrett gestellt, wie das Gesetz es vorschreibt, damit das Chanukkawunder der Welt gezeigt werde, wenn auch der Hof unten von drei fensterlosen Mauern umgeben und niemand zu sehen war. Das Fenster schloß nicht dicht, der Wind blies herein. Alle paar Sekunden flackerte das Lichtlein, aber es ging nicht aus. Moische sagte: »Wie das jüdische Volk. In jeder Generation erheben sich unsere Feinde, um uns zu vernichten, und der Allmächtige – Er sei gesegnet! – errettet uns aus ihren Händen.«

»Es ist also höchste Zeit, daß unsere Feinde zu *ihrer* Rettung um Wunder beten«, sagte ich.

Moische griff an seinen Bart. »Wer sind wir, Ihm zu sagen, was Er tun und wann Er es tun soll? Gestern erst hast du Mutter erzählt, daß je mehr die Astronomen über die Sterne nachsinnen und sie messen, desto größer und älter werden diese. Du hast gesagt, daß viele von ihnen größer als die Sonne sind. Wie können dann so unbedeutende Wesen wie wir, mit unseren winzigen Gehirnen, begreifen, was Er tut?«

Moische sprach mit der Stimme meines Vaters. Noch vor ein paar Jahren hatte der Vater so argumentiert: »Du kannst die Tinte vergießen, aber sie wird von selbst keinen Brief schreiben. Die Ungläubigen sind nicht nur böse, sie sind auch Narren.«

Moische ging ins Lehrhaus, nachdem er etwa eine halbe Stunde lang das Chanukkalicht betrachtet hatte. Dort konnte er Bücher finden, die er in Stykow niemals bekommen konnte. Mit dem wenigen Geld, das er hatte, kaufte er ›Das Brüllen des Löwen‹, ›Die Responsen des Rabbi Akiba Eiger‹ und ›Das Antlitz Joschuas‹. Er hatte Mutter versprochen, bald zurück zu sein. Sie saß auf ihrem Bett, von einem Kissen gestützt, und ihre großen grauen Augen starrten gebannt auf das flackernde Licht, als sähe sie es zum erstenmal. Ich hatte sie als mittelgroß in Erinnerung, vielleicht etwas größer als Vater, aber jetzt schien sie mir geschrumpft zu sein. Der Kopf nickte ständig – in ununterbrochenem ›ja, ja, ja.‹ Dann sagte sie zu mir: »Arele, ich will nicht an dir herumnörgeln – Gott behüte! –, du bist erwachsen, und ich hoffe, du wirst mich lange überleben, aber was war der Sinn davon?«

»Was meinst du?«

»Du weißt ganz genau, was ich meine.«

»Mutter, nicht alles, was man tut, hat einen Sinn.«

In den Augen meiner Mutter erschien ein leises Lächeln.

»Was ist es? Liebe?«

»So kannst du es nennen.«

»Das Sprichwort sagt, Liebe ist blind, aber selbst Liebe ist nicht ganz ohne Vernunft. Ein Schusterlehrling würde sich nicht in eine Prinzessin verlieben und er würde sie ganz bestimmt nicht heiraten.«

»Sogar das könnte vorkommen.«

»Was? Vielleicht in Romanen, aber nicht im wirklichen Leben. Als wir in Warschau lebten, habe ich immer die Fortsetzungsromane in der Zeitung gelesen. Dein Vater – er ruhe in Frieden! – mochte die Zeitungen und die darin schrieben nicht. Er sagte, sie entweihen die heiligen jüdischen Buchstaben. Nur als der Krieg ausgebrochen war und er die Nachrichten erfahren wollte, las er die Zeitung. Selbst in diesen schmalzigen Romanen war noch ein bißchen Sinn. Und du gehst und heiratest Schoscha. Es ist wahr, sie ist ein liebes Kind, leider krank, vielleicht ist sie ein Opfer ihres Vaters, aber hättest du in ganz Warschau niemand besseren finden können? Ich weiß, ich begehe eine Sünde, ich sollte so etwas nicht sagen. Ich verliere dadurch die zukünftige Welt. Schau, die Kerze ist ausgegangen.«

Wir saßen schweigend. Die Luft roch nach verbranntem Öl und nach etwas Süßem, lang Vergessenem. Dann fuhr Mutter fort: »Mein Kind, es ist alles vorherbestimmt. Mein Vater, dein Großvater – er ruhe in Frieden! – stand im Ruf, ein Genie zu sein. Er hätte Rabbiner in einer großen Stadt werden können, aber er war es zufrieden, in seinem Eckchen in einem verlassenen Dorf zu sitzen, und dort blieb er bis zu seinem Ende. Dein väterlicher Großvater, der aus Tomaszów, versteckte sich völlig vor den Menschen. Sein ganzes Leben lang schrieb er Kommentare zur Kabbala. Vor seinem Ableben rief er einen seiner Enkel und befahl ihm, alle seine Manuskripte zu verbrennen. Versehentlich blieb eine Seite übrig, und diejenigen, die sie gelesen haben, behaupten, sie sei voll der Geheimnisse der Tora gewesen. Er war so weltfremd, daß er den Unterschied zwischen zwei verschiedenen Geldstücken nicht kannte. Hätte deine Großmutter Temerl nicht geknausert und gespart, so hätte es kein Stück Brot im Haus gegeben. Sie war auch eine Heilige. Wenn sie zum Rabbi von Belz ging, dann forderte er sie auf, sich auf einen Stuhl zu setzen, obgleich sie nur eine Frau war. Was bin ich schon im Vergleich zu ihnen? Ich bin in Sünde getaucht. Natürlich liebe ich dich, und ich möchte, daß du eine gute Frau bekommst, aber wenn der Himmel es anders bestimmt hat, dann sollte ich die Kraft haben, meinen Mund zu halten. Ich erzähle dir dies alles, damit du an dein Herkommen denkst. Wir sind nicht in diese Welt hineingeboren, um unseren Leidenschaften nachzugeben. Sieh mich an und du wirst erkennen, was aus Fleisch und Blut wird. Ich war ein schönes Mädchen. Wenn ich die Lublinstraße entlangging, blieben die Leute stehen und schauten mir nach. Ich hatte die kleinsten Füße in der ganzen Stadt, und ich putzte meine Schuhe jeden Tag, auch wenn es regnete. Ich habe sie vielleicht hundertmal mit der Bürste poliert. Ich hatte einen Faltenrock, und jeden zweiten Tag wurden die Falten gebügelt. Die Leute haben mich wegen meiner Eitelkeit bei deinem Großvater verpetzt. Wie alt war ich damals? Vielleicht fünfzehn. Und mit fünfzehneinhalb war ich schon verlobt. Ein Jahr später führte man mich unter den Hochzeitsbaldachin. Ein Mädchen darf nicht die Tora studieren, aber ich stand hinter der Tür und hörte zu, wenn dein Großvater in der Jeschiwa unterrichtete. Machte einer einen Fehler, so merkte ich es. Ich fing auch an, die hebräischen Erbauungsbücher zu lesen. Zu der Zeit wurde mir klar, daß ich heißblütig war und meine Triebe zügeln mußte. Wo hatte ich das her? Ich hoffe zu Gott, daß die Kinder dir nachgeraten werden, und nicht Schoscha.«

»Mutter, wir werden keine Kinder haben.«

»Warum nicht? Der Himmel will, daß es eine Welt und Juden darin gibt.«

»Niemand weiß, was der Himmel will. Wenn Gott wollte, daß die Juden leben sollen, dann hätte Er nicht die Hitlers erschaffen.«

»Weh über mich, daß du solche Worte aussprichst!«

»Niemand ist noch im Himmel gewesen und hat mit Gott gesprochen.«

»Man muß nicht in den Himmel hinauf, hier auf Erden

kann man die Wahrheit sehen. Drei Tage bevor Meitels Esther in der Lotterie gewonnen hat, habe ich im Traum den Briefträger gesehen, der mir ein Papier gab mit vielen Zahlen drauf. Ich wollte es nehmen, aber plötzlich erschien Meitel – sie war damals schon tot. Ihr Gesicht war gelb und sie trug eine weiße Kapuze. Sie sagte zu mir: ›Das ist nicht für dich, meine Tochter Esther wird darauf viel Geld gewinnen.‹ Und sie drückte dem Briefträger statt einer Münze einen Strohwisch in die Hand. Ich war damals ein zehnjähriges Kind, ich wußte nicht einmal, daß es so etwas wie eine Lotterie gab. Ich erzählte allen in unserem Haus von dem Traum. Sie zuckten die Schultern. Nach drei Tagen kam ein Telegramm, in dem stand, daß Esther das große Los gewonnen hatte. Als ich den Traum hatte, waren die Nummern noch nicht ausgelost. Zwei Jahre später erlebte ich, wie es in einem Haus spukte. Wochenlang klopfte ein böser Geist an den Fensterrahmen des Hauses von Abraham, dem Schächter. Man schickte Soldaten hin, die die Räume, den Keller und den Dachboden untersuchten, aber man fand nichts, das den Radau erklären konnte. Mein Kind, die Welt ist so voll mit zahllosen Rätseln, daß selbst wenn die Gelehrten noch Millionen Jahre studieren würden, sie nicht einmal ein Millionstel davon lösen könnten. . .«

»Mutter, das ist alles kein Trost für die gequälten Juden in Dachau und in anderen solchen höllischen Orten.«

»Der Trost ist, daß es den Tod nicht gibt. Deine Schoscha hat mir selbst erzählt, daß ihre tote Schwester sie besuchen kam. Sie ist nicht klug genug, um so eine Lüge zu erfinden.«

3

Baschele wollte meine Mutter und Moische entweder zum Mittagessen oder zum Abendessen einladen, aber Mutter erklärte rundheraus, daß sie bei Baschele nicht essen würde. Weder sie noch Moische hatten Zutrauen, daß das, was sie in ihrer Küche zubereitete, streng koscher sei. Um sie jedoch nicht zu kränken, waren sie bereit, zu Tee und Obst zu kommen. Ich weiß nicht, woher man erfahren hatte, daß des verstorbenen Rabbiners Frau und seine beiden Söhne zu Baschele auf Besuch kommen würden. Gegen drei Uhr nachmittags, als ich mit ihnen in die Krochmalna kam und die Tür zu Bascheles Wohnung öffnete, sah ich zu meinem Erstaunen das Zimmer voller Menschen: alte Frauen in Hauben, die mit Perlen und Bändern geschmückt waren, Männer mit weißen Bärten und Schläfenlocken, auch ein paar junge Männer und Mädchen, die, wie es schien, Leser der literarischen Zeitschrift waren. Auf dem mit einem Festtagstischtuch gedeckten Tisch standen Teegläser, Sabbatgebäck und Schälchen mit Stachelbeermarmelade. Die alten Frauen hatten kleine Geschenke mitgebracht, in Taschentücher gewickelt – Pfefferkuchen, Kuchen und Plätzchen, Rosinen und getrocknete Pflaumen und Mandeln. Mein Gott, man hatte uns nicht vergessen in der Krochmalna! Der Krieg, die Epidemien und der Hunger hatten dem Todesengel geholfen, aber einige von denen, die unsere Familie gekannt hatten, waren am Leben geblieben. Die Hauben zitterten, eingefallene Münder murmelten Segenssprüche und Grußworte, und erinnerten an vergangene Zeiten. Tränen liefen über verwelkte Backen. Die Männer waren alle Anhänger des verstorbenen Rabbi von Radzymin gewesen. Er war ohne Erben geblieben und sein ›Hof‹ verwaiste. Die Chassidim erzählten, daß er noch am Leben sein könnte, hätte er in eine Operation eingewilligt, aber bis zum letzten Tag blieb er seiner Überzeugung treu, ein Messer sei zum Brotschneiden da, aber nicht, um menschliches Fleisch zu schneiden. Nach langem Leiden gab er seinen frommen Geist auf. Zu seiner Beerdigung waren Rabbiner aus ganz Polen gekommen. Er wurde nahe dem Grabe seines Großvaters Rabbi Jankele beerdigt, der sein ganzes Leben lang gegen Dämonen gekämpft und zahllose Wunder vollbracht hatte. Es wurde erzählt, nachts seien Leichen zu ihm gekommen, um ihre Missetaten, die sie im Leben begangen hatten, zu beichten, und daß es in seiner Dachstube von Geistern gewimmelt habe.

Während die Chassidim Moische begrüßten und ihn nach den chassidischen Höfen in Galizien fragten – nach den Höfen von Belz, Sieniawa und Ropczyce – stellten sich mir die jungen Männer und Mädchen vor. Sie lobten meine Skizzen und die Artikel, die ich geschrieben hatte. Sie redeten mit mir in einem literarischen Jiddisch, das voller unliterarischer Fehler war. Sie hatten von meinem mißlungenen Stück gehört und klagten über den Stand des jiddischen Theaters. Die Zivilisation stand am Rande des Zusammenbruchs, aber die jiddischen Theater spielten immer noch den gleichen Kitsch wie vor fünfzig Jahren. Täubele war auch zu dem Empfang gekommen und hatte ihren Liebhaber, den Buchhalter, mitgebracht, einen kleinen Mann mit einem Spitzbauch und zwei goldenen Vorderzähnen. Einige der Mädchen versammelten sich um Schoscha. Ich hörte, wie eine sie fragte: »Wie ist es denn, mit einem Schriftsteller verlobt zu sein?«

Schoscha antwortete: »Nichts besonderes, er ist wie jeder Mensch.«

»Wie habt ihr euch denn kennengelernt?« fragte ein anderes Mädchen.

»Wir haben beide in Nr. 10 gewohnt«, sagte Schoscha. »Arele wohnte in der Wohnung mit dem Balkon. Unsere Fenster gingen auf den Hof hinter dem Pferdestall.«

Die Mädchen sahen sich an und lächelten. Sie tauschten Seitenblicke aus, die besagten: ›Was findet er an ihr?‹

Baschele hatte Moische an die Schmalseite des Tisches gesetzt und die alten Männer zu beiden Seiten von ihm. Moische deutete an, daß es nicht der chassidischen Tradition entspreche, Männer und Frauen am gleichen Tisch sitzen zu lassen. Baschele stellte Stühle für die alten Frauen in die Mitte des Zimmers. Die jungen Leute blieben stehen. Die Chassidim fuhren fort, chassidische Themen zu diskutieren: Worin besteht der Unterschied zwischen dem rabbinischen Hof von Belz und dem von Bobow? Warum sind die ungarischen Rabbiner gegen die Weltorganisation der orthodoxen Juden? Was für eine Art Heiliger ist der Rabbi von Ridnik? Ist es wahr, daß der Rabbi von Rozwadow den Humor seines Urgroßvaters, des Rabbi von Ropczyce geerbt hat? Sie sagten, wie bedauerlich es sei, daß man in dieser Gegend so wenig über die Rabbiner in Galizien wisse.

»Warum ist das so wichtig?« fragte Moische. »Jeder dient Gott auf seine Weise.«

»Was sagt man in Galizien zu den schweren Heimsuchungen unserer Zeit?« fragte einer von ihnen.

Moische beantwortete die Frage mit einer Gegenfrage: »Was kann man dazu sagen? Es sind die Geburtswehen des Messias. Der Prophet hat schon vorhergesehen, daß am Ende aller Tage der Herr mit Feuer und mit Seinen Heerscharen wie ein Wirbelwind daherkommen wird, um Seinen Zorn mit Wut und Seine Vorwürfe mit Flammen zu verkünden. Die Bösen ergeben sich nicht so leicht. Wenn Satan merkt, daß sein Königreich zu wackeln beginnt, dann errichtet er eine Herrschaft des Schreckens im Weltall. Dunkle Mächte gibt es auch in den höheren Sphären. Was ist Noga? Gutes und Böses vermischt. Die Wurzeln des Bösen reichen bis an die Füße des Thrones der Herrlichkeit. Da Gott erst die Leere erschaffen und Sein Licht verdunkeln mußte, ehe Er die Welt erschaffen konnte, mußte Sein Antlitz verborgen bleiben. Ohne die Macht Seiner Strahlung zu verringern, gäbe es keine freie Wahl. Die Erlösung wird nicht sofort kommen, sondern allmählich. Der Kampf Gottes gegen Amalek wird lange dauern und wird großes Unheil bringen und viele Versuchungen. Einer unserer Weisen hat vom Messias gesagt: ›Er soll kommen, aber ich möchte Ihn nicht erleben.‹ In der Mischna ist vorausgesagt, daß ehe der Messias kommt, die menschliche Anmaßung ihren Höhepunkt erreicht haben wird und . . .«

»Weh über uns, das Wasser reicht uns schon bis an den Hals«, sagte ein alter Chassid, Mendele Wischkower, mit einem Seufzer.

»Das Böse besitzt unheimliche Kräfte«, sagte Moische. »In

ruhigen Zeiten versuchen die Bösen, ihre Absichten zu verschleiern und verstellen sich als unschuldige Lämmer. Aber in Zeiten der Entscheidung enthüllen sie ihr wahres Gesicht. Im Prediger steht geschrieben: ›Weiter sah ich unter der Sonne Stätten des Gerichts, da war ein gottlos Wesen.‹ Die bösen Menschen wollen eine Welt des Mordes, der Wollust, des Diebstahls und des Raubes. Sie wollen, daß das Böse als Tugend angesehen wird. Ihr Ziel ist es, das ›du sollst nicht‹ der Zehn Gebote auszumerzen. Sie planen, anständige Menschen ins Gefängnis zu werfen, und Diebe zu ihren Richtern zu machen. Ganze Gemeinden können entarten. Wie kam es zu Sodom mit seinen Richtern Chillek und Billek? Was war mit der Generation der Sintflut? Wer waren die Rebellen, die den Turm von Babel gebaut haben? Ein einziges Schaf kann die ganze Herde anstecken. Ein Funke kann ein Schloß in Flammen setzen. Hitler – sein Name sei ausgelöscht! – ist nicht der einzige Bösewicht. Hitlers gibt es in jeder Stadt, in jeder Gemeinschaft. Vergessen wir auch nur einen Augenblick lang den Herrn, sind wir schon in den Schmutz gezogen.«

»Oi, es ist schwer, sehr schwer«, sagte ein anderer alter Mann und stöhnte.

»Wo steht geschrieben, daß die Dinge leicht sein müssen?« fragte Moische.

»Unsere Kraft läßt nach«, jammerte ein dritter alter Mann.

»Die dem Herrn dienen, denen wird neue Kraft gegeben«, antwortete Moische.

Die alten Frauen saßen schweigend und legten die Hände an die Ohren, um besser zu hören. Selbst die jungen Leute, die gekommen waren, um mit mir über Kultur, Literatur, Jiddischismus und Fortschritt zu reden, schwiegen.

Plötzlich fragte Schoscha: »Mama, ist das wirklich Moische?«

Alle lachten. Selbst die alten Frauen mit ihren zahnlosen Mündern lachten.

Baschele war es unangenehm. »Tochter, was ist los mit dir?«

»Oi, Mama, Moische ist ein richtiger Rabbiner, genau wie sein Vater.«

Schoscha bedeckte ihre Augen mit einem Taschentuch und fing an zu weinen.

4

Zwei Tage vor meiner Hochzeit begann es zu schneien und es schneite weiter ohne Unterlaß. Und als es endlich aufhörte, setzte Frost ein. Die Straßen waren begraben unter Schneehaufen, trocken wie Salz. Nicht einmal die Schlitten konnten sich einen Weg hindurch bahnen. Von den Dachgiebeln und Balkonen hingen riesige Eiszapfen. Die Drähte, die über die Dächer hinweg liefen, waren weiß angeschwollen und glitzerten vom Frost. Hier und dort sah man den Schnabel eines Vogels oder den Kopf einer Katze aus dem Schnee hervorlugen. Der Platz an der Krochmalna lag verlassen. Kleine Schneewirbel stoben umher – Kobolde, die ihre eigenen Schwänze zu fangen versuchten. Die Diebe, Huren und Zuhälter hatten sich in ihre Kellerräume oder Dachstuben verkrochen. Die Verkäufer, die sonst vor Janaschs ›Hof‹ saßen, waren verschwunden.

Die Hochzeit sollte abends um acht bei einem Rabbiner in der Panskastraße stattfinden. Mit Schoschas Mitgift hatte Baschele vermocht, eine bescheidene Aussteuer für sie vorzubereiten – ein paar Kleider, Schuhe und Unterwäsche – ich aber hatte keinerlei Vorbereitungen getroffen. Von den Kurzgeschichten, die ich verkauft hatte, und dem bißchen Geld, das ich für Übersetzungen von meinem Verleger bekommen hatte, konnte ich gerade für Mutter und Moische die Unterkunft bezahlen, aber mir war sehr wenig geblieben.

Am Hochzeitsmorgen war ich später als gewöhnlich aufgestanden. Ich war wach gelegen und hatte bis Tagesanbruch die alte Standuhr schlagen hören und den Wind heulen. Es war zehn Uhr, als ich mich erhob, um mich zu waschen und zu rasieren.

Thekla öffnete die Tür: »Soll ich Ihr Frühstück bringen?«

»Ja, Thekla, wenn du so gut sein willst.«

Sie ging und kam bald wieder. »Eine Dame ist hier mit Blumen für Sie.«

Ich hatte alles geheimhalten wollen. Ich war gerade dabei, Thekla zu bitten, niemanden hereinzulassen, als die Tür sich öffnete, und ich Dora erblickte. Sie trug einen verblichenen Mantel, Stiefel und einen altmodischen Hut, der wie ein umgestülpter Topf aussah. Sie hielt einen in dickes Papier gewickelten Strauß in der Hand. Thekla schnitt ein Gesicht und wendete den Kopf ab.

Dora sagte: »Mein Lieber, es gibt keine Geheimnisse. Meine Glückwünsche!«

Mein Gesicht war mit Seifenschaum bedeckt. Ich legte das Rasiermesser hin und sagte: »Was soll dieser Blödsinn?«

»Weißt du nicht, daß du vor mir nichts verbergen kannst? Es ist zwar so, daß du mich nicht zur Hochzeitsfeier eingeladen hast, aber zwischen uns bleibt doch immer die alte Freundschaft bestehen. Niemand kann die Jahre, die wir gemeinsam verbracht haben, auslöschen. Hier – und du sollst glücklich und erfolgreich werden.«

»Woher weißt du es denn?«

»Ach, ich habe so meine Verbindungen. Jemand, der für die Geheimpolizei arbeitet, muß doch alles wissen, was in Warschau passiert.«

Dora spielte auf die Stalinisten an, die, nachdem sie aus der Partei ausgetreten war, sie beschuldigt hatten, für die polnische Geheimpolizei zu arbeiten.

Widerstrebend nahm ich ihr die Blumen ab und steckte sie in den Wasserkrug.

Dora sagte: »Ja, ich weiß alles. Ich habe sogar das Vergnügen gehabt, deine Braut kennenzulernen.«

»Wie hast du denn das fertiggebracht?«

»Ja, ich habe einfach an ihre Tür geklopft und vorgegeben,

für irgendeine Wohltätigkeit zu sammeln. Ich habe Jiddisch mit ihr gesprochen, aber sie hat nicht verstanden, was ich wollte, und ich dachte dann, sie spricht nur Polnisch, aber bald merkte ich, daß sie auch Polnisch nicht gut spricht. Ich will nicht sticheln. Du liebst sie, alles andere ist egal. Es gibt Leute, die verlieben sich in Taube, Bucklige und Blinde. Darf ich mich setzen?«

»Ja, Dora, bitte setz dich. Du hättest kein Geld für Blumen ausgeben sollen.«

»Ich wollte dir etwas mitbringen. Ich habe meine Gründe. Ich werde auch heiraten, und wenn ich dir ein Hochzeitsgeschenk mache, so wirst du mir auch eins machen müssen. Ich habe für alles, was ich tue, meine Gründe.« Dora blinzelte mich an und setzte sich auf den Bettrand. Kleine Rinnsale von geschmolzenem Schnee liefen von ihren Stiefeln auf den Boden. Sie nahm eine Zigarette heraus und zündete sie an.

»Felhendler?« fragte ich.

»Ja, mein Liebster. Wir sind beide Renegaten, Faschisten, Verräter und Provokateure. Könnte es ein besseres Paar geben? Wir werden gemeinsam auf die Barrikaden gehen und auf die Arbeiter und Bauern schießen. Das heißt, wenn wir nicht gerade zu der Zeit im Gefängnis sitzen. Wissen die Reaktionäre wohl, daß wir ihre Freunde sind? Übrigens, was ist eigentlich aus dem Stück geworden, das du geschrieben haben sollst? Du hast dich zwar von mir entfernt, aber ich erinnere mich an jede Stunde, die wir miteinander verbracht haben. Wenn irgendetwas von dir gedruckt wird, dann lese ich es nicht einmal, sondern dreimal. Ich habe gehört, Dr. Feitelsohn will eine Zeitschrift herausgeben.«

»Diese Zeitschrift plant er schon seit Jahren.«

Thekla öffnete die Tür mit dem Zeh und brachte mein Frühstückstablett herein.

Ich fragte: »Willst du mit mir frühstücken, Dora?«

»Ich habe schon gefrühstückt, danke, aber ich nehme gern ein Glas Kaffee.« Während Thekla hinausging, den Kaffee zu holen, sah sich Dora um. »Wird deine Frau hierherziehen oder wirst du zu ihr ziehen?« fragte sie. »Ich bin neugierig wie immer.«

»Ich weiß es noch nicht.«

»Das verstehe ich nicht – aber es hat keinen Zweck, dich mit Fragen zu bestürmen. Du hast ja doch keine Antwort. Was mich angeht, ich liebe Wolf nicht. Wir sind uns zu ähnlich. Seit einiger Zeit ist er außerordentlich sarkastisch geworden. Er macht die schrecklichsten Witze. Unser Zusammenleben ist sowieso ganz unsinnig. Entweder wird man ihn verhaften, oder mich. Die Polizei spielt Katz und Maus mit uns. Aber solange wir diesseits der Gitter bleiben, fühlen wir uns wenigstens nicht einsam. Sobald er die Wohnung verläßt, fange ich an, an der Decke nach einem Haken zu suchen. Gehe ich auf die Straße, so muß ich die Seiten wechseln, um meinen ehemaligen Genossen zu entgehen. Wenn sie mich sehen, spucken sie aus und schütteln ihre Fäuste. Du hast mir damals Sachen erzählt, die ich nicht verstanden habe, aber nachdem all dies geschehen ist, erinnere ich mich wieder daran.«

»Was für Sachen?«

»Ach, daß man der Menschheit nicht helfen kann, und daß diejenigen, die sich zu viele Gedanken um das Schicksal der Menschen machen, früher oder später grausam werden. Woher wußtest du das alles? Ich wage es eigentlich gar nicht zu sagen, aber ich liege neben ihm im Bett und denke an dich. Er ist sowohl ironisch wie hart. Er lächelt, als ob er die endgültige Wahrheit kenne, und ich kann dieses hämische Grinsen nicht vertragen, denn er hatte genau das gleiche Lächeln, als er noch ein Stalinist war. Trotzdem, ich halte es nicht mehr aus, allein zu sein.«

»Er ist zu dir gezogen?« fragte ich.

»Ich kann allein die Miete nicht aufbringen. Er hat eine Art Halbtagsarbeit in einer Gewerkschaft.«

Die Tür öffnete sich wieder, und Thekla brachte ein Glas Kaffee. Ihre Augen glänzten vor Lachen. »Fräulein Betty ist da, mit Blumen.«

Ehe ich noch antworten konnte, stand Betty schon auf der

Türschwelle, sie trug einen hellen Pelzmantel, einen dazu passenden Pelzhut und pelzbesetzte Stiefel. Sie hielt einen riesigen Strauß im Arm. Als sie Dora erblickte, machte sie einen Schritt rückwärts. Mich überkam Lachlust. »Du auch?«

»Darf ich hereinkommen?«

»Natürlich, Betty, komm herein.«

»Das ist vielleicht ein Schneesturm draußen! Sieben Hexen müssen sich aufgehängt haben.«

»Betty, das ist Dora. Ich habe dir von ihr erzählt. Dora, das ist Betty Slonim.«

»Ja, ich weiß – die Schauspielerin aus Amerika. Ich erkenne Sie nach den Bildern in der Zeitung«, sagte Dora.

»Was soll ich mit den Blumen machen?«

»Thekla, könntest du eine Vase bringen?«

»Alle Vasen sind voll. Die Herrin hebt Kascha darin auf.«

»Bring irgend etwas. Hier, halte die Blumen.«

Thekla streckte ihre Hand aus. Sie schien alles mit leichtem Spott zu tun.

Betty fing an, in ihren Stiefeln auf und ab zu hüpfen. »Eine schreckliche Kälte. Man kann kaum auf die Straße. So war es in Moskau. Und in Kanada ist es auch so. In New York wird der Schnee weggeräumt, zumindest in den Hauptstraßen. Hilf mir aus dem Mantel. Jetzt wo du heiraten wirst, benimm dich wie ein Gentleman.«

Ich half Betty den Mantel auszuziehen. Sie trug ein rotes Kleid, das sich mit ihrem roten Haar nicht vertrug. Sie sah blaß und dünn aus. Sie sagte: »Du wirst dich wahrscheinlich fragen, warum ich gekommen bin. Weil man einem Bräutigam Blumen bringt und auch einer Leiche bringt man Blumen, und wenn der Bräutigam gleichzeitig eine Leiche ist, verdient er einen doppeltgroßen Strauß.« Sie sprach die Worte, als ob sie sie vorbereitet hätte.

Dora lächelte. »Nicht schlecht gesagt. Ich muß laufen. Ich will auch nicht stören.«

»Sie stören niemanden«, sagte Betty. »Was ich zu sagen habe, kann jeder hören.«

»Soll ich noch Kaffce bringen?« fragte Thekla.

»Nicht für mich«, sagte Betty. »Ich habe heute sicher schon drei Glas getrunken. Darf ich rauchen?«

Betty nahm eine Zigarette, zündete sie an, und nach einer Weile bot sie Dora eine an. Beide Frauen schienen einen Augenblick lang mit ihren Zigarettenenden zu fechten. Es war wie der Überrest eines heidnischen Ritus.

5

Dora saß noch immer auf dem Bett. Ich hatte Betty meinen Stuhl gegeben und saß auf einem Bänkchen beim Waschständer. Betty sprach über Eugene O'Neill, von dem ein Stück ins Jiddische übersetzt worden war. Sie würde darin in Warschau auftreten. Sie sagte: »Ich weiß, daß es ein Reinfall werden wird. Man versteht O'Neill nicht einmal in Amerika, wie sollen ihn dann die Warschauer Juden verstehen? Die Übersetzung taugt auch nichts. Aber Sam bestand darauf, daß ich in Polen auftrete, ehe wir nach Amerika zurückgehen. Ach, wie beneide ich einen Schriftsteller! Er muß sich nicht die ganze Zeit mit den Leuten abgeben. Er sitzt an seinem Schreibtisch, mit Feder und Papier vor sich, und sagt, was immer ihm einfällt. Aber Schauspieler hängen immer von anderen ab. Manchmal überkommt mich wahnsinnige Lust, zu schreiben. Ich habe versucht, ein Stück zu schreiben – auch einen Roman –, aber wenn ich lese, was ich geschrieben habe, und es gefällt mir nicht, dann zerreiße ich es auf der Stelle. Tsutsik – darf ich dich noch Tsutsik nennen? – hier in Polen verschlechtert sich die Lage rapide. Manchmal habe ich Angst, hier hängenzubleiben.«

»Mit einem amerikanischen Paß haben Sie nichts zu befürchten«, sagte Dora. »Selbst Hitler würde sich nicht mit Amerika anlegen.«

»Was ist schon ein Paß? Ein Stück Papier. Und was ist ein Theaterstück? Auch Papier. Und was sind Kritiken? Wiederum Papier. Ja, und Reiseschecks und Banknoten sind auch nur Papier. Als ich einmal nicht schlafen konnte, fing ich an darüber nachzudenken – es gab eine Steinzeit; wir leben in der Papierzeit. Aus der Steinzeit sind einige Werkzeuge übriggeblieben, aber von der Papierzeit wird nichts übrigbleiben. Bei Nacht kommen einem seltsame Gedanken. Einmal wachte ich auf und fing an, über meine Herkunft nachzudenken. Ich weiß nur ganz wenig von meinen Großvätern und überhaupt nichts von meinen Urgroßvätern und Urgroßmüttern. Ja, und von den Ururgroßeltern? Ich rechnete mir aus, daß, wenn man nur weit genug zurückgeht in den Generationen, jeder schon Tausende von Vorfahren hat, und von allen hat er irgendeinen Zug geerbt. Bei Tag ist das ein flüchtiger Gedanke, aber bei Nacht scheint es von großer Wichtigkeit und sogar etwas beängstigend. Tsutsik, du schreibst über Dibbuks. Die vorangegangenen Generationen sind unsere Dibbuks. Sie sitzen in uns und für gewöhnlich verhalten sie sich ruhig. Aber plötzlich schreit einer von ihnen auf. Die Großmütter sind nicht so schlimm, aber die Großväter erschrecken mich zu Tode. Der Mensch ist in Wirklichkeit ein Friedhof, in dem Unmengen lebende Leichen begraben sind. Tsutsik, hast du je daran gedacht?«

»Mir fallen alle möglichen verrückten Sachen ein.«

»Unter all diesen Generationen hat es sicher auch Wahnsinnige gegeben, deren Stimmen zu hören sind«, fuhr Betty fort. »Ich bin nicht nur ein Friedhof, in meinem Gehirn befindet sich auch noch eine Irrenanstalt. Ich höre die Wahnsinnigen ihr irres Gelächter lachen. Sie reißen an den Gittern und versuchen zu entfliehen. Vererbte Zellen gehen nicht verloren. Wenn der Mensch vom Affen abstammt, dann trägt er die Gene eines Affen in sich, und stammt er vom Fisch ab, dann ist auch etwas vom Fisch in ihm. Ist das nicht komisch, und gleichzeitig zum fürchten?«

Dora drückte ihre Zigarette aus. »Entschuldigen Sie, Miss Slonim, aber haben Sie je daran gedacht, daß derartige Gedanken auch einen sozialen Unterton haben? Wenn Sie die richtigen Stücke Papier besitzen, wie Sie sie vorhin beschrieben haben – den Paß, die Schecks, das Billett nach Amerika –, dann können Sie sich den Luxus leisten, all ihren Launen nachzugeben. Aber wenn am nächsten Tag die Miete fällig ist, und Sie keinen Groschen besitzen, und wenn man sie hinaussetzt in die Kälte und wenn man Sie ins Gefängnis wirft für ein Verbrechen, das Sie nicht begangen haben, und wenn Sie obendrein noch hungrig sind – dann müssen Sie sich auf die Wirklichkeit besinnen. Neunzig Prozent der Menschheit – neunundneunzig Prozent – wissen nicht, was der nächste Tag bringen wird, nicht einmal der heutige. Die müssen sich um die dringendsten Notwendigkeiten sorgen. Wenn Schriftsteller wie H. G. Wells oder Hanns Heinz Ewers, oder vielleicht unser Aaron Greidinger hier, sich Phantasien ausdenken über einen Krieg der Sterne oder über ein Mädchen mit zwei Dibbuks, die einander heiraten wollen – entschuldigen Sie schon meine Deutlichkeit! –, dann sprechen sie nur zueinander. Den Schriftsteller O'Neill habe ich nie gelesen, aber ich habe das Gefühl, das ist auch einer von den Traumspinnern. Miss Slonim, Sie sollten in einem Stück auftreten, das alle angeht. Dann wird man Sie verstehen und Sie werden ein Publikum haben. Verzeihen Sie meine Offenheit.«

Betty zeigte die Zähne: »Worin sollte ich denn spielen? In einem Propagandastück, das den Kommunismus predigt? Erstens würde man mich verhaften und man würde das Theater schließen. Zweitens, ich komme aus Rußland und ich habe gesehen, was der Kommunismus wirklich ist. Drittens . . .«

»Ich schlage ja nicht vor, daß Sie in einem kommunistischen Stück auftreten sollen«, unterbrach Dora sie. »Wie könnten Sie das denn? Niemand weiß mehr, wo der Stalinismus endet und der Faschismus – oder wie immer Sie das nennen wollen – anfängt. Wie auch immer, die Tatsache bleibt, die Massen leiden, und ihre Leiden werden immer nur schlimmer. Wenn die Nazis Polen angreifen, so sind es die Armen, die die Opfer sein werden. Die Reichen werden alle ins Ausland fliehen. Wenn Sie ein Bankguthaben von hunderttausend Dollar vorweisen können und zum Vergnügen reisen, dann steht Ihnen die ganze Welt offen. Man wird Sie sogar nach Palästina hineinlassen, wenn Sie eintausend Pfund Sterling vorzeigen können. Ist das wahr, Aaron, oder nicht?«

»Ein Roman oder ein Stück, in dem all das gesagt würde, könnte nichts ändern«, sagte ich. »Die Massen wissen schon lange, daß die Welt so ist. Übrigens hast du vorhin genau das Gegenteil von dem gesagt, was du jetzt sagst.«

»Ich habe nicht das Gegenteil gesagt. Ich habe zwar Zweifel, aber die Massen sind mir wichtig. Man sollte ihnen beibringen, wie man der Ausbeutung widerstehen kann.«

»Dora, du sprichst von den Massen, als ob sie unschuldige Lämmer seien, und nur ein paar Schurken für die menschliche Tragödie verantwortlich wären. In Wirklichkeit sind große Teile der Masse auch bereit zu töten, zu plündern, zu vergewaltigen und das zu tun, was Hitler, Stalin und ähnliche Tyrannen immer getan haben. Chmielnizkis Kosaken waren keine Kapitalisten, und auch die Petljura-Mörder waren keine. Petljura selbst war arm, noch als ihn Schwarzbard ermordete. Er hungerte in Paris.«

»Und wer hat hunderttausend Soldaten in Verdun in den Tod geschickt? Wilhelm und Foch.«

»Wilhelm und Foch hätten sie nicht schicken können, wäre nicht ein hoher Prozentsatz dazu bereit gewesen. Die scheußliche Wahrheit ist, daß viele Menschen – junge Menschen im besonderen – die Leidenschaft zu töten in sich tragen. Alles, was sie brauchen, ist ein Vorwand, oder eine gemeinsame Sache. Das kann mal die Religion sein; ein andermal der Faschismus oder die Verteidigung der Demokratie. Ihr Drang zu töten ist noch größer als die Furcht, getötet zu werden. Dies ist eine Wahrheit, die man nicht aussprechen darf, aber trotzdem bleibt sie wahr. Diese Nazis, die bereit sind für Hitler zu morden und zu sterben, würden unter anderen Umständen genau so willig das gleiche für Stalin tun. Es gibt keinen unsinnigen Ehrgeiz und keinen Irrsinn, für die Menschen nicht bereit wären, zu sterben. Sollten die Juden einmal unabhängig werden, könnte man leicht einen Krieg zwischen den Litwaks und Galizianern anzetteln.«

»Wenn das wahr ist, dann gibt es keine Hoffnung.«

»Wer behauptet denn, es gäbe eine?«

»Eine Heuchlerin ist sie!« sagte Betty, als Dora gegangen war. »Ich habe solche Leute in Rußland erlebt. Sie zogen Lederjacken an, trugen Revolver in der Gesäßtasche und wurden Tschekisten. Jetzt hat man sie liquidiert. Sie haben es tausendfach verdient. Tsutsik, komm und küß mich. Zum letztenmal.«

Zwölftes Kapitel

I

Am Nachmittag begann es wieder zu schneien. Hinter den Fensterscheiben breitete sich trübe Finsternis aus. Der Himmel hing tief, grau; weder wolkig noch klar, sah er aus, als ob durch einen Wechsel in der Schöpfung die Welt ein anderes Klima erhalten hätte. Wo stand geschrieben, daß die Eiszeit nicht plötzlich wiederkehren könnte? Was könnte die Erde daran hindern, sich von der Anziehungskraft der Sonne loszureißen und sich von der Milchstraße fort zu einem anderen Sternensystem zu begeben? Nachdem Dora und Betty gegangen waren, wurde es ganz still in der Wohnung. Das Telefon läutete nicht, und Thekla kam auch nicht, um aufzuräumen und das Tablett hinauszutragen. Ich legte mich angekleidet auf das ungemachte Bett und schloß die Augen.

Gegen halbacht würde ich eine Droschke, einen Schlitten oder ein Taxi nehmen und in die Gnoynastraße fahren, wo meine Mutter und Moische auf mich warteten. Mutter saß wahrscheinlich auf dem Bett oder einem Stuhl, während des Wartens tief versunken in ›Die Pflicht der Herzen‹, ein Buch, von dem sie sich nie trennte. Meine Heirat mit Schoscha hatte sie ihrer letzten Hoffnung, nach Warschau zurückkehren zu können, beraubt. Moische befand sich wahrscheinlich im Lehrhaus und blätterte dort die Bücher durch. Er hatte kein einziges Wort gegen Schoscha geäußert, aber als er zum erstenmal den Namen gehört hatte, zeigte sich für einen Augenblick ein Lächeln in seinen Augen. Die Schüler in dem Cheder, den er besucht hatte, hatten Schoscha oft nachgeahmt. Ich war sicher, daß er dachte, wer vom Pfad des rechten Glaubens abweicht, würde auch in weltlichen Dingen straucheln. Ja, und was war mit Feitelsohn? Mit Celia und Chaiml? Selbst Täubele hatte mit einer Andeutung von Verachtung reagiert, als sie hörte, ich wolle ihre Schwester heiraten. Ich hatte auch schon beschlossen, Schoscha nie in den Schriftsteller-Klub mitzunehmen. Man würde sich über sie – und mich – lustig machen.

Der Abend brach plötzlich herein. Mein Zimmer wurde dunkel. Der Himmel hatte eine violette Tönung angenommen. Ich stand von meinem Bett auf und stellte mich ans Fenster. Die Fußgänger gingen nicht, sondern kämpften sich gegen den Schneesturm voran; manchmal tanzten sie mit dem Wirbelwind herum. Riesige Schneehaufen verwandelten die Straße in Täler und Hügel. Was machen jetzt die Spatzen? überlegte ich. Spinoza behauptete, daß der Frost, die Vögel und ich alle *modi* der gleichen Substanz seien. Aber ein *modus* pfiff, wimmerte und brachte eine Kältewelle vom Nordpol; ein zweiter verbarg sich in einem Mauerloch, zitternd und hungernd; ein dritter bereitete sich gerade darauf vor, Schoscha zu heiraten.

Es war noch nicht sieben, als ich hinausging, um eine Droschke zu finden. Ich hatte meinen guten Anzug und ein sauberes Hemd angezogen. Chaiml und Celia hatten für uns ein Hotelzimmer in Otwock bestellt, wo wir eine Woche bleiben wollten. Das war ihr Hochzeitsgeschenk für uns und es sollten unsere Flitterwochen sein. Ich hatte meine Manuskripte, etwas Wäsche und eine Zahnbürste in eine Mappe gepackt. Ich tat all dies in dem Gefühl, daß es nicht meine Entscheidung war, sondern daß eine geheime Macht für mich entschieden hatte. Die Illusion der freien Wahl hatte mich verlassen. Vielleicht ist das die Art und Weise, auf die alle Leute heiraten? Vielleicht kommen so Diebstahl, Mord, Kriege und Selbstmorde zustande? In mir lachte etwas. Letzten Endes haben die Fatalisten recht. Ich werde nie mehr irgendjemandem irgendetwas zum Vorwurf machen. Ich wartete fünfzehn Minuten vor dem Tor, aber alle Schlitten und Taxis, die vorbeifuhren, waren besetzt. Und keine der Straßenbahnen mit ihren frostbeschlagenen Fenstern fuhr in die Richtung der Gnoynastraße. Ich begann zu Fuß zu gehen, mit der Mappe unter dem Arm, und der Schnee sprühte von allen Seiten in mein Gesicht. Meine Augenlider schwollen an. Die schneebedeckten Straßenlaternen warfen Nebelfährten. Ich stolperte durch das wintrige Chaos mit der Unsicherheit eines Blinden. Obwohl ich Gummischuhe trug, hatte ich bald nasse Füße. Ich lief durch die Solna- und die Electoralnastraße und kam aus der Zinna- auf die Gnoynastraße. Wie wollte ich Moische und meine Mutter durch diesen Sturm nach der Panskastraße bringen? Sie konnte selbst bei gutem Wetter kaum einen Schritt gehen. Ich sah auf meine Armbanduhr, aber ich konnte die Zahlen auf dem Zifferblatt nicht erkennen.

Ich stieg die drei nassen und schlüpfrigen Treppen zu der Unterkunft hinauf. Mutter saß im Aufenthaltsraum, sie trug ein Samtkleid, und auf dem Kopf ein seidenes Tuch, ihr Gesicht war spitz und weiß. In ihren Augen sah ich sowohl fromme Ergebung in die Entscheidungen Gottes, als auch eine Spur weltlicher Ironie. Moische hatte bereits seinen rabbinischen, pelzgefütterten Mantel mit dem räudigen Kragen an und trug den breitrandigen Hut. Es waren noch andere Männer und Frauen anwesend, Gäste, die die Nacht dort verbracht hatten und vielleicht durch den Schneesturm in Warschau gestrandet waren. Sie wußten offenbar, wer erwartet wurde und errieten auch die besonderen Umstände, denn als ich eintrat, brach großer Lärm aus und Händeklatschen.

Jemand rief: »Masel tow, der Bräutigam ist da!«

Eine Dampfwolke bedeckte mein Gesicht, und einen Augenblick lang sah ich nichts und hörte nur ein Gemisch von weiblichem und männlichem Lachen.

Ein junger Mann – vielleicht war er im Hause angestellt – bot sich an, herunterzugehen und uns zu helfen, eine Droschke oder einen Schlitten zu finden. Mutter konnte nicht selbst einsteigen, ich mußte sie aufheben und auf den Sitz setzen. Moische vergaß wiederum nicht, daß der Sitz aus verbotenem Material gemacht sein könnte, und breitete als Schutz sein Taschentuch darüber. Die Droschke war schon angefahren, als ich bemerkte, daß ich meine Mappe nicht bei mir hatte. Ich rief dem Kutscher zu, anzuhalten. In diesem Augenblick kam der junge Mann angelaufen – meine Mutter bezeichnete ihn als vom Himmel gesandten Engel – und warf die Mappe neben mich auf den Sitz. Ich wollte ihm etwas in die Hand drücken, hatte aber kein Kleingeld. Ich brüllte meinen Dank, und der Wind wehte meine Worte fort. Das Verdeck der Droschke war geschlossen, es war dunkel innen. Ich hörte Moische sagen: »Ja, Gott sei gelobt, daß du endlich gekommen bist. Es wurde spät und wir fürchteten, daß etwas passiert sein könnte. Du weißt ja, wie Mutter sich ängstigt.«

»Ich konnte keine Droschke bekommen. Ich mußte den ganzen Weg zu Fuß gehen.«

»Hoffentlich hast du dich nicht erkältet, was Gott verhüten möge!« sagte Mutter. »Bitte Baschele, dir ein Aspirin zu geben.«

»Es kommt alles vom Himmel, alles kommt vom Himmel«, sagte Moische. »Bei allem, was der Mensch tut, stößt er auf Widerstände, so daß er die Hand der Vorsehung erkennen kann. Wenn alles glatt ginge, würde der Mensch sagen ›Meine Macht und die Kraft meiner Hände, haben mir diesen Wohlstand verschafft.‹ Wenn Missetäter Erfolg haben, dann glauben sie, ihn mit ihren eigenen Fähigkeiten errungen zu haben, aber der Weg der Missetat führt nicht immer zum Erfolg. Dieser Hitler – sein Name sei ausgelöscht! – wird seine Strafe erhalten, und auch Stalin, dieses böse Ungeheuer, wird nicht ungestraft bleiben.«

»Bis sie ihre verdiente Strafe erhalten, werden noch wer weiß wieviel unschuldige Menschen umkommen«, sagte Mutter.

»Was? Im Himmel werden die Bücher geführt. Rabbi Scholom Belzer hat einmal gesagt: ›Nicht eine einzige Prise Schnupftabak wird im Himmlischen Rat der Gerechtigkeit vergessen!‹ Wer die Wahrheit kennt, der verläßt sich völlig auf Gott.«

Die Droschke schleppte sich schaukelnd voran. Von Zeit zu Zeit blieb das Pferd stehen, drehte seinen Kopf und blickte nach rückwärts; es schien sich zu wundern, daß Leute in solchem Wetter umherfuhren. Der Kutscher sagte auf Jiddisch: »An einem solchen Abend taugt eine Droschke nichts, und auch der Schlitten ist wertlos. An einem solchen Abend sollte man beim Ofen sitzen und Fleischbrühe mit Nudeln essen.«

»Du wirst ihm ein paar Groschen extra geben müssen«, flüsterte Mutter.

»Ja, Mama, ich werde es tun.«

Als wir beim Rabbiner ankamen, warteten schon alle: Schoscha, Baschele, Selig, Täubele, Feitelsohn, Chaiml und Celia. Sie begrüßten mich lächelnd, zwinkerten mir zu. Celias Augen schienen zu fragen: bist zu wirklich so blind? Oder siehst du etwas, das andere nicht sehen können? Vielleicht hatten sie erwartet, daß ich noch im letzten Augenblick meinen Entschluß ändern würde. Die altmodische Kleidung meiner Mutter brachte einen herablassenden Ausdruck auf das Gesicht der Frau des Rabbiners, einer stattlichen Frau mit einer schwarzlockigen Perücke; sie hatte ein breites Gesicht und einen gewaltigen Busen. In ihrem strengen Blick lag auch nicht der leiseste Zug weiblichen Wohlwollens. Den Rabbi und seinen Sohn mitgerechnet – einen dunkelhäutigen Jungen, fast ohne Schläfenlocken, und mit dem steifen Kragen eines halb chassidischen, halb dandyhaften Jugendlichen – waren sieben Männer anwesend, und der Rabbiner schickte seinen Sohn, drei Männer vom Hof hereinzuholen, um den Minjan vollzählig zu machen.

Schoscha trug ein neues Kleid. Ihr hochfrisiertes Haar und hohe Absätze ließen sie größer erscheinen. Als wir hereinkamen, streckte sie ihre Arme aus und machte eine Bewegung, als ob sie uns entgegenlaufen wollte, aber Baschele bedeutete ihr, stillzustehen. Baschele hatte eine Flasche Wein, eine Flasche Wodka und eine Tüte mit Gebäck mitgebracht. Der Rabbi, ein großer aufrechter Mann mit einem schwarzen Spitzbart, sah nicht so fromm aus wie mein Vater oder Moische, eher wie eine weltliche Person, ganz Geschäftsmann. In seiner Wohnung gab es ein Telefon. Mutter und Moische sahen sich überrascht an. Meinem Vater wäre es nie eingefallen, so etwas Neumodisches in seiner Wohnung anbringen zu lassen.

Da Selig bereits tausend Zloty bei einem Anwalt hinterlegt hatte, die Baschele nach der Scheidung auszuzahlen waren, mieden die beiden einander. Selig ging auf und ab, in einem schwarzen Anzug, mit steifem Kragen und einer Krawatte, in der eine Perle steckte. Seine Schuhe quietschten. Er rauchte eine Zigarre. Er war schon ganz schön betrunken, wie es einem Mitglied des Beerdigungsvereins zukam. Er nannte meine Mutter ›Schwieger‹ und erinnerte sie an die Zeiten, als wir Nachbarn gewesen waren. Feitelsohn unterhielt sich mit Moische, wobei er seine Kenntnis der Gemara und des Midrasch zum Ausdruck brachte. Ich hörte, wie Moische zu ihm sagte: »Sie sind ein Gelehrter, aber Gelehrsamkeit erfordert ständige Übung.«

»Dazu braucht man, was ich nicht habe – den Glauben.«

»Manchmal kommt der Glaube später.«

Feitelsohn war Schoscha schon bei Celia begegnet. Er hatte mir gegenüber ihre kindliche Schönheit gepriesen. Er sagte, sie erinnere ihn an eine englische Freundin aus seiner Jugend, er sprach sogar davon, Schoscha an einer seiner geplanten ›Seelenreisen‹ mit mir zusammen teilnehmen zu lassen. Er fügte hinzu: »Tsutsik, in meinen Augen hat sie tausendmal mehr Charme als diese amerikanische Schauspielerin – wie heißt sie noch? Hätten Sie die geheiratet, hätte ich das als Abstieg empfunden.«

Der Rabbiner setzte sich, um unseren Ehekontrakt auszufertigen. Er wischte die Spitze seiner Feder an seinem Käppchen ab. Als er fragte, ob die Braut Jungfrau sei, antwortete Selig: »Beglaubigt.«

Der Sohn des Rabbiners kam mit drei Männern zurück, die in wattierten Jacken, schweren Stiefeln und mit Pelzmützen hereinstapften. Einer trug einen Strick um die Hüften. Sie wollten nicht bis nach der Zeremonie auf die Erfrischungen warten und gossen sich sofort Gläser mit Wodka voll. Ihre Gesichter, die von der Kälte draußen aufgesprungen und von schwerer Arbeit und Alter gefurcht und geschwärzt waren, drückten Verachtung für die Hoffnungen der Jugend aus. Ihre feuchten Augen unter den buschigen Brauen schienen zu sagen: Wartet nur ein paar Jahre und ihr werdet wissen, was wir wissen. Hinter dem Ofen holte der Sohn des Rabbiners einen Baldachin und vier Stangen hervor. Der Rabbi las schnell die Ketubba vor, den Aramäisch geschriebenen Ehekontrakt. Er verschluckte einzelne Worte. Danach versprach ich Schoscha zweihundert Gulden, falls ich mich von ihr scheiden ließe, und die gleiche Summe von meinen Erben, falls sie Witwe werden sollte.

Ich hatte keinen Ehering gekauft. Baschele hatte gesagt, daß kein Juwelier einen Ring haben würde, der auf Schoschas Zeigefinger, schmal wie der eines Kindes, passen würde. Baschele gab mir jetzt den Ring, den Selig ihr vor mehr als dreißig Jahren gegeben hatte, und der nur bei dieser Gelegenheit verwendet worden war. Als der Rabbi anfing, die heiligen Worte zu psalmodieren, brach sie in Tränen aus. Täubele wischte mit dem Zipfel ihres Taschentuchs eine Träne aus ihrem linken Auge. Schoscha bewegte mehrmals ihre Lippen, als ob sie etwas fragen oder sagen wollte, aber jedesmal schüttelte Baschele warnend den Kopf.

Ich bemerkte, daß meine Mutter kaum auf den Füßen stehen konnte. Von Zeit zu Zeit schwankte sie und hielt sich an Moisches Schulter fest. Moische bewegte den Oberkörper im Gebet rhythmisch vor und zurück.

Chaiml und Celia hatten einen Empfang für uns in einem Restaurant geplant, aber er mußte abgesagt werden. Mutter und Moische hatten geäußert, daß sie den großstädtischen Restaurants nicht trauten, streng koscher zu sein. Außerdem ging der letzte Zug nach Otwock, wo ein Zimmer für Schoscha und mich bestellt war, zu früh, um noch Zeit für einen Empfang zu lassen. Baschele hatte etwas zu essen für die Reise vorbereitet. Mutter und Moische wollten früh morgens am nächsten Tag nach Stykow zurückfahren. Chaiml und Celia würden sie an die Bahn bringen. Und wenn Schoscha und ich aus Otwock zurückkamen, sollten wir zu den Chentschiners ziehen.

Ich wußte, alle bei der Zeremonie Anwesenden – vielleicht sogar Baschele und auch Schoscha, zuinnerst, wo immer ein Rest gesunden Menschenverstands bleibt – fühlten, daß ich im Begriff war, eine furchtbare Dummheit zu begehen, trotzdem war die allgemeine Stimmung eine von freudiger Feierlichkeit. Feitelsohn, der gewöhnlich selbst bei Beerdigungen Witze riß, um zu zeigen, wie konsequent er in seinem Zynismus war, benahm sich fast väterlich. Er preßte meine Hand und wünschte mir Glück. Er neigte sich ritterlich über Schoschas kleine Hand und küßte sie. Chaiml und Celia weinten beide.

Selig sagte: »Heiraten und sterben sind zwei Dinge, die man nicht vermeiden kann.« Und er überreichte mir ein Bündel Banknoten, die in Seidenpapier gewickelt waren.

Mutter weinte nicht. Ich umarmte und küßte sie, aber sie küßte mich nicht. Sie sagte: »Da du es getan hast, war es zweifellos vorherbestimmt.«

2

Der Zug hätte um zwanzig vor zwölf abfahren sollen, aber um Mitternacht hatte er sich noch nicht bewegt. Der Wagen, in dem wir saßen, war leer. Die winzige Gasflamme blendete mehr, als daß sie leuchtete. Baschele und Täubele, die uns an die Bahn gebracht hatten, waren nach Hause gegangen. In dem Abteil war es fast so kalt wie draußen, und ich zog die beiden Pullover an, die ich in die Mappe gepackt hatte. Schoscha trug einen Pelzkragen und einen Muff, die aus der Zeit vor dem Krieg stammen mochten, und zweifellos ihrer Mutter gehörten. Der Kragen hatte einen Fuchskopf mit zwei Glasaugen. Schoscha drückte sich an mich, und ihr Körper zitterte wie der eines kleinen Tieres.

Hatten wir etwas falsch gemacht und einen leeren Zug bestiegen, der die ganze Nacht im Bahnhof stehen würde? Ich wollte in den anderen Wagen nachsehen, aber Schoscha hängte sich an mich und weigerte sich, allein zu bleiben. Schließlich hörten wir es pfeifen, und der Zug begann zögernd über die schlüpfrigen Geleise zu gleiten.

Schoscha öffnete den Beutel, den Baschele uns mitgegeben hatte, und wir fingen an zu essen. Alles, was Schoscha tat, brauchte viel Zeit: den Beutel aufmachen, entscheiden, welche Portion für mich und welche für sie bestimmt war. Sie schien bei jedem Bissen zu zögern. Ich hatte Chaiml und Celia, unseren großzügigen Wohltätern, versprochen, daß, wenn wir mit ihnen leben würden, Schoscha im Haushalt helfen würde, denn Celias Marianna war inzwischen verheiratet. Aber Schoschas Lethargie und ihre Ratlosigkeit, wenn sie auch nur die geringste Entscheidung zu treffen hatte, überzeugten mich davon, daß sie keine große Hilfe sein würde. Sie nahm ein Scheibchen Eingemachtes und ließ es fallen. Sie nahm ein Stückchen Semmel und legte es wieder hin. Ihre kleinen Finger hatten kaum Nägel, und ich wußte nicht recht, ob sie sie abgebissen hatte oder ob sie aufgehört hatten, zu wachsen. Sie kaute, schien aber nicht zu wissen, daß sie etwas im Mund hatte.

Wir fuhren am Praga-Friedhof vorbei, eine Stadt von Grabsteinen, in schneeige Leichentücher gehüllt. Schoscha sagte: »Hier ist Ippe begraben.«

»Ja, ich weiß.«

»Oh, Arele, ich habe solche Angst.«

»Angst wovor?« fragte ich.

Schoscha antwortete nicht, und ich nahm an, daß sie meine Frage schon wieder vergessen hatte. Dann sagte sie: »Vielleicht wird sich der Zug verirren.«

»Wie könnte er denn? Der Zug fährt ja auf Schienen.«

Schoscha dachte nach.

»Arele, ich werde keine Kinder haben können. Der Doktor hat einmal gesagt, ich bin zu eng. Du weißt, wo.«

»Ich will keine Kinder. Du bist mein Kind.«

»Arele, bist du schon mein Mann?«

»Ja, Schoschele.«

»Und ich bin wirklich deine Frau?«

»Nach dem Gesetz.«

»Arele, ich habe Angst.«

»Wovor hast du jetzt Angst?«

»Ach, ich weiß nicht. Vor Gott. Vor Hitler.«

»Bis jetzt ist Hitler noch in Deutschland und nicht hier. Was Gott angeht. . .«

»Arele, ich habe mein kleines Kissen vergessen.«

»In einer Woche werden wir zurück sein und dann wirst du dein Kissen wiederhaben.«

»Ohne mein Kissen kann ich nicht einschlafen.«

»Du wirst schlafen. Wir werden in einem Bett liegen.«

»Ach, Arele, ich muß weinen.« Sie brach in lautes Weinen aus wie ein kleines Mädchen. Ich nahm sie in die Arme. Sie zitterte, und ich fühlte ihr Herz schlagen. Durch ihr Kleid hindurch konnte ich ihre Rippen zählen.

Der Schaffner kam herein, um die Fahrkarten zu knipsen. Er fragte: »Warum weint sie denn so?«

»Sie hat vergessen, ihr Kissen mitzunehmen.«

»Ist wohl Ihre Tochter, was?«

»Nein. Ja.«

»Weine nicht, kleines Mädchen. Du wirst ein anderes Kissen bekommen.« Er warf ihr eine Kußhand zu und ging.

Mitten im Weinen fing Schoscha an zu lachen. »Er dachte, du bist mein Vater.«

»Das bin ich auch.«

»Wie ist das möglich? Du machst dich lustig über mich.«

Sie beruhigte sich und ich legte mein Gesicht an ihres. Sie zitterte vor Kälte, aber ihre Backe fühlte sich heiß an. Mir war auch kalt, gleichzeitig überkam mich ein Verlangen, wie ich es nie zuvor verspürt hatte – Leidenschaft ohne bestimmte Vorstellung, ohne irgendeinen Gedanken, als ob der Körper, die rein körperliche Materie, von sich aus handelte. Ich lauschte meinem Verlangen und mir fiel plötzlich ein, daß, wenn Metall fühlen könnte, mein Gefühl ähnlich dem einer von einem Magnet angezogenen Nadel sei.

Schoscha mußte meine Gedanken gelesen haben, denn sie sagte: »Oh, dein Bart sticht wie Nadeln.«

Ich wollte ihr gerade antworten, als die Räder ein kratzendes Geräusch machten und dann stillstanden. Wir waren irgendwo zwischen Wawer und Miedzeszyn. Eine weiße Wüste dehnte sich jenseits der Fensterscheibe aus. Es hatte zu schneien aufgehört, und der Himmel spiegelte den Schnee wider. Trotz des Frostes schien er von einem jenseitigen Sommer zu glühen.

Der Schaffner kam vorbei und verkündete eilig, daß die Geleise vereist seien.

»Arele, ich fürchte mich!«

»Wovor fürchtest du dich?«

»Deine Mutter ist so alt geworden. Sie sieht fast tot aus.«

»Sie ist gar nicht so alt.«

»Arele, ich möchte nach Hause.«

»Willst du nicht bei mir sein?«

»Ja, mit dir und mit Mama.«

»In einer Woche, vorher nicht.«

»Ich möchte es aber jetzt!«

Ich antwortete nicht. Sie legte ihren Kopf auf meine Schulter. Ein Gefühl der Verzweiflung überkam mich, zugleich aber auch das tröstliche Bewußtsein, daß ich für dieses Elend nicht verantwortlich war. In der halben Dunkelheit zwinkerte ich meinem anderen Ich, meinem verrückten Diktator, zu, und gratulierte ihm zu seinem komischen Sieg. Ich schloß die Augen und fühlte, wie die Wärme aus Schoschas Gesicht in meines strömte. Was hatte ich zu verlieren? Nicht mehr, als jeder ohnehin verliert.

3

Wir waren die einzigen Reisenden, die in Otwock ausstiegen.

Es war niemand da, den man nach dem Weg zum Hotel hätte fragen können, und wir befanden uns plötzlich in einem bewaldeten Gebiet. Ich muß halb im Schlaf gewesen sein. Ich redete jemanden an – es stellte sich heraus, es war ein Baum. Schoscha war merkwürdig still geworden. Mit einem Mal stand ein Mann vor uns, wie aus dem Boden gewachsen, und führte uns ins Hotel. Ein Hausdiener war an die Station geschickt worden, hatte uns aber verfehlt. Der Mann murmelte vor sich hin, wer er sei, und blieb dann den ganzen Weg über stumm. Er lief so schnell, daß Schoscha kaum folgen konnte. Alle paar Minuten verschwand er zwischen den Bäumen und kam dann in einem mitternächtlichen Versteckspiel wieder zum Vorschein.

Das Zimmer, das man für uns reserviert hatte, lag im Dachstock und war groß und kalt. Es hatte ein breites Messingbett und ein schmales Klappbett, beide mit riesigen Kissen und schweren Decken. Es roch nach Kiefern und Lavendel. Durch eines der Fenster, das nicht zugefroren war, konnte man einen Blick auf die Kiefern werfen, die mit ihren schneebedeckten Zapfen und den Eiszapfen wie die geschmückten Weihnachtsbäume der Christen aussahen. Schoscha schämte sich, sich vor mir auszuziehen, und ich mußte mich ans Fenster stellen, als sie sich entkleidete. Ich hatte gefürchtet, daß das Umherirren in dem eiskalten Wald sie in Panik versetzen würde, aber die wirkliche Gefahr schien sie nicht zu bemerken. Ich sah ihr Spiegelbild in dem nicht zugefrorenen Teil der Fensterscheibe, sah, wie sie ihr Hemd auszog und das Nachthemd überstreifte. Nachdem sie lange mit Knöpfen und Haken gekämpft hatte, schlüpfte sie ins Bett. »Arele, es ist eiskalt!« rief sie.

Schoscha verlangte, ich solle im Klappbett schlafen, aber ich legte mich neben sie. Ihr Körper war warm, während meiner fast erfroren war. In meinen kalten Armen flatterte sie wie ein Opferhuhn. Mit Ausnahme ihrer kleinen Brüste, die die eines gerade erst reifenden Mädchens waren, bestand sie nur aus Haut und Knochen. Wir lagen ruhig beieinander und warteten darauf, daß das Bettzeug sich erwärmen würde. Die Kälte kroch durch den Fensterrahmen, und die Scheiben klirrten leise. Von Zeit zu Zeit heulte der Wind, ließ dann nach und wurde zu einem langgezogenen Stöhnen, wie das einer Frau in den Wehen. Dann hörte es sich wieder an wie das Winseln vieler Stimmen, als ob ganze Wolfsrudel durch die Wälder von Otwock zogen.

»Arele, es tut weh.«

»Was denn?«

»Du stößt mich mit deinen Knien.«

Ich zog meine Knie fort.

»Mein Magen knurrt.«

»Es ist meiner, nicht deiner.«

»Nein, es ist meiner. Hörst du? Wie ein weinendes Kind.«

Ich berührte ihren Leib. Sie zitterte. »Kalte Finger.«

»Ich werde mich an dir wärmen.«

»Oh, Arele, das darfst du nicht tun mit einem Mädchen.«

»Schoscha, du bist meine Frau.«

»Arele, ich schäme mich. Oh, du kitzelst mich!« Schoscha fing an zu lachen, aber plötzlich verwandelte sich das Lachen in Schluchzen.

»Warum weinst du, Schoschele?«

»Es ist alles so seltsam. Als Leiser, der Uhrmacher, zu uns kam und uns vorlas, was du in der Zeitung geschrieben hast, da dachte ich: Wie kann das sein? Ist er wirklich da? Ich nahm das Papier heraus, das du mit Farben bemalt hast, aber sie waren vertrocknet. Wir gingen zu der Zeitung, um dich zu suchen, und der alte Mann, der den Tee herumträgt, sagte: ›Nicht hier!‹ Wir sind nicht wieder hingegangen. Eines Abends spielte ich mit dem Schatten an der Wand und plötzlich sprang er herunter und schlug mich. Oh, du hast Haare auf der Brust! Ich war ein ganzes Jahr lang krank und Dr. Kniasler sagte, ich muß sterben.«

»Wann war das?«

Sie antwortete nicht. Während sie noch gesprochen hatte, war sie eingeschlafen. Ihr Atem ging schnell und leicht. Ich zog sie an mich, und im Schlaf drängte sie sich mit solcher Kraft an mich, als ob sie sich in mich einbohren wolle. Wie kann ein so schwaches Geschöpf solche Hitze ausströmen? überlegte ich. Gibt es einen physiologischen Grund dafür? Oder hat es mit der Seele zu tun?

Ich schloß die Augen. Das ungeheure Verlangen nach Schoscha, das mich im Zug ergriffen hatte, war verschwunden. War ich plötzlich impotent geworden? Ich schlief ein und träumte. Jemand schrie laut auf. Tiere mit langen Zitzen ergriffen mich, rissen mit Fängen und Klauen Stücke aus meinem Körper. Ich rannte durch einen Keller, der gleichzeitig ein Schlachthaus war und ein Friedhof, der mit unbegrabenen Leichen besät war. Erregt wachte ich auf. Ich griff nach Schoscha, und ehe sie noch aufgewacht war, lag ich auf ihr. Sie sperrte und wehrte sich. Ein Strahl heißen Blutes brannte auf meinem Schenkel. Ich versuchte, sie zu beruhigen, aber sie brach in lautes Jammern aus. Ich war sicher, das ganze Hotel war aufgewacht. Hatte ich sie verletzt? Ich stand auf und suchte nach dem Lichtschalter, konnte ihn aber nicht finden. Ich tapste herum und stieß gegen den Ofen. In meiner Verzweiflung betete ich zu Gott, Er möge sie beschützen. »Schoschele, weine nicht! Die Leute werden zusammenlaufen! Ich habe es doch aus Liebe getan.«

»Wo bist du?«

Ich fand den Schalter und machte Licht. Einen Augenblick lang konnte ich nichts sehen. Da war ein Waschtisch mit einem Krug, und zwei Handtücher hingen an der Seite. Schoscha saß im Bett und weinte nicht mehr.

»Arele, bin ich jetzt eine Frau?«

4

An unserem dritten Tag in Otwock, als ich gerade mit Schoscha im Speisesaal beim Essen saß, wurde ich ans Telefon gerufen. Der Anruf kam aus Warschau. Ich war überzeugt, es würde Celia sein, aber es war Feitelsohn.

»Tsutsik, ich habe gute Nachrichten für Sie.«

»Gute Nachrichten für mich? Das ist etwas, was ich zum erstenmal höre.«

»Ja, gute Nachrichten. Aber erst sagen Sie mir, wie es mit den Flitterwochen geht.«

»Danke, gut.«

»Keine Krisen?«

»Ja, aber –«

»Und Ihre Schoscha ist nicht vor Schreck gestorben?«

»Beinahe. Aber jetzt ist sie wieder glücklich.«

»Ich hab sie gern. Mit ihr an Ihrer Seite, wird Ihr Talent wachsen.«

»Ihr Wort in Gottes Ohr!«

»Tsutsik, ich habe Schapiro, dem Redakteur der Abendzeitung – wie heißt sie noch? – erzählt, daß Sie einen Roman über Jakob Frank schreiben, und er möchte, daß Sie die Biographie von Frank für ihn schreiben. Er will sechsmal in der Woche eine Fortsetzung drucken und wird Ihnen dreihundert Zloty im Monat zahlen. Ich sagte ihm, das sei zu wenig, und vielleicht wird er noch etwas drauflegen.«

»Dreihundert Zloty ist zu wenig? Das ist ein Vermögen!«

»Schönes Vermögen das! Tsutsik, Sie sind ein gemachter Mann! Er hat mir gesagt, Sie können das über ein Jahr hinziehen, oder so lange wie Ihre Phantasie es aushält.«

»Das ist wirklich ein Glücksfall!«

»Werden Sie noch zu den Chentschiners ziehen?«

»Nein, jetzt nicht mehr. Schoscha würde ohne ihre Mutter eingehen.«

»Tun Sie es nicht, Tsutsik. Sie wissen, daß ich nicht eifersüchtig auf Sie bin. Ganz im Gegenteil. Aber mit ihnen zusammenzuleben, das wäre keine gute Idee. Tsutsik, dieser Anruf wird mich pleite machen. Wenn Sie zurückkommen, werden wir feiern. Grüße an Schoscha. Auf Wiedersehen.«

Ich wollte Feitelsohn sagen, wie dankbar ich ihm war und daß ich das Gespräch bezahlen würde, aber er hatte schon angehängt. Ich ging zum Tisch zurück. »Schoschele, du hast mir Glück gebracht. Ich habe eine Arbeit für eine Zeitung. Wir werden nicht zu Celia ziehen!«

»Ach, Arele, Gott hat mich erhört. Ich wollte nicht dorthin. Ich betete. Sie will dich von mir fortnehmen. Was wirst du bei der Zeitung tun?«

»Ich werde das Leben des falschen Messias schreiben, der gepredigt hat, daß Gott will, daß die Menschen sündigen. Der falsche Messias selbst hat mit seiner eigenen Tochter geschlafen und mit den Frauen seiner Anhänger.«

»Gibt es ein so breites Bett?«

»Nicht mit allen zur gleichen Zeit – oder vielleicht auch mit allen gleichzeitig. Er war so reich, daß er sich ein Bett, so breit wie ganz Otwock, leisten konnte.«

»Hast du ihn gekannt?«

»Er ist vor etwa hundertfünfzig Jahren gestorben.«

»Arele, ich bete zu Gott, und Er tut alles, was ich verlange. Als du zur Post gegangen bist, kam ein blinder Mann und ich gab ihm zehn Groschen, und deshalb hat Gott all dies getan. Arele, ich liebe dich ganz schrecklich! Ich möchte jede Minute bei dir sein, jede Sekunde. Wenn du auf die Toilette gehst, habe ich Angst, daß du verloren gehst oder hinfällst. Ich habe auch Sehnsucht nach Mama. Ich habe sie schon so lange nicht mehr gesehen. Ich möchte mit dir und mit ihr Tag und Nacht zehntausend Jahre lang zusammensein.«

»Schoschele, deine Mutter wird bald geschieden sein und vielleicht wird sie wieder heiraten. Und ich kann auch nicht jede Minute bei dir sein. In Warschau muß ich auf die Redaktion gehen und auch in die Bibliothek. Manchmal muß ich Feitelsohn treffen. Er hat mir die Arbeit verschafft.«

»Hat er keine Frau?«

»Er hat viele Frauen, aber keine Ehefrau.«

»Ist er der falsche Messias?«

»In gewissem Sinne, Schoschele – es ist kein schlechter Vergleich.«

»Arele, ich möchte dir etwas sagen, aber ich schäme mich.«

»Vor mir mußt du dich nicht mehr schämen. Ich habe dich doch nackt gesehen.«

»Ich möchte wieder.«

»Was möchtest du wieder?«

»Ich möchte ins Bett. Du weißt, was.«

»Wann? Jetzt?«

»Ja.«

»Warte, die Kellnerin hat uns den Tee noch nicht gebracht.«

»Ich bin nicht durstig.«

Die Kellnerin kam und brachte zwei Glas Tee und zwei Stück Kuchen auf einem Tablett. Wir waren die einzigen Gäste im Hotel. Ein anderes Paar wurde erst am nächsten Tag erwartet.

Es hatte aufgehört zu schneien und die Sonne schien. Ich hatte mir vorgenommen, mit Schoscha einen Spaziergang zu machen, vielleicht bis Świder. Ich wollte sehen, ob der Fluß zugefroren war, und wie der Wasserfall mit den in der Sonne glitzernden Eiszapfen aussah, aber Schoschas Worte veränderten alles. Die Kellnerin, eine kleingewachsene Frau mit einem breiten Gesicht, hohen Backenknochen und feuchten schwarzen Augen ging nicht gleich in die Küche zurück. Sie sagte: »Herr Greidinger, Sie essen alles auf, aber Ihre Frau läßt alles auf dem Teller. Darum ist sie so dünn. Sie hat fast nichts angerührt – weder die Vorspeise, noch die Suppe, Fleisch und Gemüse. Es ist nicht gut, so wenig zu essen. Die Leute kommen zum Zunehmen her, nicht zum Abnehmen.«

Schoscha schnitt ein Gesicht. »Ich kann nicht so viel essen, ich habe einen kleinen Magen.«

»Es ist nicht der Magen, Frau Greidinger. Meine Großmutter sagte immer: ›Die Eingeweide sind ohne Boden.‹ Es ist der Appetit. Meine Chefin hier verlor ihren Appetit und sie ging zu einem Dr. Schmaltzbaum. Er hat ihr Eisen verschrieben, und sie hat zehn Pfund zugenommen.«

»Eisen?« fragte Schoscha. »Kann man Eisen essen?«

Die Kellnerin lachte und zeigte dabei ihre Goldzähne. Ihre

Augen zogen sich zu der Größe kleiner Beeren zusammen. »Eisen ist eine Medizin. Niemand soll Nägel essen.«

Sie ging fort und schlurfte mit ihren großen Schuhen über den Boden. Als sie an der Küchentür angekommen war, warf sie einen belustigten Blick auf uns.

Schoscha sagte: »Ich mag sie nicht. Ich mag nur dich und Mama. Täubele mag ich auch, aber nicht so wie euch beide. Ich möchte tausend Jahre mit dir sein.«

5

Es war eine lange Nacht. Wir waren vor neun eingeschlafen und um zwölf erwachten wir beide. Schoscha fragte: »Arele, schläfst du noch?«

»Nein, Schoschele.«

»Ich auch nicht. Jedesmal, wenn ich aufwache, denke ich, es war alles ein Märchen – du, die Hochzeit, alles. Aber ich berühre dich und ich sehe, du bist da.«

»Es gab mal einen Philosophen und der glaubte, daß alles ein Traum sei. Gott träumt, und die Welt ist Sein Traum.«

»Steht das in den Büchern?« fragte Schoscha.

»Ja, in den Büchern.«

»Gestern, nein, der Tag vor gestern, da träumte ich, ich war zu Hause und du kamst herein. Nachdem du die Tür geschlossen hattest, kamst du wieder herein. Es gab nicht nur einen Arele, sondern zwei, drei, vier, fünf, zehn – eine ganze Reihe von Areles. Was ist ein Traum?«

»Das weiß niemand.«

»Was sagen die Bücher?«

»Die Bücher wissen es auch nicht.«

»Wie kann das sein? Arele, Leiser, der Uhrmacher, sagt, du seist ein Ungläubiger – ist das wahr?«

»Nein, Schoschele, ich glaube an Gott, aber ich glaube nicht, daß Er Sich offenbart hat und daß Er den Rabbinern all die kleinen Gesetze befohlen hat, die sie in vielen Generationen hinzugefügt haben.«

»Wo ist Gott? Im Himmel?«

»Er muß irgendwo sein.«

»Warum bestraft Er Hitler nicht?«

»Oh, Er bestraft niemanden. Er schuf die Katze und die Maus. Die Katze kann kein Gras fressen, sie muß Fleisch fressen. Es ist nicht ihr Fehler, daß sie Mäuse tötet. Die Mäuse sind sicherlich nicht schuldig. Er hat die Wölfe und die Schafe erschaffen, die Schächter und die Hühner, die Füße und die Würmer, auf die sie treten.«

»Gott ist nicht gut?«

»Nicht so, wie wir es meinen.«

»Hat Er kein Mitleid?«

»Nicht so, wie wir es verstehen.«

»Arele, ich habe Angst.«

»Auch ich habe Angst, aber Hitler kommt nicht heute abend. Komm näher zu mir. So.«

»Arele, ich möchte ein Kind von dir haben, ein kleines Kind mit blauen Augen und rotem Haar. Der Doktor hat gesagt, wenn man meinen Bauch aufschneidet, würde ein lebendes Kind herauskommen.«

»Und möchtest du das?«

»Ja, Arele. Dein Kind. Wenn es ein Junge ist, wird er die gleichen Bücher lesen wie du.«

»Es lohnt sich nicht, einen Bauch aufzuschneiden, um Bücher zu lesen.«

»Doch lohnt es sich. Ich würde ihn säugen und meine Brüste würden größer werden.«

»Mir sind sie groß genug.«

»Was steht noch in den Büchern?«

»Ach, alles mögliche. Man hat herausgefunden, daß die Sterne von uns weglaufen. Zehntausende von Meilen jeden Tag.«

»Wohin laufen sie denn?«

»In den leeren Raum, weit weg.«

»Werden sie nie zurückkommen?«

»Sie werden ausglühen und erst kalt werden, und dann werden sie mit solcher Kraft herunterfallen, daß sie heiß werden, und die ganze Schweinerei fängt wieder von vorne an.«

»Was sagen die Bücher, wo Ippe ist?«

»Wenn es eine Seele gibt, ist sie irgendwo. Und wenn es keine gibt, dann –«

»Arele, sie war hier. Sie weiß von uns. Sie hat mir Glück gewünscht.«

»Wann? Wo?«

»Hier. Gestern. Nein, den Tag vor gestern. Wie weiß sie denn, daß wir in Otwock sind? Sie stand an der Tür, in der Nähe der Mesusa, und sie lächelte. Sie trug ein weißes Kleid, nicht ein Leichentuch. Als sie lebte, fehlten ihr zwei Vorderzähne. Jetzt hatte sie alle Zähne.«

»Es muß gute Zahnärzte im Jenseits geben.«

»Arele, machst du dich über mich lustig?«

»Nein, das tue ich nicht.«

»Sie ist auch in Warschau zu mir gekommen. Das war, bevor du zum erstenmal zu uns gekommen bist – ich saß auf meinem Stuhl und sie kam herein. Die Tür war verriegelt. Mutter war fortgegangen und sie hatte mir befohlen, die Tür wegen der bösen Menschen zu verriegeln. Plötzlich war Ippe da. Wie hat sie das gemacht? Sie hat mit mir geredet wie eine Schwester mit der andern. Ich hatte mein Haar aufgemacht und sie hat es geflochten. Sie hat mit mir das Fadenspiel gespielt, aber ohne Schnur. Und den Tag vor Jom Kippur habe ich sie in der Hühnersuppe gesehen. Sie hatte einen Blumenkranz auf dem Haar, wie eine christliche Braut, und ich wußte, daß etwas geschehen würde. Du warst dabei, aber ich wollte nichts sagen. Wenn ich Ippes Namen sage, beginnt Mama zu schreien. Sie sagt, ich sei verrückt.«

»Du bist nicht verrückt.«

»Was bin ich denn?«

»Ein süßes Geschöpf.«

»Was glaubst du, war es?«
»Vielleicht hast du es geträumt.«
»Mitten am Tag?«
»Manchmal träumt man am Tag.«
»Arele, ich habe Angst.«
»Wovor hast du jetzt Angst?«
»Vor dem Himmel, den Sternen, den Büchern. Erzähl mir die Geschichte vom Riesen. Ich hab den Namen vergessen.«
»Og, der König von Baschan.«
»Ja, von ihm. Ist es wahr, daß er keine Frau bekommen konnte, weil er so groß war?«
»So heißt es in der Geschichte. Als die Sintflut kam, und Noah und seine Söhne und alle die Tiere und Vögel in die Arche gingen, konnte Og nicht hinein, weil er so groß war, und so setzte er sich aufs Dach. Vierzig Tage und vierzig Nächte regnete es auf ihn, aber er ist nicht ertrunken.«
»War er nackt?«
»Welcher Schneider hätte denn ein Paar Hosen nähen können, die groß genug für ihn gewesen wären?«
»Oi, Arele, es ist so schön mit dir. Was tun wir, wenn die Nazis kommen?«
»Wir werden sterben.«
»Zusammen?«
»Ja, Schoschele.«
»Kommt der Messias nicht?«
»Nicht so bald.«
»Arele, mir ist ein Lied eingefallen.«
»Was für ein Lied?«
Schoscha fing mit dünner Stimme an zu singen:

Er hieß Bohne,
Nudel war ihr Nam',
Sie heirateten am Freitag
Und niemand kam.

Sie schmiegte sich an mich und sagte: »Oi, Arele, es ist gut bei dir zu liegen, auch wenn wir sterben müssen.«

Dreizehntes Kapitel

1

In dem Abendblatt, in dem die Biographie von Jakob Frank sich seit Monaten hinschleppte – eigentlich war es eine Mischung von Biographie und Phantasie – wurden die Nachrichten immer bedrohlicher. Hitler und Mussolini hatten sich am Brenner-Paß getroffen und zweifellos Entscheidungen über die Zerstörung Polens und die Vernichtung der Juden gefällt, aber in einem großen Teil der polnischen Presse griff man weiterhin die jüdische Minorität an, als sei sie die größte Gefahr für die Nation. Abgesandte der Hitler-Regierung kamen nach Polen und wurden von dem Diktator Rydz-Smigly und seinen Ministern empfangen. In der Sowjetunion entwickelten sich die Säuberungen, Massenverhaftungen und die Prozesse gegen Trotzkisten, alte Bolschewiken, gegen rechte und linke Dissidenten, Zionisten und Hebraisten zum Dauerterror. In den polnischen Städten stieg die Arbeitslosigkeit an. In den Dörfern, besonders dort wo Ukrainer und Weißrussen lebten, hungerten die Bauern. Viele Volksdeutsche, wie sich die deutschen Polen nannten, erklärten sich als Nazis. Die Komintern hatte die Polnische Kommunistische Partei aufgelöst. Die Anklagen gegen Bucharin, Kamenew, Sinowjew und Rykow wegen Sabotage und Spionage sowie ihrer Bezeichnung als faschistische Lakaien und Hitler-Agenten rief Proteste selbst bei eingefleischten Stalinisten hervor. Aber die Auflagen der jiddischen Zeitungen in Warschau fielen nicht, auch nicht die der Abendzeitung, für die ich arbeitete. Im Gegenteil, es wurden mehr Zeitungen gelesen denn je. Die Geschichte des falschen Messias Jakob Frank und seiner Anhänger mußte einmal ein Ende nehmen. Aber ich hatte schon eine Liste von anderen falschen Messias' bereit – Reubeni, Schlomo Molcho, Sabbatai Zevi.

Anfangs hatte ich immer eine Ausrede erfinden müssen, wenn ich spät oder gar nicht nach Hause kam, aber allmählich hatten Baschele und Schoscha sich daran gewöhnt, keine Fragen mehr zu stellen. Was konnten sie von dem Beruf eines Schriftstellers wissen? Ich hatte Leiser, dem Uhrmacher, gesagt, daß ich ein paarmal in der Woche als Nachtredakteur arbeitete, und Leiser hatte diese Tatsache Baschele und Schoscha erklärt. Leiser kam jeden Tag bei ihnen vorbei und las ihnen die neueste Fortsetzung meiner Biographie von Jakob Frank vor. Jeder in der Krochmalna las die Biographie – die Diebe, die Straßenmädchen, die ehemaligen Stalinisten und die neuausgeschlüpften Trotzkisten. Manchmal hörte ich im Vorbeigehen die Marktleute über Jakob Frank reden – über seine Wundertaten, seine Orgien und Verrücktheiten. Die Linken beschwerten sich immer noch, daß diese Art Literatur Opium für die Massen sei, aber nachdem sie die politischen Nachrichten auf der Titelseite und die Lokalnachrichten auf Seite 5 gelesen hatten, brauchten die Massen dringend ein Opiat.

Ehe ich in Bascheles Kammer einzog, hatte sie die Wände streichen und einen eisernen Ofen aufstellen lassen, auch hatte sie die Säcke und Lumpen, die sich in mehr als zwanzig Jahren angesammelt hatten, fortgeworfen. Schoscha konnte man nicht eine Stunde sich selbst überlassen. Sowie sie allein war, wurde sie von Schwermut überwältigt. Aber ich konnte nicht immer bei ihr sein. Ich hatte weder mein Zimmer in der Lesznostraße aufgegeben, noch hatte ich meinen Wirtsleuten gesagt, daß ich geheiratet hatte. Es ist wahr, ich schlief selten dort, aber selbst Thekla hatte begriffen, daß Schriftsteller eigenwillige und verwirrte Geschöpfe sind. Sie hatte aufgehört, mich zu fragen, was ich tat, mit wem ich die Zeit verbrachte, wo ich mich während der Nacht herumtrieb. Ich zahlte meine Miete und jede Woche gab ich ihr einen Zloty. Weihnachten und Ostern brachte ich ihr ein Geschenk. Jedesmal, wenn ich ihr etwas gab, wurde sie rot, behauptete, daß sie es nicht brauche, daß es doch nicht nötig sei. Dann ergriff sie meine Hand und küßte sie, wie Bauern es seit Generationen getan hatten.

Weil ich nicht immer mit Schoscha sein konnte, war jedes Heimkommen ein Wunder für mich. Sie und Baschele hatten etwas zu essen für mich bereit, ehe ich mich hinlegte – Milchreis, Tee mit Sabbatküchlein, einen gebratenen Apfel. Jeden Abend, ehe sie schlafen ging, wusch sich Schoscha und wusch auch oft ihr Haar. Sie unterhielt sich mit mir über die letzte Fortsetzung der Jakob Frank-Geschichte. Wie konnte ein Mann so viele Frauen haben? War das Schwarze Magie? Hatte er seine Seele dem Teufel verkauft? Wie konnte ein Vater etwas mit seiner eigenen Tochter anfangen? Manchmal gab Schoscha selbst die Antwort: das waren eben andere Zeiten. Hatte nicht auch König Salomo tausend Frauen gehabt? Sie erinnerte sich noch an das, was ich ihr erzählt hatte, als wir in Nr. 10 gelebt hatten.

Im Grunde war Schoscha die gleiche geblieben – das gleiche Kindergesicht, die gleiche kindliche Figur. Und trotzdem hatte sich einiges geändert. Früher hatte Baschele selbst unsere Mahlzeiten zubereitet. Sie hatte Schoscha nicht in die Küche gelassen und ihr auch nicht den Einkauf anvertraut. Nur gelegentlich hatte sie sie in den Laden in der Nähe geschickt, um ein halbes Pfund Zucker, ein wenig Butter, ein Stück Käse oder ein Brot zu holen – alles auf Borg. Ich war nicht sicher, daß Schoscha den Wert der Münzen kannte. Plötzlich bemerkte ich, daß sie sich in der Küche zu schaffen machte. Sie begleitete auch ihre Mutter auf den Markt in Janaschs Basar. Ich hörte, wie sie mit Baschele über die vegetarischen Gerichte sprach, die leicht verdaulich sind. Diese Sorge um meine Diät erstaunte mich immer wieder. Ich war nicht daran gewöhnt, daß sich irgendjemand um meine Bedürfnisse kümmerte. Für Schoscha war ich aber ihr Ehemann und für Baschele ihr Schwiegersohn. Es war mir nie eingefallen, daß Schoscha nähen oder stopfen könnte, aber ich sah sie über einem Teeglas meine Socken stopfen. Sie kümmerte sich auch um meine Hemden, Taschentücher und Kragen, und brachte meine Schuhe zum Schuhmacher, wenn die Absätze erneuert werden mußten. Ich konnte und wollte nicht ein Ehemann im üblichen Sinne des Wortes sein, aber Schoscha übernahm allmählich die Pflichten einer Ehefrau.

Kam ich am Abend nach Hause, so fand ich sie immer noch auf ihrem Stuhl sitzend vor, aber sie war nicht mehr von Spielzeug umgeben. Sie las auch nicht mehr in ihren Schulbüchern. Es gab immer neue Überraschungen für mich. Schoscha trug jetzt ihre hochhackigen Schuhe und fleischfarbenen Strümpfe nicht nur, wenn sie ausging, sondern auch zu Hause. Ihre Mutter hatte ihr Kleider gekauft und spitzenbesetzte Nachthemden. Manchmal machte sie sich eine andere Frisur.

Schoschas Interesse an meiner Arbeit wuchs. Der Roman über Jakob Frank war zu Ende. Der neue Roman über Sabbatai Zevi beschrieb mit vielen Einzelheiten die jüdische Sehnsucht nach Erlösung. Es war eine Zeit, die Ähnlichkeiten mit der unseren zeigte. Was Hitler den Juden androhte, hatte Bogdan Chmielnizki schon vor mehr als dreihundert Jahren getan. Vom Tage an, an dem sie aus ihrem Land vertrieben worden waren, lebten die Juden in Erwartung des Todes oder des Erscheinens des Messias. In Polen, in der Ukraine, in den von den Türken beherrschten Ländern, und vor allem im Heiligen Land, hatten die Kabbalisten versucht, das Ende aller Tage durch Gebete, Fasten und die Beschwörung heiliger Namen herbeizuführen. Sie hatten die Mysterien des Buches Daniel zu erforschen gesucht. Sie vergaßen nie die Stelle in der Gemara, die sagt, daß der Messias kommen wird, wenn die Menschen entweder vollkommen unschuldig oder vollkommen schuldig sind. Jeden Tag mußte Leiser Schoscha die letzte Fortsetzung vorlesen und ihr die Bezüge zu jüdischen Gesetzen und jüdischer Geschichte erklären. Ich hörte, wie sie zu ihrer Mutter sagte: »Ach, Mama, das ist genau wie heute.«

Täubele hatte noch immer keinen Mann gefunden. Sie war so lange wählerisch gewesen, klagte Baschele, daß sie eine alte

Jungfer geworden war. Statt eines Ehemannes hatte sie sich einen Liebhaber genommen, einen verheirateten Buchhalter mit fünf Kindern. Angeblich war er dabei, sich scheiden zu lassen von seiner Frau, die eine gewöhnliche Person war, aber es waren schon zwei Jahre vergangen und von der Scheidung war nichts zu sehen. Statt ihrer Mutter Zufriedenheit zu bescheren, brachte Täubele Schande über sie.

Täubele kam oft zu Besuch zu ihrer Mutter und Schwester. Auch sie sprach gern mit mir über Jakob Frank, Sabbatai Zevi und ihre Anhänger. Sie brachte Baschele und Schoscha kleine Geschenke mit und manchmal auch etwas für mich – ein Buch, eine Zeitschrift oder ein Notizbuch. Ihr Liebhaber verbrachte mehr und mehr Abende mit seiner Frau. Täubele erzählte, daß er sich zu einem Hypochonder entwickelt habe. Er war überzeugt davon, daß er herzkrank sei. Wenn Baschele zu Täubele sagte, es sei schon spät, und sie könne nicht mehr allein nach Hause gehen, sagte Täubele scherzhaft: »Ich werde mich zu ihnen legen«, und deutete auf Schoscha und mich. Oder sie sagte: »Was kann schon passieren? Wir sind alle zum Tod verurteilt.«

Nachts im Bett sprach Schoscha nicht mehr über Puppen, Spielsachen und Nachbarskinder, die sie vor zwanzig Jahren gekannt hatte, sondern oft sprach sie über Dinge, die mir wichtig waren. Gab es wirklich einen Gott im Himmel? Kannte Er jedermanns Gedanken? War es wirklich wahr, daß er die Juden mehr liebte als alle anderen Völker? Hatte er auch die Christen erschaffen oder nur die Juden? Manchmal fragte sie mich auch über meinen Roman aus. Wie konnte ich denn wissen, was sich vor mehr als dreihundert Jahren ereignet hatte? Hatte ich das in einem Buch gelesen oder mir ausgedacht? Sie wollte auch wissen, was morgen in der Fortsetzung stehen würde und in den nächsten Tagen. Ich fing an, ihr Sachen zu erzählen, die ich noch gar nicht geschrieben hatte. Ich führte ein literarisches Experiment mit ihr durch – ich ließ meiner Zunge freien Lauf und sprach aus, was immer mir auf die Lippen kam. Ich hatte über automatisches Schreiben gelesen und auch von Mark Elbinger darüber gehört. Ich hatte auch in einem literarischen Magazin über die Art Literatur gelesen, die man Bewußtseinsstrom nennt. All das konnte ich an Schoscha ausprobieren. Sie hörte alles mit der gleichen Neugier an – Kindergeschichten, die mir meine Mutter erzählt hatte, als ich fünf oder sechs Jahre alt war, sexuelle Phantasien, die sich kein jiddischer Schriftsteller erlaubt hätte, zu veröffentlichen, meine eigenen Hypothesen oder Träume über Gott, die Erschaffung der Welt, die Unsterblichkeit der Seele, die Zukunft der Menschheit, wie auch Träumereien über die Besiegung von Hitler und Stalin. Ich hatte ein Flugzeug konstruiert, aus einem Material, dessen Atome so dicht zusammengepreßt waren, daß ein Quadratzentimeter davon Tausende von Tonnen wog. Es flog mit einer Geschwindigkeit von einer Million Meilen in der Minute. Es konnte Berge durchdringen, sich durch die Erde hindurchbohren und die fernsten Planeten erreichen. Es enthielt auch ein hellseherisches Telefon, mit dem ich die Gedanken und Pläne aller Menschen auf der Erde abhören konnte. Ich wurde so mächtig, daß ich Kriege veralten und überflüssig werden ließ. Wenn die Bolschewisten, Nazis, Antisemiten, Schwindler, Diebe und Vergewaltiger von meiner Kraft nur hörten, so ergaben sie sich sofort. Ich richtete eine Weltordnung ein, die auf Dr. Feitelsohns Philosophie des Spiels aufgebaut war. In meinem Flugzeug hielt ich mir einen Harem von achtzehn Frauen, aber die Königin und Herrscherin war niemand anderer als Schoscha selbst.

»Und wo würde Mama sein?«

»Ich würde Mama zwanzig Millionen Zloty geben, und sie würde in einem Palast leben.«

»Und Täubele?«

»Täubele würde eine Prinzessin sein.«

»Mama wird mir fehlen.«

»Wir werden sie jeden Sabbat besuchen.«

Lange Zeit sprach Schoscha nicht. Dann sagte sie: »Arele, Ippe fehlt mir.«

»Ippe werde ich zum Leben erwecken.«

»Wie kann man das?«

Ich erklärte Schoscha die Theorie, daß die Weltgeschichte ein Buch sei, das der Mensch nur vorwärts lesen könne. Niemals könne er die Seiten dieses Weltbuches zurückblättern. Aber alles, was einmal gelebt habe, sei noch vorhanden. Ippe lebte irgendwo. Die Hühner, Gänse und Enten, die die Schächter in Janaschs Hof Tag für Tag geschlachtet hatten, lebten noch, quakten, gluckten und krähten auf den anderen Seiten des Weltbuches – auf den rechten Seiten, denn das Weltbuch sei auf Jiddisch geschrieben, das man ja von rechts nach links lese.

Schoscha hielt den Atem an. »Werden wir in Nr. 10 leben?«

»Ja, Schoschele, auf den anderen Seiten des Buches leben wir noch in Nr. 10.«

»Aber es sind andere Leute dort eingezogen.«

»Die leben dort auf den offenen Seiten, nicht auf den geschlossenen.«

»Mama hat mal gesagt, daß dort ein Schneider wohnte, ehe wir einzogen.«

»Der Schneider lebt dort auch.«

»Alle zusammen?«

»Jeder zu einer anderen Zeit.«

Ich hatte allmählich aufgehört, mich Schoschas zu schämen. Sie kleidete sich besser, sie schien gewachsen zu sein. Ich nahm sie mit zu Celia, und sowohl Chaiml wie Celia waren entzückt von ihrer Natürlichkeit, ihrer Ehrlichkeit und ihrer Naivität. Ich hatte ihr beigebracht, wie man Messer und Gabel benutzt. Sie sprach auf eine kindliche Art, aber nicht dumm.

Bei einem Besuch hatte Celia eine Ähnlichkeit zwischen Schoscha und ihrer eigenen verstorbenen Tochter entdeckt. Sie zeigte mir ein vergilbtes Foto des Kindes, und ich war betroffen, eine gewisse Ähnlichkeit zu finden. Chaiml, der immer mehr dem Mystizismus und Okkultismus zuneigte, spielte mit dem Gedanken, daß die Seele ihres kleinen Mädchens in Schoscha übergegangen sein könnte, und daß ich daher ihr Schwiegersohn sei. Seelen gingen nicht verloren. Sie kehrten zurück und suchten sich Körper, durch die sie sich ihren Lieben zu erkennen geben könnten. Es gäbe keinen Zufall. Die Kräfte, die den Menschen und sein Schicksal leiteten, brächten jene, denen es bestimmt war, einander zu begegnen, zusammen.

Elbinger kam zufällig an diesem Abend zu den Chentschiners und er wiederholte, was er schon früher einmal über Schoscha gesagt hatte, er glaube, daß sie die Eigenschaften eines Mediums besäße. Alle echten Medien, die er getroffen habe, hätten die gleiche Primitivität, Geradheit und Aufrichtigkeit gezeigt. Einmal versuchte er, Schoscha zu hypnotisieren und kaum hatte er ihr gesagt, sie solle einschlafen, als sie schon in einen tiefen Schlaf fiel. Elbinger hatte Mühe, sie aufzuwecken. Ehe er ging, küßte er Schoscha auf die Stirn.

Nachdem Elbinger gegangen war, sagte Schoscha: »Das ist kein Mensch.«

»Was ist er denn?« fragten Chaiml und Celia wie aus einem Munde.

»Ich weiß nicht.«

»Ein Engel? Ein böser Geist?« fragte Celia.

»Vielleicht vom Himmel«, sagte Schoscha.

Chaiml schlug sich an die Stirn. »Tsutsik, dies ist ein denkwürdiger Abend für mich. Ich werde diesen Abend zeit meines Lebens nicht vergessen.«

2

An jenem Freitagabend kam ich wie immer nach Hause zu Schoscha. Ich hielt die jüdischen Vorschriften nicht ein, Schoscha ging nicht in das rituelle Bad, aber ich gab Baschele nach und sprach jeden Freitagabend und Samstagmorgen den Segen über den Wein. Baschele kochte vegetarische Sabbatmahlzeiten für mich. Sie dünstete sogar ein vegetarisches

Eintopfgericht für mich aus Kascha und Bohnen, und ein ›Kugel‹, der aus Reis gemacht war. Vor Einbruch der Dunkelheit segnete Schoscha jeden Freitagabend die Kerzen. Sie steckte sie in die silbernen Kerzenhalter, die Chaiml und Celia uns geschenkt hatten. Zwei Sabbatbrote waren mit einem Tuch bedeckt, das Baschele vor dreißig Jahren für Selig gestickt hatte. Die Familie besaß auch ein Messer mit einem Perlmuttergriff, auf dem die Worte ›Heiliger Sabbat‹ eingraviert waren. An jedem Freitagabend aßen Baschele und Schoscha gefilte Fisch mit Huhn, und mir hatten sie Nudeln mit Quark und Karottengemüse gekocht. Sie hatten ihre Sabbatkleider und die guten Schuhe angezogen. Durch das offene Fenster sah ich die Sabbatkerzen in anderen Wohnungen und hörte Gesang. Man sang: »Friede und Licht den Juden am Tag der Ruhe und dem Tag der Freude!« Die Chassidim sangen eine kabbalistische Dichtung des heiligen Isaak Luria, auf Aramäisch geschrieben, über einen himmlischen Apfelgarten, einen himmlischen Bräutigam und eine himmlische Braut, himmlische Brautjungfern und himmlische Brautführer – alles in äußerst erotischen Versen, die selbst heute Leser und Kritiker schockieren würden. Baschele und Schoscha unterhielten sich darüber, daß die Lebensmittel teurer geworden seien, und wie schwierig es sei, auf dem Dachboden genügend Platz zum Trocknen der Wäsche zu finden. Baschele erwähnte wehmütig den Brauch früherer Zeiten, zum Sabbat gelben Sand auf die Fußböden zu streuen. Damals hätten die Bauern aus den umliegenden Dörfern mit Karren den Sand in hölzernen Fässern in die Stadt gebracht. Sie hätten ihre Ware auf der Straße ausgerufen. Das sei jetzt altmodisch geworden. Die heutigen Frauen zögen es vor, ihre Böden einzuölen. Noch etwas, früher gingen die frommen älteren Frauen am Freitag von Haus zu Haus und sammelten Sabbatbrote, Fisch und Kutteln – sogar Zuckerstücke – für die Armen. Die heutige Generation halte nicht viel von dieser Art der Wohltätigkeit. Die Kommunisten kämen sammeln für die Juden in Birobidschan, irgendwo tief in Rußland, am

Rande der Welt. Sie behaupteten, dort gäbe es ein jüdisches Land. Gott allein wüßte, ob sie die Wahrheit sagten.

»Mama, was ist hinter dem Rand der Welt? Ist es dort dunkel?«

Baschele schüttelte den Kopf. »Sag du's ihr, Arele.« »Es gibt keinen Rand der Welt. Die Erde ist rund wie ein Apfel.«

»Wo leben denn die schwarzen Menschen?« fragte Schoscha.

»In Afrika.«

»Und wo ist Hitler?«

»In Deutschland.«

»Ach, das haben sie uns alles in der Schule erklärt, aber ich konnte es nicht behalten«, sagte Schoscha. »Ist es wahr, daß es in Amerika einen großen jüdischen Mann gibt, der jeden Dollar unterschreiben muß, sonst ist das Geld nichts wert? Leiser, der Uhrmacher, hat das gesagt.«

»Ja, Schoschele, aber er unterschreibt nicht mit der Hand. Man druckt seine Unterschrift«, sagte ich.

»Am Sabbat soll man nicht von Geld reden«, sagte Baschele. »Es gab einen frommen kleinen Rabbiner, Reb Fiwke, der sprach am Sabbat nur in der Heiligen Sprache. Er wohnte in der Smoczastraße, aber am Freitag ging er mit einem Sack in Janaschs Basar herum und sammelte Essen für die Armen. Nach zwölf Uhr mittags sprach er am Freitag nicht mehr, denn der Nachmittag des Freitag ist schon beinahe so heilig wie der Sabbat. Gab man ihm ein Almosen, dann nickte er oder murmelte einige Worte in der Heiligen Sprache. An einem Freitag kam er nicht mit seinem Sack, und jemand sagte, er sei krank im Armenhaus. Nach ein paar Wochen kam er wieder mit seinem Sack, aber er sprach jetzt überhaupt nicht mehr. Er ging nur von Laden zu Laden wie ein Stummer. Jemand sagte, er hätte eine Operation im Hals gehabt und man hätte seinen Kehlkopf herausgeschnitten. An einem Freitag betrat er den Metzgerladen und der Metzger gab ihm ein paar Hühnerfüße oder einen Magen. Zufällig war ein

Mitglied des Beerdigungsvereins – ein Totengräber – in dem Laden, und als er den Reb Fiwke erblickte, stieß er einen furchtbaren Schrei aus und fiel in Ohnmacht. Reb Fiwke verschwand augenblicks. Man erweckte den Totengräber wieder zum Leben mit kaltem Wasser und indem man ihm die Schläfen mit Essig einrieb; als er zu sich kam, schwor er einen heiligen Eid, daß Reb Fiwke gestorben sei und er selbst ihn begraben hätte. Die Leute wollten das nicht glauben und behaupteten, der Mann habe sich geirrt, aber Reb Fiwke kam nie wieder. Einige Neugierige gingen der Sache nach und fanden auch seine Witwe. Als das passierte, war der Mann schon monatelang tot. Ich weiß es, denn Selig kam damals noch ab und zu nach Hause, und der Totengräber war sein bester Freund.«

»Soviel ich weiß, glaubt dein früherer Mann nicht an solche Sachen.«

»Jetzt glaubt er an nichts mehr. Damals war er noch ein anständiger Mensch«, sagte Baschele.

»Ach, ich werde mich fürchten, ins Bett zu gehen«, sagte Schoscha.

»Da gibts nichts zu fürchten«, sagte Baschele. »Gute Menschen werden nicht gehässig nach ihrem Tod. Ganz im Gegenteil. Manchmal merkt ein Leichnam nicht, daß er gestorben ist und verläßt sein Grab und geht unter den Lebenden umher. Ich habe von einem Mann gehört, der nach Hause kam, als seine Familie für ihn Schiwe saß. Er öffnete die Tür, und als er seine Frau und Töchter auf niedrigen Stühlen sitzen sah, in Strümpfen, und den mit einem schwarzen Tuch verhängten Spiegel sah, und seine Söhne mit zum Zeichen der Trauer zerrissener Kleidung, da fragte er: ›Was geht hier vor sich? Wer ist gestorben?‹ Und seine Frau, die ein zänkisches Weib war, antwortete: ›Du!‹ In diesem Augenblick entschwand er.«

»Ach, ich werde bestimmt schlimme Träume haben.«

»Sage nur: ›In Deine Hände befehl ich meinen Geist‹, und du wirst ruhig schlafen«, riet Baschele.

Kaum hatten wir den Nachtisch gegessen, als Baschele Tee brachte und Sabbatgebäck, das sie selbst gemacht hatte. Dann ging ich mit Schoscha auf einen Spaziergang von Nr. 7 bis Nr. 25; so weit konnte man ruhig sogar im Dunkeln gehen. In den weiter entfernt liegenden Gegenden lief man Gefahr, von Strolchen oder Betrunkenen niedergeschlagen zu werden. In einigen Straßen gab es jüdische Läden, die auch am Sabbat offen waren, aber nicht in der Krochmalna. Nur ein Café hatte eine halb geöffnete Tür am Sabbat, und die Kunden tranken ihren Tee auf Kredit, da es verboten ist, am Sabbat Geld anzurühren. Selbst den Kommunisten wurde nicht erlaubt, bar zu zahlen. Baschele konnte sich noch an die Zeiten erinnern, als Verbrecherbanden junge Paare oder Jungverheiratete angriffen und von ihnen ein paar Groschen in der Woche verlangten, damit sie in Zukunft nicht weiter belästigt würden. Aber das sei schon lange her, sagte sie zu mir. Zur Zeit der Revolution von 1905 führten die Sozialisten Krieg gegen die Unterwelt, und viele der Diebe, Zuhälter und Schieber wurden verprügelt. Eine ganze Anzahl von Bordellen wurde zerstört und die Huren vertrieben. Die Bordelle und die Diebe kehrten zurück, aber die Schieber blieben verschwunden.

Schoscha und ich gingen. Wir kamen an dem fast verlassenen Platz vorbei. Als wir zu Nr. 13 kamen, gegenüber Nr. 10, blieb Schoscha stehen. »Hier haben wir damals gewohnt.«

»Ja, das sagst du jedesmal, wenn wir vorbeikommen.«

»Du hast auf dem Balkon gestanden und Fliegen gefangen.«

»Erinnere mich nicht daran.«

»Warum nicht?«

»Weil wir den Geschöpfen Gottes antun, was die Nazis uns antun.«

»Fliegen stechen.«

»Sie müssen stechen. So hat sie Gott erschaffen.«

»Warum hat Gott sie so erschaffen?« fragte Schoscha.

»Schoschele, darauf gibt es keine Antwort.«

»Arele, ich möchte durch das Tor in Nr. 10 hineinsehen.«

»Das hast du schon tausendmal getan.«

»Laß mich doch.«

Wir gingen über die Straße und sahen in den dunklen Hof hinein. Alles war so geblieben, wie es vor zwanzig Jahren gewesen war, nur daß die meisten Mieter gestorben waren. Schoscha sagte: »Ob da noch ein Pferd im Stall steht? Als wir hier wohnten, war das Pferd braun, und es hatte einen weißen Fleck auf der Nase. Wie lange kann ein Pferd leben?«

»Ungefähr zwanzig Jahre.«

»Warum nicht länger? Ein Pferd ist so stark.«

»Manchmal wird ein Pferd bis zu dreißig Jahre alt.«

»Warum nicht bis hundert?«

»Ich weiß es nicht.«

»Als wir hier wohnten, kam ein böser Geist nachts in den Stall und flocht kleine Zöpfe in den Schwanz des Pferdes und in seine Mähne«, sagte Schoscha. »Der böse Geist setzte sich auf das Pferd und ritt die ganze Nacht hindurch von Mauer zu Mauer. Am Morgen war das Pferd ganz naß vom Schweiß. Es hatte Schaum vor dem Maul. Es ist fast gestorben. Warum machen Geister solche Sachen?«

»Ich bin nicht sicher, daß das wahr ist.«

»Ich habe das Pferd am Morgen gesehen. Es war ganz naß. Arele, ich möchte in den Stall gucken. Ich möchte sehen, ob es noch das gleiche Pferd ist.«

»Im Stall ist es dunkel.«

»Ich sehe ein Licht dort.«

»Du siehst gar nichts. Komm.«

Wir gingen weiter, bis wir zu Nr. 16 kamen. Dann blieb Schoscha stehen. Das war immer ein Zeichen, daß sie etwas sagen wollte. Schoscha konnte nicht gleichzeitig gehen und reden.

»Was ist denn, Schoschele?«

»Arele, ich möchte ein Kind mit dir haben.«

»Warum so plötzlich?«

»Ich möchte eine Mutter sein. Komm nach Hause. Ich möchte, daß du mit mir, du weißt schon was, tust.«

»Schoschele, ich habe dir gesagt, daß ich keine Kinder will.«

»Ich möchte eine Mutter sein.«

Wir kehrten um und Schoscha sagte: »Du gehst zu deiner Zeitung, und ich bin allein. Ich sitze da und dann kommen mir unheimliche Gedanken. Ich sehe komische Gesichter.«

»Was für Gesichter?«

»Ich weiß nicht. Sie machen Fratzen und sagen Sachen, die ich nicht verstehe. Es sind keine Menschen. Manchmal lachen sie. Und dann fangen sie an zu jammern wie bei einer Beerdigung. Wer sind die?«

»Ich weiß es nicht. Du mußt es mir sagen.«

»Es sind viele. Manche sehen aus wie Soldaten. Sie reiten auch auf Pferden. Sie singen ein trauriges Lied, ein schweigendes Lied. Ich fürchte mich.«

»Schoschele, du bildest dir Sachen ein. Vielleicht träumst du?«

»Nein, Arele. Ich will ein Kind, damit es Kaddisch für mich sagt, wenn ich sterbe.«

»Du wirst leben.«

»Nein, sie rufen mich, mit ihnen zu gehen.«

Wieder gingen wir an Nr. 10 vorüber und Schoscha sagte: »Laß uns durchs Tor schauen.«

»Nochmal?«

»Bitte, laß mich!«

Vierzehntes Kapitel

I

Chaimls Vater war gestorben und hatte Chaiml Häuser und Grundbesitz im Wert von mehreren Millionen Zloty hinterlassen. Freunde und Verwandte rieten ihm nach Lodz zu ziehen, von wo aus er den Hauptbesitz besser im Auge behalten könnte, aber Chaiml sagte zu mir: »Tsutsik, ein Mensch ist wie ein Baum. Man kann ihn nicht von seinen Wurzeln abhacken und in andere Erde verpflanzen. Hier habe ich Morris, Sie, meine Freunde von der Poale Zion. Irgendwo hier auf dem Friedhof liegen die Gebeine meiner kleinen Tochter. In Lodz hätte ich täglich das Gesicht meiner Stiefmutter vor mir. Aber die Hauptsache ist, Celia würde sich dort unglücklich fühlen. Mit wem könnte sie dort reden? Wenn es nur Frieden auf der Welt gibt, dann werden wir schon durchkommen, wo wir sind.«

Es hatte eine Zeit gegeben, da hatte Feitelsohn geplant, nach Amerika zurückzugehen, aber diesen Plan hatte er schon seit langem aufgegeben. Aus Palästina schrieben ihm einige seiner Freunde, es gäbe gute Aussichten für ihn, eine Anstellung an der Hebräischen Universität in Jerusalem zu bekommen, wenn er dorthin käme, aber Feitelsohn lehnte ab. »Dort führen die deutschen Juden das große Wort«, sagte er zu mir. »Viele von ihnen sind noch preußischer als die Preußen. Ich würde dort ungefähr so gut hinpassen wie zu den Eskimos. Ich werde irgendwie die letzten Jahre hinter mich bringen, auch ohne Universitäten.«

Wir alle lebten für den Augenblick – die ganze jüdische Gemeinschaft. Feitelsohn verglich unsere Zeit mit dem Jahr 1000, als die Christenheit Europas die Wiederkunft des Messias und den Weltuntergang erwartete. Solange Hitler nicht angriff, solange weder eine Revolution noch ein Pogrom ausbrach, war jeder Tag ein Geschenk Gottes. Feitelsohn erinnerte oft an seinen geliebten Philosophen Vaihinger und seine Philosophie des ›als ob‹. Der Tag würde kommen, an dem man alle Wahrheit als willkürliche Definition, alle Werte als Regeln eines Spiels erkennen würde. Feitelsohn spielte mit dem Plan, einen Spiel-Tempel zu bauen, für Ideen, für Muster kultureller Unterhaltung, für Verhaltenssysteme, für Religionen ohne Offenbarungen – eine Art Theater, wo die Leute ihre Gedanken und Gefühle darstellen könnten. Die Besucher würden gleichzeitig die Ausführenden sein. Diejenigen, die sich noch nicht entschieden hätten, welche Spiele sie bevorzugten, würden mit ihm oder einem seiner Mitarbeiter auf Seelenreise gehen, um herauszufinden, was sie am meisten unterhalten oder inspirieren würde.

Ich hörte Feitelsohn sagen: »Tsutsik, ich weiß sehr wohl, daß das alles Unsinn ist. Hitler wird kein anderes als nur sein eigenes Spiel annehmen. Auch Stalin nicht, und nicht einmal einige unserer eigenen Fanatiker. Aber nachts liege ich im Bett und stelle mir eine Welt des Spiels vor – Spiel-Götter, Spiel-Nationen, Spiel-Ehen, Spiel-Wissenschaften. Was ist aus der Mathematik nach Lobačewsky und Riemann geworden? Was ist Cantors ℵ, oder die ›Menge aller Mengen‹, oder Einsteins Relativitätstheorie? Nichts als Wortspielereien. Und was sind all diese Teile des Atoms, die wachsen wie Pilze nach dem Regen? Und was ist das zurückweichende Universum? Tsutsik, die Welt geht in Ihre Richtung – alles wird irreal. Warum schneiden Sie Grimassen, Chaiml? Sie sind ein noch größerer Hedonist als ich.«

»Schöner Hedonist das!« antwortete Chaiml. »Wenn wir schon sterben müssen, dann laßt uns zusammen sterben. Ich habe eine Idee! Im Lehrhaus in Sochaczów herrschte die größte Freude immer am zweiten Abend der Festtage. Wir wollen es in unserem Haus so halten, daß *jeder* Tag der zweite Abend der Feiertage ist. Wer kann uns verbieten, unseren eigenen Kalender, unsere eigenen Feiertage zu haben? Wenn das ganze Leben nur ein ›als ob‹ ist, so laßt uns so tun, als ob jeder Abend der zweite Feiertagsabend sei. Celia wird uns ein

Festessen bereiten, und wir werden Kiddusch machen, Tischlieder singen und über den Chassidismus reden. Morris, Sie werden mein Rebbe sein. Jedes Ihrer Worte ist voller Weisheit und auch voller Gottesliebe. Es gibt so etwas wie eine Furcht der Häretiker vor Gott. Man kann sündigen und dennoch gottesfürchtig sein. Sabbatai Zevi war keineswegs der Lügner, als den man ihn hinstellte. Der wahre Chassid fürchtet sich gar nicht so sehr vor der Sünde. Einem Nicht-Chassid kann man mit Gehenna und dem Nagelbrett Furcht einjagen, aber nicht uns. Da angeblich alles ein Teil der Gottheit ist, warum sollte Gehenna weniger gut sein als das Paradies? Ich sehe mich nach Vergnügungen um, aber heutzutage brauchen die Leute, um vergnügt zu sein, laute Musik, ordinäre Sängerinnen, Frauen in Chinchillapelzen und weiß Gott was, und selbst dann ist alles noch düster. Ich gehe zu Lours, in die Ziemanska. Dort sitzen sie und starren in Zeitschriften, die Bilder von Huren und Diktatoren bringen. Da ist nicht der leiseste Anflug von der Seligkeit, die wir im Lehrhaus in Sochaczów empfanden, wo es nur zerlesene Bücher, eine Petroleumhängelampe und ein Häuflein bärtiger Juden gab mit unordentlichen Schläfenlocken und zerlumpten Kaftanen. Morris, Sie wissen es, und Sie, Tsutsik, auch. Wenn Gott einen Hitler und einen Stalin und eisige Winde und tolle Hunde braucht, soll Er sie haben. Ich brauche Sie, Morris, und Sie, Tsutsik, und wenn es keine gnädige Wahrheit gibt, dann nehme ich die Lüge, die mir Wärme und Augenblicke der Freude gibt.«

»Eines Tages werden wir zu Ihnen ziehen«, sagte Feitelsohn.

»Wann? Wenn Hitler vor den Toren Warschaus steht?«

Chaiml schlug Feitelsohn vor, die seit Jahren geplante Zeitschrift herauszugeben und ein Buch zu schreiben über die Wiederbelebung und Modernisierung des ›Chassidismus‹ genannten Spiels. Chaiml würde beides finanzieren und in verschiedene Sprachen übersetzen lassen. Chaiml behauptete, daß alle großen und revolutionären Experimente unter ungünstigen Umständen entstanden und durchgeführt worden seien. Er schlug vor, der erste Tempel des Spiels solle in Jerusalem gebaut werden, oder zumindest in Tel Aviv. Die Juden, sagte Chaiml, hätten im Gegensatz zu den Nichtjuden zweitausend Jahre lang kein Blut vergossen. Die Juden seien vielleicht die einzige Gruppe, die mit Worten und Ideen spiele, statt mit Schwertern und Gewehren. Beim Kommen des Messias, so sagt die jüdische Legende, würden die Juden nicht über eine metallene Brücke in das Land ihrer Väter ziehen, sondern über eine aus Papier. Ja, und war es denn nur Zufall, daß die Juden Hollywood beherrschten, die Weltpresse und die Verlagshäuser? Der Jude würde die Welt durch das Spiel erlösen, und Morris Feitelsohn würde der Messias sein.

»Ehe ich der Messias sein werde«, sagte Feitelsohn zu mir, »können Sie mir vielleicht fünf Zloty leihen?«

2

Ich übernachtete bei Chaiml und Celia. Seit einiger Zeit war meine Beziehung zu Celia rein platonisch. Es hatte Zeiten gegeben, da hatte ich dieses Wort und wofür es stand, lächerlich gemacht, aber weder Celia noch ich hatten kürzlich großes Interesse an sexuellen Experimenten gezeigt. Sie und Chaiml versuchten immer noch, Feitelsohn und mich zu überreden, mit Schoscha zu ihnen in ihre Wohnung zu ziehen und als eine Familie zu leben. In den letzten paar Wochen war Celia grau geworden. Chaiml hatte erwähnt, daß sie in Behandlung bei einem Arzt war, und daß sie in normalen Zeiten nach Karlsbad oder Franzensbad oder in ein anderes Bad gegangen wäre, aber er sagte nicht, was ihr fehlte.

An jenem Abend, wie schon oft zuvor, endete die Unterhaltung wieder bei der Frage, warum wir Warschau nicht verlassen, und jeder von uns gab fast die gleiche Antwort. Ich konnte Schoscha nicht allein lassen. Chaiml wollte nicht ohne Celia gehen. Außerdem wäre es kaum sinnvoll, davonzulaufen, wenn drei Millionen Juden zurückblieben. 1914 waren einige der reichen Industriellen aus Lodz nach Rußland geflüchtet und drei Jahre später wurden sie von den Bolschewiken ermordet. Mir war klar, daß Chaiml die Unbequemlichkeiten der Reise mehr fürchtete als die Verfolgung durch die Nazis. Ich hörte Celia sagen: »Fühlte ich mich noch kräftig genug, von vorne anzufangen, dann würde ich keinen Tag länger hierbleiben. Meine Mutter und Großmutter, wie auch mein Vater, alle sind in meinem Alter gestorben, sogar noch jünger. Ich halte mich nur noch mit der Kraft der Trägheit aufrecht, oder wie immer ihr das nennen wollt. Ich will nicht in ein fremdes Land gehen und dann in irgendeinem Hotelzimmer oder Hospital krank liegen. Ich will in meinen eigenen vier Wänden sterben. Ich will auch nicht auf einem fremden Friedhof begraben werden. Was kann Hitler mir noch antun? Ich weiß nicht, wer das gesagt hat, daß eine Leiche allmächtig ist und sich vor niemandem fürchtet. Alles, was die Lebenden wollen und je zu erreichen hoffen, das haben die Toten bereits – vollständigen Frieden, völlige Unabhängigkeit. Es hat Zeiten gegeben, da fürchtete ich mich vor dem Tod. Man durfte das Wort in meinem Beisein nicht gebrauchen. Wenn ich eine Zeitung gekauft hatte, überschlug ich schnell die Seite mit den Todesanzeigen. Die Vorstellung, daß ich eines Tages aufhören würde, zu essen, zu atmen, zu denken und zu leben, schien so furchtbar, daß mir nichts im Leben mehr Freude bereitete. Allmählich erst fing ich an, mich mit der Vorstellung des Todes abzufinden und sogar mehr als das – der Tod schien die Lösung aller Probleme zu bringen, er wurde mein Ideal. Wenn man mir heute die Zeitung bringt, lese ich als erstes die Todesanzeigen. Lese ich, daß jemand gestorben ist, so beneide ich ihn. Der Grund, warum ich nicht Selbstmord begehe, ist – erstens, Chaiml, ich möchte mit ihm zusammen sterben, und zweitens – der Tod ist zu wichtig, als daß man ihn in einem Mal aufnehmen dürfte. Er ist wie ein kostbarer Wein, der langsam genossen werden will. Wer Selbstmord begeht, will dem Tod ein für allemal entfliehen. Aber diejenigen, die nicht solche Feiglinge sind, genießen ihn langsam.«

Wir gingen spät zu Bett. Chaiml begann sofort zu schnarchen, und ich konnte hören, wie Celia sich in ihrem Bett herumwarf und seufzte und vor sich hin murmelte. Sie knipste die Nachttischlampe an und wieder aus. Sie ging in die Küche, vielleicht, um sich ein Glas Tee zu machen oder eine Tablette zu nehmen. Wenn, wie Feitelsohn behauptete, alles nichts als Spiel ist, dann war unser Liebesspiel vorbei oder zumindest auf unbestimmte Zeit vertagt. In Wirklichkeit war es mehr sein Spiel als unseres gewesen. Wenn ich mit ihr zusammen gewesen war, hatte ich immer das Gefühl gehabt, er sei zugegen. Wenn Celia mit mir gesprochen hatte, waren es oft wörtliche Wiederholungen dessen, was er zu mir gesagt hatte. Sie hatte sich auch seinen Sexjargon angewöhnt, seine Launen und Manieriertheiten. Sie hatte mich auch Morris genannt und mir ihm zugedachte Kosenamen gegeben. Immer, wenn es bei uns im Liebesspiel nicht geklappt hatte, hatte Feitelsohn zwischen uns gelegen. Ich hatte mir sogar eingebildet, das Aroma seiner Zigarre wahrzunehmen. Als ich endlich einschlief, dämmerte es schon. Der Morgen kam wolkig und ein wenig feucht herauf – es hatte in der Nacht geregnet –, aber es gab Anzeichen dafür, daß es sich später aufklären würde. Nach dem Frühstück ging ich zu Schoscha und blieb dort zum Mittagessen. Dann ging ich in mein Zimmer in der Lesznostraße. Obwohl es schneller gewesen wäre, die Zielarnastraße zu gehen, nahm ich den Weg die Gnoyna, Zimna und Orla entlang. In der Zielarnastraße konnte man leicht einen Hieb von einem polnischen Faschisten erwischen. Ich hatte mir bereits mein eigenes Getto abgesteckt. Gewisse Straßen waren immer gefährlich. Andere konnte man während des Tages ruhig gehen, aber nicht während der Nacht. Und noch andere waren bis jetzt mehr oder weniger sicher. Die Kreuzung der Leszno mit der Zielarna stellte immer ein gewisses Maß an Gefahr dar. Obwohl ich vom jüdischen Pfad abgewichen war, trug ich die Diaspora mit mir.

Als ich mich dem Tor näherte, fing ich an zu laufen. Einmal in Sicherheit drinnen, holte ich Atem. Langsam stieg ich die drei Treppen hinauf. Ich hatte viel Arbeit vor mir, heute und für die nächsten Tage. Ich war im Rückstand mit meinem Roman für die Zeitung. Ich hatte für eine literarische Anthologie eine Geschichte zugesagt. Ich hatte einen anderen Roman über die Bewegung des Sabbatai Zevi in Polen angefangen. Das sollte ein ernsthaftes Buch werden, nicht etwas, das als Fortsetzungsroman für eine Abendzeitung geeignet war. Ich läutete, und Thekla öffnete die Tür. Sie polierte gerade den Boden im Korridor und hatte ihren Rock über den nackten Beinen aufgeschürzt.

Sie lächelte und sagte: »Raten Sie, wer gestern abend dreimal angerufen hat.«

»Wer?«

»Raten Sie!«

Ich nannte mehrere Namen, aber sie schüttelte den Kopf. »Geben Sie auf?«

»Ja, ich gebe auf.«

»Fräulein Betty.«

»Betty aus Amerika?«

»Sie ist hier in Warschau.«

Ich schwieg einen Augenblick. Feitelsohn hatte von einem amerikanischen Touristen gehört, daß Sam Dreiman gestorben sei und Betty einen großen Teil seines Besitzes hinterlassen hätte. Sams Witwe und seine Kinder hätten das Testament angefochten. Jetzt war Betty nach Warschau gekommen. Und wann? Zu einer Zeit, als jeder Jude in Polen nur von Flucht träumte. Während ich noch dastand und mich wunderte, läutete das Telefon im Korridor und Thekla sagte: »Das ist sie. Sie hat gesagt, sie würde am Morgen anrufen.«

3

Obwohl es mir nicht so lange her zu sein schien, daß Betty mit Sam Dreiman nach Amerika zurückgefahren war, erkannte ich die Frau, die mir an jenem Tag im Hotel Bristol gegenübersaß, kaum wieder. Sie war um Jahre gealtert, sah aus wie eine Frau in mittleren Jahren. Ihr Haar war dünn geworden und nicht mehr von natürlichem Rot, sondern eine häßliche Mischung von gelb und rot. Unter dem Rouge und Puder schien ihr Gesicht irgendwie breiter und flacher zu sein, es zeigten sich Falten und ein Anflug von Haaren auf der Oberlippe und dem Kinn. War sie in dieser ganzen Zeit krank gewesen? Hatte sie sich so über Sams Tod gegrämt? Auch mit ihren Zähnen war etwas vor sich gegangen, und an ihrem Hals entdeckte ich einen Fleck, den sie vorher nicht gehabt hatte. Sie trug einen Kimono und Hausschuhe. Sie maß mich von Kopf bis Fuß und wieder zurück, dann sagte sie: »Schon völlig kahl? Wer hat dich so erschöpft? Ich hatte dich größer in Erinnerung. Ist es möglich, daß man in deinem Alter schon kleiner wird? Nun, nimm das nicht ernst, ich lebe völlig nach meinen ganz subjektiven Eindrücken. Mir fehlt jeglicher Sinn für das, was man objektive Wahrheit nennt. Ich habe Warschau kaum wiedererkannt. Selbst das Hotel scheint nicht mehr das gleiche zu sein. Bevor wir Warschau verlassen haben, hatte ich einen ganzen Haufen Fotos von dir und den anderen gesammelt, aber sie sind verloren gegangen, zusammen mit vielen meiner Papiere. Setz dich, wir müssen miteinander reden. Was darf ich dir anbieten? Tee? Kaffee?... Nichts? Was hat Nichts für einen Sinn? Ich werde Kaffee bestellen.«

Betty bestellte telefonisch Kaffee. Sie sprach in einer Mischung von Polnisch und Englisch.

Sie setzte sich in einen Sessel mir gegenüber und sagte: »Du wirst dich wahrscheinlich wundern, warum ich gekommen bin, und noch dazu gerade jetzt. Ich wundere mich auch, oder besser gesagt, ich wundere mich nicht mehr über das, was andere tun, und auch nicht mehr über meine eigenen Handlungen. Du hast sicher gehört, daß Sam gestorben ist. Er kehrte nach Amerika zurück, und ich glaubte, es ginge ihm wieder gut. Er warf sich mit aller Energie wieder in seine Geschäfte, wie früher. Plötzlich fiel er tot um. In einer Sekunde lebte er, in der nächsten war er tot. In all meinem Kummer beneidete ich ihn. Für Menschen wie mich ist der Tod ein langer Prozeß. Wir beginnen langsam zu sterben, so etwa, wie man zu reifen beginnt.«

Ihre Stimme hatte sich auch verändert – sie war heiserer, etwas schrill. Der Kellner läutete und rollte auf einem Serviertisch silberne Gedecke herein. Er brachte Kaffee, Sahne und heiße Milch. Betty gab ihm einen Dollar.

Wir tranken unseren Kaffee und Betty sagte: »Alle Leute auf dem Schiff fragten mich die gleiche Frage: ›Warum gehen Sie nach Polen?‹ Sie gingen alle nach Paris. Ich sagte ihnen die Wahrheit, daß ich eine alte Tante in Slonim hätte – in dem Ort, dessen Name ich trage –, die ich vor ihrem Tode noch einmal sehen wollte. Alle glauben, daß Hitler heute oder morgen den Krieg beginnen wird, aber ich bin nicht so sicher. Was kann ein Krieg ihm noch einbringen, wenn er alles, was er will, von den anderen auf einem silbernen Tablett gereicht bekommt? Die Amerikaner und die ganze demokratische Welt haben ihren kostbarsten Besitz verloren – Charakter. Es gibt eine Art der Toleranz, die ist schlimmer als Syphilis, schlimmer als Mord, schlimmer als Wahnsinn. Sieh mich nicht so an. Ich bin noch der gleiche Mensch. Es ist nur, daß ich in der Zeit, in der wir getrennt waren, ganze Zeitalter durchlebt habe. Ich habe einen völligen Nervenzusammenbruch erlitten. Ich habe den Ausdruck oft gehört und wußte nicht, was er bedeutete. In meinem Fall äußerte er sich in der Form totaler Apathie. Eines Abends ging ich äußerlich ganz normal zu Bett, und als ich aufwachte, war ich körperlich am Leben, aber ich hatte weder Hunger noch Durst, noch verspürte ich die geringste Lust, aufzustehen. Ich mußte nicht einmal – du entschuldigst schon – auf die Toilette gehen. Ich lag den ganzen Tag im Bett und konnte nicht denken. Nach Sams Tod hatte ich angefangen, zu viel zu rauchen. Ich hatte auch zu viel getrunken, obwohl Alkohol nie meine Leidenschaft gewesen ist. Sams Xanthippe und seine gierigen Kinder gingen zu Gericht und fochten sein Testament an, und ihr Anwalt war jemand, den nur der Teufel erfunden haben kann. Ihn nur anzusehen machte mich ganz krank. Ich habe alles stehen und liegen gelassen und bin davongelaufen. Als die Schauspielerkollegen herausgefunden hatten, daß Sam mir einen Teil seines Vermögens hinterlassen hatte, gingen sie plötzlich mit mir so zart um wie mit einem Geschwür. Man hat mir sogar die Mitgliedschaft im jüdischen Bühnenverein angeboten. Man versprach mir Hauptrollen und weiß Gott was. Aber mein Ehrgeiz für eine Bühnenlaufbahn war weg. Was ist das Theater schon? Falsche Nachahmung. Und mit der Literatur ist es genauso. Sam – er möge in Frieden ruhen! – hat nie in seinem Leben etwas gelesen und wir haben oft deshalb gestritten, denn ich war von Kind an ein unersättlicher Leser. Jetzt fange ich an, ihn zu verstehen. Warum hast du mir nicht auf meine Briefe geantwortet?«

»Was für Briefe? Ich habe nur einen von dir bekommen, und du hast nicht einmal deine Adresse angegeben.«

»Wie ist das möglich? Ich habe mehrmals geschrieben. Ich habe dir sogar telegrafiert.‹«

»Wann? Ich schwöre bei allem, was mir heilig ist, daß ich nichts anderes als diesen einen Brief erhalten habe.«

»Was ist dir heilig? Erst schrieb ich an die Adresse in der Lesznostraße, und als keine Antwort kam, schrieb ich dir an den Schriftsteller-Klub.«

»Ich gehe nicht mehr in den Schriftsteller-Klub.«

»Aber das war doch dein zweites Zuhause.«

»Ich habe beschlossen, nicht mehr hinzugehen.«

»Und du bleibst bei einer einmal getroffenen Entscheidung? Vielleicht liegen meine Briefe noch dort.«

»Was hast du mir denn telegrafiert?«

»Ach, das ist nicht mehr wichtig. Das Leben ist voller

Überraschungen. Wenn man denkt, es gibt keine Überraschungen mehr, dann ist das nur, weil man die Augen davor verschließt und nichts mehr wissen will. Was ist mit dir? Hast du dich von diesem Monstrum Schoscha getrennt?«

»Getrennt? Wie kommst du auf die Idee?«

»Warum hast du denn dein altes Zimmer behalten? Ich habe nicht dort angerufen, weil ich glaubte, du seist noch dort, ich hatte nur gehofft, daß sie deine neue Adresse wissen könnten.«

»Ich arbeite dort. Es ist mein Arbeitszimmer.«

»Du lebst mit ihr in einer Wohnung?«

»Wir wohnen bei ihrer Mutter.«

Die Spur eines Lächelns erschien in Bettys Augen.

»In dieser üblen Straße zwischen Dieben und Bordellen?«

»Ja, dort.«

»Und was für eine Art von Leben führst du mit ihr, wenn ich fragen darf?«

»Eine Art von Leben.«

»Geht ihr beide jemals irgendwohin?«

»Kaum.«

»Geht ihr nie aus dem Haus?«

»Manchmal. Wir machen am Abend einen kleinen Gang rund um die Abfalltonnen. Um ein bißchen Luft zu schnappen.«

»Ja, du bist der gleiche geblieben. Wenigstens bist du auf deine ganz eigene Art verrückt. In New York hat mich ein Schauspieler auf der Straße angehalten, der hier Gastspiele gegeben hatte, und er hat mir erzählt, daß du sehr erfolgreich seist und einen Roman veröffentlicht hast, den alle Welt liest. Stimmt das?«

»Ein Roman von mir erscheint in der Zeitung, und ich verdiene kaum genug, um uns zu ernähren.«

»Wahrscheinlich treibst du dich mit zehn anderen herum.«

»Auch das ist nicht wahr.«

»Was ist denn wahr?«

»Wie steht es mit dir?« fragte ich Betty. »Du hast doch bestimmt Liebschaften gehabt.«

»Bist du eifersüchtig? Ich hätte welche haben können. Die Männer laufen mir immer noch nach. Aber wenn man todkrank ist, und es jeden Tag nicht eine, sondern tausend Krisen gibt, dann will man keine Liebschaften. Ist dieser Hokuspokusmacher Elbinger noch in Warschau?«

»Ja. Er hat sich in eine nichtjüdische Frau verliebt, die die Geliebte des berühmten Mediums Kluski gewesen ist.«

»Ich glaube, ich habe von ihm gehört. Was hat er denn gemacht?«

»Die Toten kamen zu ihm und hinterließen die Abdrücke ihrer Hände in einem Eimer mit Paraffin.«

»Du machst dich lustig, was? Ich glaube tatsächlich, daß die Toten irgendwo um uns sind. Was ist aus dem kleinen reichen Mann geworden – ich habe schon seinen Namen vergessen. Seine Frau war dein Liebchen.«

»Chaiml und Celia. Sie leben hier.«

»Ja, die meine ich. Wie kommt es, daß sie in Warschau geblieben sind? Ich höre, daß viele reiche Juden ins Ausland geflüchtet sind.«

»Sie wollen sterben.«

»Nun, du scheinst heute in düsterer Stimmung zu sein. Ich habe dich sehr vermißt. Das ist die Wahrheit.«

4

Ich traute meinen Ohren nicht, aber nach all den bösen Worten über das Theater im allgemeinen und das Jiddische Theater im besonderen, war Betty Slonim mit einem Stück nach Warschau gekommen und suchte einen Regisseur. Ich hätte nicht überrascht sein dürfen. Viele meiner Schriftstellerkollegen benahmen sich genauso. Sie verkündeten, daß sie ihre Feder beiseite gelegt – oder zerbrochen – hätten, und bald darauf begannen sie, einen Roman oder ein langes Gedicht zu schrciben – kündigten sogar Pläne für eine Trilogie an. Sie überhäuften einen Kritiker mit Beschimpfungen, behaupteten, daß er keine Ahnung von der Literatur habe, und am nächsten Tag flehten sie ihn an, ein paar freundliche Worte über sie zu schreiben. Betty hatte ein von ihr geschriebenes Stück mitgebracht. Ich blieb über Nacht, und wir lasen es zusammen. Es war die dramatische Geschichte einer jungen Frau, einer Künstlerin – Betty ließ sie Malerin sein –, die sich ihrer Umgebung nicht anzupassen vermochte. Sie konnte weder den richtigen Mann noch den richtigen Liebhaber finden, nicht einmal eine interessante Freundin. Das Stück enthielt auch die Rolle eines Psychoanalytikers, der die Heldin davon zu überzeugen suchte, daß sie ihren Vater hasse und eifersüchtig auf ihre Mutter sei, aber in Wirklichkeit betete die Frau ihre Eltern an. Eine Szene schilderte den Versuch der Heldin, ihre Einsamkeit zu beenden, indem sie eine lesbische Beziehung einging. Der Versuch schlug fehl. Das Stück bot Möglichkeiten für humoristische Szenen, aber Betty konnte alles nur mit tragischer Note behandeln. Die langen Monologe strotzten von Klischees. Das Stück zog sich über mehr als dreihundert Seiten hin und war gespickt mit Ansichten über Malerei, von jemandem, der nichts davon verstand.

Die Dämmerung war schon angebrochen, als ich den vierten Akt gelesen hatte. Ich sagte zu Betty: »Das Stück ist im wesentlichen gut, aber es ist nicht für Warschau geeignet, genau wie mein Stück für keinen Ort geeignet war.«

»Was ist denn geeignet für Warschau?« fragte sie.

»Ich fürchte, für Warschau ist gar nichts mehr geeignet.«

»Und ich glaube, daß dieses Stück gerade das Richtige für die polnischen Juden ist. Sie sind genau wie meine Heldin – sie passen nirgends hin, weder zu den Kommunisten noch zu den Kapitalisten. Und schon gar nicht zu den Faschisten. Manchmal glaube ich, ihnen bleibt nichts als der Selbstmord.«

»Ob du damit recht hast oder nicht, die Warschauer Juden

sind nicht darauf erpicht, das zu hören. Schon gar nicht im Theater.«

Ich war so müde vom Lesen, daß ich mich auf das Bett legte und in meinen Sachen einschlief. Ich wollte Betty eigentlich sagen, daß sie selbst der Beweis dafür sei, daß man weder als Individuum noch als Kollektiv die Kraft habe, vollkommen zu resignieren, aber ich war zu erschöpft, die Worte herauszubringen. Im Schlaf las ich das Stück nochmals, gab Betty Ratschläge und schrieb sogar neue Szenen. Betty hatte das Licht angelassen, und von Zeit zu Zeit öffnete ich ein Auge. Sie machte sich im Badezimmer zu schaffen. Sie trug ein prächtiges Nachthemd. Sie kam zu meinem Bett herüber, zog mir die Schuhe aus und das Hemd. Im Schlaf lachte ich über Betty und ihre Sucht, alle Vergnügungen auf einmal auszukosten. So sehen Selbstmörder aus, dachte ich – Hedonisten sind sie, die versuchen, mehr an Erregungen zu genießen, als sie vertragen können. Vielleicht war das auch die Lösung meines eigenen Rätsels.

Ich öffnete die Augen und sah, daß es Tag war. Betty saß am Schreibtisch, in Nachthemd und Hausschuhen, mit der Zigarette im Mund, und schrieb etwas auf ein Blatt Papier. Meine Armbanduhr zeigte ein paar Minuten vor acht. Ich setzte mich auf. »Was machst du da? Schreibst du das Stück neu?«

Sie wandte sich mir zu. Ihr Gesicht war aschgrau, ihre Augen blickten seltsam streng und entschlossen. »Du hast geschlafen, aber ich konnte kein Auge zutun. Nein, ich schreibe nicht an dem Stück. Das Stück ist für mich gestorben. Aber ich könnte dich retten.«

»Was willst du damit sagen?«

»Alle Juden hier werden umkommen. Ich habe die halbe Nacht Zeitung gelesen. Du wirst mit dieser Schoscha dableiben, bis Hitler einmarschiert ist. Was hat denn das für einen Sinn? Willst du wirklich für eine Schwachsinnige wie diese Schoscha sterben?«

»Was schlägst du vor, das ich tun soll?«

»Tsutsik, wenn ich meine Tante besucht habe, gibt es für mich keinen Grund mehr hier zu bleiben, aber ich möchte dir helfen. Auf dem Schiff habe ich einen Beamten des Amerikanischen Konsulats kennengelernt, und wir haben über verschiedenes miteinander gesprochen. Er hat sogar mit mir geflirtet, aber er war nicht mein Typ. Ein Militär, ein Trinker. Sie ertränken alles in Whisky – das ist ihre Antwort auf alle Probleme. Ich habe ihn gefragt, wie man jemanden nach Amerika hineinbekommt, und er sagte mir, daß es außerhalb der Quote unmöglich sei. Aber es ist ganz einfach, ein Touristenvisum zu bekommen, wenn man ein bestimmtes Ziel hat und beweisen kann, daß man der Öffentlichkeit nicht zur Last fallen wird. Wenn ein Tourist in Amerika eine amerikanische Bürgerin heiratet, bekommt er sofort ein Visum außerhalb der Quote und darf dortbleiben. Ich möchte dir etwas sagen. Ich sehe schon, daß alle meine Pläne und Hoffnungen zu nichts führen werden. Aber wenn ich jemandem, der mir nahesteht, helfen kann, bevor ich sterbe, dann will ich das tun, und obwohl du mir gestern abend kaltblütig gesagt hast, daß ich von dir nichts zu hoffen habe, stehst du mir nahe. In Wirklichkeit bist du mir der nächste Mensch außer Sam – er möge in Frieden ruhen! – und meinen Schwestern und Brüdern, die irgendwo in der roten Hölle verloren sind, ich weiß nicht einmal, ob sie noch leben. Tsutsik, da du mir gesagt hast, daß mit meinem Stück nichts anzufangen ist, habe ich hier nichts mehr verloren, aber ich kann nicht allein nach Amerika zurückgehen. Ich könnte für dich im Nu ein Touristenvisum arrangieren und du könntest mit mir kommen. Hast du irgendein offizielles Dokument mit Schoscha? Seid ihr standesamtlich getraut worden?«

»Nein, nur von einem Rabbiner.«

»Steht in deinem Paß, daß du verheiratet bist?«

»Nichts davon steht in meinem Paß.«

»Wenn ich dir ein Affidavit gebe, bekommst du sofort ein Touristenvisum. Ich werde sagen, daß du ein Stück geschrieben hast, und wir es in Amerika auf die Bühne bringen wollen.

Ich werde sagen, daß ich eine Rolle darin habe. Vielleicht gibt es sogar eine Möglichkeit, dies wirklich zu tun. Ich kann ihnen ein Bankkonto vorweisen und alles, was sie sonst noch verlangen. Ich halte den Tod nicht für eine Tragödie. In Wirklichkeit ist er eine Erlösung von allen Sorgen. Aber tagaus, tagein mit dem Tod zu leben, das ist selbst für einen Masochisten wie dich zu viel.«

»Aber was mache ich mit Schoscha?«

»Man würde Schoscha kein Touristenvisum geben. Wenn sie nur einen Blick auf sie werfen, bekommst du auch keines.«

»Betty, ich kann sie nicht hierlassen.«

»So, du kannst nicht? Das heißt, daß du bereit bist, dein Leben für sie zu opfern.«

»Wenn ich sterben muß, dann werde ich sterben.«

»Ich wußte nicht, daß du so leidenschaftlich in sie verliebt bist.«

»Es ist nicht nur Liebe.«

»Was ist es?«

»Ich kann nicht ein Kind umbringen. Ich kann auch mein Versprechen nicht brechen.«

»Wenn du nach Amerika gehst, könnte es sein, daß du sie nachkommen lassen kannst. Du könntest ihr zumindest Geld schicken. So wie es jetzt ist, werdet ihr beide umkommen.«

»Betty, ich kann es nicht tun.«

»Wenn du nicht kannst, dann kannst du nicht. Nach dem, was du mir erzählt hast, hast du dich sonst nicht gerade durch Rücksicht auf Frauen ausgezeichnet. Warst du einer überdrüssig, nahmst du eine andere.«

»Die waren erwachsen. Sie hatten Familie, Freunde. Schoscha –«

»Schon gut, du mußt dich nicht rechtfertigen. Wenn ein Mensch bereit ist, sein Leben für einen anderen hinzugeben, dann weiß er offensichtlich, was er tut. Ich hätte dich eines solchen Opfers nicht für fähig gehalten, aber man weiß nie, wessen ein Mensch fähig ist. Nicht, daß diejenigen, die Opfer bringen, immer Heilige sind. Es haben sich Menschen für

Stalin, für Petljura, für Machno, für irgendeinen Pogromschik geopfert. Millionen von Narren werden ihre leeren Köpfe für Hitler hinhalten. Manchmal glaube ich, daß die Menschen mit einer Kerze in der Hand herumgehen und eine Gelegenheit suchen, sich zu opfern.«

Eine Weile sprach keiner von uns. Dann sagte Betty: »Ich fahre jetzt zu meiner Tante, und wir werden uns wahrscheinlich nie wiedersehen. Sage mir, warum hast du es getan? Selbst wenn du mich anlügst, ich möchte hören, was du zu sagen hast.«

»Du meinst, warum ich Schoscha geheiratet habe?«

»Ja.«

»Ich weiß es wirklich nicht, aber ich will versuchen, dir zu antworten. Sie ist die einzige Frau, der ich vertrauen kann«, sagte ich, und war entsetzt über meine eigenen Worte.

Bettys Augen erhellten sich durch ein Lächeln. Für einen Augenblick war sie wieder jung geworden. »Mein Gott, das ist die Wahrheit! So einfach!«

»Vielleicht.«

»Du bist ein gottloser Lüstling und gleichzeitig ein fanatischer Jude – so bigott wie mein Urgroßvater! Wie ist das nur möglich?«

»Wir laufen davon, und der Berg Sinai läuft hinter uns her. Diese Jagd hat uns krank und verrückt gemacht.«

»Mich darfst du nicht dazurechnen. Ich bin krank und verrückt, aber der Berg Sinai hat nichts damit zu tun. In Wirklichkeit lügst du. Du hast ebenso wenig Angst vor dem Berg Sinai wie ich. Es ist dein elender Stolz, deine blöde Angst davor, deine lausige männliche Ehre zu verlieren. Du hast mir mal erzählt, was einer deiner Freunde über die Unmöglichkeit gesagt hat, immer nur zu betrügen und niemals betrogen zu werden. Wer war das noch? Feitelsohn?«

»Ich kann mich nicht erinnern. Entweder Feitelsohn oder Chaiml.«

»Chaiml hätte das nie gesagt. Nun, es ist egal. Du bist verrückt, aber eine ganze Menge anderer Idioten deiner Art sind in den Tod gegangen, um den guten Ruf einer Hure zu retten. Nein, Schoscha wird dich nicht betrügen – es sei denn, sie wird von einem Nazi vergewaltigt.«

»Lebwohl, Betty.«

»Lebwohl für immer.«

5

Ich war ohne Frühstück weggegangen – ich hätte nicht bleiben können, ohne daß mich das Zimmermädchen gesehen hätte. Zum zweiten Mal hatte ich die Möglichkeit, mich zu retten, verspielt. Ich ging, ohne zu wissen in welche Richtung. Meine Füße trugen mich von sich aus von der Trebackastraße zum Theaterplatz. Ich hatte nicht den leisesten Zweifel daran, daß länger in Warschau zu bleiben hieß, in die Hände der Nazis zu fallen, aber seltsamerweise fürchtete ich mich nicht. Ich war müde, weil ich zu wenig geschlafen hatte, weil ich Bettys Stück gelesen hatte, und weil sie so viel gesprochen hatte. Ich hatte ihr Gelegenheit gegeben, mich auszuschimpfen, und das hatte unseren Abschied weniger feierlich gemacht. Erst jetzt fiel mir ein, daß sie früher nie die Tante in Polen erwähnt und sie auch nie besucht hatte. Bestimmt wäre sie jetzt nicht nach Polen gekommen, nur um sie zu sehen. Wie ich, war auch Betty bereit, zugrunde zu gehen. Mir kam ein Satz aus dem Pentateuch in den Sinn: »Siehe, ich muß doch sterben; was soll mir denn die Erstgeburt?« Ich hatte viertausend Jahre Judentum verworfen und gegen sinnlose Literatur eingetauscht, gegen Jiddischismus und Feitelsohnismus. Alles, was mir geblieben, war ein Mitgliedsbuch des Schriftsteller-Klubs und ein paar wertlose Manuskripte. Ich blieb vor den Schaufenstern der Warenhäuser stehen und starrte hinein. Die Vernichtung konnte jeden Tag beginnen, aber hier waren noch Klaviere ausgestellt, Autos, Schmuck, mit Spitzen besetzte Nachthemden, neue Bücher auf Polnisch oder Übersetzungen aus dem Deutschen, Englischen, Russischen und

Französischen. Ein Buch trug den Titel ›Der Untergang des Judentums‹. Nun, der Himmel war noch von sommerlichem Blau, die Bäume zu beiden Seiten der Straße von köstlichem Grün, die Frauen trugen die letzte Mode an Kleidern, Hüten, Schuhen und Taschen. Die Männer betrachteten sie mit den Augen von Kennern. Die seidenbestrumpften Beine versprachen nie erlebte Genüsse. Obwohl ich dem Untergang geweiht war, betrachtete auch ich Hüften, Waden, Brüste und Hälse. Die Generationen, die nach uns kommen werden, sagte ich zu mir selbst, werden wohl denken, daß wir alle unserem Ende im Zeichen der Reue entgegen gegangen sind. Sie werden uns für heilige Märtyrer halten. Sie werden das Kaddisch für uns sprechen und das Gebet ›Gott, Allerbarmer‹. In Wirklichkeit wird jeder einzelne von uns mit den gleichen Leidenschaften sterben, mit denen er gelebt hat.

In der Oper spielte man noch immer das vertraute Repertoire: Carmen, Aida, Faust und den Barbier von Sevilla. Gerade war man dabei, von einem Lastwagen die verblichenen Bühnendekorationen abzuladen, die am Abend die Illusion von Bergen, Flüssen, Gärten und Palästen hervorzaubern würden. Ich trat in ein Café ein. Der Duft von Kaffee und frischen Brötchen machte mir Appetit. Mit dem Kaffee brachte mir der Kellner zwei Zeitungen. Marschall Rydz-Smigly versicherte der Nation wieder einmal, daß die polnische Armee gerüstet war, alle Attacken von rechts wie von links abzuwehren. Der Außenminister Beck hatte von England und Frankreich neue Garantien erhalten. Der alte Antisemit Nowaczynski griff die Juden an, die, zusammen mit den Freimaurern, den Kommunisten, den Nazis und den amerikanischen Bankiers sich verschworen hatten, den katholischen Glauben auszurotten und ihn durch heidnischen Materialismus zu ersetzen. Er zitierte immer noch die Protokolle der Weisen von Zion. Irgendwo war mir ein Rest von Glauben an den freien Willen geblieben, aber an diesem Morgen war ich sicher, dem Menschen blieb so viel freie Wahl wie dem Uhrwerk in meiner Armbanduhr oder der Fliege, die auf dem

Rand meiner Untertasse saß. Es waren die gleichen Kräfte, die Hitler, Stalin, den Papst, den Rabbi von Gur und ein Molekül in der Mitte der Erde antrieben, wie auch ein Sternbild, das Milliarden Lichtjahre entfernt von der Milchstraße war. Blinde Mächte? Sehende Mächte? Es war gleichgültig geworden. Es war uns bestimmt, unsere kleinen Spiele zu spielen und zermalmt zu werden.

6

Gewöhnlich, wenn ich nicht bei Schoscha übernachtet hatte, ging ich am nächsten Tag zum Mittagessen hin, aber dieses Mal beschloß ich, früher zu ihr zu gehen. Ich war zu müde, um an meinem Schreibtisch in der Lesznostraße zu arbeiten. Ich bezahlte mein Frühstück und ging durch die Senatorstraße zum Bankplatz und von dort zur Gnoyna und Krochmalna. In den Straßen des jüdischen Viertels ging es wie immer geschäftig zu. Bei den Geldwechslern in der Przcehodnia rechnete man den Wert des Zloty gegen den Dollar aus. Auf dem schwarzen Markt bezahlte man ein paar Groschen mehr für den Dollar. In den Jeschiwas studierte man den Talmud. In den chassidischen Lehrhäusern beschäftigte man sich mit chassidischen Themen. An jenem Morgen hatte ich das Gefühl, all dies zum letztenmal zu sehen. Ich versuchte, mir jedes Gäßchen, jedes Gebäude, jeden Laden und jedes Gesicht ins Gedächtnis einzuprägen. Ich dachte, so müsse einem Verurteilten zumute sein, der auf seinem Weg zum Galgen einen letzten Blick auf die Welt wirft. Ich nahm Abschied von jedem Hausierer, jedem Lastträger und jeder Marktfrau – auch von den Droschkenpferden. Bei jedem von ihnen sah ich einen Ausdruck, der mir früher nicht aufgefallen war. Selbst die Droschkenpferde schienen zu wissen, daß dies ihre letzte Fahrt sein würde. Wissen und Zustimmung sprach aus ihren großen Augen, die nur aus Pupillen zu bestehen schienen.

In der Gnoynastraße ging ich auf einen Augenblick in das große Lehrhaus in Nr. 5. Die Wände waren geschwärzt, die Bücher verfleckt und zerrissen, aber junge Männer mit langen Schläfenlocken wiegten sich über den alten Bänden vor und zurück, sangen die heiligen Worte im immer gleichen traurigen Tonfall. Am Lesepult beim Heiligen Schrein pries der Kantor Gott, der versprochen hatte, die Toten auferstehen zu lassen. Ein kleingewachsener Mann mit einem gelblichen Gesicht und einem gelben Bart verkaufte gekochte Kichererbsen und Bohnen, die er mit einer hölzernen Schüssel austeilte. War er der ewige Jude? Einer der sechsunddreißig Gerechten, die die Säulen der Welt sind? War er ein verkleideter Weiser von Zion, der einen geheimen Pakt mit Roosevelt, Goebbels und Léon Blum abgeschlossen hatte, um das Reich Satans herbeizuführen?

Ich betrat die Krochmalna und ging durch das Tor von Nr. 7. Die Tochter des Bäckers stand dort mit großen Körben warmen Gebäcks. Sie muß eine meiner Leserinnen gewesen sein, denn sie lächelte und zwinkerte mir zu. Ich bildete mir ein, sie sage zu mir: ich muß mein Spiel bis zur letzten Minute spielen, so wie Sie es auch tun. Ich ging über den Hof, öffnete die Tür zu Bascheles Wohnung, und was ich sah, war so verblüffend, daß ich im Türrahmen stehen blieb und starrte. Da saß Thekla am Tisch und trank Tee oder Kaffee mit Zichorie aus einer großen Tasse. Schoscha saß neben ihr. Meiner Mutter ist etwas zugestoßen, dachte ich. Sicher war ein Telegramm gekommen, das ihren Tod mitteilte! Jetzt erblickte mich Thekla und sprang auf. Auch Schoscha stand auf. Sie klatschte in die Hände: »Arele, Gott selbst hat dich geschickt!«

»Was ist denn hier los? Träume ich?«

»Was? Komm herein, Arele, dieses Bauernmädchen ist gekommen und sagte, daß sie nach dir sucht. Sie nannte dich bei deinem Vornamen. Sie hat einen Korb mit ihren Sachen bei sich. Da ist er. Sie hat irgendetwas von einem Bräutigam gesagt – ich weiß nicht, wovon sie spricht. Es ist gut, daß

Mama einkaufen gegangen ist, sonst hätte sie weiß Gott was gedacht. Ich habe ihr gesagt, daß du erst mittags kommst, aber sie hat gesagt, sie will warten.«

Thekla stand da und wollte offenbar gern etwas sagen, aber sie wartete respektvoll, bis Schoscha geendet hatte. Thekla sah blaß und ungekämmt aus, als ob sie nicht geschlafen habe. Sie sagte: »Entschuldigen Sie, bitte, Herr, aber mir ist etwas Schlimmes geschehen. Gestern abend klopfte jemand an der Küchentür. Ich dachte, es ist vielleicht eine Nachbarin, die ein Glas Salz zurückbringen wollte, das sie geliehen hat, oder vielleicht eines der Mädchen aus dem Hause. Ich öffnete die Tür und herein kam ein Lümmel – einer von unserern, ein Christ. Er war städtisch gekleidet. Er sagte: ›Thekla, erkennst du mich nicht?‹ Es war Bolek, mein früherer Verlobter. Er ist aus den Bergwerken in Frankreich zurückgekommen und er sagt, er will mich heiraten. Ich bin zu Tode erschrocken. Ich sagte: ›Du bist fortgegangen und es war, als ob dich die Erde verschlungen hätte. Warum hast du all diese Jahre nicht geschrieben?‹ Und er sagte: ›Ich kann nicht schreiben, und die anderen Bergarbeiter konnten es auch nicht.‹ Ja, und nach diesem und jenem setzte er sich auf mein Bett und fing an zu reden, als ob nichts gewesen wäre, seitdem wir uns zuletzt gesehen hatten. Er hat mir auch ein Geschenk mitgebracht – irgendein Krämchen. Es ist ein Wunder Gottes, daß ich nicht auf der Stelle tot umgefallen bin. Ich sagte: ›Bolek, da du so lange nicht geschrieben hast, sind wir nicht mehr verlobt und zwischen uns ist alles aus.‹ Da fing er an zu schreien: ›Was ist los? Hast wohl 'nen andern? Oder hast du dich in den Juden verliebt, der deine Briefe an mich geschrieben hat?‹ Er war betrunken und griff nach einem Messer. Meine Herrin hatte den Lärm gehört und kam angelaufen, und er fluchte auf die Juden und drohte, uns alle umzubringen. Die Herrin sagte: ›Bis jetzt ist Hitler noch nicht hier. Raus aus meinem Haus!‹ Wladek rief die Polizei an, aber erst nach drei Stunden zeigte sich ein Polizist, als Bolek schon gegangen war. Er drohte, er würde heute wiederkommen, und er sagte, wenn ich nicht sofort mit ihm zum Priester gehe und ihn heirate, wird er mich umbringen. Als er fort war, kam die Herrin zu mir und sagte: ›Thekla, du hast mir treu gedient, aber ich bin alt und schwach und ich habe keine Kraft für solche Geschichten. Nimm deine Sachen und geh.‹ Ich habe sie überredet, mich noch eine Nacht dort schlafen zu lassen. Heute morgen hat sie mir bezahlt, was sie mir schuldig war, legte noch fünf Zloty drauf und schickte mich fort. Sie haben mir einmal Ihre Adresse in der Krochmalna gegeben, so kam ich her. Die junge Dame sagte, sie sei Ihre Frau und daß Sie mittags kommen würden, aber wo soll ich hingehen? Ich kenne niemanden in Warschau. Ich war sicher, Sie würden mich nicht rauswerfen.«

»Dich rauswerfen? Thekla, ich bin doch dein Freund!«

»Oh, danke. Was soll ich tun? Ich kann nicht nach Hause in mein Dorf, denn Bolek hat gedroht, mir nachzukommen. Er hat eine ganze Bande um sich, die waren alle in der Armee und sind mit Revolvern und Bajonetten bewaffnet. Er sagte, er hat tausend Zlotys gespart und auch französisches Geld, aber mein Herz schlägt nicht mehr für ihn. Er findet schon andere Mädchen. Er stank nach Wodka und er redete wie ein Flegel. Ich bin an solche Grobheit nicht mehr gewöhnt.«

»Arele, wenn Mama zurückkommt und das hört, wird sie Angst bekommen«, sagte Schoscha. »Wenn der Mann mit einem Messer gedroht hat, müssen Sie nicht dorthin zurückgehen. Aber was soll sie hier machen? Wir haben kaum Platz für uns. Mama sagt immer, wenn sie fortgeht, ich soll niemand hereinlassen. Sie sagte das schon, als wir noch in Nr. 10 wohnten. Weißt du noch?«

»Ja, Schoschele, ich erinnere mich. Thekla ist ein ordentliches Mädchen und sie wird niemandem zur Last fallen. Ich gehe gleich mit ihr fort.« Auf Jiddisch sagte ich: »Schoschele, ich gehe mit ihr und bin gleich wieder zurück. Wenn deine Mutter kommt, sag ihr nichts.«

»Ach, sie wird es schon wissen. Jeder im Haus schaut doch auf den Hof herunter, und wenn jemand, der nicht hierher gehört, kommt oder geht, dann wissen sie es gleich und klatschen: ›Was macht die hier? Was will sie?‹ Die jüngeren Frauen sind mit den Kindern beschäftigt, aber die alten wollen alles wissen.«

»Gut, ich werde gegen Mittag zurücksein. Thekla, komm mit mir.«

»Soll ich meinen Korb mitnehmen?«

»Ja, nimm ihn.«

»Arele, komm nicht so spät. Wenn du spät bist, regt sich Mama auf, daß du uns vielleicht nicht mehr willst und solche Sachen. Ich fange auch an, alles mögliche zu denken. Letzte Nacht konnte ich kein Auge zutun. Wenn sie hungrig ist, kann ich ihr Brot und Hering mitgeben.«

»Sie bekommt schon etwas zu essen. Komm, Thekla.«

Wir verließen das Haus unter wachsamen Blicken, die zu fragen schienen: ›Wohin geht er so früh mit diesem Bauernmädchen? Und was trägt sie in dem Korb mit sich herum?‹ Im Geiste antwortete ich: ›Es mag euch vielleicht gelingen, die Rätsel in den Zeitungen zu lösen, aber niemals die Geheimnisse des Lebens. Sieben Tage und sieben Nächte könntet ihr euch die Stirn reiben wie die Weisen von Chelm, und niemals würde es euch gelingen, die Antwort zu erraten.‹

Vor dem Tor blieb ich längere Zeit stehen und dachte darüber nach, was zu tun sei. Sollte ich ein Zimmer für sie suchen? Sollte ich mit ihr in ein Café gehen und die Anzeigen der Stellenvermittlerinnen durchsehen? Ich hätte sie ja eine Weile bei Schoscha lassen können, aber ich hatte weder ihr noch Baschele je von meinem Zimmer in der Lesznostraße gesprochen. Sie glaubten, ich schlafe im Verlagshaus, wo die Zeitung erschien – und Baschele würde mich lang und breit ausfragen. Plötzlich wußte ich, was zu tun war. Die Lösung war so einfach, daß ich gar nicht verstehen konnte, wieso sie mir nicht sofort eingefallen war. Ich ging mit Thekla in den Laden in Nr. 12, bat sie, an der Tür auf mich zu warten, und ging hinein, um Celia anzurufen. Erst vor ein paar Tagen hatte sie darüber geklagt, daß sie seit Marianna gegangen war, kein ordentliches Mädchen hatte finden können. Ich hörte Celias tonlose Stimme – eine Stimme, die ohne Worte zu sagen schien: ›Wer immer das sein mag, ich habe nichts zu erwarten.‹

Ich sagte: »Celia, hier ist Tsutsik.«

»Tsutsik? Was ist los? Ist der Messias erschienen?«

»Der Messias ist nicht erschienen, aber ich habe ein Mädchen für dich.«

»Ein Mädchen? Du? Für mich?«

»Ja, Celia, und einen halben Pensionär dazu.«

»Teufel nochmal, ich weiß nicht, was du meinst. Was für einen Pensionär?«

»Ich bin der Pensionär.«

»Machst du dich über mich lustig?«

Ich erzählte Celia, was sich ereignet hatte. »Ich kann nicht in meinem Zimmer in der Lesznostraße bleiben. Ein wildgewordener Bauer bedroht Thekla und mich.« Celia unterbrach mich nicht, offenbar war sie von dem Lauf der Ereignisse überwältigt. Ich hörte ihren Atem am anderen Ende der Leitung. Ab und zu warf ich einen Blick durch die Glastür, wo Thekla wartete. Sie stand in demütiger Geduld da. Sie setzte den schweren Korb nicht ab, sondern hielt ihn mit beiden Händen gegen ihren Bauch gepreßt. In der Lesznostraße hatte sie großstädtische Schlauheit gezeigt, aber über Nacht hatte sie diese verloren und war wieder eine Bäuerin geworden.

»Bringst du Schoscha mit?«

»Wenn sie sich von ihrer Mutter trennen kann.«

Celia schien die Bedeutung meiner Worte zu überlegen. Dann sagte sie: »Bring sie her, so oft du willst. Dies hier wird dein zweites Zuhause sein. Wo du hingehst, da sollte auch sie hingehen.«

»Celia, du bist meine Lebensretterin!« rief ich aus. Wieder schwieg Celia. »Tsutsik, nimm ein Taxi und komm schnell. Wenn ich noch ein wenig länger lebe, vielleicht wird selbst mir dann noch etwas Gutes zuteil. Hoffentlich ist es nicht zu spät.«

Epilog

I

Dreizehn Jahre waren vergangen. Ich hatte von meinem Gehalt bei der jiddischen Zeitung zweitausend Dollar gespart. Außerdem hatte ich einen Vorschuß von fünfhundert Dollar für einen Roman, der ins Englische übersetzt werden sollte, bekommen, und so machte ich eine Reise nach London, Paris und Israel. In London sah man immer noch Krater und Ruinen, die die deutschen Bomben hinterlassen hatten. In Paris aß ich in einem Restaurant, das die Lebensmittel vom schwarzen Markt bezog. In Marseille bestieg ich ein Schiff nach Haifa, das Zwischenstation in Genua machte. Der Gesang der jungen Passagiere klang durch die Nächte – die alten vertrauten Lieder, wie auch die neuen, die aus dem Krieg mit den Arabern zwischen 1948 und 1951 stammten. Nach sechs Tagen kamen wir in Haifa an. Es war ein Erlebnis, hebräische Aufschriften über den Geschäften zu sehen, und Straßenschilder, die die Namen von Schriftstellern, Rabbinern und jüdischen Führern trugen, oder das auf sephardische Art gesprochene Hebräisch zu hören und jüdische Soldaten beiderlei Geschlechts zu sehen. In Tel Aviv wohnte ich in einem Hotel in der Yarkonstraße. Obwohl Tel Aviv eine neue Stadt war, sahen die Häuser alt und schmutzig aus. Das Telefon funktionierte nicht richtig, im Bad gab es nur selten warmes Wasser, und die Elektrizität wurde nachts oft abgeschaltet. Das Essen war schlecht.

In der Zeitung war eine Notiz über meine Ankunft erschienen, und bald erhielt ich Besuche von Schriftstellern, Journalisten, alten Freunden aus Warschau und entfernten Verwandten. Manche von ihnen trugen am Arm die eintätowierte Nummer aus Auschwitz, andere hatten bereits Söhne in den Schlachten um Jerusalem oder Safed verloren. Ich hörte die gleichen Schreckensberichte über die Brutalitäten der Nazis und die Grausamkciten der NKWD, die ich in New York, in Paris und auf dem Schiff gehört hatte.

Eines Morgens, als ich beim Frühstück im Speisesaal des Hotels saß, kam ein winziger Mann mit einem milchweißen Bart, der sich wie ein Fächer ausbreitete, in den Raum. Er trug ein nicht zugeknöpftes Hemd mit offenem Kragen, einen Strohhut, schäbige Hosen und Sandalen an den nackten Füßen. Ich war sicher, daß ich ihn einmal gekannt hatte, aber ich konnte ihn nicht identifizieren. Wie kann ein so kleiner Mann einen so großen Bart haben? überlegte ich. Mit hastigen Schritten näherte er sich meinem Tisch. Er hatte junge, schwarze Augen, die den Oliven auf meinem Teller ähnelten. Er zeigte auf mich und sagte im vertrauten Warschauer Jiddisch: »Da ist er! Schalom alejchem, Tsutsik!«

Es war Chaiml Chentschiner. Ich stand auf, wir küßten uns und hielten einander für einen Augenblick fest. Mein Gesicht füllte sich mit Bart. Ich lud ihn ein, mit mir zu frühstücken, aber er sagte mir, er habe schon gefrühstückt, und so bestellte ich Kaffee für ihn. Ich hatte gehört, daß er und Celia im Warschauer Getto umgekommen seien, aber das Zusammentreffen mit angeblich Verstorbenen konnte mich nicht mehr überraschen. Ich wußte, daß Feitelsohn nicht mehr am Leben war, denn ich hatte vor Jahren in der Zeitung von seinem Tod gelesen.

Wir tranken Kaffee und Chaiml sagte: »Entschuldigen Sie, daß ich Sie Tsutsik nenne – aber es ist für mich ein Ausdruck der Zuneigung geblieben.«

»Ja, aber ich bin jetzt ein alter Knabe.«

»Für mich werden Sie immer Tsutsik bleiben. Wenn Celia am Leben wäre, würde sie Sie auch so nennen. Wie alt sind sie?«

»Dreiundvierzig.«

»Das ist noch nicht so alt. Ich bin Ende fünfzig. Ich komme mir so alt wie Methusalem vor. Was wir in diesen Jahren durchgemacht haben! Wir haben nicht ein Leben, sondern hundert durchlebt, durchlitten!«

»Wo sind Sie gewesen, Chaiml?«

»Wo ich gewesen bin? Wo bin ich nicht gewesen! In Wilna, in Kowno, in Kiew, in Moskau, in Kasakstan, unter den Kalmücken, den Kungusen, oder wie immer sie heißen. Hundertmal habe ich tatsächlich dem Engel des Todes ins Auge gesehen, aber wenn einem bestimmt ist, am Leben zu bleiben, so geschehen Wunder. Solange es noch Atem im Körper gibt, solange kriecht man wie ein Wurm, und ich kroch und bemühte mich, die Füße, die den Wurm zertreten, zu vermeiden, bis ich ins Land der Juden gelangte. Hier erlitten wir wieder Krieg, Hunger und ständige Gefahr. Kugeln flogen mir über den Kopf, Bomben explodierten ein paar Schritte von mir entfernt. Aber hier ging niemand wie ein Schaf zum Schlachthaus. Unsere jungen Leute aus Warschau, Lodz, Rawa Ruska und Minsk verwandelten sich plötzlich in Helden, wie die Kämpfer zur Zeit von Massada. Piff-Paff! Die größten Optimisten hätten das nicht für möglich gehalten. Sie wissen wahrscheinlich, was aus Celia geworden ist?«

»Ich weiß gar nichts.«

»Wie sollten Sie auch? Wollen wir nicht auf die Terrasse gehen? Ich sehe gern auf das Meer.«

Wir gingen auf die Terrasse und setzten uns an einen Tisch im Schatten. Ein Kellner kam herüber und ich bestellte nochmals Kaffee und Gebäck. Lange Zeit sahen wir beide aufs Meer hinaus, dessen Farbe von grün zu blau wechselte. Am Horizont schaukelte ein Segelboot. Der Strand wimmelte von Männern und Frauen. Einige machten gymnastische Übungen, andere spielten Ball, lagen in der Sonne oder unter Sonnenschirmen. Einige planschten am Rande des Wassers, andere schwammen weit hinaus. Ein Mann redete seinem Hund zu, ins Wasser zu gehen, aber das Tier zeigte keine Lust zu baden.

Chaiml sagte: »Ja, ein jüdisches Land, ein jüdisches Meer. Wer hätte dies vor zehn Jahren für möglich gehalten? Niemand hätte diesen Gedanken zu denken gewagt. All unsere Träume drehten sich um eine Brotkruste, einen Teller Grütze oder ein sauberes Hemd. Feitelsohn hat einmal etwas gesagt, das ich oft wiederhole – der Mensch hat keine Phantasie, weder in seinem Pessimismus, noch in seinem Optimismus. Wer hätte sich vorstellen können, daß die Nichtjuden für einen jüdischen Staat stimmen würden? Aber die Geburtswehen sind noch lange nicht vorbei. Die Araber haben sich noch nicht mit der neuen Situation abgefunden. Es ist ein hartes Leben hier. Tausende von Flüchtlingen leben in Blechhütten. Ich habe selbst in so einer gelebt. Die Sonne brennt am Tage auf einen herunter wie Feuer, und des Nachts erfriert man. Die Frauen geraten sich in die Haare. Aus Afrika sind Flüchtlinge gekommen, die noch nie ein Taschentuch gesehen haben – buchstäblich Menschen aus den Zeiten Abrahams. Wer weiß, was sie sind – vielleicht Nachfahren der Ketura. Ich habe gehört, daß Sie in Amerika berühmt geworden sind.«

»Weit davon entfernt.«

»Gut, aber man kennt Sie. Man hat Ihre Bücher sogar in den Lagern in Deutschland gelesen. In den Zeitungen dort wurden Ihre Sachen nachgedruckt. Jedesmal, wenn ich Ihren Namen las, schrie ich: ›Tsutsik!‹ Die anderen haben gedacht, ich sei verrückt. Als ich heute im ›Hayom‹ las, daß Sie hier sind, bin ich vor Freude in die Luft gesprungen. Meine Frau sagte: ›Was ist los – bist du verrückt geworden?‹ Ich habe wieder geheiratet.«

»Hier?«

»Nein, in Landsberg. Sie hatte ihren Mann verloren, und ihre Kinder hatte man ihr weggenommen und vergast. Ich lief alleine herum. Ich hatte niemanden, der mir auch nur ein Glas Tee gemacht hätte. Ich erinnere mich noch an Ihre Worte: ›Die Welt ist ein Schlachthaus und ein Bordell.‹ Damals schien mir das übertrieben, aber es ist die bittere Wahrheit. Man hält Sie für einen Mystiker, aber in Wirklichkeit sind Sie durch und durch Realist. Wie dem auch sei, alles wird uns aufgezwungen, selbst die Hoffnung. Der Diktator dort oben, der himmlische Stalin, sagt: ›Du mußt hoffen!‹ Und wenn Er sagt, du mußt, dann hofft man eben.

Aber worauf kann ich noch hoffen? Nur auf den Tod. Wo ist der Zucker?«

»Hier, vor Ihnen.«

»Der Kaffee schmeckt wie Abwaschwasser. Wie lange habe ich Sie nicht gesehen – dreizehn Jahre? Ja, im September werden es genau dreizehn Jahre sein. Schoscha ist wohl nicht mehr am Leben?«

»Schoscha ist am zweiten Tag, nachdem wir Warschau verlassen hatten, gestorben.«

»Gestorben? Auf dem Weg?«

»Ja, wie Mutter Rahel.«

»Wir haben von euch nichts gewußt, gar nichts. Von anderen hörten wir. Es gab Juden in Bialystok und Wilna, die wurden Briefträger, Boten. Sie brachten den Frauen Briefe über die Grenzen. Aber Sie sind verschwunden, wie ein Stein im Wasser. Wie ist es Ihnen ergangen? Erst 1946 habe ich erfahren, daß Sie noch am Leben sind. Mit einer großen Gruppe von Flüchtlingen bin ich nach München gekommen, und jemand gab mir eine dort erscheinende Zeitung. Ich schlug sie auf und sah Ihren Namen. Es hieß, daß Sie in New York seien. Wie ist es Ihnen gelungen, nach New York zu kommen?«

»Über Schanghai.«

»Wer hat Ihnen ein Affidavit gegeben?«

»Erinnern Sie sich an Betty?«

»Was für eine Frage! Ich erinnere mich an alle.«

»Betty hatte einen Nichtjuden geheiratet, einen Oberst der amerikanischen Armee, und er schickte mir das Affidavit.«

»Hatten Sie ihre Adresse?«

»Ich erfuhr sie durch Zufall.«

»Also, ich bin nicht religiös, ich bete nicht, ich halte den Sabbat nicht und ich glaube nicht an Gott, aber ich muß anerkennen, daß es eine Hand gibt, die unsere Welt lenkt – das kann niemand leugnen. Eine böse Hand, eine blutige Hand, manchmal auch eine gnädige. Wo lebt Betty – in New York?«

»Betty hat sich das Leben genommen, vor einem Jahr.«

»Warum?«

»Das weiß niemand.«

»Was ist denn mit Schoscha geschehen? Wenn es für Sie zu schmerzlich ist, darüber zu sprechen, dann müssen Sie es mir nicht erzählen.«

»Ich werde es Ihnen erzählen. Sie ist genauso gestorben, wie ich es in einem Traum einige Jahre vorher geträumt habe. Wir gingen auf einem Weg, der nach Bialystok führte. Es war gegen Abend. Die anderen gingen schnell, und Schoscha konnte nicht mitkommen. Alle paar Minuten blieb sie stehen. Plötzlich setzte sie sich hin, und eine Minute später war sie tot. Ich hatte Celia diesen Traum erzählt. Vielleicht auch Ihnen.«

»Nein, mir nicht. Ich würde mich daran erinnern. Sie war ein süßes Kind, auf ihre Art eine Heilige. Was war es denn? Ein Herzanfall?«

»Ich weiß es nicht. Ich glaube, sie wollte einfach nicht mehr leben.«

»Was ist aus ihrer Schwester geworden – wie hieß sie noch, Täubele?« fragte Chaiml. »Und aus der Mutter?«

»Baschele ist mit Sicherheit umgekommen. Und was aus Täubele geworden ist, weiß ich nicht. Vielleicht ist sie nach Rußland geflüchtet. Sie hatte einen Freund – einen Buchhalter. Vielleicht ist sie auch hier, obwohl das nicht wahrscheinlich ist, da ich in all den Jahren nichts von ihr gehört habe.«

»Ich habe Angst zu fragen, aber was ist aus Ihrer Mutter und ihrem Bruder geworden?«

»Nach 1941 wurden sie von den Russen gerettet, indem man sie in Viehwagen nach Kasakstan brachte. Die Reise dauerte zwei Wochen. Ich habe einen Mann getroffen, der mit ihnen im gleichen Zug war, und er hat mir die Einzelheiten erzählt. Sie sind beide tot. Wie meine Mutter es noch ein paar Monate aushalten konnte, nach den Erlebnissen dieser Reise, kann ich noch heute nicht begreifen. Man schickte sie in einen Wald mitten im russischen Winter, und dort sollten sie Holzhäuser für sich bauen. Mein Bruder starb unmittelbar nach der Ankunft dort.«

»Und was ist aus Ihrer kommunistischen Freundin geworden, wie hieß sie noch?«

»Dora? Ich weiß es nicht. Sie ist irgendwo zerquetscht worden – entweder bei den Wohltätern oder bei den Missetätern.«

»Tsutsik, ich komme gleich wieder – gehen Sie nicht fort.«

»Wie kommen Sie auf so einen Gedanken?«

»Alles ist möglich.«

Chaiml ging, und ich schaute wieder auf das Meer. Zwei Frauen bespritzten sich gegenseitig und verloren vor Gelächter das Gleichgewicht. Ein Vater spielte mit seinem Sohn mit einem Ballon. Ein sephardischer Jude in einem weißen Mantel, barfuß, mit einem schütteren weißen Bart und Schläfenlocken, die ihm bis auf die Schultern fielen, ging herum und bat die Leute am Strand um Almosen. Niemand gab ihm etwas. Wer würde am Strand betteln gehen? fragte ich mich. Vielleicht war er nicht ganz bei sich? In diesem Augenblick hörte ich meinen Namen aus dem Lautsprecher. Ich wurde am Telefon verlangt.

2

Ich kam vom Telefon zurück. Chaiml saß am Tisch, der Tür gegenüber, auf die er mit kindlicher Erwartung blickte. Als ich herauskam, machte er eine Bewegung, als ob er aufstehen wolle, blieb aber sitzen. Ich setzte mich, und er fragte: »Wo waren Sie?«

»Ich wurde ans Telefon gerufen.«

»Kaum ist man hier, so wird man nicht eine Minute in Ruhe gelassen. Gut, über Sie stand es in der Zeitung, aber wie hat man erfahren, daß ich gekommen bin? Leute haben mich aufgesucht, die ich längst beerdigt glaubte. Jede solche Begegnung war wie die Auferstehung der Toten. Wer weiß? Wenn wir das Wunder erleben konnten, daß die Juden wieder ein Land haben, so werden wir vielleicht auch noch das Kommen des Messias erleben. Vielleicht gibt es wirklich eine Auferstehung der Toten? Tsutsik, Sie wissen, ich bin ein Freidenker. Aber irgendwo tief innen habe ich das Gefühl, daß Celia hier ist, daß Morris hier ist, daß mein Vater – er ruhe in Frieden! – hier ist. Auch Ihre Schoscha ist hier. Wie ist es denn möglich, daß jemand einfach verschwinden kann? Wie kann jemand, der gelebt, geliebt, gehofft hat und mit Gott und sich selbst gehadert hat, einfach aufhören? Ich weiß nicht, wie und auf welche Weise, aber sie sind hier. Da Zeit eine Illusion ist, warum sollte nicht alles bestehen bleiben? Ich habe Sie einmal sagen oder jemand zitieren hören, daß die Zeit ein Buch ist, dessen Seiten man nur vorwärts, nicht rückwärts blättern kann. *Wir* können es vielleicht nicht, aber möglicherweise können es irgendwelche Kräfte. Wie kann Celia aufhören, Celia zu sein? Oder Morris nicht mehr Morris sein? Ich lebe doch mit ihnen, spreche mit ihnen. Manchmal höre ich Celia zu mir reden. Sie werden das nicht glauben, aber Celia hat mich geheißen, meine jetzige Frau zu heiraten. Ich lag damals in dem Lager in Landsberg, krank, hungrig, einsam und niedergeschlagen. Plötzlich hörte ich Celias Stimme: ›Chaiml, heirate Genia!‹ So heißt meine Frau, Genia. Gewiß, man kann das psychologisch erklären. Ich weiß, ich weiß. Trotzdem habe ich ihre Stimme gehört. Was sagen Sie dazu?«

»Ich weiß es nicht.«

»Sie wissen es immer noch nicht? Wie lange kann man weitermachen, ohne zu wissen? Tsutsik, ich kann mich mit allem aussöhnen, nur nicht mit dem Tod. Wie ist es möglich, daß diese vielen Generationen tot sind, und nur wir Schlemihle sind angeblich am Leben? Man blättert die Seite um, und man kann sie nie wieder zurückblättern, aber auf der und der Seite sind sie alle da, in diesem Archiv der Geister.«

»Was tun sie denn dort?«

»Eine Antwort darauf habe ich nicht. Vielleicht sind wir auch schon dort und träumen den gleichen Traum. Entweder alles lebt, oder alles ist tot. Sie sollen übrigens wissen, daß erst nachdem Sie schon fort waren, Morris wirkliche Größe erreichte – nie war er so gewesen wie in diesen letzten Monaten. Er lebte mit uns in der Zlotastraße, bis man die Juden im Oktober 1940 in das Getto trieb, das war mehr als ein Jahr, nachdem die Deutschen einmarschiert waren. Wie Sie wissen, hätte er vor dem Krieg nach England, wie auch nach Amerika gehen können. Der amerikanische Konsul drängte ihn zu gehen. Der Krieg mit Amerika begann ja erst 1941. Er hätte durch Rumänien, durch Ungarn, sogar durch Deutschland reisen können. Mit einem amerikanischen Visum ließen sie einen durch. Aber er blieb bei uns. Einmal sagte ich zu Celia: ›Ich bin bereit zu sterben, aber ich bitte dich und den Allmächtigen um eine Gnade – wenn es Ihn gibt –, daß ich nie einen Nazi zu sehen bekomme.‹ Celia sagte zu mir: ›Chaiml, ich verspreche dir, daß du ihre Visagen nicht sehen wirst.‹ Wie konnte sie so ein Versprechen geben? Auch sie war gewachsen. Sie war nicht mehr die frühere Celia. Unsere Lage und die Tatsache, daß Morris zu uns zog, hat sie in einer Weise beflügelt, die ich nicht beschreiben kann. Sie wurde schön.«

»Waren Sie eifersüchtig auf ihn?«

»Reden Sie nicht solchen Unsinn. Auch ich war ein wenig gewachsen. Der Engel des Todes hatte sein Schwert geschwungen, aber ich streckte ihm die Zunge heraus. Draußen ging es zu wie wie bei der Zerstörung des Tempels, aber in unserer Wohnung war gleichzeitig Simchat Tora und Jom Kippur, Freude und Trauer zugleich. Neben ihnen wurde auch ich heiter. Ich erzähle all das nicht in der richtigen Reihenfolge – wie kann man von solchen Dingen in der richtigen Reihenfolge sprechen? Mein einziger Onkel starb im Monat Oktober. Ich konnte nicht nach Lodz fahren – ein Jude konnte sich nirgends blicken lassen. Trotzdem wagte ich es. Ich bin den ganzen Weg zu Fuß gegangen. Der Hin- und Rückweg war eine wahre Odyssee.

Wie Sie wissen, hatte Celia einen Raum vorbereitet, den wir die Höhle von Machpela nannten. Sie hatte schon damit begonnen, als Sie noch in Warschau waren, aber am Tag, an dem im Radio verkündet wurde, daß alle jüdischen Männer über die Praga-Brücke zu gehen hatten, und Sie sich entschlossen, mit Schoscha zusammen fortzugehen, an diesem Tag wurde dieser Raum Feitelsohns und mein einziger Zufluchtsort. Wir aßen dort, schliefen dort. Morris arbeitete auch dort. Ich hatte Geld aus Lodz mitgebracht – kein Papiergeld, sondern goldene Dukaten, die mein Vater für mich bei meinem Onkel gelassen hatte. Sie stammten noch aus der Zeit der Russen. Die Tatsache, daß ich mit einem derartigen Schatz nach Warschau zurückgekehrt, und weder durchsucht noch ermordet worden war, ist fast unglaublich. Ich bin also zurückgekommen. Celia hatte auch noch ihren Schmuck. Zu jener Zeit konnte man für Geld alles bekommen. Ein schwarzer Markt war sofort entstanden.

Nach meiner Irrfahrt war ich so erschöpft, daß mich auch der letzte Rest meines Mutes verließ. Ebenso wie Morris, ging auch ich nicht mehr auf die Straße, und Celia war unser einziger Kontakt mit der Außenwelt. Jedesmal, wenn sie uns verließ, waren wir nicht sicher, daß wir sie wiedersehen würden. Ihre Thekla hat auch Besorgungen für uns erledigt. Sie hat ihr Leben riskiert dabei. Sie mußte aber in ihr Dorf zurückkehren, weil ihr Vater gestorben war.

Die Tage waren Trauertage. Unser Leben begann am Abend. Es gab nicht viel zu essen, aber wir tranken heißen Tee, und Morris redete. In diesen Nächten redete er, wie ich ihn nie zuvor habe reden hören. Das Erbe vieler Generationen war in ihm erwacht, und er schleuderte Pech und Schwefel gegen den Allmächtigen; gleichzeitig loderten seine Worte von religiösem Feuer. Er züchtigte Ihn für Seine Sünden, die Er seit der Schöpfung begangen hatte. Er behauptete immer noch, daß das ganze Weltall ein Spiel sei, doch erhob er dieses Spiel, bis es ein göttliches wurde. So haben wahrscheinlich der Seher von Lublin, Rabbi Bunim und der Rabbi von Kock gesprochen. Der Kern seiner Worte war der: da Gott ewig schweigt, schulden wir Ihm nichts. Mir scheint, Sie haben einmal Ähnliches gesagt – oder vielleicht haben Sie Morris zitiert. Der wahre Glaube bestehe nicht darin, daß man Gott diene, sagte Morris, sondern daß man sich Ihm entgegenstelle. Wenn Er das Böse wolle, müßten wir das Gegenteil anstreben. Wenn Er Kriege, Inquisitionen, Kreuzigungen und Hitlers wolle, dann müßten wir Rechtschaffenheit und Chassidismus wollen, oder unsere eigene Version der Gnade. Die Zehn Gebote wären nicht Seine, sondern unsere. Gott wollte, daß die Juden das Land Israel den Kanaanitern wegnehmen und Krieg gegen die Philister führen sollten, aber der wahre Jude, der durch das Exil das wurde, was er ist, wollte die Gemara und ihre Kommentare, den Sohar, den ›Baum des Lebens‹ und den ›Anfang des Weisheit‹. Nicht die Nichtjuden haben uns in das Getto getrieben, sagte Morris, der Jude ist von selbst gegangen, denn er war es müde geworden, Krieg zu führen und Krieger und Helden für die Schlachtfelder großzuziehen. Jede Nacht errichtete Morris ein neues Gebäude.

Bis zu der Zeit, als man die Juden ins Getto sperrte, hätten wir noch fliehen können; die Leute gingen noch nach Rußland und kamen auch noch zurück. In Bialystok lebte ein Jude aus Warschau, er war ein halber Schriftsteller, ein halber Verrückter und ein ganzer Märtyrer. Er hieß Jankel Pentzak. Er ging immer zwischen Bialystok und Warschau hin und her – eine Art heiliger Bote oder ein göttlicher Schmuggler. Er schmuggelte Briefe von Frauen an ihre Männer und von den Männern an ihre Frauen. Sie können sich vorstellen, welche Gefahren mit diesen Reisen verbunden waren! Am Ende schnappten die Nazis ihn, aber bis dahin hatte er als heiliger Briefträger gedient. Mir brachte er auch ein paar Briefe. Freunde von mir waren nach Bialystok gegangen und sie beschworen uns, zu ihnen zu kommen, aber Celia wollte nicht und Morris wollte nicht, und schließlich konnte ich sie doch nicht zurücklassen. Was hätte ich in dieser fremden Welt tun sollen? All die Schriftsteller und Journalisten, die uns ihre Grüße schickten, hatten eine Kehrtwendung gemacht und waren über Nacht begeisterte Kommunisten geworden. Die eigenen Kollegen zu denunzieren gehörte jetzt zur täglichen Praxis. Ihr Geschreibsel bestand nur noch aus Lobhudeleien auf Stalin, und die Belohnung dafür war zuerst ein Teller Grütze und ein Bett, und später Gefängnis, Exil und Liquidierung. Ich gelangte zum Schluß, was die Menschen Leben nennen, ist Tod, und was sie Tod nennen, ist Leben. Stellen Sie keine Fragen! Wo steht geschrieben, daß eine Wanze lebt und die Sonne tot ist? Vielleicht ist es auch umgekehrt? Liebe? Es war nicht einfach Liebe. Tsutsik, haben Sie vielleicht ein Streichholz? Ich habe mir das Rauchen angewöhnt, buchstäblich hier im Land Israel.«

Ich ging, um für Chaiml Streichhölzer zu holen, und kaufte auch zwei Päckchen amerikanische Zigaretten für ihn.

Er schüttelte den Kopf. »Sind die für mich? Wirklich, Sie sind ein Verschwender.«

»Ich habe von Ihnen mehr als nur zwei Päckchen Zigaretten angenommen.«

»Ach, wir haben Sie nie vergessen. Celia hat immer nach Ihnen gefragt – vielleicht hatte irgendjemand etwas gehört, vielleicht war etwas von Ihnen gedruckt worden. Als Sie Warschau verlassen haben, wo sind Sie dann hingegangen – nicht nach Bialystok?«

»Nach Druskeniki.«

»Wie konnten Sie dahin gelangen?«

»Ich habe mich hinübergeschmuggelt.«

»Und was haben Sie in Druskeniki gemacht?«

»In einem Hotel gearbeitet.«

»Nun, das war richtig, daß Sie sich von den Schriftstellern ferngehalten haben. Sie hätten nie ein Kommunist werden können, und die Antikommunisten schickte man bald nach Sibirien. Später machten sie das auch mit den eifrigsten Stalinisten. Was haben Sie 1941 gemacht?«

»Ich war immer unterwegs.«

»Wohin?«

»Ich schleppte mich weiter bis nach Kowno, und von dort ging ich nach Schanghai.«

»Dann hatten Sie also ein Visum. Und was haben Sie in Schanghai getan?«

»Dort wurde ich Setzer.«

»Was haben Sie gesetzt?«

»Die ›Gesammelten Schriften‹.«

»Nun, die Juden sind ein verrücktes Volk. Ich hatte schon gehört, daß es dort eine Jeschiwa gibt, die auch Bücher veröffentlicht. Haben Sie selbst etwas geschrieben?«

»Ja, das habe ich auch getan.«

»Wann sind Sie nach Amerika gegangen?«

»Anfang 1948.«

»Ich habe Warschau im Mai 1942 verlassen. Morris ist im April gestorben.«

»Warum haben Sie Celia nicht mitgenommen?«

»Es gab niemanden mehr, den ich hätte mitnehmen können.«

»War sie krank?«

»Sie ist genau einen Monat nach Morris gestorben, eines natürlichen Todes, wie man das nennt.«

3

Chaiml und ich quetschten uns in einen Autobus, der nach Hadar Joseph fuhr, einem Vorort von Tel Aviv, in dem Siedlungen für Neueinwanderer lagen. Die Fahrgäste verwünschten einander auf Jiddisch, Polnisch, Deutsch und in gebrochenem Hebräisch. Die Frauen zankten sich um Sitzplätze, und die Männer ergriffen Partei. Eine Frau hatte ein lebendes Huhn bei sich. Das Tier riß sich aus dem Korb los und flatterte über den Köpfen der Fahrgäste herum. Der Fahrer schrie, daß er jeden hinauswerfen werde, der Unruhe verursache. Nach einer Weile beruhigten sich die Gemüter, und ich hörte Chaiml sagen: »Ja, das nenne ich eine jüdische Nation! Die Einwanderer sind alle nicht bei Verstand – sie sind Hitleropfer, Nervenbündel. Sie glauben immer noch, daß sie verfolgt werden. Erst verfluchten sie Hitler, jetzt verfluchen sie Ben Gurion. Vielleicht werden ihre Kinder oder ihre Enkelkinder wieder normal sein, wenn der Allmächtige nicht abermals eine Katastrophe auf uns herunterschickt. Wie können Sie verstehen, was wir durchgemacht haben! Sie haben nichts gesagt, aber Sie wundern sich wahrscheinlich, daß ich nach Celia wieder geheiratet habe. Erst waren Genia und ich zwei Würmer, jeder kroch für sich herum; dann sind wir zusammen gekrochen. Bis vor kurzem wohnten wir in einer Blechbude. Später bekamen wir die Wohnung, die wir jetzt haben. Wieviel kann der Körper aushalten? Sie ist keine Celia, aber sie ist ein guter Mensch. Ihr Mann war Lehrer an einer jiddischen Schule in Pietrkow. Ein Mitglied des ›Bund‹. Eine Zeitlang glaubte Genia an Stalin, bis sie eine Kostprobe von ihm bekam. Komisch, sie kannte Feitelsohn. Sie war einmal zu einem Vortrag von ihm über Spengler gegangen, und er hatte seinen Namen für sie in eins seiner Bücher geschrieben. Sie arbeitet in einem Hospital, wohin die Krankenwagen die Verwundeten bringen. Der rote Davidstern. Zufällig hat sie heute frei. Sie weiß alles über Sie. Ich habe ihr Ihre Bücher zu lesen gegeben.«

Wir kamen in Hadar Joseph an. Von einem flachen Dach zum andern hingen Leinen voller Wäsche. Halbnackte Kinder spielten im Sand. Zementstufen führten direkt in Chaimls Küche. Draußen stank es nach Abfall, Asphalt und irgendetwas Klebrigem und Süßlichem, das schwer zu identifizieren war. In der Küche roch es nach Sauerampfer und Knoblauch. Am Gasherd stand eine kleine Frau mit kurzgeschnittenem Haar – schwarz, mit grau gesprenkelt. Sie trug ein Kattunkleid und an nackten Füßen geplatzte Hausschuhe. Offensichtlich war ihr Gesicht operiert worden, denn die linke Gesichtshälfte schien abgeflacht, wies unter dem Kinn Narben auf, und ihr Mund war schief. Sie war gerade dabei, einen Blumentopf zu begießen, als wir eintraten.

Chaiml rief: »Genia, rate, wer das ist!«

»Tsutsik.«

Chaiml geriet in Verlegenheit. »Er hat doch einen Namen.«

»Das macht doch nichts. Im Gegenteil«, sagte ich.

»Entschuldigen Sie, aber so sprechen wir von Ihnen«, sagte Genia. »Seit vier Jahren höre ich dauernd ›Tsutsik‹, ›Tsutsik‹. Wenn mein Mann viel von jemandem hält, dann spricht er ohne aufzuhören von ihm. Ich habe die Ehre gehabt, Dr. Feitelsohn kennengelernt zu haben, aber Sie kenne ich nur von einem Bild, das in der jiddischen Zeitung erschienen ist. Endlich sehe ich Sie in Wirklichkeit. Warum hast du mir nicht gesagt, daß du einen Gast mitbringen würdest?« wandte sie sich an Chaiml. »Dann hätte ich Ordnung gemacht. Man kämpft hier ewig gegen Fliegen, Käfer, sogar gegen Mäuse. Früher habe ich Insekten und Mäuse nicht als Geschöpfe Gottes betrachtet, aber seitdem man mich selbst so behandelt hat, als sei ich ein Käfer, bin ich dazu gekommen, Dinge anzunehmen, die man nicht gern annimmt. Bitte, gehen Sie in das andere Zimmer. So ein unerwarteter Besuch. Was für eine Ehre!«

»Haben Sie ihre Backe gesehen?« Chaiml deutete darauf. »Da hat sie ein Nazi mit einem Stück Eisenrohr geschlagen.«

»Nun, was soll man darüber reden?« sagte Genia. »Geht in das andere Zimmer. Und entschuldigen Sie, wie es da aussieht.«

Wir gingen in den anderen Raum. Dort stand ein großes Sofa, eins von denen, die bei Tag ein Sofa und des Nachts ein Bett sind. Die Wohnung hatte keine Badewanne, nur eine Toilette und ein Waschbecken. Dieser Raum schien sowohl als Schlafzimmer wie als Eßzimmer zu dienen. Es gab auch ein Bücherregal, auf dem ich Feitelsohns ›Geistige Hormone‹ entdeckte, wie auch einige meiner Bücher.

Chaiml sagte: »Dies ist unser Land, dies ist unser Heim. Vielleicht werden wir das Privileg haben, auch hier zu sterben, wenn man uns nicht ins Meer treiben wird.«

Nach einiger Zeit kam Genia herein und fing an aufzuräumen. Während wir da saßen, fegte sie den Boden und breitete ein Tischtuch über den Tisch. Wieder und wieder entschuldigte sie sich für die Unordnung. Es wurde schon Abend, als sie das Essen auftischte, etwas Fleisch für sich und Chaiml, für mich Gemüse. Es fiel mir auf, daß sie Fleischgerichte mit Milchigem mischte. Ich hatte angenommen, daß trotz der Tatsache, daß Chaiml wie ein Häretiker sprach, er doch die jüdischen Vorschriften im Land Israel befolgen würde.

Ich fragte: »Da Sie nicht religiös sind, warum haben Sie sich einen Bart wachsen lassen?«

Genia legte den Löffel hin. »Das möchte ich auch wissen.«

»Oh, ein Jude sollte einen Bart tragen. In irgendeiner Weise muß man sich doch von den Nichtjuden unterscheiden.«

»So wie du gelebt hast, bist du auch ein Nichtjude«, sagte Genia.

»Solange ich niemanden geschlagen oder ermordet habe, kann ich mich einen Juden nennen.«

»Es steht irgendwo geschrieben, daß, wer auch nur eines der Zehn Gebote bricht, alle brechen wird«, sagte Genia.

»Genia, die Zehn Gebote wurden von einem Menschen geschrieben, nicht von Gott«, sagte Chaiml. »Solange man niemandem Schaden zufügt, kann man leben wie man will. Ich habe Feitelsohn geliebt. Wenn man mir sagte, ich solle mein Leben dafür hergeben, daß er wieder lebendig werde, würde ich nicht zögern. Wenn es einen Gott gibt, so möge Er die Wahrheit meiner Worte bezeugen. Ich liebe auch Tsutsik. Die Zeit des Besitzenwollens wird bald vorüber sein, und es wird sich ein neuer Mensch entwickeln mit neuen Instinkten – denen des Teilenwollens. Das sind Morris' Worte.«

»Warum warst du dann so ein Antikommunist in Rußland?« fragte Genia.

»Sie wollen nicht teilen, sie wollen an sich reißen.«

Wir schwiegen und ich hörte eine Grille zirpen – der gleiche Laut, der von einer Grille in unserer Küche zu hören war, als ich noch ein Kind war.

Chaiml sagte: »Ich bin religiös – auf meine Art. Ich bin religiös! Ich glaube an die Unsterblichkeit der Seele. Wenn ein Felsen Millionen Jahre alt werden kann, warum sollte die

Seele, oder wie immer man das nennen mag, ausgelöscht werden? Ich bin mit den Verstorbenen, ich lebe mit ihnen. Sowie ich meine Augen schließe, sind alle um mich. Wenn ein Lichtstrahl sich Billionen Jahre lang bewegen und leuchten kann, warum soll das ein Geist nicht tun können? Es wird sich eine neue Wissenschaft entwickeln, die auf dieser Voraussetzung beruhen wird.«

»Wann fährt der Autobus nach Tel Aviv zurück?« fragte ich.

»Tsutsik, Sie können hier übernachten«, sagte Chaiml.

»Vielen Dank, Chaiml, aber es kommt morgen früh jemand zu mir.«

Genia räumte den Tisch ab und ging in die Küche. Ich hörte, wie sie die Haustür schloß. Chaiml machte kein Licht an. Ein blasser Schein kam durch die Fenster herein.

Chaiml fing an, zu mir zu sprechen, zu sich und zu niemand im besonderen: »Wo sind all die Jahre geblieben? Wenn es uns nicht mehr gibt, wer wird sich noch an sie erinnern? Die Schriftsteller werden schreiben, aber sie werden alles durcheinanderbringen. Es muß doch einen Ort geben, wo alles aufbewahrt wird, bis zur geringsten Einzelheit alles verzeichnet wird. Nehmen wir an, eine Fliege ist in ein Spinnennetz gefallen, und die Spinne hat sie ausgesaugt. Das ist eine Tatsache im Weltall, und eine solche Tatsache darf nicht vergessen werden. Sollte eine solche Tatsache vergessen werden, so würde das im Weltall einen Makel schaffen. Verstehen Sie mich oder nicht?«

»Ja, Chaiml.«

»Tsutsik, das sind Ihre Worte.«

»Ich kann mich nicht erinnern, sie gesagt zu haben.«

»Sie erinnern sich nicht, aber ich erinnere mich. Ich erinnere mich an alles, was Morris gesagt hat, was Sie gesagt haben und was Celia gesagt hat. Manchmal haben Sie auch lächerliches, dummes Zeug gesagt, und auch daran erinnere ich mich. Wenn Gott Weisheit ist, wie kann es dann Dummheit geben? Und wenn Gott Leben ist, wie kann es dann Tod geben? Nachts liege ich da, ein kleiner Mann, eine halbzerquetschte Fliege, und ich spreche mit den Toten, mit den Lebenden, mit Gott – wenn es Ihn gibt – und mit Satan, den es bestimmt gibt. Ich frage sie: ›Warum mußte all das geschehen?‹ und ich warte auf eine Antwort. Was glauben Sie, Tsutsik, gibt es irgendwo eine Antwort oder nicht?«

»Nein, es gibt keine Antwort.«

»Warum nicht?«

»Es kann keine Antwort auf das Leiden geben – nicht für den Leidenden.«

»Wenn es so ist, worauf warte ich dann?«

Genia öffnete die Tür. »Warum sitzt ihr beiden denn im Dunkeln?«

Chaiml lachte: »Wir warten auf eine Antwort.«

Nachbemerkung des Autors

Dieser Roman erhebt keineswegs den Anspruch, ein Bild der Gesamtheit der polnischen Juden in den letzten Jahren vor Hitler zu geben. Er handelt vielmehr von einigen wenigen, einmaligen Charakteren unter einmaligen Umständen.

Der Roman erschien zuerst 1974 im ›Jewish Daily Forward‹, New York, unter dem Titel ›Seelenreisen‹. Ein großer Teil des Buches wurde von meinem Neffen Joseph Singer aus dem Jiddischen ins Amerikanische übersetzt. Einige Kapitel diktierte ich meiner Frau Alma, andere meiner Sekretärin Dvorah Menashe. Das ganze Buch wurde von Rachel MacKenzie und Robert Giroux durchgesehen. Ihnen allen gilt mein Dank.

I.B.S.

Glossar

Aleph (d. h. Stierkopf), Anfangsbuchstabe des hebr. und phönizischen Alphabets, auch Zahlzeichen für 1.

Amalek Inbegriff eines Erzfeindes der Juden. (Ex. 17, Dt. 25, 17). Amalekiter – Beduinenstamm.

Birobidschan Gebiet in Sibirien am Fluß Amur. 1928 als ›autonomes Siedlungsgebiet‹ für Juden in der Sowjetunion erklärt.

Bolschewiki von Lenin begründete und geführte Fraktion in der Sozialdemokratischen Partei im zaristischen Rußland. Eroberte im Oktober 1917 die Macht. Seit 1918 ›Kommunistische Partei‹.

Cantor, Georg, (1845–1918) Mathematiker. Begründer der Mengenlehre.

Chanina, Rabbi, Gesetzeslehrer. 1. Jahrhundert.

Chanukka hebr., wörtl. »Einweihung«. Achttägiges Lichterfest zur Erinnerung an die Wiedereinweihung (165 v. Chr.) des von den Griechen entweihten Tempels, nach deren Vertreibung durch Juda Makkabi.

Chanukkaleuchter 8-flammiger Leuchter, von dessen Lichtern am ersten Tag des Chanukkafestes nur eines, und jeden weiteren Tag eines mehr angezündet wird, zur Erinnerung an das Lichtwunder im Heiligtum, wo der Ölvorrat eines Tages für 8 Tage ausreichte.

Chassidim hebr., (Plural von Chassid.) »Fromme«, die Anhänger einer jüd. religiösen Bewegung, die um 1740 von Israel Baal Schem Tow in der Ukraine und in Polen gegründet wurde und in Osteuropa weite Verbreitung fand. Die Chassidim betonten das Gefühl in der Religion, dem Gesetzesglauben gegenüber die Offenbarung in der Natur.

Cheder hebr., »Stube«. Lehrstube der jüdischen Elementarschule (4.–13. Lebensjahr) für Knaben.

Chmielnizki, Bogdan (1593–1657), Kosakenführer; wurde bei seiner Erhebung gegen den polnischen Adel 1648 Urheber der blutigsten Judenverfolgung der ostjüdischen Geschichte in der Vor-Hitlerzeit.

Dibbuk hebr., wörtl. »Anhaftung«. Im jüd. Volksglauben ein Totengeist, der in den Körper eines Lebenden eintritt und bei dem so

Besessenen ein irrationales Verhalten bewirkt. Nur einem Wundertäter kann es gelingen, die »Dämonen« auszutreiben.

Din Tora hebr. »Recht«, »Gericht«. Innerjüdisches Schiedsgericht, auf der Tora und anschließend autorisierten Auslegungen beruhend.

Elijahu ben Schlomo (1720–1797), Wilna. Talmud-Autorität. Entschiedener Gegner des Chassidismus.

Farfel Suppeneinlage aus kleingehacktem Nudelteig.

Frank, Jakob (1726–1791) wurde zum Begründer einer »kontratalmudistischen« Sekte, deren Anhänger sich schließlich taufen ließen.

Gebetsmantel quadratisches Tuch aus Wolle oder Seide, das von Männern über 13 beim Morgengebet umgelegt wird.

Gebetsriemen werden beim wochentäglichen Morgengebet am linken Arm, dem Herzen gegenüber, und an der Stirn angelegt; sie tragen Kapseln mit vier auf Pergamentstreifen geschriebenen Texten aus dem Pentateuch: Exodus 13, 2–10; Ex. 13, 11–16; Deut. 6, 4–9 (Glaubensbekenntnis); Deut. 11, 13–21.

Gefilte Fisch jid., gekochte Fischbällchen aus verschiedenen passierten Fischen.

Gehenna hebr., »Gehinnom« = Tal der Söhne Hinnoms. Tal im Süden Jerusalems, wo dem Moloch Kinderopfer dargebracht wurden. (2. Kön. 23, 10). Metaphorisch: Stätte der Pein für die Bösen nach dem Tode.

Gemara hebr., wörtl. »vervollständigte Erklärung, Erläuterung«. Diskussion der babylonischen und palästinensischen Talmudisten über die »Mischna«, mit der zusammen die Gemara den Talmud bildet, die mündlich überlieferte Lehre.

›Gesammelte Schriften‹ (Shitah Mekubbetzet, hebr.) Titel einer Sammlung von ausführlichen Erklärungen schwieriger Stellen im Talmud. (16. Jahrh.)

Gewürzbüchse wird für den Gewürzsegen am Ausgang des Sabbats oder Festtags benutzt. Allegorische Deutung: die Trauer über das Ende des Sabbats soll durch Wohlgerüche vertrieben werden.

Gur (recte: Gora Kalwaria), jiddisch: Ger; polnisch: Kalwaria. Ort in der Umgebung von Warschau. Sitz einer »Dynastie« von chassidischen Rabbis.

Haman im Buch Esther der erste Minister des Xerxes, erwirkte von ihm den Befehl zur (schließlich doch vereitelten) Vernichtung aller Juden im Perserreich, endete am Galgen. Im Bewußtsein der Juden als Nachfolger Amaleks und Vorläufer von Chmielnizki und Hitler geächtet.

HIAS Abk. für Hebrew Immigrant Aid Society, 1855 in New York für jüd. Einwanderer aus Europa gegründet.

Jabotinsky, Wladimir (1880–1940), Publizist und Politiker. Gründer und Führer der Bewegung der intransigenten Zionisten-Revisionisten.

Jeschiwa hebr., höhere Lehranstalt, Hochschule für das Studium des Talmud.

Jiddisch die Umgangssprache und das Kulturmedium der großen jüd. Massen in Osteuropa (bis zu ihrer Ausrottung durch die Nazi-›Endlösung‹) und in Amerika. Eine in der Zeit vom 12.-17. Jahrh. aus dem Mittelhochdeutschen entstandene Mischsprache, die sich in der über Mittel- und Osteuropa verstreuten jüd. Diaspora über Jahrhunderte hinweg halten konnte. Die in dieser Zeit im deutschen Sprachraum ansässigen Juden, die vor religiöser Intoleranz und Verfolgung in die Ostländer auszuwandern gezwungen waren, behielten das mit hebräischen Beimischungen versetzte Mittelhochdeutsch inmitten der slawischen Völker bei, wobei auch slaw. Wortgut miteinfloß. Begünstigt durch das Dasein in der Diaspora führte Jiddisch viele Jahrhunderte lang ein intensives kulturelles Eigenleben.

Jiddischisten Richtung im Judentum, die das Jiddisch für die sprachliche Grundlage der jüdischen Kulturentwicklung hielt.

Jom Kippur hebr., Versöhnungstag, der höchste jüd. Feiertag, bildet den Abschluß der mit dem Neujahrsfest beginnenden 10 Bußtage. (Lev. 23, 27ff.)

Kabbalist von hebr. Kabbala, wörtl. »das Empfangene«, »Überlieferung«; die Lehre und die Schriften der mittelalterlichen jüd. Mystik ab ca. 1200. Die Kabbala beschäftigt sich hauptsächlich mit dem geheimen, mystischen Sinn des Alten Testaments und der talmudischen Religionsgesetze, mit Begriffs- und Zahlenkombinatorik, mit der geheimen Bedeutung und mystischen Kraft der verschiedenen Gottesnamen. Hauptwerk: das Buch ›Sohar‹.

Kaddisch aram., wörtl. »heilig«; Gebet mit der Verkündung der Heiligkeit Gottes und der Erlösungshoffnung. Schlußteil des tägl. Gebets und Gebet bei der Bestattung und an Gedenktagen der Verstorbenen.

Ketura eine der Frauen Abrahams, nach dem Tode von Sara. (Gen. 25,1)

Kiddusch hebr., »Heiligung«. Segensspruch des Hausherrn über einem Becher Wein zur Einweihung des Sabbats oder eines religiösen Festtags.

Knisches jid., gefüllte »Mehlspeise«, salzig oder süß, bei der es sich um Nudel-, Hefe-, Strudel-, Kartoffel- oder Kuchenteig handeln kann.

Kock Städtchen im ehem. Russisch-Polen, in dem zu Beginn des 19. Jahrhunderts sich eine Richtung im Chassidismus entwickelte.

koscheres Essen hebr., den jüdischen Speisegesetzen entsprechend.

Kosciuszko, Tadeus. Polnischer General und Nationalheld (1746-1817); trat 1794 an die Spitze des letzten Aufstands gegen die Teilung Polens.

Kugel eine für den Sabbat zubereitete Mehlspeise. Gilt als Symbol für und zur Erinnerung an die von den Juden während der Wüstenwanderung gegessene, vom Himmel gefallene süße Manna.

Lehrhaus Stätte der Tora- und Talmudstudien und von Diskussionen.

Litwak Litauischer Jude

Lublin, Seher von (gest. 1815). Jakob Isaak (Horwitz). Chassidischer Führer.

Machpela, Höhle von Grabstätte der Erzväter und -mütter (außer Rahel) bei Hebron.

Masel tow hebr., wörtl. Masal = Stern, Glück; tow = gut. Glückwunsch.

Mazze (Mazza) hebr., ungesäuertes Brot, für Pessach vorgeschrieben. (Deut. 16, 3.)

Menschewiki gemäßigte Richtung in der Sozialdem. Partei im zaristischen Rußland

Metatron ein höchstes Engelwesen; »Fürst des Angesichts«.

Midrasch hebr., wörtl. »Schriftauslegung«. Vortrag im Anschluß an die Tora-Vorlesung der alten Synagoge sowie die daraus erwachsene Literatur.

Minjan hebr., »Zahl«. Die Mindestzahl von zehn männlichen Juden, deren Anwesenheit für den Gemeindegottesdienst oder bei Beschneidungen, Trauungen und Beisetzungen erforderlich ist.

Mischna hebr., wörtl. »Wiederholung«. Kern der mündlichen Lehre des Judentums, eines der beiden Teile des Talmud, ist ein Sammelwerk von Lehrsätzen und Ausführungsbestimmungen zum Pentateuch. Um 200 n. Chr.

Og König von Baschan (Transjordanien), sagenhafter Riese, von Moses überwunden (Num. 21).

Perücke s. Scheitel.

Pessach hebr., wörtlich » Vorüberschreiten, Verschonung«. Nationales Fest, wird zu Beginn des Frühjahrs zur Erinnerung an den Auszug der Kinder Israel aus Ägypten gefeiert. »Fest der ungesäuerten Brote«. »Sechs Tage sollst du Ungesäuertes essen und am siebenten Tag ist Festversammlung dem Ewigen deinem Gotte.« (Deut. 16,8).

Petljura, Semion (1879–1926). Hetman der Ukraine während des Bürgerkriegs 1918-1920; veranstaltete einen der schlimmsten Pogrome. Vom Sohn eines der Opfer, Samuel Schwarzbard, in Paris erschossen.

Poale Zion hebr., wörtl. »Arbeiter Zions«. Zionistisch-sozialdemokratische Partei.

P.P.S. Polska Partija Socialistyczna. Sozialdemokratische Partei Polens.

Raschi abgekürzt aus RAbbi SCHlomo ben Isaak (1040–1105). Der populärste Kommentator der Bibel und des Talmud im mittelalt. Europa. Die Raschi-Schrift ist ein Schrifttyp der hebr. Quadratschrift, der diese kursiv umbiegt; angeblich von Raschi zuerst angewandt.

Responsen hebr. »Teschuwot« – Antworten, Rechtsgutachten. Gattung einer rabbinischen Literatur.

Rosch haschana hebr., »Anfang des Jahres«. Neujahrsfest. 1. Tischri, erster der zehn Bußtage.

Sabbatai Zevi (Zwi) (1626-1676). jüd. Schwärmer. Gab sich für den auf Grund kabbalistischer Verheißung 1648 erwarteten Messias aus; trat später unter Zwang zum Islam über. Die von ihm ausgelöste Bewegung (Sabbatianismus) hatte noch im 18. Jahrh. Anhänger und reichte bis in die Zeit der Franz. Revolution.

Sandolfon einer der höchsten Engel.

Schaatnes Bezeichnung für Mischgewebe, ein aus zweierlei Material, Wolle und Leinen, gewebtes Gewand. Rituell verboten. (Lev. 19,19).

Schalom Alejchem Pseud. des jidd. Schriftstellers Rabinowicz (1859-1916). Humorist und Satiriker, klassischer Schilderer des ostjüd. Volkslebens.

Schammes hebr., Synagogendiener.

Schaufäden Fäden, die nach alttestamentarischer Vorschrift (Num. 15, 38-39; Deut. 22,12) an den vier Zipfeln des Gewandes der Männer in Quastenform angebracht werden sollen; von orthod. Juden heute noch befolgt.

»Scheitel« Perücke. Ein alter jüd. Brauch schreibt vor, daß verheiratete Frauen aus Keuschheit ihr Kopfhaar vor fremden Männern bedecken.

»Schema Israel« hebr., »Höre, Israel, der Ewige ist unser Gott, der Ewige ist einzig«. (Deut. 6,4). Glaubensbekenntnis der Juden.

Schickse jidd. Nichtjüdisches Mädchen.

Schiwe sitzen hebr., Trauerritus nach Todesfällen. Sieben (hebr. schiw'a) Trauertage nach der Bestattung. Sitzen auf niedrigen Schemeln und unbeschuht.

Schläfenlocken nach biblischer Vorschrift darf das Kopfhaar nicht rundherum abgeschnitten werden. (Lev. 19,27).

Schlemihl jid., Pechvogel, unbeholfener, einfältiger und von Mißerfolg und Unglück verfolgter Mensch. In die deutsche Literatur eingegangen als Chamissos »Peter Schlemihl«.

Schtreimel mit Pelzstreifen besetzter Samthut.

Schulchan Aruch hebr., »Gedeckter Tisch«. Kompendium des jüd. Religionsgesetzes und Rechts in systematischer Anordnung und knappster Form für den praktischen Gebrauch, verfaßt von Josef Caro (1488-1575) in Safed (Galiläa); vom 17. Jahrh. an für die orthodoxe Judenheit maßgebend.

Simchat Tora hebr., »Gesetzesfreude«. Festtag beim Abschluß der während des ganzen Jahres vorgenommenen Verlesung der Tora (Fünf Bücher Mose) und bei Beginn des neuen Zyklus. Umzüge mit Torarolle in der Synagoge, Kinderfest.

Sohar hebr., wörtlich »Lichtglanz«. Hauptwerk der Kabbala: entwickelt in der Form einer Erläuterung zum Pentateuch ein System kabbalistischer Gotteserkenntnis. Wurde wahrscheinlich von Mose de Leon (gest. 1305) in Spanien verfaßt, galt zuerst als Werk des Rabbi Simon ben Jochai.

Sozialrevolutionäre eine um die Jahrhundertwende entstandene nichtmarxistische Partei im zaristischen Rußland.

Sukkot hebr. Sukka (Einzahl), »Hütte«. Laubhüttenfest, in Erinnerung an die Wüstenwanderung der Kinder Israel nach dem Auszug aus Ägypten (5. Mose 23, 41). Herbstfest.

Talmud hebr., wörtl. »Belehrung, Lehre, Studium«. Nächst der Bibel Hauptwerk des Judentums, eine Zusammenfassung der Lehren, Vorschriften und Überlieferungen der nachbiblischen Jahrhunderte (begonnen im 6. Jahrh. v. Chr., abgeschlossen im 5. Jahrh. n. Chr.).

Tisch'a b'Aw hebr., der neunte Tag im Monat Aw, an dem im Jahre 70 der Tempel von den Römern erobert und zerstört wurde. Seither als Trauer- und Fasttag begangen.

Tora hebr., wörtl. »Lehre«. Die Fünf Bücher Mose, der Pentateuch. Im Gottesdienst wird ein Abschnitt daraus von einer handgeschriebenen Pergamentrolle verlesen.

Torakrone eine silberne Krone, die an bestimmten Feiertagen am oberen Ende der Torarolle aufgesetzt wird, um die königliche Bedeutung der Lehre zu symbolisieren.

Torarolle die für den gottesdienstlichen Zweck der Vorlesung bestimmte Pergamentrolle mit der Niederschrift der Tora (5 Bücher Mose).

Torazeiger Zeiger, meist aus Silber, zum Deuten auf die Schrift des Toratextes bei der Toravorlesung, von einem neben dem Vorlesenden stehenden Gemeindemitglied zu dessen Unterstützung geführt.

Tosephot hebr., wörtl. »Ergänzungen«, enthält Ergänzungen und Erläuterungen zur Mischna (einer der beiden Teile des Talmud).

Treife nach den jüd. religiösen Speisegesetzen verboten.

Isaac B. Singer im dtv

Feinde, die Geschichte einer Liebe

Immer noch von Ängsten gepeinigt, lebt ein der Nazi-Verfolgung entkommener Jude in einer fatalen Konstellation zwischen drei Frauen. dtv 1216

Das Landgut

Kalman Jacobi, ein frommer jüdischer Getreidehändler, wird 1863 Pächter eines enteigneten Landguts in Polen und gerät mit seiner Familie in den Sog der neuen Zeit. dtv 1642

Schoscha

»Eine Liebesgeschichte aus dem Warschauer Ghetto und zugleich ein Gesellschaftsroman unter Intellektuellen.« (Stuttgarter Zeitung) dtv 1788

Das Erbe

Auch Kalman Jacobis Familie wird von den politischen und sozialen Veränderungen gegen Ende des 19. Jahrhunderts erfaßt. dtv 10132

Eine Kindheit in Warschau

Singer erinnert sich an seine Kindheit im Warschauer Judenviertel. dtv 10187

Verloren in Amerika

Singer als kleiner Junge auf der Suche nach Gott, als junger Mann auf der Suche nach Liebe, und als einsamer Emigrant in New York. dtv 10395

Die Familie Moschkat

Eine Familiensaga aus der Welt des osteuropäischen Judentums in der Zeit von 1910 bis 1939. dtv 10650

Old Love

Geschichten von der Liebe dtv 10851

Der Büßer

Joseph Shapiro entkommt dem Holocaust und bringt es in den USA zu Vermögen, Ehefrau und obligater Geliebter. Eines Tages merkt er, daß er seine – wenn auch ökonomisch wie erotisch erfolgreiche – Existenz nicht mehr aushält ... dtv 11170

Der Kabbalist vom East Broadway

Geschichten von jiddisch sprechenden Menschen, denen Singer in seiner geliebten Cafeteria am East Broadway begegnete. dtv 11549 (Juni '92)

Saul Bellow im dtv

Albert Cohen im dtv

Solal

Der junge Solal ist früh entschlossen, sich von seiner jüdischen Familie in Griechenland zu lösen, um die Welt – speziell auch die Damenwelt – zu erobern. Das turbulente Europa der zwanziger Jahre scheint wie geschaffen für eine steile Karriere, doch ist Solals Fall schon vorprogrammiert ... Bei seiner deutschen Veröffentlichung im Jahre 1932 erntete dieser Roman enthusiastische Besprechungen, bis er ein Jahr später von den Nationalsozialisten verboten wurde. dtv / Klett-Cotta 11064

Eisenbeißer

»Eisenbeißer« heißt eigentlich Pinhas Solal. Er versteht sich als Oberhaupt der »Fünf Tapferen«, einer kauzigen Vetternschar jüdischer Provinzler, die durch einen 300000-Drachmen-Scheck und eine verschlüsselte Botschaft nach Genf gerufen und dort in burleske Abenteuer verstrickt wird.
»Ein Schelmenroman von deftiger Intensität, eine turbulente menschliche Komödie mit tieferen Hintergrund.«
(Heinz Albers im »Hamburger Abendblatt«)
dtv / Klett-Cotta 11102

Die Schöne des Herrn

Nicht ohne es der zunächst Widerstrebenden vorher anzukündigen, verführt der junge, schöne und vermögende Solal von den Solal, ein hoher Beamter beim Völkerbund, Ariane, die Ehefrau eines Untergebenen. Er verführt sie mit einer diabolischen Rede über die Widerwärtigkeiten, Heucheleien und Lächerlichkeiten der Liebe, zynisch erklärt in allen Details, wie er sie gewinnen wird – Ariane hat dem nichts entgegenzusetzen, ein selbstzerstörerischer Liebesrausch beginnt ...
dtv / Klett-Cotta 11134

ulien Green
n dtv

ınge Jahre
utobiographie

ufgewachsen zwischen zwei ulturen, früh vom Tod seiner lutter betroffen, mit siebzehn als riegsfreiwilliger schon an der ront, sucht ein ebenso sensibler ie arroganter junger Mann seinen 'eg ... dtv 10940

ıgend
utobiographie 1919 – 1930

ı Amerika, dem Land seiner Väter, hält der junge Julien Green den chlüssel zu seinen geheimen 'ünschen und Sehnsüchten. Doch as Bewußtwerden seiner homo-rotischen Neigungen stürzt ihn eine tiefe Krise. dtv 11068

ıris

ı 19 Abschnitten streift Green ırch die verschiedensten Viertel er Stadt, besucht Museen und raßen, erlebt Jahreszeiten und esichter. dtv 10997

eviathan

ls Gueret begreift, daß die »Liebe« er hübschen Angèle durchaus zu langen ist und daß zahlreiche länner von dieser Möglichkeit ebrauch machen, gerät er außer ch ... dtv 11131

on fernen Ländern

lisabeths Begegnung mit nathan, einem unberechenbaren benteurer und Frauenhelden, eckt unerfüllbare Wünsche in ihr. us dem verträumten Mädchen wird ne leidenschaftliche, zielstrebige nge Frau. dtv 11198

Foto: Isolde Ohlbaum

Meine Städte
Ein Reisetagebuch
1920 – 1984

Julien Greens Städte besitzen eine zusätzliche Dimension; die Einbildungskraft eines Dichters sorgt für Entdeckungen, die kein Reiseführer zu bieten hat.
dtv 11209

Der andere Schlaf

Die Erinnerungen eines Arztsohnes an seine Jugendtage in Paris, die verhaltene Geschichte einer ausklingenden Kindheit und einer Knabenliebe.
dtv 11217

Mont-Cinère

Ein Anwesen in der Nähe von Washington wird Gegenstand einer alles verzehrenden Leidenschaft: Der Geiz ergreift langsam von all seinen Bewohnern Besitz.
dtv 11234